Elizabeth Hickey

Der gemalte Kuss

Roman

Aus dem Englischen von
Anke und Eberhard Kreutzer

BLOOMSBURY BERLIN

2. Auflage 2005
Die Originalausgabe erschien 2005
unter dem Titel *The Painted Kiss*
bei Atria Books, New York

BLOOMSBURY BERLIN

Umschlaggestaltung:
Nina Rothfos und Patrick Gabler, Hamburg
Gesetzt aus der Stempel Garamond
durch psb, Berlin
Druck und Bindung: Clausen & Bosse, Leck
Printed in Germany
ISBN 3-8270-0627-9

FÜR JONATHAN

Eins

Kammer am Attersee
21. Oktober 1944

Als ich Wien verließ, hatte ich nur ein einziges Gepäckstück dabei: einen dicken ledernen Aktenkoffer mit einer Silberschnalle. Es war eine überstürzte Abreise, was bedeutete, dass ich mich von vielem trennen musste – einer Rosenholzvitrine, die Koloman Moser für mich geschreinert hatte; dem Tafelsilber für zwölf Personen, angefertigt von den Wiener Werkstätten nach Entwürfen von Hoffmann; meiner Kostümsammlung. Außerdem von einer der berühmten Delphos-Abendroben Fortunys, von einem blassgelben, schräg geschnittenen Satinkleid von Madame Vionnet, Paul Poirets saphirblauer Haremshose, juwelenbesetzten Pantoffeln und von den Gemälden. Sie waren das Wertvollste von allem, doch zu groß und unhandlich, um sie auf eine Zugreise mitzunehmen. Als mir erst einmal klar war, dass die Gemälde dableiben mussten, kam es mir lächerlich vor, meterweise Stoff, eine Hutnadel oder Zeitungsausschnitte und Modemagazine einzupacken. Sollte ich etwa die Überreste meines alten Lebens wie ein Heiligtum bewahren, während sich sein einstiger Dreh- und Angelpunkt in den Schränken einer verlassenen Wohnung befand?

Meine Nichte Helene stellte Listen zusammen von den

Dingen, die wir brauchen würden; sie packte die Koffer und kaufte Garn und Wollstrümpfe und Kampferelixier. Ich redete mir ein, es sei das Beste für sie, wenn sie beschäftigt war, ich täte ihr einen Gefallen damit, ihr sämtliche Vorbereitungen zu überlassen, doch das war nur eine Lüge, eine Ausrede für meine teilnahmslose Lethargie. Ich konnte ihr nicht helfen, denn damit hätte ich zugegeben, dass wir tatsächlich im Begriff waren abzureisen.

Ich stieg in den Zug, als führe ich nur ans andere Ende der Stadt, um die Mappe zu einer Galerie zu bringen, und nur diese zweite Lüge hielt mich davon ab, mich auf die Gleise zu werfen. Ich hatte Angst zu sterben, ohne die Stadt je wiedergesehen zu haben.

»Seit wann bist du so theatralisch?«, fragte meine Nichte. Sie ist das Kind meiner Schwester Helene und trägt ihren Namen, doch manchmal erinnert sie mich mehr an meine andere Schwester, die eher praktisch veranlagte Pauline. »Du wirst ja schon wie Großmama«, sagte sie und reichte mir eine altbackene Semmel mit einer dicken Scheibe Butter in der Mitte. »Wir fahren doch gar nicht weit, und wie's aussieht, ist der Krieg in einem halben Jahr zu Ende.«

Der Zug war voll von verschwitzten Kindern, die Pullover und darüber Jacken und darüber Mäntel trugen, sowie Frauen mit unförmigen Leinenbündeln voller Messer, Teekessel und Suppentöpfe. Die Frauen waren dünn, ihre Gesichter grimmig und grau. Auch wenn sie vermutlich die besten Kleider zuoberst trugen, waren fast alle Röcke fleckig und verschlissen; die Kinderjacken hatte man mit Flicken aus anderem Stoff und grobem, dunklem Garn ausgebessert, was ihren bedauernswerten Zustand nur noch unterstrich.

Wir rollten langsam durch die Stadt, durch Vororte

und umliegende Dörfer und hielten regelmäßig an, um weitere solcher Familien aufzunehmen. Jedes Mal dachte ich, mehr ginge nicht, doch dann sah ich an jeder Station die nächste Menschentraube und wusste, dass wir für sie zusammenrücken würden. Sie zwängten ihr Gepäck in die Netze und setzten sich einander stapelweise auf den Schoß.

Der Zug fuhr an kahlen Hügeln entlang, auf denen einst Weintrauben gewachsen waren, vorbei an schlammigen Feldern, wo Hunderte unter zusammengeschusterten Dächern aus Altblech und Zeitungen kampierten. Auch an den Kasernen der Armee dampften wir entlang. Auf den Straßen wimmelte es von Lastwagen mit Soldaten.

Ich gab meine Semmel einem Mädchen mit schorfiger Haut, das neben mir auf dem Boden saß. Sie stopfte sie sich in einem Stück in den Mund und schien sie ohne zu kauen hinunterzuschlingen. Der überschwängliche Dank ihrer Mutter beschämte mich.

Fünf Stunden später hielt der Zug an unserem Bahnhof zwei Stationen östlich von Salzburg und entließ uns ins Exil. Ich kann nicht so tun, als kämen wir, um hier den Sommer zu verbringen: Die Wolken sind stahlgrau, der See eiskalt, die kahlen Birken zittern. In den Bergen oben fällt Schnee.

Ich vermisse meine Sachen. Ich habe so viel Zeit.

Den Lederkoffer verstaue ich in meinem Zimmer in einem Biedermeierschrank. Mein Vater liebte Biedermeier, genau wie er eine sorgfältig geschnitzte Pfeife liebte. Der Schrank steht da, so penibel und kunstvoll gefertigt, ein stiller Vorwurf gegen all das, was ich nicht bin.

Wenn der Pfad zum See selbst für mich zu aufgeweicht ist und der Donner wie eine Mörsergranate duch die Täler grollt oder auch die Granaten wie Donner grollen – ich kann das eine vom anderen nicht mehr unterscheiden –, hole ich manchmal nachmittags den kleinen Koffer hervor und lege ihn aufs Bett. Das dicke Leder mit seinen Kratzern und Schrammen riecht nach den Fiakern, die neben dem Stephansdom aufgereiht standen. Auf der spitzenbesetzten Daunendecke, die mir seit meiner Kindheit gehört, wirkt es deplatziert. Ich betrachte es eine Weile, streiche mit der Hand darüber, als wäre es ein Reh, das ich getötet habe; dann öffne ich die Schnalle und stülpe das Köfferchen um, so dass sämtliche Zeichnungen auf die Bettdecke fallen. Einhundertundzwölf, um genau zu sein. Auf dem Bett neben dem Stapel sitzend, nehme ich die Blätter eins nach dem anderen zur Hand, sortiere sie nach Pose, Modell und Datum in Untergruppen. Ich stelle eine Rangordnung auf, meine Lieblingsbilder obenan.

Sie sind alle verschieden: Es handelt sich um Kohle-, Graphit- und farbige Ölkreide-Zeichnungen. Manche sind nicht größer als meine Handfläche, andere musste ich mehrfach falten, damit sie in meinen Koffer passten. Einige wurden auf schwerem, körnigem Papier angefertigt, andere auf dünnem, glattem, das mir durch die Finger auf den Boden gleitet. Ein paar der Zeichnungen sind bereits spröde und verblasst und zerbröseln mir wie vermoderte Spitze unter den Händen.

Dabei sind sie sich auch wieder alle gleich, denn sie stellen samt und sonders Frauen in unterschiedlichen Stadien der Entkleidung dar. Es sind zügige, flüchtige Skizzen, in ein, zwei Minuten hingeworfene Linien, ohne Kontur oder Schattierungen. Schwerelose Frauen, leer wie Figuren in einem Malbuch für Kinder. Bei der hier sitzt ein Modell auf der Armlehne eines Diwans und reckt sich in einer verführerischen Drehung zur Seite, dort rafft eine Frau mehrere Schichten Unterröcke auf, um sich durch ein klaffendes Loch im Schlüpfer zu berühren. Und die da mit dem unverblümten Blick trägt Strumpfhalter und Strümpfe zur Bluse. Als Nächstes haben wir eine, die auf dem Rücken liegt und die Beine so zur Seite geworfen hat, dass ihr Hintern das Bild dominiert, während Kopf und Schultern in der Verkürzung kaum ins Blickfeld treten.

Ich kenne sie alle mit Namen. Da sind Alma und Maria und Mizzi und Adele. Einige von ihnen kannte ich gut, manchen bin ich bei kurzen Besuchen im Atelier nur flüchtig begegnet; andere habe ich nie gesehen, aber dennoch über die Jahre so viel über sie gehört und an sie gedacht, dass ich das Gefühl habe, mit jeder von ihnen vertraut zu sein. Ich kenne ihr Leben.

Wenn ich gesagt habe, die Zeichnungen seien alle gleich, so war das nicht ganz korrekt. Eine ist anders. Sie stellt einen Mann dar, der eine Frau umarmt, und die Frau ist mit einem Ausdruck schlichter Glückseligkeit dem Betrachter zugekehrt. Die schiebe ich unter die anderen, denn es tut zu sehr weh, sie anzusehen.

Gustavs Zeichnungen, das ist alles, was ich aus Wien mitnehmen konnte. Ihm waren sie nie wichtig, als Kunstwerke nahm er sie nicht ernst; sie dienten ihm zur Vorbereitung, zum Experimentieren und Planen, sie waren Blaupausen oder auch Fehler. Doch jetzt sind sie vielleicht das Einzige, was von ihm überlebt, und da ich keine wichtigeren oder fertigeren Werke mehr habe, muss ich sie wie eine Kuratorin bewahren. Für Leute, die sich künftig einmal dafür interessieren mögen, muss ich Parallelen zwischen ihnen herausarbeiten und sie in einen historischen Zusammenhang stellen. Bis dahin gehören sie erst einmal mir, und ich sehe sie an, um sie am Leben zu erhalten.

Ich taste mich zur Kommode vor und zünde die Öllampe an, dann gehe ich zum Frisiertisch und setze mich vor den Spiegel. Mein Haar ist weiß, doch immer noch dick und gewellt. Meine Züge sind nicht mehr so markant, wie sie es einmal waren. Ein Künstler würde einige Falten um Kinn und Hals übersehen, um meine Gefühle nicht zu verletzen. Doch meine Augen, meine Augen sind noch so eindringlich wie im Alter von zwölf Jahren. Ich ziehe die Elfenbeinkämmchen aus dem Haar, die einmal meiner Mutter gehörten und die ihr mein Vater in Venedig gekauft hat, und lasse es mir auf die Schultern fallen. Altweiberhaar sagt meine Nichte dazu. Sie meint, Frauen ab einem gewissen Alter sollten ihr Haar sehr kurz geschnitten tragen, so wie Gertrude Stein. Während sie spricht, spielt sie mit ihrem schweren dunklen Zopf, in dem erst die zartesten hellen Strähnen zu erkennen sind. Ich denke, wenn sie selbst mal siebzig ist, wird sie das anders sehen, doch ich sage nur, wenn ich tot sei, könne sie mit mir machen, was sie will.

Die Borsten meiner Silberbürste sind vergilbt und vom Alter zu weich, ihr oberflächlicher Druck zeigt bei den Knoten in meinem Haar nicht die geringste Wirkung. Ich greife in die Schublade und ziehe eine Schere heraus.

Ich könnte mir in die Schenkel pieksen, wenn ich mir ein Loch in die bescheidene Unterwäsche schneiden wollte. Es gehörte nicht viel dazu, mir den Garaus zu machen, eine leichte Stichwunde, die sich infiziert, eine kleine Blutvergiftung. Oder ich könnte die Baumwolle auftrennen, wie man einen Kartondeckel aufritzt. Das Stück Stoff würde wie eine Schneeflocke aus Papier zu Boden fallen. Ich könnte zum Bett zurückkehren und die Beine spreizen und mir das Kleid über die Hüften hochziehen. Ich könnte meine Hand in das Loch im Schlüpfer stecken und mit den Fingern auf und nieder streichen. Ich könnte die Posen auf den Skizzen einnehmen. Vielleicht würde dann

Gustav erscheinen, in dem von mir geschneiderten roten Kaftan, in dem er wie Johannes der Täufer aussah. Ich würde ihm so Modell stehen, wie ich es zu Lebzeiten nie getan hatte, und er würde mich so zeichnen wie die anderen.

Aber ich tue nichts dergleichen, und Gustav erscheint mir nicht. Stattdessen lege ich die Schere in die Schublade zurück, blase das Licht aus und krieche ins Bett. Vielleicht kann ich im Schlaf nach Wien zurückkehren ins Atelier. Vielleicht verwandeln sich die Zeichnungen neben meinem Bett zu mehr als leblosen Fetzen Papier.

Auf einem Bett ruhender Akt

Es ist ein sehr kalter Nachmittag im Atelier, doch die Oberlichter müssen aufgekurbelt werden, damit nicht das Terpentin und die anderen Chemikalien die Luft verpesten. Gerta, mit Knochen so leicht wie Stroh und Haut so bleich wie Paraffin, steht, die Handgelenke vor den Brüsten gekreuzt, im Raum und wartet auf Anweisungen.

Gustav sieht ihre Nacktheit nicht. Als Frau nimmt er sie kaum wahr. Für ihn stellt sich nur ein Problem aus Licht und Schatten, aus geometrischen Formen und Volumen.

»Könntest du deine Brust in der Hand halten? Die linke, nicht die rechte. Gut. Könntest du dich jetzt auf die Pritsche legen? Spreiz die Beine. Winkle dieses Knie nach innen ab. Ja, so.«

Gerta tut das alles kommentarlos, mit der geduldigen Langeweile von Frauen, die mit ihrem Körper Geld verdienen. Er zeichnet sie ein ums andere Mal, Knöchel und Knie, Ellbogen und Bauch. Sie hält eine Pose zwei oder auch dreißig Minuten. Gustav schlägt immer wieder eine Seite in seinem Zeichenblock um.

Es ist früher Nachmittag, doch es herrscht bereits Zwielicht, und im Wettlauf mit der hereinbrechenden Dunkelheit arbeitet er fieberhaft weiter. Als er nicht mehr kann, sagt er: »Schluss für heute.« Sie hat eine Gänsehaut und ist kränklich bleich. Unter ihren Zehennägeln schimmert es violett. Sie ist jetzt wieder eine Frau, mehr als nur eine Sehübung und irgendwie auch weniger als das. Er klettert die Leiter hoch und schließt die Oberlichter. Sie zieht sich Unterkleid und Strümpfe an, knöpft sich das Kleid zu und verschnürt die Stiefel. In seinen Augen vergebliche Liebesmüh.

»Möchtest du noch bleiben?«, fragt er. Sie nickt.

In der Ecke steht ein Bett, und er führt sie hinüber. Während er sich auszieht, stützt sie den Kopf auf die schmale Hand und wartet. Er sitzt neben ihr auf dem Bett, knöpft auf und entschnürt und löst Knoten, bis sie wieder nackt daliegt. Dann streicht er mit der Hand wie mit dem Pinsel über ihre Haut.

Zwei

An meinem zwölften Geburtstag ging ich mit meinem Vater und meinen beiden Schwestern Pauline und Helene zu einer kaiserlichen Parade.

Für die Wiener war dies das wichtigste Ereignis des Jahres. Es bedeutete ihnen mehr als Ostern und Weihnachten zusammen, und dabei waren die Wiener im Allgemeinen recht fromm. Fast schien es, als sei Gott selbst nach Wien gekommen, um hoch zu Ross durch die Straßen zu reiten. Für mich als Kind war es das größte Glück auf Erden, einem solchen Spektakel beizuwohnen.

Zum lauten Mittagsgeläut der Annakirche an der Ecke traten wir aus unserem Wohnhaus auf die Straße. Wie ein Echo konnten wir leise die Glocken des Stephansdoms in anderthalb Kilometer Entfernung hören. Sie schlugen dieselbe Bach-Melodie. Wir drehten uns alle noch einmal um und sahen zu dem Fenster im dritten Stock hinauf, an dem meine Mutter stand. Sie kam nicht mit, wie sehr wir auch betteln mochten. Derlei Pomp sei nicht nach ihrem Geschmack, sagte sie.

Unser Gebäude war so neu, dass es noch nach Zedernholz und Tünche roch. Gelb verputzt, die Gesimse geschmückt mit grotesk herabglotzenden steinernen Sirenen, thronte es zwischen den älteren, kleineren Häusern wie einc Katze, die mit zwei hilflosen Graumäusen spielt.

Im Vorjahr waren wir aus einer schäbigeren Wohnung ein paar Straßen weiter hierher gezogen. Die Decken waren so hoch, dass Papa sie nicht einmal berühren konnte, wenn er sich auf eine Trittleiter stellte. An den Zierleisten wechselten Stuckamoretten mit Traubengirlanden. In jedem Raum gab es einen Kachelofen.

Wir winkten unserer Mutter zum Abschied, und sie winkte zurück, doch ich wusste, dass sie uns gar nicht sah. Sie hörte nicht einmal die Glocken. Über die Dächer hinweg starrte sie auf die Donau und summte dabei eine Arie vor sich hin, die sie gerade komponierte, um zu hören, wie sie klang. Die Akustik in der neuen Wohnung war phantastisch, und wenn irgendetwas von unserem Hausrat in die neue Umgebung passte, dann Mamas großer Flügel.

Auf der anderen Straßenseite zog der Tabakwarenhändler gerade – früher als sonst – die Läden zu, um an den Festlichkeiten teilzunehmen. Mein Vater lief hinüber, um ein Päckchen Tabak zu kaufen. Er entschied sich für eine türkische Sorte, die in durchsichtiges, rot gestreiftes Papier gewickelt war. Er würde ihn später, wenn wir im Bett waren, rauchen.

»Brauchen Sie etwas, Georg?«, fragte Vater, während er einen prüfenden Blick auf die Pfeifenauslage warf.

»Heute ist Feiertag, Herr Flöge«, erwiderte Georg grinsend. »Wollen Sie sich nicht lieber morgen den Kopf darüber zerbrechen? Genießen Sie den schönen Tag.«

Damit schenkte er jeder von uns ein Karamellbonbon und sagte: »Bis später.« Vater schrieb sich trotzdem etwas in sein Notizbüchlein und sagte dem Tabakwarenhändler, er würde am nächsten Morgen jemanden vorbeischicken.

Mein Vater besaß eine Fabrik, die Meerschaumpfeifen produzierte. Er beschäftigte sechzehn Männer in einem kleinen Lagerhaus am Fluss. Da ich alt genug war, um zu Fuß dorthin zu laufen, war es immer etwas Besonderes für mich, ihn zu besuchen und die Handwerker bei der Arbeit zu beobachten. Schon oft hatte ich einem Mann dabei zugesehen, wie er einen Meerschaumkloben aus einem Wasserbottich zog. Der gehauene Stein war so weich und weiß wie Käse. Wenn der Mann ihn anschließend mit dem Messer bearbeitete, wusste er immer ganz genau, wo er die Klinge ansetzen musste. Wie ein Bildhauer konnte er ein Pferd oder einen Bullen oder einen pausbäckigen Mann aus dem Stein herausarbeiten. Die Männer waren jeder spezialisiert: einer auf Könige, ein anderer auf Tiere, der dritte auf Politikerkarikaturen.

Waren die Pfeifenköpfe fertig geschnitzt, wurden sie an den Stielen befestigt und in einem Brennofen gebrannt. Danach kam das Polieren und Wachsen. Das war Aufgabe der Lehrlinge. Die fertigen Pfeifen waren so leicht und glatt wie Eierschalen, doch widerstandsfähiger als Porzellan. »Flöge Meerschaum« stand in winzigen geprägten Goldbuchstaben auf jeder Pfeife. Sie waren sehr beliebt, und Vater sagte, der Kaiser höchstpersönlich besäße eine.

Er wurde nie müde zu betonen, wie glücklich wir uns schätzen durften. Sein Vater war ein armer Schmied gewesen und an Tuberkulose gestorben, noch bevor wir geboren wurden, wir dagegen lebten in einer Sechszimmerwohnung in Wien, der schönsten Stadt der Welt.

Die uralten gepflasterten Gassen und marzipanfarbenen Gebäude waren zauberhaft, und auch von den schummrig beleuchteten Geschäften, die Noten oder Kristallkelche verkauften, ging ein besonderer Charme aus; doch das wusste ich noch nicht. Es war einfach die Stadt, in der ich wohnte. Ich dachte, sämtliche anderen Städte, ob klein oder groß, müssten sein wie diese.

An dem Tag allerdings war es anders. Wir mischten uns unter die Menschen, die wie Regentropfen aus den schmalen Gassen perlten und auf die breiten Alleen und schließlich auf den Ring hinausströmten – die breite Straße, die erst seit wenigen Jahrzehnten die mittelalterliche Wehr ersetzte. Sie schloss sich wie ein Kollier um die Stadt und führte am Kaiserpalast und den Regierungsgebäuden sowie dem neuen Kunstmuseum vorbei. Leute von überall her waren unterwegs, um sich den Festzug anzusehen. Die Fabriken blieben geschlossen, die Kinder hatten schulfrei, und selbst die Universitätsstudenten durften ihren Kollegs fernbleiben.

Von den Menschentrauben aufgehalten, verstopften Karren und Kutschen die Straßen, und wenn die Fahrer auch mit den Peitschen an die Räder schlugen und die Leute anherrschten, sie durchzulassen, so war doch niemand wirklich böse. Kinder rannten auf die Straßen und gaben den schäumenden Pferden Äpfel zu fressen.

Es war ein strahlend heißer Tag. Auf dem Weg zum Ring wechselten die schattigen Gassen mit breiten Prachtalleen ab, deren monumentale Steinbauten wenig Schatten boten. Ich spürte das Pflaster durch die Stiefelsohlen. Wir hätten unsere Sonnenschirme mitbringen sollen, meinte Pauline. Alle Damen hatten einen dabei und drohten, jeden in ihrer Nähe damit zu köpfen.

»Kleine Mädchen tragen keinen Schirm«, fuhr unser Vater barsch dazwischen. »Warum nicht gleich ein Abendkleid mit Dekolleté und einen Kavalier dazu?« Er packte mich fest mit einer Hand und Helene mit der anderen, als würden wir ihm weggerissen, sobald er seinen Griff lockerte. Er hätte sicher nicht gezögert, Pauline auf dem Rücken zu tragen, doch die hielt auf der anderen Seite meine Hand, und so bahnten wir uns mühsamen Schrittes unseren Weg durch die Menge.

Pauline schien ihn daran erinnern zu wollen, dass Mutter bei ihrer Hochzeit gerade mal siebzehn und somit nicht viel älter gewesen war als sie jetzt, doch sie wusste, dass das nichts nützte, und so biss sie sich nur fest auf die Lippen. Ich sah den Tropfen karmesinroten Bluts an ihrem Mund. Vater fühlte sich von der Aufgabe, drei Töchter sicher in den Hafen der Ehe zu manövrieren, schlicht überfordert, und er schien das Problem für sich zu lösen, indem er leugnete, dass wir älter wurden. Selbst Pauline musste noch wie ein kleines Mädchen einen hohen Spitzenkragen tragen. Es kostete Überwindung, sich nicht am Hals zu kratzen oder unbehaglich zu winden. Mutter sagte, es sei eine gute Übung, ein Spitzenkragen sei nichts im Vergleich zu einem Korsett.

Gegenüber der Staatsoper kamen wir an einem seidenen Zelt vorbei, in dem sich Schatten bewegten. Wir konnten nur raten, wer da drinnen war und was dort vor sich ging. Die Adligen versammelten sich auf Samtkissen und speisten Austern. Ihre Lakaien füllten ihre Kristallgläser mit Apfelwein. Davor tummelten sich die Leute, um zu sehen, wer als Nächstes aus welcher Kutsche stieg. Wir schauten zu, wie ein dünner Mann mit Monokel und einer bunten Schärpe eine mollige Frau mit Turban ins Zelt begleitete.

In der Menge boten Jungen Gedenkausgaben von Zeitungen und Konfetti an, verkauften alte Männer Würstchen mit süßem Senf und alte Frauen Rosen. Mein Vater nahm einer Frau mit goldener Haube vier blutrote Exemplare ab, die wir werfen sollten, wenn der Kaiser vorbeigeritten kam. Einige Leute in unserer Nähe hielten in Papier gewickelte Sträuße bereit. Die Straße roch nach gebratenem Fleisch und Pferdeäpfeln.

Es wurde immer voller; in dem Gedränge war kaum mehr voranzukommen. Ich wünschte mir, noch klein genug zu sein, um bei meinem Vater auf der Schulter zu sitzen. Ich war klein für mein Alter, und ich wurde von den Seiten und von vorne bedrängt. Von der Prachtstraße, auf der die kaiserliche Parade stattfinden sollte, sah ich nichts.

»Keine Sorge«, sagte Pauline. »Wenn wir erst mal an der Treppe sind, haben wir einen guten Blick von oben.«

Neben mir stocherte Helene durch die Spitze hindurch an ihrem Hals herum, die roten Kratzstriemen leuchteten wie Farbstreifen auf ihrer Haut. Ich stupste sie; falls Vater das sah, bekämen wir alle Schwierigkeiten. Pauline zeigte uns stolz, wie sie den Hals gar nicht bewegte, um etwas zu sehen, sondern sich einfach mit dem ganzen Körper in die entsprechende Richtung drehte.

»Was hast du?«, fragte Vater, der sie dabei beobachtete. »Du siehst ja aus wie ein Huhn.«

Pauline antwortete nicht. »Wieso schaust du so zufrieden drein?«, wandte sie sich gereizt an mich. »Du hast den ganzen Morgen noch nicht einmal gezuckt.«

Kaum sah Pauline weg, zeigte ich Helene mein Geheimnis. Ich hatte mir eine Leinenserviette stibitzt und unter den Kragen gestopft. Sie war praktisch unsichtbar, und ich konnte bequem den Kopf hin und her wenden.

Mit unserem lockigen roten Haar sahen wir beinahe wie Zwillinge aus, obwohl Helene fast drei Jahre älter war als ich. Manchmal kam ihr eine Idee zuerst, dann wieder mir, doch egal, wie – wir teilten unsere Entdeckungen miteinander und bildeten so eine strategische Allianz gegen unsere stets sittsame ältere Schwester, unseren regelwütigen Vater und unsere sprunghafte Mutter. In Kleiderfragen war Pauline unser gefährlichster Widersacher. Dabei ging es nicht nur um die Spitzenkragen, sondern auch um die riesigen Schleifen im Haar, die uns gnadenlos mit Nadeln direkt über der Kopfhaut festgesteckt wurden. Es ging um das rigorose Schrubben unserer rissigen Hände mit eiskaltem Wasser, um die präzise Bemessung eines jeden Schritts, den wir machten, und den Winkel, in dem wir in der Kirche das Gebetbuch halten sollten. Ständig beäugte sie uns, und wenn nicht sie, dann Vater. Unsere Mutter stand uns entweder zur Seite oder aber fiel am schlimmsten von allen über uns her, und wir konnten unmöglich vorhersagen, was von beidem passieren würde. Auf Helene aber konnte ich mich verlassen.

»Woher hast du das?«, flüsterte sie mir zu.

Ich verriet ihr, wie ich mir ein Gummiband um den Oberschenkel gebunden hatte, um die Serviette unter dem Rock zu verstecken.

»Du bist verrückt«, sagte sie voller Bewunderung. »Und wenn sie dich erwischt hätten?«

Sie konnte sich nicht vorstellen, wann und wie ich es geschafft hatte, bei einem unserer steifen, schweigsamen und endlosen Abendessen meine Serviette zu verstecken. Ich saß zwischen Vater und Pauline, und seit ich mit Glas und Besteck umgehen konnte, standen meine Hände unter schärfster Beobachtung. Bei dem kleinsten Fehler handelte ich mir eine strenge Rüge ein; da bei Tisch kaum gesprochen wurde, hegte ich den leisen Verdacht, dass sich Pauline und Vater damit einfach die Zeit vertrieben.

Vorletzten Donnerstag hatte Mutter beim Essen einen Hustenanfall bekommen, erinnerte ich Helene, und vertraute ihr an, dass ich, als Vater ihr auf den Rücken klopfte und Pauline aufsprang, um ihr ein Glas Wasser zu holen, rasch meine Gabel fallen gelassen hatte.

»Was habt ihr beide da zu kichern?«, fragte Vater nicht eben freundlich.

Wir sagten nichts und sahen absichtlich aneinander vorbei. Manchmal reichte allein das, um den nächsten Anfall auszulösen. Ich merkte, wie mein Gesicht heiß und rot wurde und mir das Lachen in der Lunge zu explodieren drohte. Helene neben mir bebte.

»Nun nehmt aber Haltung an«, sagte Vater. Wenn er in diesem Ton mit uns sprach, wurde jeder Frohsinn im Keim erstickt.

Ein Mann mit schütterem Haar und Brille ging umher, zog die Taschenuhr aus seinem Rock und verkündete jedem, der es wissen wollte: »In sechsundzwanzig Minuten müssten sie da sein.«

Wir kamen an einer Frau vorbei, die an einem bemalten Holzkarren Eis verkaufte.

»Möchtet ihr vielleicht ein Eis?«, fragte Vater. Wir waren verblüfft. Normalerweise durften wir keine Süßigkeiten essen, und schon gar nicht von einem Straßenhändler.

Pauline sah ihn skeptisch an. »Wirklich, Papa? Bist du sicher, dass wir das dürfen?« Helene und ich hielten den Atem an und drückten uns gegenseitig fest die Hand.

»Immerhin hat Emilie heute Geburtstag«, sagte er. Wenn er lächelte, was nicht oft vorkam, sah er einen Moment lang gut aus mit seinem geröteten Gesicht. Er gab Pauline das Geld. »Nicht so schüchtern. Geh mal gleich zu ihr.«

Die Frau rief laut in die Menge: »Schnell! Holt euch ein Eis, Leute, bevor es schmilzt! Es wird minütlich wärmer!«

Wir stellten uns hinter einer Dame in die Schlange, die einen grünen Papagei in einem Drahtkäfig bei sich trug, und sahen der Eisfrau dabei zu, wie sie für die Kundschaft vor uns Kugeln herausschabte. Ihre Arme waren stark gebräunt, und sie trug eine rote Schürze mit aufgestickten Früchten: Zitronen, Pfirsiche und Ananas.

Ein Stück weiter seitlich brüllte ein kleines Mädchen in einem weißen Kleid und teuren Stiefeln. Obwohl sie dem Aussehen nach nicht älter als zehn Jahre sein konnte, stellte ich neidisch fest, dass sie einen Sonnenschirm aus rosa Spitze besaß und ich noch nie eine so schöne Stickerei gesehen hatte wie die an ihrem Kleid. Ich glaube, es lag an dem Kleid, dass ich die Kleine so eingehend betrachtete. Daran und an der Szene, die sie machte. Ich hatte noch nie gesehen, wie ein kleines Mädchen in aller Öffentlichkeit einen Wutanfall bekam. Niemand, den ich kannte, hätte das gewagt.

»Adele«, sagte ein Mann, »du weißt doch, dass wir nichts essen, was auf der Straße verkauft wird.« Es war ihr Vater, groß und massig und mit einem dunklen Schnurrbart. Das Mädchen schrie nur umso lauter. Helene und ich wechselten viel sagende Blicke.

Adeles Vater wirkte verlegen. Neben ihm tippte die modisch gekleidete Mutter des Mädchens im Takt mit dem Fuß auf den Boden.

»Du solltest dich was schämen!«, sagte er. »Die Leute werden denken, du liebst den Kaiser nicht.«

»Ich hasse den Kaiser!«, schrie das Kind. »Ich hasse den Kaiser!«

Sie hatte ihre Lautstärke noch ein wenig gesteigert. Die Umstehenden taten so, als würden sie nichts bemerken.

»Ich hasse den Kaiser!«, brüllte das Mädchen noch einmal. Die Mutter nahm sie bei der Schulter und sah ihr lange in die Augen. Dann zuckte sie die Achseln. »Kauf dem Kind ein Eis.«

Adeles Vater erlaubte ihr nicht, mit ihm zum Eiswagen zu gehen. Während er sich in die Schlange stellte, beobachtete ich die abseits stehende Kleine. Ihre Augen funkelten wie Smaragde.

Dann waren wir an der Reihe. Die Frau schabte Eis in Papiertüten und fragte uns, welchen Geschmack wir wollten. Es gab drei Sorten: Erdbeer, Kirsch und Zitrone. Wir beschlossen, jeweils eine zu nehmen. Die Frau goss den Sirup aus drei verschiedenen Kännchen über unser Eis. Pauline reichte ihr eine Münze, die sie in einen Ledergürtel an der Taille steckte. Dann wischte sie sich mit der Schürze übers Gesicht und wandte sich dem nächsten Kunden zu.

Wir schleckten unser Eis und warteten, was das Mädchen machen würde. Als der Vater an der Reihe war, kramte er in der Tasche nach Geld. Die Frau in der Schürze neckte ihn, doch er lächelte nicht. Ungeschickt hielt er das Eis in der Hand. Als er zu dem Mädchen zurückkam, reichte er ihm die Tüte, ohne es eines Blickes zu würdigen. Hätte er hingesehen, dann wäre ihm nicht entgangen, dass Adele das Eis, ohne es zu probieren, in der Hand hielt, bis es schmolz und ihr den Arm herunterlief und schließlich zu einem klebrigen Brei verklumpte. Der Ärmel ihres schönen bestickten Kleids bekam hässliche rosa Flecken.

Als wir zu unserem Vater zurückkamen, sprach er gerade mit einem Mann, den wir nicht kannten. Er trug einen fadenscheinigen Anzug und ein rosa Gänseblümchen im Revers. So etwas hatten wir noch nie an einem Mann gesehen. Er war nicht groß, aber breitschultrig, und er wirkte stark. Er war so gebräunt wie die Eisverkäuferin, hielt eine Ledermappe in der einen Hand und eine Art Werkzeugkasten in der anderen.

Wir blieben schüchtern im Hintergrund.

»Er trägt keinen Hut«, flüsterte Pauline.

»Vielleicht ist er ein Zigeuner«, überlegte Helene.

»Und das sind meine Töchter«, sagte unser Vater. »Mädels, darf ich vorstellen, Herr Klimt.«

»Grüß Gott, Herr Klimt.« Wir knicksten, wie man es

uns beigebracht hatte, und versuchten dabei, unser Eis nicht zu verschütten. Während ich mit dem Kopf nickte, sah ich, dass der Mann über uns lachte.

»Da komme ich mir ja wie ein alter Mann vor oder wie ein Prinz«, sagte er. »Alle nennen mich Gustav. Und niemand knickst vor mir.«

»Herr Klimt ist Maler«, sagte Vater, als erklärte das alles: den Anzug, die Blume, die Bräune, das Lachen – einfach alles.

»Ich wollte gerade beim Kunstmuseum eine Staffelei aufstellen. Mein Bruder ist schon dort. Gute Reklame. Und manchmal zahlen uns die Leute etwas für eine Zeichnung, was auch nicht schaden kann.« Er zwinkerte uns zu. Keine von uns wusste, wie sie sich verhalten sollte. Konnten wir unser Eis zu Ende essen, oder schickte sich das nicht? Helene versuchte, unauffällig den Saft aus der Spitze ihrer Papiertüte zu schlürfen, doch Pauline trat sie mit dem Fuß.

Herr Klimt sagte, er habe ein paar Ideen zu einer neuen Art Pfeife. Sie hätte einen kleineren Kopf und eine komplizierte Kombination aus Nussbaumfurnier und Goldfiligran. Mein Vater hörte ihm zu und schien interessiert zu sein. Klimt solle einmal in der Fabrik vorbeischauen und ihm die Zeichnungen zeigen, schlug er vor.

Dann sagte Vater, wir müssten zusehen, dass wir weiterkämen, und schüttelte ihm die Hand. Klimt verbeugte sich und verschwand im nächsten Moment in der Menge, drehte sich jedoch noch einmal um und lächelte uns zu.

Wir liefen weiter Richtung Rathaus. Ich blieb still und dachte an den Mann. Nicht oft erschienen neue Menschen in unserer wohl behüteten, engen Welt.

Ich wollte Klimt beim Zeichnen zusehen, wohl wissend, dass Papa das nie erlauben würde. Uns blieben nur noch wenige Minuten, um zu unserem Aussichtspunkt zu kommen.

»Papa, da drüben ist Anna Vogel«, sagte ich. »Kann ich zu ihr laufen und ihr Grüß Gott sagen?«

»Wo?«, fragte Helene, die in der Menschenmenge nach unserer Schulfreundin Ausschau hielt. Ich zwickte sie.

»Aber nur kurz«, sagte er. »Sei in zehn Minuten auf der Treppe.« Ich versuchte, nicht zu rennen.

Hinter Klimt und einem dünnen Jungen mit einem Kittel über dem Anzug hatte sich eine kleine Menschentraube gebildet. Das muss sein Bruder sein, dachte ich. Sie klappten gerade so etwas wie hölzerne Notenständer auf und klemmten Papier daran fest. Zwischen den Ellbogen einiger Männer hindurchspähend, versuchte ich, mich näher an sie heranzuarbeiten.

Eine alte Frau kam vorbei, die sich zwei Fasane an einer Schnur um den Hals gebunden hatte. Spontan rief Klimt ihr etwas zu und wies mit der Hand auf die Vögel. Geld wechselte von einer Hand zur anderen, und Klimt war Besitzer des einen Fasans. Die Frau verbeugte sich zum Dank und plapperte etwas in einer Sprache, die ich nicht verstand. Ich hielt es für Polnisch.

Klimt schüttelte den Kopf und trat den Rückzug an, doch sie folgte ihm und schwenkte den zweiten Vogel an seinem schlaffen Hals. Am Ende gab er nach, reichte ihr das Geld und hängte beide Tiere über eines der Gestelle.

Dann fragte er die Frau stockend in ihrer eigenen Sprache, ob er sie zeichnen dürfe. Zuerst sagte sie entschieden Nein, doch die Umstehenden fingen an zu klatschen und spornten sie an. Einige Männer schubsten sie auf die freie Fläche vor dem, was wohl eine Staffelei sein musste, und Klimt winkte sie lächelnd heran. Schließlich lachte sie und willigte ein.

Trotz der Wärme trug die Frau so viele Pullover, dass sie einem Wollknäuel mit Füßen glich. Sie sah aus wie eine Puppe mit einem verschrumpelten Apfel als Kopf und Kokonseide als Haar. Ich betrachtete zuerst sie, dann das Blatt, dann wieder sie, verfolgte, wie erst hier, dann dort eine Linie erschien, und versuchte, mit Herrn Klimts Augen zu sehen. Zuerst erkannte ich ein Dreieck, dann einen Heuhaufen aus Kreuzschraffur, ein paar Ovale, und schon war sie da. Wie hatte er das gemacht?

Als Klimt ihr die Zeichnung gab, die er angefertigt hatte, kicherte sie wie ein Kind und reichte ihm einen kleinen Stoffbeutel mit Haselnüssen. Langsam kämpfte ich mich durch die dicht gedrängten Menschen nach vorne, bis ich direkt im Rücken des schmächtigen Bruders stand. Eine Stimme im Hinterkopf riet mir, rasch zu meinem Vater und meinen Schwestern zurückzukehren; ich würde Ärger bekommen, sobald ich wieder erschien; doch das machte nichts. Ich musste noch näher heran.

In stiller Übereinkunft waren die beiden Brüder dazu übergegangen, zwei Verkäuferinnen zu zeichnen, die sich mit verschlungenen Armen über Hutputz unterhielten. Was ist schöner: gelbe Seidenblumen oder Spitze mit Schleifen in Delfter Blau? Schau mal, die reiche Dame dort mit der Hummel im Hut. Wenn man sich so was leisten könnte! Der Bruder verwendete einen Bleistift, stellte ich fest, während Klimt ein dickes Stück schwarzer Kreide wie einen Fisch, den er gerade aus dem See geangelt hatte, in der Faust hielt. Er arbeitete schnell und blätterte um, sobald er eine Zeichnung fertig hatte. Mir blieb kaum Zeit, sie zu betrachten, bevor sie schon wieder verschwanden.

Als sie merkten, dass die Aufmerksamkeit der beiden Künstler ihnen galt, wurden die Mädchen rot und rannten davon. Ich erhaschte einen Blick auf die letzte flüchtige

Skizze, die Klimt angefertigt hatte, und es gab keinen Zweifel, wen sie darstellte. In kürzester Zeit hatte er ihre verlegene, leicht vorgebeugte Haltung eingefangen, ihren aufgeregten Blick, die Art, wie sie sich aufeinander stützten.

In dem Moment stolperten zwei Universitätsstudenten vorbei und fragten, ob sie sich für ein paar Schilling porträtieren lassen könnten. Der Bruder verneinte. »Wir suchen uns unsere Sujets selber aus«, sagte er. »Und nicht sie uns.« Die Menge lachte über die betrunkenen Burschen, die verdutzt dreinschauten, als sei es undenkbar, dass jemand sie als Motiv für nicht würdig befinden könnte. Als es einem von ihnen langsam dämmerte, dass sie eine Abfuhr kassiert hatten, stieg ihm vor Ärger die Röte ins Gesicht.

»Na, da schau her«, sagte er, versetzte dem Bruder einen Stoß vor die Brust und warf beinahe seine Staffelei um.

Klimt stellte sich zwischen seinen Bruder und die Fäuste des Studenten. »Sprich nur für dich«, sagte er. »Mir wäre es eine Ehre, diese Herren zu zeichnen.« Einen Augenblick lang sah der Bruder so aus, als wollte er Klimt eine Ohrfeige geben, doch dann lächelte er, zuckte die Achseln und kehrte an seine Staffelei zurück. Die Studenten lehnten sich aneinander und mimten Denkerposen. Ihre Talare waren zu lang und schleiften im Dreck. Klimt gelang es, mit wenigen gekrümmten Kreidestrichen ihr sehr jugendliches Alter, ihre dürre Gestalt sowie ihre trunkenen Augen festzuhalten. Schließlich riss er die fertigen Blätter von seiner Staffelei und reichte sie den Studenten, die sich über alle Maßen freuten und den kleinen Streit vergaßen. Sie bezahlten ihn großzügig und zeigten die Skizzen allen, die einen Blick darauf werfen wollten. Anschließend falteten sie sie in winzige Quadrate und zogen weiter. Ich zuckte, als sie das Papier knickten, denn nun sahen die Skizzen nicht mehr aus wie von Zauberhand geschaffen, sondern wie Altpapier. Vermutlich waren die Zeichnungen in zehn Minuten vergessen und fielen ihnen irgendwo unbeachtet aus der Tasche. Klimt schien diese grobe Missachtung seines Schaffens nicht zu bemerken. Er zählte das Geld.

Neben ihm hatte sein Bruder sich darangemacht, ein ungarisches Paar in leuchtend bunt bestickter Nationaltracht zu zeichnen. Klimt kam herüber und stellte sich zwischen ihn und sein Sujet. Die Traube verlief sich, doch ich konnte mich nicht von der Stelle rühren.

»Wir sind Künstler, keine Straßenbettler«, zischte Klimts Bruder verärgert.

»Woher haben wir diesen Kohlestift?«, fragte Klimt ruhig. »Und dieses Papier?«

»Aus der Schule«, erwiderte sein Bruder mürrisch.

»Wir haben das Papier aus der Mülltonne geholt und abgewischt. Die Kohle haben wir vom Boden aufgehoben. Von diesem Geld können wir uns tatsächlich kaufen, was wir brauchen.«

Der Bruder mochte offensichtlich nicht zugeben, dass Klimt Recht hatte.

»Wir haben genug, um uns im Kaffeehaus ein Stück Kuchen zu gönnen«, sagte Klimt in einem Ton, dem ich entnahm, dass er bei seinem Bruder einen schwachen Punkt getroffen hatte. Daraufhin mussten beide lachen.

»Wie viel hast du bekommen?«, fragte der Bruder.

»Die Burschen, die depperten, haben mir zehn Schilling für eine Zeichnung gegeben, mit der ich mir nicht einmal den Hintern abwischen würde.«

Mir drehte sich der Kopf. Die Künstler waren so arm, dass sie Papier aus Mülleimern zogen und wiederverwendeten. Sie hatten beinahe eine Schlägerei verursacht. Ihre Sprache war vulgär und beängstigend. Ich fühlte mich abgestoßen und fasziniert zugleich. Ich war noch nie jemandem begegnet wie ihnen.

Plötzlich wünschte ich mir nichts sehnlicher auf der Welt, als dass Gustav Klimt mich zeichnete. Ich hatte kein Geld, doch ich dachte, wenn es mir nur gelänge, in sein Blickfeld zu treten, dann könnte ich vielleicht irgendetwas Interessantes tun, um seine Aufmerksamkeit zu erringen. In dem Moment rief jemand, die Kutschen seien gesichtet worden, und alle rannten zur Allee. Ich lief zu den Eingangsstufen des Rathauses hinüber. Helenes roter Schopf war wie ein Leuchtturm schon von weitem zu erkennen, und kaum hatte ich ihn entdeckt, ging ich langsamer weiter und schlüpfte hinter sie.

»Wo bist du nur gewesen?«, schnauzte Vater. Ich versuchte, mich nicht durch zu schnelles oder heftiges Atmen zu verraten.

»Tut mir Leid«, sagte ich.

»Nach allem, was ich euch heute zugebilligt habe«, sagte er. »Du solltest dich schämen.«

»Da ist er!«, sagte Helene.

Ich vergaß, dass Vater böse auf mich war, und hüpfte wieder und wieder in die Höhe, um besser zu sehen. Pauline reckte auf wenig damenhafte Weise den Hals. Vater stand ihr nicht nach und winkte dem Herrscher zu.

Der Kaiser wirkte hoch zu Ross sehr stark und tapfer. Die Epauletten an seinem Uniformrock und die Hände auf seinen Knien blieben völlig unbewegt, als das Pferd vorübertrabte. Er war von einem Corps Soldaten umringt.

»Wie sieht er aus?«, fragte Pauline, als hätte sie nicht schon hundertmal sein Bild gesehen.

»Wie ein trauriges Walross«, rief ich. Und ich war überglücklich, denn ich hatte einen Blick des Kaisers erhascht, und er hatte mir zugelächelt.

Pauline gab sich schockiert. Helene kicherte. »So redet man nicht über den Kaiser«, sagte Vater.

»Und wann hast du je ein Walross gesehen?«, fragte Pauline.

»In einem Zoologiebuch. In der Schule.« Ich versuchte zu erklären, wie er mit seinem hochgezwirbelten Schnauzbart aussah – er schien zu lächeln, obwohl seine Augen traurig waren. Er hatte mir zugelächelt.

»Er lächelt nicht dir zu«, sagte Vater. »Du bist ein Niemand. Sein Lächeln gilt Wien.«

Die Soldaten, die dem Kaiser zu Fuß folgten, trugen Pferdeschweif-Quasten am Helm und marschierten wie eine Gänseschar in Formation, wobei sie bei jedem Schritt Staub aufwirbelten und einen Takt aufs Pflaster stampften. Ihr Kommandeur brüllte Befehle, sie legten ihre Gewehre an und schossen in die Luft. Die Menge schrie Hurra.

Hinter den Soldaten war die Kutsche zu sehen. Sie war so filigran verziert wie ein Notenblatt. Die prächtigen Pferde, die sie zogen, waren mit Girlanden geschmückt und trugen rosa und gelbe Bänder in ihren weißen Mähnen.

»Was siehst du?«, rief Pauline ungeduldig.

»Sie hat da drinnen einen Schleier über dem Gesicht«, sagte ich. »Sie schaut nicht einmal in die Menge.«

»Sie« war natürlich die Kaiserin. Um sie zu sehen, waren wir eigentlich gekommen. Es schien, als sollten wir enttäuscht werden. Doch wir waren darauf gefasst gewesen; seit fünf, sechs Jahren hatte sie sich nicht mehr öffentlich gezeigt.

Dann plötzlich wurde, nur ganz sacht, das Fenster der Kutsche aufgestoßen. Ein Handschuh erschien und griff nach den vergoldeten Schnecken, die das Fenster rahmten. Und nicht irgendein Handschuh. Ein überaus weicher, tiefschwarz, mit einem Federbesatz, von dem ich heute weiß, dass es sich um Marabu handelte. Die Hand streckte sich der Menge entgegen, tastete zögernd nach der Luft, ohne richtig zu winken. Ein Ärmel – die zarteste, golddurchwirkte Spitze – fiel über den Handschuh herab, flatterte ein wenig in der Brise, und das war's. Die Kutsche fuhr vorbei und verschwand.

Drei

Am nächsten Morgen las uns Papa zum Frühstück einen Zeitungsartikel über die Klimt-Brüder vor. Sie hatten den Auftrag für die Wandgemälde an einem neuen Theater bekommen, welches nicht weit von unserem Haus gebaut wurde. Papa sagte, das sei eine hohe Auszeichnung für derart junge Künstler.

Es gab noch so vieles, das ich wissen wollte: Was würden sie malen? Was planten sie für die Decke? Was für Farben verwendeten sie? Solche wie die an den Wänden unserer Wohnung?, doch Papa fegte meine Fragen vom Tisch.

»Ich bin spät dran«, sagte er. »Und ihr auch.«

Wir besuchten eine Klosterschule nahe der Annakirche. Alle dort waren sehr nett zu uns, wenn auch auf eine mitleidvolle Art und Weise, da wir Protestanten waren, weshalb wir in der Kapelle die Hände über der Brust kreuzen mussten, wenn die Hostie gereicht wurde. Ich fühlte mich jedes Mal so, als erklärten wir uns damit für exkommuniziert, was im Prinzip bedeutete, dass wir in die Hölle kommen würden. Wieso sie sich dann trotzdem die Mühe machten, uns etwas beizubringen, verrieten uns die Schwestern nicht. Mutter sagte, wir sollten einfach nicht auf sie hören, wenn sie so etwas zu uns sagten.

Der Stein im Innern der Annakirche, in der die Messe gelesen wurde, war vom Alter verfärbt, über dem Gestühl lag der schwere Duft von Weihrauchschwaden. An schmiedeeisernen, käfigartigen Gebilden, die an mittelalterliche

Folterwerkzeuge erinnerten, flackerten die Kerzen. Weiß gewandete Gestalten mit Rauchfässern huschten vorbei, um sie anzuzünden oder zu löschen. Überall starb Christus unter großen Qualen: An den Buntglasfenstern blutete und schrie er und stürzte immer wieder auf den Stationen des Kreuzwegs; auf dem Gewölbefresko trug er die Dornenkrone. Auf den Tapisserien an den kalten Wänden war er in ein Leichentuch gehüllt oder lag im Grab. Vater sagte, wir sollten nicht hinsehen, es sei grausam und blasphemisch, doch es war schwer, nichts zu sehen und nichts zu hören. Demnächst, dachte ich, soll ich auch noch die Nase zuhalten, um nicht den Duft von Sandelholz und Myrrhe einzuatmen.

Die Schule war im nahe gelegenen Kloster untergebracht, einem fast ebenso alten Gemäuer wie die Kirche. Der Rauchfang war von jahrhundertealtem Ruß verstopft, und wenn wir nach Hause kamen, brannten uns die geröteten Augen. Die Nonnen hatten sich als Einzige bereit erklärt, Mädchen in Latein, Mathematik und Philosophie zu unterrichten, deshalb gingen wir dorthin. Vater hatte Angst, sein Geschäft könnte einmal zusammenbrechen, und wir wüssten dann nicht, wovon wir unseren Lebensunterhalt bestreiten sollten. Gründe für seine Befürchtungen nannte er nicht; es gab dort draußen offenbar gewisse Dinge, unsichtbare, heimtückische Kräfte, die versuchten, ihn in die Knie zu zwingen. So zumindest klang es für mich, wenn ich ihn reden hörte. Mutter hatte die Schule verlassen müssen, als ihre eigene Mutter starb, was sie nie verwunden hatte. »Ihr sollt eine anständige Bildung haben«, sagte sie finster, »komme, was da wolle.« Und so sorgten sie jeder auf seine Weise, vereint durch ihre ohnmächtige Ahnung dräuenden Unheils, dafür, dass wir etwas Gescheites lernten.

Morgens gingen wir zu dritt in die Schule. Zum Mittagessen kamen wir zu Fuß nach Hause. Nach der Schule luden wir manchmal Freunde in die Wohnung ein, doch in der Regel leisteten wir uns gegenseitig Gesellschaft. Sonntags unternahmen wir einen Spaziergang im Park oder hörten zu, wenn Mutter Klavier spielte.

Sie hatte Pianistin werden wollen; ihr Lehrer war von ihrem Talent überzeugt gewesen. Stattdessen tat sie, was von ihr erwartet wurde, und heiratete. Mein Vater liebte es, ihr zuzuhören, doch er hatte keine Ahnung, dass es sie nicht befriedigte, daheim für ihn Strauss-Melodien herunterzuklimpern. In regelmäßigen Abständen bemühte sie sich, eine gute, bürgerliche Frau und Mutter zu sein, doch meistens vergaß sie es. Sie war geistesabwesend, mit den Gedanken bei Kompositionen, die sie doch nur für uns spielen konnte.

Das war meine ganze Welt. Ich hatte keinen Kontakt zu den Musikern, die an der Oper spielten, den Männern, die an der Universität lehrten, oder überhaupt irgendjemandem außerhalb unserer Familie und meinen Schulkameraden. Gelegentlich ging ich mit Mama auf den Markt und sah sehnsüchtig den Mädchen zu, die mit ihren Familien vom Lande kamen, um Käse, Stör oder Kaninchen zu verkaufen. Sie standen bei jedem Wetter draußen, sprachen laut die Passanten an, flirteten mit den Kunden, gaben Wechselgeld heraus, verpackten und verschnürten die Waren. Das erschien mir so ungleich besser als mein eigenes Leben. Ihre Hände waren rau und gerötet, doch sie taten etwas Nützliches. Und sie waren frei, zumindest freier als ich.

Wenn ich Hausaufgaben machen sollte, zeichnete ich in eines meiner Schulhefte kleine Mädchen mit lockigem

Haar und riesigen Augen. Ihre Köpfe waren stets zu groß für ihren Körper. Ich zeichnete Tänzerinnen, die Arabesken vollführten, wusste aber nicht, wie der Hals in den Rücken überging. Meine Tänzer hatten alle fischflossenartig abstehende Schulterblätter. Ich versuchte, die schlafende Helene zu Papier zu bringen, doch das Einzige, was ich zu Stande brachte, war, sie aufzuwecken, als ich meine Schiefertafel mit dem Blatt darauf angewidert quer durchs Zimmer schleuderte. Ich konnte besser Kleider zeichnen als Leute, die sie trugen, und so zeichnete ich den schönen Handschuh der Kaiserin und versuchte, ihr Kleid aus der Erinnerung darzustellen, auch wenn ich nur den Ärmel gesehen hatte. Das Kleid dazu musste aus Brokat in einem Ton zwischen Gold und Pfirsich sein. Es hatte bestimmt keinen Prinzesskragen, sondern fiel von kurzen, angeschnittenen, mit Perlenschnüren verzierten Ärmeln herab. An der golddurchwirkten Spitze an ihrem Dekolleté war die zweifellos größte Rubinbrosche befestigt, die man je gesehen hatte. Natürlich hielt ein solches Kleid nicht warm, und so entwarf ich ein weißes Polarfuchs-Cape mit passendem Hut dazu. Mit dem Ergebnis war ich recht zufrieden.

Kaum hatte ich das Kleid gezeichnet, hatte ich Lust, Salon zu spielen. Wir holten einige von Mutters alten Abendkleidern aus einem Dielenschrank und ergänzten sie mit diversen Schals, Roben, Geschirrtüchern oder mit Schmuck – was immer wir finden konnten. Natürlich war es uns verboten, irgendetwas davon anzurühren, doch Mutter hatte sich mit Kopfschmerzen ins Bett gelegt und würde nicht vor dem Abendessen wieder erscheinen, und bis dahin hatten wir noch stundenlang Zeit.

Als wir fertig kostümiert waren, fing Helene an, einen Tanz zu choreographieren, der von einer berühmten

Truppe tanzender Schwestern inspiriert war. Zwischendurch lief immer wieder einer von uns zum Bett und aß etwas aus einer Tüte Schokolade, die wir nach der Schule ins Haus geschmuggelt hatten.

Unser Tanzen ging schon bald in Streitereien über. Helene hatte mich damit aufgezogen, wie ungelenk ich mich bewegte, und ich trat auf den Saum meines Kleides. Es zerriss. Als Nächstes warf ich meinen Schuh nach ihr. Pauline ging dazwischen, bekam einen Absatz ins Auge und schrie. Ich rannte weg, bevor ich zwangsweise vom Spiel ausgeschlossen wurde, und hockte mich schmollend auf die Fensterbank.

Helene versuchte, mich zurückzugewinnen. Sie streckte mir die Arme entgegen und flatterte ärgerlich gut wie eine Sylphe mit den Händen, auch wenn ihr graues Taftkleid viel zu groß für sie war und an ihr baumelte wie Wäsche an der Leine. Dazu sang sie. Wenn sie sang, war sie nahezu unwiderstehlich, das wusste Helene genau. Sie hatte die hohe, klare Stimme eines Sängerknaben. Ihr leuchtendes Haar kringelte sich wie bei einem Raphael um ihr Gesicht. Doch ich war ihre Schwester und nicht ein bewundernder Lehrer oder stolzer Elternteil oder schwärmendes Gemeindemitglied. Ich ignorierte sie. Als jede Reaktion ausblieb, brachte sie nur noch die Strophe zu Ende und verstummte.

»Du bist einfach nur zu faul«, sagte Pauline, die eigentlich zu alt für solche Spiele war und nur uns zuliebe mitgemacht hatte. Sie hatte sich in ein rosa Organza-Abendkleid mit hoher Taille gezwängt und ähnelte einem zu prall gestopften Kissen.

Sie mochte unsere Spiele ohnehin nicht. Pauline war praktisch veranlagt wie unser Vater. Sie war die Einzige, die unsere Mutter besänftigen konnte, wenn sie einen ihrer hysterischen Heulkrämpfe hatte, und die Einzige, die den Nudelpudding mit Zimt und Rosinen so hinbekam, wie Vater ihn mochte. Nach meinem Geschmack mangelte es ihr in deprimierendem Maße an Phantasie.

Ich sagte nichts und öffnete stattdessen immer wieder die Spange an der rosenförmigen Brosche, die ich an meiner Schärpe trug, und schnappte sie zu. Die Juwelen in der Brosche waren natürlich nicht echt, doch sie sahen Rubinen und rosa Diamanten bemerkenswert ähnlich.

Helene schaute Pauline achselzuckend an – sie waren mein Schmollen gewöhnt. Sie kehrten zu ihren Tänzen zurück, die komplizierte Bewegungen mit den Schals erforderten. Es war schwer, sich nicht darin zu verheddern. Tatsächlich musste der Tanz häufig unterbrochen werden, um die Tücher zu entwirren und die Schuldfrage zu klären. Ich hörte ihnen nur halb zu, während ich die Leute beobachtete, die unten vorübergingen.

Zu meinem Glück wohnten wir an einer sehr belebten Straße. Es kam immer jemand Interessantes vorbei. Gerade trat eine Frau, die ihren Samtmantel eng um den Hals gezogen hatte, in die Apotheke. Ich erkannte in ihr eine ziemlich berühmte Sopranistin wieder und fragte mich, ob sie etwas an der Stimme hatte. Als sie nach wenigen Minuten wieder herauskam, las sie im Gehen das Etikett auf einer kleinen Flasche. Beinahe wäre sie mit zwei Ärzten zusammengestoßen, die ihr mit Lederköfferchen und besorgter Miene entgegenkamen. Ich entdeckte einen der betrunkenen Studenten, die der Künstler Gustav Klimt gezeichnet hatte. Er sah nicht mehr betrunken aus, doch sein Haar war sehr zerzaust, und er schien blass und in Eile zu sein. Er schoss an unserem Haus vorbei und entschwand meinem Blick.

In dem Moment, in dem Helene sagte, Pauline sähe aus

wie eine Ziege, und Pauline gerade losheulen wollte, weil es bei ihren eng stehenden braunen Augen und dem langen Gesicht auch irgendwie zutraf, sah ich etwas, das ich nicht glauben konnte. Es war jemand an der Tür, ein kleiner Mann, der ein Köfferchen in der einen Hand trug und einen Gehstock mit glänzendem Griff in der anderen. Er setzte das Köfferchen ab und läutete unsere Glocke, dann zog er den Hut und ließ das Haar im Wind flattern. Im nächsten Moment blickte er hoch und mir direkt ins Gesicht.

Es war Gustav Klimt.

Er lächelte und verbeugte sich, indem er galant den Hut schwenkte. In meiner Eile, mich zu verstecken, fiel ich beinahe von der Fensterbank. Pauline und Helene hörten auf zu tanzen.

»Was ist?«, fragte Helene.

»Er ist hier«, sagte ich.

»Wer?«, fragte Pauline. Als ich es ihr sagte, hielt sie die Luft an.

Die Verbeugung erwähnte ich nicht. Ich wusste nicht, wieso. Es war etwas Besonderes, nur für mich. »Aber was will er bei uns?«, fragte Helene.

Außer dem Doktor kam nie jemand zu uns ins Haus. Mir war schleierhaft, wieso dieser Künstler, von dem wir bis vor wenigen Wochen noch nie gehört hatten, jetzt an unserer Türe stand. Wir warteten und spähten hinter den Gardinen hervor. Als die Tür aufging und Gustav Klimt ins Haus verschwand, schlichen wir uns in die Diele und spitzten die Ohren.

Mutter führte ihn ins große Wohnzimmer, während sie sein Köfferchen und den Stock in der Diele ließ, ein sicheres Zeichen dafür, dass er eine Weile blieb.

Dann rannten wir, so schnell wir konnten, hinauf in

unser Zimmer, da Mutter aus dem Wohnzimmer die Treppe hochkam. Wir schlüpften aus den Abendkleidern und versteckten sie im Schrank. Bis zu ihrem Eintreffen trugen wir wieder unsere normalen Sachen und bildeten ein, wenn auch atemloses, Tableau: Helene und ich sahen aus dem Fenster, Pauline saß am Schreibtisch und las.

Mutter runzelte die Stirn und sagte: »Tut nicht so wie Unschuldslämmer. Dafür sind eure Gesichter zu gerötet.« Wir waren nicht sicher, ob sie damit sagen wollte, dass sie über die Verkleidung Bescheid wusste oder darüber, dass wir Klimts Besuch mitbekommen hatten, und so versuchten wir, uns zerknirscht zu geben, ohne uns zu verraten.

»Was ist denn, Mutter?«, fragte Pauline nicht sehr überzeugend. »Wir haben es läuten hören.«

»Herr Klimt ist da.« Unsere Mutter liebte wirkungsvolle Pausen. Helene platzte vor Ungeduld.

»Wieso? Wieso ist er da?«

»Euer Vater hat ihn gebeten, euch zu porträtieren.«

Wir starrten einander an. Pauline sah entsetzt aus, doch Helene wirkte so aufgeregt, wie ich mich fühlte.

»Lasst den armen Mann da unten nicht warten«, sagte Mutter. »Nehmt Haltung an, schlüpft in eure Schulblusen und kommt nach unten.«

»Unsere Schulblusen?«, fragte Helene nach.

»Das wünscht euer Vater.« Ich weinte fast. Unsere Schulblusen waren aus dünner weißer Baumwolle mit einem schlichten Kragen und einer Art Anhängsel, das uns wie ein Lätzchen über die Brust hing. Dieses Lätzchen war mit billigem Seidengarn bestickt, da wir gezwungen waren, selbst Hand anzulegen. Paulines war ganz manierlich geworden, doch Helenes und besonders meins waren ziemlich missraten. Es war, als sollte ich eine Tanzvorführung im Nachthemd bestreiten. Vielleicht hätte ich versuchen können, mich in etwas anderem an meiner Mutter vorbeizuschleichen, doch dann hörte ich, wie Vater früher als sonst aus der Fabrik heimkam. Er würde über die Sitzungen wachen.

Als wir fertig angezogen waren, bürsteten wir uns das Haar und stöhnten über unseren Teint.

»Hätte ich das gewusst, hätte ich es mit einem Honig-Milch-Bad versucht«, sagte Helene, die schon jetzt wie eine Madonna glühte. Ich zwickte sie.

»Oder mit einer Gurken-Walnuss-Abreibung«, sagte Pauline. »Das macht die Kaiserin, wenn sie photographiert werden soll.«

Pauline ging zuerst hinein. Während wir warteten, versuchten Helene und ich, uns vorzustellen, was hinter der verschlossenen Tür vor sich ging. Das Holz war so dick, dass wir nichts hören konnten, selbst wenn wir dicht davor standen. Helene, die in der Gegenwart von Fremden schüchtern war, hatte Angst davor, mit Klimt reden zu müssen. Ich dagegen stellte es mir peinlicher vor, nur dazusitzen und nichts zu sagen.

Wir horchten auf den Viertelstundenschlag der Dielenuhr. Es war nach sechs, als Pauline wieder erschien. Wir sahen sie fragend an. Sie wirkte schläfrig und benommen.

»Helene«, rief Papa. Mit einem verängstigten Gesicht verschwand sie hinter der Tür.

Ich versuchte, aus Pauline herauszubekommen, wie es da drinnen im Salon gewesen war, doch sie sagte nur, es sei die Aufregung nicht wert. Als ich sie fragte, wie sie Klimt fände, zuckte sie die Achseln, und als ich nachbohrte, worüber sie geredet hätten, sagte sie, das könne sie nicht mehr sagen. Die Uhr schlug einmal, dann noch einmal. Endlich war ich an der Reihe.

Als ich hineinging, saß Vater in der Zimmerecke und las die Zeitung. Die Luft um ihn herum war rauchverhangen und roch nach Zimt und Leder. Er lächelte mir zu, vertiefte sich aber sofort wieder in seine Lektüre. Nervös verharrte ich im Türrahmen. Der Künstler stand mitten im Zimmer vor einer hohen, zerbrechlich wirkenden Staffelei.

»War die in Ihrem Köfferchen?«, fragte ich erstaunt. Aus lauter Neugier auf seine Sachen vergaß ich, dass es unhöflich war, wenn ein Mädchen neugierig war und zu viele Fragen stellte.

Klimt lachte. »Praktisch, nicht wahr?«, sagte er. »Komm, ich zeig's dir.« Er legte das Papier aufs Sofa und klappte die Staffelei mit wenigen geschickten Handgriffen zusammen, bis sie einem Bündel Anmachholz glich. Ich erinnerte mich, sie schon einmal gesehen zu haben.

»Ach ja, so eine hatten Sie auch am Tag der Parade dabei.«

Er lächelte. »Das weißt du also noch.« Er streckte mir das Bündel entgegen. Als ich näher kam, sah ich rote Strähnen in seinem Bart.

Die Staffelei war unerwartet leicht. »Kann die nicht vom Wind umgeweht werden?«, fragte ich.

»Emilie«, mahnte mein Vater, »hör auf, Herrn Klimt zu belästigen, und tu, was man dir sagt.«

»Schon in Ordnung«, sagte Klimt zu meinem Vater und wandte sich wieder an mich: »Mach sie einfach selber auf.« Ich klappte die Staffelei auseinander und stellte fest, dass sie mit den drei weit gespreizten Beinen standfester war, als sie wirkte. Klimt nahm sie mir wieder ab und brachte sie zurück in die Zimmermitte.

Während er Papier an der Staffelei befestigte, wartete ich auf seine Anweisungen. Als er fertig war, drehte er sich zu mir um, sagte aber nichts, sondern starrte mich mit über der Brust verschränkten Armen an. Obwohl mich das sehr verlegen machte, gab ich mir Mühe, mich nicht schüchtern zu winden.

»Also«, sagte er. Der Ausdruck in seinem Gesicht war beunruhigend intensiv. Ich hielt es nicht mehr aus, trat von einem Bein aufs andere und kratzte mir das Gesicht, obwohl es nicht juckte.

»Was soll ich machen?«, fragte ich schließlich. Es war, als hätte ich ihn aus einer Trance geweckt.

»Setz dich in den roten Sessel und halt so still, wie du kannst. Wenn ich will, dass du dich bewegst, dann werde ich dich bewegen«, sagte er unvermittelt, fast barsch.

Ich setzte mich so, wie ich es im Anstandsunterricht gelernt hatte. Als Klimt sich mir zuwandte, seufzte er. Er kam herüber und blieb dicht vor mir stehen. Sein Rock roch nach Zedernspänen, als hätte er lange Zeit im Schrank gehangen.

»Wie würdest du sitzen, wenn du so sitzen könntest, wie du möchtest?«

So etwas hatte mich noch nie jemand gefragt. Was ich wollte, hatte noch nie jemanden interessiert. Verständnislos sah ich ihn an.

»Ich weiß nicht, Herr Klimt«, sagte ich.

»Dir fällt nichts ein?«, fragte er.

»Nein, Herr Klimt«, antwortete ich.

»Na schön«, sagte er. Plötzlich sah er müde aus. »Dann bleib einfach so, wenn du willst. Aber tu mir den Gefallen und schau ganz genau zu deinem Vater hinüber, und beweg dich nicht.«

Nun war mein Vater nicht halb so interessant wie der

Künstler und seine Zeichnung, und so fiel es mir schwer, ihn die ganze Zeit anzusehen. Klimt zog sich einen Kittel über den Rock, in dem er aussah wie ein Apostel. Vor der Staffelei stehend, auf dem Ende eines Bleistifts kauend, betrachtete er mich. Es war schwer, nicht zu zappeln. Ich versuchte, hübsch zu lächeln.

»Lächelst du sonst auch immer?«, fragte er.

»Eigentlich nicht allzu viel, Herr Klimt«, sagte ich.

»Also, dann lächele auch jetzt bitte nicht«, sagte er. »Schau einfach nur ganz normal.«

»Wie seh ich aus, Papa?«, fragte ich, weil ich wollte, dass Klimt das Kompliment mithörte. Vater legte seine Zeitung weg und warf mir einen Blick zu, ohne richtig hinzusehen. »Sehr hübsch«, sagte er und suchte angestrengt nach dem größten Lob, das er zu vergeben hatte. »Du siehst aus wie deine Mutter«, sagte er schließlich, doch ich wusste, dass es nicht stimmte. Meine Mutter war schön. Sie hatte glänzendes kastanienbraunes Haar und ein weiches, rundes Gesicht. Kaum war das erledigt, nahm mein Vater die Zeitung wieder zur Hand und schlief ein.

Klimt hatte keine Ölfarbe dabei, sondern nur Kreide, die er auf einem Stück Wachspapier aufgereiht hatte. Daneben stand ein Glas Wasser. Ich wollte ihn fragen, wozu das diente, doch ich dachte an meine Manieren. Er folgte meinem Blick.

»Mit dem Wasser befeuchte ich einige Linien«, sagte er. »Auf diese Weise erziele ich eine andere Wirkung, wie du gleich sehen wirst.«

Dabei blickte er mich so eindringlich an, dass ich errötete. Ich hoffte, es würde ihm nicht auffallen, aber das war unwahrscheinlich. Noch nie hatte mich jemand so angesehen. Am liebsten hätte ich mich unter dem Sofa verkrochen.

»Beobachtest du immer heimlich Besucher vom Fenster aus?«, fragte er. Ich bemerkte, dass beim Zeichnen die Sehnen in seinem Handgelenk so fest gespannt waren wie das Großstag eines Segels.

»Wie bitte?«, sagte ich und tat so, als wüsste ich nicht, was er meinte.

»Als ich geläutet habe, warst du oben am Fenster.«

»Tatsächlich?«, entgegnete ich. »Ich hab Sie nicht gesehen.« Er hielt einen Moment mit dem Zeichnen inne und grinste mich an. In dem Moment erinnerte er mich an den älteren Bruder meiner Freundin Ulrike, der uns bei jeder Gelegenheit an den Haaren zog, auf die Schulter schlug und ein Bein stellte.

»Was siehst du dir an, wenn du aus dem Fenster schaust?«

»Die Leute«, sagte ich. »Wie sie sich kleiden und wie sie gehen. Manche sind schnell, andere watscheln irgendwie oder humpeln. Einige Leute sehe ich jeden Tag, manchmal wirken sie fröhlich und dann wieder nicht. An manchen Tagen sind sie allein, dann kommen sie mit ihrer Familie vorbei. Das ist interessant.«

»Dann hat man dir ja doch noch nicht alle Persönlichkeit ausgetrieben«, sagte er. Damit machte er sich wieder an die Arbeit.

»Was möchtest du mal werden, wenn du erwachsen bist?«, fragte er als Nächstes. Inzwischen hatte er herausgefunden, dass es mir schwer fiel, direkten Fragen auszuweichen.

»Schauspielerin«, sagte ich. Diesmal grinste er nicht. Er sah auf sein Blatt Papier. »Warst du schon oft im Theater?«, fragte er.

Ich musste zugeben, dass ich noch nicht viele Stücke gesehen hatte.

»Ich geh auch nicht oft, aber ich kenne eine Menge Schauspielerinnen«, sagte er. »Einige stehen mir für ein kleines Zubrot Modell.«

Was ich über Schauspielerinnen wusste, hatte ich aus Zeitungen und von den Beobachtungen derer, die ich wiedererkannte, wenn sie die Mariahilferstraße entlangstolzierten. Sie waren stets elegant gekleidet und bewegten sich mit solcher Grazie, dass ich mich fragte, wieso sie zusätzlich Geld benötigten, auch wenn ich nichts dabei fand, so wie ich jetzt Modell zu sitzen.

»Die sind nicht so glamourös, wie du vielleicht denkst«, sagte er, als könnte er meine Gedanken lesen. »Die sind ganz in Ordnung. Die meisten von ihnen sind arm. Haben kein leichtes Leben, weißt du. Da hast du es hier bei deinen Eltern viel besser.«

Das machte mich wütend. Woher wollte er wissen, wie es mir bei meinen Eltern ging?, doch es war mir verboten, einem Erwachsenen zu widersprechen.

»Irgendwann nehme ich dich mal mit ins Theater«, sagte er. »Du wirst sehen.«

Dann runzelte er die Stirn und unterbrach sein Zeichnen. Er trat zurück, betrachtete eine Minute lang sein Blatt und kehrte an die Staffelei zurück. Doch er zog immer noch die Brauen zusammen. Ich fragte mich, was ich falsch gemacht hatte. Schließlich legte er den Stift aus der Hand und kam zu mir herüber.

»Ich mag nicht, wie du dein Haar trägst«, sagte er.

»So tragen wir es in der Schule«, entgegnete ich.

»Das ist hässlich«, sagte er. Ich begann, mir die Schleife herauszuzerren, doch er versuchte, mich daran zu hindern.

»Lass mich das machen.« Er streckte die Hände nach meinem Gesicht aus. Ich sah, dass sie stellenweise braun verfärbt waren.

»Nein, danke«, wehrte ich ab. »Das kann ich selber.«

»In Ordnung«, sagte er. Langsam trat er zurück, ging ans Fenster und öffnete einen Flügel. Ich kämpfte mit dem Band und ruckte daran herum, bis mir die Tränen in die Augen traten, doch Pauline hatte so gründliche Arbeit geleistet, dass ich es ohne einen Spiegel nicht lösen konnte.

Klimt kam zurück.

»Ich versprech dir, dass ich dir nicht wehtue«, sagte er. »Jetzt lass mich dein Haarband herausholen.« Er ging sehr behutsam mit den zerzausten Strähnen um.

»Wir müssen es ordentlich hochstecken«, sagte er, als er fertig war. »Hast du ein paar Kämmchen?« Ich staunte, dass Klimt mit einem weiblichen Accessoire wie einem Kämmchen vertraut war. Papa konnte sich nie erinnern, wie sie hießen, und nannte sie immer »Haardinger«. Ich warf einen Blick auf meinen Vater, doch der schnarchte immer noch hinter seiner Zeitung.

»Soll ich welche holen?«, fragte ich. Als ich in die Diele trat, war niemand da. Mutter sang in der Küche Verdi. Ich lief in ihr Zimmer hoch und öffnete ihre Schmuckschatulle. Darin befanden sich Perlenketten und ein Diamantarmband, eine goldene Uhr sowie eine Reihe Haarnadeln und Kämmchen. Mutter hatte einige schlichte Schildpattkämme für den Alltag und dann noch diese kleinen Cloisonné-Kämmchen, die sie sich gekauft hatte, als sie und Vater in Paris waren. Sollte ich es wagen, sie mir auszuborgen? Ich redete mir ein, dass Vater das Porträt noch besser gefallen würde, wenn er sie darauf sah.

Zurück im Salon, setzte ich mich wieder in den Sessel und ließ mir von Klimt das Haar aufstecken. Als er fertig war, trat er zurück, um mich zu betrachten, und schien zufrieden zu sein.

»So ist es viel besser, deine Kinnpartie ist deutlicher zu sehen.«

Das leuchtete mir nicht ein. Ich hatte immer zu hören bekommen, mein Kinn sei zu kräftig, nicht weiblich genug. Mir wurde geraten, es um jeden Preis zu kaschieren. Wieso wollte er das Hässlichste an mir noch extra betonen? Ich ahnte, dass die Zeichnung anders als erhofft ausfallen würde.

»Habt ihr an eurer Schule viel Zeichenunterricht?«, fragte er, während er arbeitete.

»Eine Zeit lang kam regelmäßig ein Zeichenlehrer, aber dann musste er zum Militärdienst, und sie haben keinen anderen eingestellt.«

»Hast du gern gezeichnet?«

Mir war der Fuß eingeschlafen, und ich hatte schon einen steifen Hals, nur so kann ich mir erklären, wie ich diese Antwort geben konnte. »Nicht besonders«, sagte ich. »Ich fand es langweilig.« Ich vergaß, dass ich mich nicht bewegen durfte, und riss entsetzt die Hände an den Mund. Dann schielte ich zu meinem Vater hinüber. Er schlief immer noch und hatte mich nicht hören können. Ich wartete nur darauf, dass Klimt mit mir schimpfte und mir damit drohte, meinen Eltern zu sagen, wie frech ich war. Doch zu meinem Staunen lachte er nur.

»Vielleicht fällt es dir zu leicht. Jemand wie ich, der sehr hart arbeiten muss, um ein fähiger Zeichner zu sein, langweilt sich dabei nicht.«

Aus Angst, mir könnte noch einmal etwas Unhöfliches herausrutschen, wagte ich nicht, den Mund aufzumachen.

»Was habt ihr denn gezeichnet, das so langweilig war?«

»Immer wieder dasselbe Stillleben«, sagte ich. »Zwei Glasflaschen, drei Äpfel und eine Weintraube.«

»Man kann eine Menge über Volumen und Licht und

Schatten lernen, wenn man Äpfel und Flaschen zeichnet, weißt du. Und Trauben! Die sind für Anfänger eigentlich zu schwer.«

Ich wünschte mir inständig, dass wir das Thema damit abgeschlossen hatten.

»Was lernt ihr denn sonst an eurer Schule, wenn nicht Zeichnen?«

»Geschichte, Deutsch, Mathematik.«

»Und nähen?«, fragte er mit einem Blick auf meine Bluse.

»Einmal die Woche«, sagte ich.

»Dann sag deiner Lehrerin, es sollte besser täglich sein«, lachte er.

»Das werde ich tun, Herr Klimt«, erwiderte ich höflich.

Wir schwiegen eine Weile. Ich hörte, wie die Uhr drei-, vier-, dann fünfmal schlug, und fragte mich, wieso er für mein Porträt am längsten brauchte. Schließlich drehte er das Blatt rum. »Was meinst du?«, fragte er.

Für die Eitelkeit einer Zwölfjährigen war es ein tödlicher Schlag, mich mit den Augen des Künstlers zu sehen. Auf der Zeichnung waren nur mein Kopf und meine Schultern abgebildet. Da war mein Kinn, das wie eine Felsformation im Gebirge hervorstach. Mein Mund war ernst und grimmig wie bei einem General. Meine Augen sprühten vor Licht wie Sonnenstrahlen. Wie hatte er das mit nichts weiter als Kreide geschafft? Das Wenige, das von meinem Körper zu sehen war, blieb verschwommen – nur eine runde Form für die weiße Bluse, dazu ein Hauch von Pfirsichfarbe, um das Fleisch darunter anzudeuten. Den Salon, den roten Sessel, die Tapete hatte er gänzlich ausgelassen, den Hintergrund lediglich mit dem Handballen zart aprikosenfarben schattiert. Wenn ich wirklich so aussah, dachte ich, dann bin ich das hässlichste Mädchen von ganz Wien.

»Gefällt es dir?«, fragte er. Es klang, als ob er sich wirklich darum sorgte, was ich davon hielt. Doch ich war zu gekränkt, um auf seine Gefühle zu achten. Nur meine strenge Erziehung rettete mich.

»Ich finde es sehr schön«, sagte ich, doch er wusste, dass es gelogen war.

Klimt weckte meinen Vater und schickte mich zu meiner Mutter, damit sie sich die fertigen Bilder ansehen konnte. Er lehnte alle drei Zeichnungen an die Wand, und wir versammelten uns davor, um sie uns anzusehen. Pauline war ein weiches, lächelndes Geschöpf. Er hatte das ganze Zimmer mit gezeichnet, und das Bild war bunt und heiter. Helene erinnerte natürlich an einen Engel. Sie hatte sogar eine Art Strahlenkranz um den Kopf. Nur ich sah so aus, als müssten die Menschen bei meinem Anblick erstarren.

»Sie sind wundervoll«, verkündete meine Mutter. »Besonders das von Emilie gefällt mir. Sie haben wirklich ihre Persönlichkeit eingefangen.«

Klimt erhaschte meinen Blick und zwinkerte. Ich sah weg. Ich wollte nur, dass er ging. Doch dann lud Vater ihn ein, zum Essen zu bleiben. Zu meinem Entsetzen sagte er mit größtem Vergnügen zu.

Auf dem Weg zum Abendessen versetzte mir Helene einen Puff in die Rippen. »Gefällt dir deins?«, flüsterte sie.

Ich starrte sie ungläubig an.

»Es sieht dir tatsächlich ähnlich«, sagte sie zögerlich. Ich hätte heulen können.

»Deins gefällt mir besser als Paulines«, sagte sie. »Sie ist ja kaum darauf zu sehen.«

Noch nie hatte ich jemanden so viel so schnell essen sehen wie ihn. Seine Hände waren gebräunt und breit, mit dicken, platten Daumen wie Holzlöffel. Mit Messer und Gabel hatten sie ihre liebe Not; kaum zu fassen, dass ich bis gerade eben gesehen hatte, wie geschickt er mit Bleistift und Kreide umging. Es gehörte sich nicht, die Aufmerksamkeit auf die schlechten Manieren anderer zu lenken, doch ich sorgte dafür, dass er meinen Blicken entnehmen konnte, wie ich über ihn dachte.

Er erzählte meiner Mutter gerade von einer Arbeit, mit der ihn die kaiserliche Familie betraut hatte.

»Ich werde einige Wandgemälde für die Villa der Kaiserin in Italien übernehmen«, sagte er. »Etwas Heiteres, Farbenfrohes, nicht zu Schwieriges. Ich war noch nie in Italien. Es ist also eine einmalige Gelegenheit für mich, Rom und Florenz kennen zu lernen.«

»Wie sind Sie an den Auftrag gekommen?«, wollte mein Vater wissen.

»Auf dem üblichen Wege«, sagte er. »Er wurde im Künstlerhaus öffentlich ausgeschrieben, und ich habe einen Entwurf eingereicht. Aber ich glaube, ausschlaggebend war der Auftrag vom Burgtheater. Jeder will sein Porträt an der Wand wiederfinden. Inzwischen kommen zwei, drei Richter und Doktoren und hohe Gerichtsbeamte praktisch täglich zu mir ins Atelier.«

Ich beobachtete, wie ihm ein Stück gekochtes Rindfleisch auf den Schoß fiel, und lächelte ihn böswillig an.

»Haben Sie die Kaiserin persönlich gesehen?«, fragte Pauline schüchtern. Papa funkelte sie an, doch Klimt ignorierte ihn.

»Nein, nie«, sagte er. »Niemand bekommt sie noch zu sehen, nicht einmal der Kaiser, weißt du.« Ein Stück Kartoffel fiel ihm wieder aus dem Mund und auf den Teller.

Meine Mutter hüstelte und fragte, ob noch jemand Kohl wolle.

»Emilie sagt, in der Schule haben sie überhaupt keinen Zeichenunterricht mehr. Ich finde, das ist eine Schande. Jedes Mädchen sollte ein bisschen zeichnen können.« Er wandte sich an Mutter. »Ich könnte mir vorstellen, dass Sie darin versiert sind.«

Meine Mutter wurde rot. »O nein, ich habe überhaupt kein Talent. Ich glaube wirklich nicht, dass die Mädchen darin begabt sind.«

»Unsinn, Sie haben ein gutes Auge.«

»Na ja, in meiner Schulzeit hab ich bei Hans Lerner Stunden bekommen.«

»Hans Lerner, eine Legende. Und bei ihm als Schülerin angenommen zu werden, welch eine Ehre!« Unter dem Tisch versetzte mir Helene einen Tritt. Wieso schmeichelte er Mutter so schamlos übertrieben?

»Und ich war in Italien«, sagte sie. »Bevor ich geheiratet habe.«

Er seufzte verzückt über ihre Schilderungen der Fra Angelicos und der Tiepolos und der Masaccios, die sie gesehen hatte.

»Ihren Töchtern sollte, wenn sie wollen, auch die Möglichkeit geboten werden.« Ich wartete nur darauf, dass Papa sagte, die Entscheidung, welche Möglichkeiten uns geboten würden, treffe er, doch er sagte nichts.

»Helene ist musikalisch«, sagte meine Mutter. »Sie hat jeden Nachmittag Unterricht. Ich bezweifle, dass sie die Zeit hätte.«

»Und die anderen beiden?«, fragte Klimt.

»Pauline fängt im Frühjahr, sobald sie die Schule hinter sich hat, einen besonderen Sprachkurs an. Aber Emilie wäre frei.«

Ich warf ihr einen flehentlichen Blick zu, doch entweder verstand sie ihn nicht, oder sie wollte ihn nicht verstehen.

»Sie ist zweifellos mit ihrer Schauspielerei beschäftigt«, sagte Klimt. »Ich entnehme der Schärpe, die sie trägt, dass sie vor meinem Eintreffen gerade geübt hat.« Erst da bemerkte ich das rosa Seidenband, das ich mir um die Taille gebunden hatte und das – nach wie vor mit der Brosche festgemacht – unter meiner Schulbluse hervorlugte. In der Eile hatte ich es übersehen, und wir alle waren viel zu sehr mit den Sitzungen zu unseren Porträts beschäftigt gewesen, um darauf zu achten. Doch dank Klimt starrte jetzt jeder in der Familie darauf.

»Emilie!«, kreischte meine Mutter. »Geh sofort rauf und nimm das Band ab!«

Ich verließ den Tisch und hatte keinen sehnlicheren Wunsch, als nicht wieder zurückkehren zu müssen. Am liebsten hätte ich mich ins Bett verkrochen und gewartet, bis Klimt gegangen war. Ich versuchte, mich zu entsinnen, was für eine Strafe darauf stand, ohne Erlaubnis an Mutters Sachen zu gehen. Würde ich drei Tage lang kein Abendessen bekommen? Nein, diesmal musste es noch schlimmer kommen, da ich meine Eltern vor einem Gast blamiert hatte. Würde Vater den Riemen herausholen? Auf der Treppe hörte ich, wie Mutter mich in Schutz nahm. »Ich weiß, sie ist eigentlich schon zu alt dafür, sich zu verkleiden, aber es macht ihr so viel Spaß, und eigentlich ist ja auch nichts dabei.« Ich klappte die Spange an meiner Taille auf, zerknüllte die Schärpe in der Hand und wünschte, es wäre Klimts Gesicht.

Als ich wieder nach unten kam, war es schon beschlossene Sache. Klimt würde mein Zeichenlehrer werden, und ich konnte rein gar nichts dagegen machen.

Vier

Am Tag meiner ersten Unterrichtsstunde wachte ich auf, bevor es hell wurde. Ich versuchte, Helene zu wecken, und hoffte, ihre tröstende Stimme würde meine Nerven beruhigen, doch sosehr ich sie auch stupste, runzelte sie nur die Stirn und drehte sich auf den Rücken, wobei sie dramatisch mit den Augenlidern klimperte und die Hand von der Bettkante baumeln ließ wie eine Dame der Hautevolee bei einem hysterischen Anfall. Offensichtlich wollte sie sich nicht aus einem schönen Traum reißen lassen. Ich warf die Decken herunter, die Helene sich sofort schnappte, denn es war kalt. Mir taten die Knochen in den Füßen weh, als ich zu Paulines Bett hinüberging. Sie murmelte etwas im Schlaf, erklärte ihrem Lehrer, weshalb sie zu spät zur Schule komme und wieso sie keine Schuhe trage.

Ich tappte zur Fensterbank und zog mir mein Kambrik-Nachthemd über die Füße. Bald wurde es Zeit, unsere Flanellnachthemden und unsere schweren Daunensteppdecken herauszuholen, die die Bauersfrauen am Attersee gestopft hatten.

Wenn ich schlechte Laune hatte, wanderten meine Gedanken oft zu der kleinen Stadt im Seengebiet, ein paar Stunden westlich von Wien. Schon bevor ich geboren wurde, hatte meine Familie dort regelmäßig den Sommer verbracht. Die Gletscherseen waren von Bergen eingeschlossen, und an den Hängen blühten die Wildblumen. Es war unmöglich, daran zu denken und sich zu ärgern.

Vor meinem Fenster herrschte dichter Nebel. Das Wohngebäude gegenüber sah aus wie unter Wasser. Es waren schon ein paar Menschen draußen; der Mann, der an der Ecke Zeitungen verkaufte, kam gerade mit seinem bis zum Griff beladenen Leiterwagen vorbei, schob den Stapel Wiener Zeitungen aufs Pflaster, zog ein Messer aus der Tasche und schnitt die Schnur um die Bündel durch, bevor er sie auf seinem Karren verstaute. Dann verschwand er um die Ecke, um von vorne anzufangen. Herüberschieben, abladen, zerschneiden, stapeln.

Eben erst trafen die Marktwagen vom Lande ein. Immer saß ein Mann mit einem breitkrempigen Hut vorne und lenkte, während ein paar Kinder unterschiedlichen Alters hinten auf den Kürbissen kauerten und kräftig durchgeschüttelt wurden.

Ich saß da und malte mir aus, wann sie wohl aufstehen mussten, um zu so früher Stunde in Wien zu sein. Höchstwahrscheinlich waren sie es gewöhnt. Vielleicht machte es sogar Spaß, die Landschaft im ersten Dämmerlicht zu sehen und in die Stadt hineinzuholpern, wenn alle noch schliefen.

Es wurde heller. Schon bald würden die ersten Sonnenstrahlen durch den feuchten Morgen dringen und den Dingen klare Konturen verleihen. Bald müsste ich mir das Gesicht mit so kaltem Wasser waschen, dass meine Arme eine Gänsehaut überzog. Dann hatte ich den groben Haferbrei bis zum letzten Löffel aufzuessen, der nach Meinung unserer Mutter das Beste für uns war, auch wenn mir nicht entging, dass sie selbst Gebäck mit Apfel- oder Himbeerfüllung zum Frühstück vorzog. Nachdem ich mich einige Male würde ermahnen lassen müssen, auf meine Manieren zu achten und mich ordentlich anzustrengen, nähme ich meinen hässlichen Filzhut, um mich am

Zeitungsverkäufer vorbei auf den Weg zu machen. An das, was danach kam, wollte ich nicht denken.

Mehr als Kannibalen, mehr als Impfungen, mehr als Kutteln fürchtete ich, mich lächerlich zu machen. Was würde der Künstler sagen, wenn er sah, wie ungeschickt ich mich beim Zeichnen anstellte? Wie demütigend! Bei dem Gedanken krampfte sich mir der Magen zusammen. Vielleicht würde ich mich übergeben und folglich zu Hause bleiben müssen.

Auf einmal stand Helene neben mir, die mit der Tagesdecke über dem Kopf wie die Jungfrau Maria aussah. »Es ist zu kalt, um da so rumzusitzen«, sagte sie. »Geh wieder ins Bett.«

Ich schüttelte den Kopf und drehte mich erneut zum Fenster um. Einer der Männer mit einem Pferdewagen tauschte eine Tüte gelbe Äpfel gegen eine Zeitung. Die Kinder schienen sich mit Kastanien zu bewerfen.

»Bist du nervös?«, fragte sie mitfühlend.

»Weswegen?«, fragte ich.

Ich hatte noch niemals Unterricht außerhalb der Nonnenschule gehabt, und die Klosterfrauen waren Furcht erregend genug, wenn sie einem in ihrer strengen Tracht, mit eherner Miene und zusammengepressten Lippen so lange bei einer Aufgabe über die Schulter sahen, bis man völlig konfus war und nicht einmal mehr wusste, in welchem Fach man gerade unterrichtet wurde. Doch eine Nonne war eine bekannte Größe. Ich wusste, was sie freute: ordentliches Haar, saubere Hände, ein wacher, offener Blick und ein zartes Lächeln, wenn auch grundsätzlich kein Grinsen. Dieser Gesichtsausdruck war so eingespielt, dass ich ihn sogar während eines Nickerchens aufrechterhalten konnte.

»Vor meiner ersten Gesangsstunde bin ich in Panik geraten«, sagte Helene. »Ich dachte, ich hätte keine einzige Note mehr im Kopf. In der Nacht davor träumte ich, ich wäre eine Taube und brächte nur dieses schreckliche Gurren heraus. Aber dann war Frau Schraft gar nicht so schlimm.«

Frau Schraft war siebzig, und ihr Wollmantel roch immer nach nassem Hund. Sie hatte stets in bunte Folie gewickelte Haselnussbonbons in ihrer Rocktasche, die sie großzügig an ihre Schüler verteilte.

»Ich wünschte, ich könnte zu Frau Schraft gehen.«

Helene setzte sich, breitete ihre Kopfbedeckung aus und wickelte mich mit darin ein. Wie Karyatiden saßen wir Rücken an Rücken da.

»Ich wünschte, ich könnte mit dir kommen«, sagte sie.

Das hätte ich mir auch gewünscht. Das hätte die Aufmerksamkeit zur Hälfte von meiner Person abgelenkt. Vielleicht hätte Papa uns hinterher in ein Kaffeehaus mitgenommen, und wir hätten uns eine heiße Schokolade bestellt und über die Stunde gelacht.

»Dann willst du auch zeichnen lernen?«, fragte ich sie.

»Ich möchte das Atelier sehen. Ich möchte wissen, ob irgendjemand Berühmtes kommt, während du da bist.«

»Das bezweifle ich. Das hat er bestimmt alles nur erfunden.«

Helene schüttelte den Kopf. Sie verstand nicht, wieso ich Klimt nicht leiden konnte. Sie fand ihn interessant.

»Was willst du anziehen?«, fragte sie. Ich lehnte mich vor und schüttelte sie von meinem Rücken ab. Dann drehte ich mich um und funkelte sie an.

»Ist das so wichtig?«

»Willst du denn keinen guten Eindruck machen?«

»Ist mir egal, ob ich auf Klimt einen guten Eindruck mache.«

»Du solltest besser Herr Klimt sagen«, erwiderte sie entrüstet. »Wenn dich Mama und Papa so hören!«

Ich vertraute Helene meine geheime Strategie an: Höflich würde ich sein und schweigsam, mich aber vollkommen ungeschickt anstellen. Klimt würde keinen Grund haben, sich über mich zu beschweren, doch ich würde seine Geduld derart strapazieren, dass er aufgab und mich als unbelehrbar zu meinen Eltern zurückschickte. Danach würde alles wieder seinen gewohnten Gang gehen, und ich musste ihn nicht wiedersehen.

»Bist du denn kein bisschen neugierig?«, fragte meine Schwester. »Interessierst du dich denn überhaupt nicht für das Atelier oder die Künstler oder auch fürs Zeichnenlernen?«

»Nein«, sagte ich, doch sie kannte mich zu gut.

»Vielleicht leihe ich dir meinen neuen grauen Rock«, sagte sie. »Der würde hübsch zu deiner rosa Bluse passen.«

Nach dem Frühstück nahm Vater mich am Arm und ging zügig mit mir Richtung Osten, wo der Naschmarkt lag.

»Ich dachte, das Atelier ist in Leopoldstadt«, sagte ich.

Mein Vater war verärgert. Er hasste alles, was darauf hindeutete, dass wir ihm nicht zuhörten, wenn er uns Anweisungen erteilte. »Wir gehen nicht zum Atelier«, sagte er. »Wie kommst du nur auf die Idee? Wir gehen zu den Klimts nach Hause, nach Hietzing.«

Hietzing war ziemlich weit weg, draußen auf dem Lande in der Nähe von Schönbrunn. Ich war noch nie da gewesen.

Ein Bekannter meines Vaters kam vorbei. Im Gehen las er Zeitung. Mein Vater blieb vor ihm stehen, und der Mann wäre beinahe in ihn hineingelaufen. Er faltete die

Zeitung zusammen und schüttelte meinem Vater die Hand.

An der Ecke war ein Droschkenstand. Die Pferdedroschken standen im Karree und warteten. Mein Vater winkte, auch wenn es mehr wie ein Salut aussah, und der Fahrer sprang nickend ab, um uns die Tür aufzuhalten. Er war in Hemdsärmeln, und unter seinem schmierigen Schnauzbart klemmte eine Zigarre zwischen seinen Zähnen. Der Rauch war beißend statt lieblich und würzig wie der Tabak, den ich von zu Hause kannte. Ohne es zu wollen, hustete ich, als er mir in die Kutsche half.

»Schon mal Pfeife geraucht?«, fragte mein Vater. »Ist viel gesünder.«

Ich drückte mich in die Ecke und versuchte, den Atem anzuhalten. Wieso musste mein Vater jedem, dem er begegnete, Pfeifen verkaufen?

Das Lachen des Mannes klang völlig verschleimt. »Um mich machen Sie sich mal keine Sorgen. Eh diese Dinger mich umbringen, hat mich meine Frau längst ins Grab gebracht.« Er wickelte mir eine karierte Decke straff um die Beine.

Wir fuhren an den Kurzwarenläden, den Blumengeschäften, den Kirchen und Bäckereien vorbei, die die belebte Straße säumten. Da, wo sie das neue Theater bauten, klaffte ein Loch zwischen zwei düsteren Wohnhäusern. In dem lehmigen Schlund standen Männer und reichten einander Bausteine weiter. Nun folgten Reihenhäuser mit Kaskaden von Geranien und Springkraut in den Blumenkästen.

Bei ihm zu Hause! Jetzt hatte der Morgen den letzten Reiz verloren. Ein Atelier war geheimnisvoll, exotisch, bevölkert von Männern mit fiebernden Augen. Bei ihm daheim gab es sicher nur Sesselschoner auf den Möbeln.

Vielleicht hoffte mein Vater, den Fahrer mit dem Duft verführen zu können, denn er zog seine Pfeife und den Lederbeutel mit dem Tabak aus der Tasche und machte sich ans Stopfen, Anzünden und Rauchen. Ich saß von ihm abgewandt, doch ich wusste, dass er mir gleich etwas sagen würde.

»Weißt du, Emilie«, fing er an, »das ist eine große Ehre für dich.«

Ich wollte gerade erwidern, ich wäre schon einmal mit einer Droschke gefahren, als Pauline Scharlach hatte, doch ich verkniff es mir.

»Ja, Vater«, sagte ich stattdessen.

»Und für unsere Familie«, fuhr er fort. »Ich darf doch davon ausgehen, dass du nichts tun wirst, was unsere gute Meinung von dir erschüttern könnte.«

»Nein, Vater.«

»Am Ende der Unterrichtsstunde erwarte ich von Herrn Klimt eine ausführliche Beurteilung.«

Ein Kopfnicken zeigte an, dass damit das Gespräch beendet war und ich mich wieder zum Fenster umdrehen konnte. Wir hatten den Bahnhof passiert, und die vorbeiziehenden Bilder wechselten. Ein barhäuptiger Mann in leuchtend roter Weste verkaufte etwas, das aussah wie kleine Zettel.

»Was macht der Mann da?«, fragte ich meinen Vater. Er erklärte mir, er sei ein Scharlatan. Er verdinge sich mit Wahrsagen, je nach Preis auf einer Karte vorgedruckt oder nach einer Konsultation persönlich aufgeschrieben. Die Blumen im Blumenladen waren schlaff und wie verbrannter Toast leicht verfärbt. Ein Scherenschleifer schob seinen Karren vor sich her. An einer Bäckerei lungerten drei steinalte Männer mit weißem Bart und warteten auf das Brot von gestern.

»Warst du schon mal bei Klimt zu Hause?«, fragte ich nervös und vergaß, ihn »Herr Klimt« zu nennen, was mein Vater aber nicht bemerkte.

»Natürlich«, sagte er. Auch er wirkte ein wenig angespannt. »Jetzt, wo die Jungen Geld verdienen, geht's ihnen gut.«

Es war ein sehr kleines Haus, an dem der wilde Wein sich gerade leuchtend rot verfärbte. Die winzigen Scheiben an den Flügelfenstern verliehen der Fassade ein mittelalterliches Aussehen. Auf einer Seite befand sich eine Mietskaserne aus Backstein und auf der anderen eine Konservenfabrik. Die Gegend roch von der nahe gelegenen Schmelzhütte nach Fisch und Schwefel.

Mein Vater öffnete das Gartentor und zögerte, als ich hindurchging. Er schien sich nicht sicher zu sein, ob er bleiben oder gehen sollte. Schließlich folgte er mir die Treppe hinauf und läutete die Glocke. Dann zog er seine Taschenuhr heraus und sah auf das elfenbeinerne Zifferblatt.

»Es ist Viertel nach neun«, sagte er. »Ich bin um elf wieder da.« Er reichte mir die Uhr, und ich steckte sie in meine Manteltasche. »Du stehst dann bitte bereit.« Ich fragte ihn nicht, wie er denn pünktlich zurück sein wollte, wenn er keine Uhr dabeihatte. Er kam nie zu spät.

Der Besitz der Uhr gab mir Mut, als die Tür aufging und Frau Klimt erschien. Sie war eine zierliche Frau mit dem faltigen, gebräunten Gesicht und den groben Händen eines Menschen, der viele Jahre im Freien gearbeitet hatte. Ihr graues Haar hatte sie ohne große Sorgfalt auf dem Kopf zu einem Knoten festgesteckt, und ihre Schürze war von alten Flecken, die nicht mehr herausgingen, bunt gescheckt.

»Komm herein«, sagte sie missmutig. Ihre blitzenden

Augen musterten mein adrett gekämmtes Haar, meinen Mantel aus grau-violettem Filz und pflaumenfarbenen Manchester-Applikationen mit passendem Kragen. Sie zog ihn mir von den Schultern und hielt ihn wie ein kleines Kind in den Armen. Ich sah sogar, wie sie ihn streichelte.

Frau Klimt führte mich ins Esszimmer und wies mir einen Platz am Tisch zu. Dann ging sie und nahm meinen Mantel mit. Ich hatte Angst, sie könnte ihn verschachern, so dass ich ihn an irgendeinem Bauernmädel auf dem Naschmarkt wiedersehen würde, aber ich musste ihn ihr geben. Später wurde mir klar, dass sie ein gutes Kleidungsstück bewunderte wie ein Ingenieur die genialen Architekturzeichnungen eines Kollegen. Sie konnte beurteilen, wie viel Arbeit darin steckte, und wusste es zu schätzen. Ich wusste damals nur, dass er teuer gewesen war.

Ich fragte mich, was von mir erwartet wurde. Ich hatte einen Stoß Papier und ein Bündel Bleistifte mitgebracht. Es war billiges Papier, solches, wie es für Zeitungen verwandt wurde; in konnte die Holzsplitter darin erkennen. Ich setzte die Bleistiftspitze aufs Blatt, ohne recht zu wissen, was ich gerne zeichnen würde. Doch dazu waren schließlich Lehrer da.

Frau Klimt kehrte mit einem schmutzig aussehenden Kittel zurück.

»Zieh das hier über dein Kleid«, sagte sie. »Die feine Merinowolle darf nicht schmutzig werden, die ist zu gut.«

Ich zog den Kittel an, auch wenn ich mich fragte, ob er mein Kleid nicht mehr verschmutzte als der Kunstunterricht. Er roch vage nach Lehm, was nicht unangenehm war. Frau Klimt setzte sich neben mich.

»Schöner Tag heute«, sagte ich höflich. Statt zu antworten, starrte sie mich nur schweigend an. Wurde von mir erwartet, dass ich mich weiter bemühte, Konversation zu betreiben? Ich versuchte es mit einem Lächeln, das sie aber nicht erwiderte. Die Furchen zwischen ihren Augenbrauen vertieften sich sogar, als richtete sie den Blick auf einen Gegenstand in weiter Ferne.

Nichts ließ in diesem Zimmer darauf schließen, dass hier eine Kunststunde stattfinden sollte. Es war ein gewöhnliches Esszimmer wie bei uns, nur schäbiger. Der Teppich war bis aufs Grundgewebe abgetreten, und die rußgeschwärzten Fenster tönten das Licht sepiabraun. Der Tisch sah ziemlich einfach aus, und mehrere Stühle, einschließlich desjenigen, auf dem ich saß, hatten kaputte Beine, doch die rote Baumwoll-Tischdecke war mit gelben Blumen bestickt und die Porzellanvitrine gut gefüllt.

Als Klimt ein paar Minuten später erschien, hatte er den inzwischen vertrauten Werkzeugkasten in der Hand. Ohne mich auch nur eines Blickes zu würdigen, stellte er ihn auf den Tisch und fing an, Kreidestücke, Bleistiftstummel, an Leimklumpen erinnernde Radiergummis, ausgeblichene Schwämme und Lappen hervorzukramen, die steif waren vor eingetrockneter Farbe. All das war für mich so geheimnisvoll wie ägyptische Artefakte.

»Da haben wir ja, was wir brauchen«, sagte er gut gelaunt und hielt ein Stück Kohle in die Höhe.

»Ich hab Bleistifte dabei«, sagte ich und zeigte ihm die funkelnagelneue Blechdose.

»Für Bleistifte ist es noch zu früh«, sagte er. »Zuerst Kohle, dann Blei.«

Widerstrebend streckte ich die Hand nach dem grauen Span aus. Zwar war mir schleierhaft, wieso ein Stück verbranntes, verdichtetes Holz von der Größe meines kleinen Fingers besser sein sollte als ein Bleistift, doch ich musste tun, was er sagte. Als sich unsere Hände berührten, bemerkte ich, dass er an der Innenseite des Mittelfingers und am Daumen Schwielen hatte. Würde ich die auch bekommen? Bei jungen Damen erwartete man sehr weiche, weiße Hände. Wir hielten unsere jeden Samstag in Buttermilch und schrubbten kleine Flecken mit Zitronensaft ab.

»Keine Sorge«, sagte er. »Kohle ist schwierig genug, du wirst schon sehen.«

Ich starrte auf mein Papier und sagte nichts.

Er setzte sich mir gegenüber. »Also, was hast du?«, fragte er. »Und sag nur nicht, alles wäre bestens. Dein Gesicht spricht Bände.«

Das war eine alarmierende Feststellung. Ich wurde rot, und je mehr ich es verhindern wollte, desto mehr schoss mir das Blut ins Gesicht. »Ich wünschte mir, wir könnten in Ihr Atelier gehen«, sagte ich. »Hier sieht es nicht besonders künstlerisch aus.«

Klimt lachte und kippelte mit seinem Stuhl. »Allzu aufregend ist das gar nicht mit dem Atelier, so viel kann ich dir versprechen. Aber wenn du willst und wenn du mir versprichst, mal für eine Weile nicht so finster dreinzuschauen, dann nehme ich dich bei Gelegenheit mit.«

»Das Atelier ist nichts für eine junge Dame«, sagte Frau Klimt mit gestrenger Miene.

»Aber machen wir denn nicht Ihr schönes Esszimmer schmutzig?«, fragte ich höflich.

»Hauptsache, du kommst sauber und adrett zu deiner Mutter zurück«, sagte Frau Klimt. »Ich möchte sie nicht verärgern.« Ich fragte mich, ob sie meine Mutter kannte. Wusste sie wohl auch, dass meine Mutter wochenlang vergessen konnte, wer wir waren?

Ich betrachtete die Kohle in meiner Hand. Sie war lang und dünn und unglaublich leicht, und sie färbte meine Finger grau.

»Können wir anfangen?«, fragte Klimt.

»Aber wo ist denn die Staffelei?«, fragte ich erstaunt.

»Heute sitzen wir am Tisch«, sagte Klimt. Er fegte das rote Tuch beiseite. Frau Klimt hob es auf, faltete es und legte es auf ihren Schoß. Ihr Sohn befestigte ein Blatt Papier auf dem Tisch und zog einen Ziegelstein aus der Werkzeugkiste. Ich überlegte, wozu er wohl diente. Als Gewicht, damit das Blatt nicht heruntergeweht wurde? Zum Anspitzen der Kreide? Er legte den Stein vor mir auf die Platte und stand mit verschränkten Armen auf. Ich wartete.

»Also dann«, sagte er und sah mich erwartungsvoll an. In der Morgensonne strahlten seine blauen Augen so hell, dass ich seinem Blick auswich und ihm stattdessen auf den Bart starrte.

»Also dann was?«

»Zeichne.«

»Ich verstehe nicht ganz«, sagte ich. »Was soll ich denn zeichnen?«

Er nickte Richtung Ziegelstein.

»Ich soll den Ziegelstein zeichnen?«, sagte ich ungläubig.

»Richtig«, sagte er. »Zeichne den Ziegelstein.«

»Aber das ist doch nur ... ein Ziegelstein.« Mir war klar, dass ich ziemlich idiotisch klang.

»Und was ist ein Ziegelstein?«, fragte er. Es klang so, als unterrichtete er ein sehr kleines Kind. War das ein Witz? Aber er wartete.

»Ich weiß nicht, Lehm, der in einem Ofen gebrannt wird ...«

»Steingut ist ebenfalls Lehm, der in einem Ofen gebrannt wird, aber du würdest wohl kaum einen Krug mit diesem Ziegel verwechseln, nicht wahr?«

So hatte ich mir eine Zeichenstunde nicht vorgestellt.

Eigentlich hätte ich eine Obstschale oder ein paar Flaschen wie bei unserem Lehrer in der Schule zeichnen müssen. Ich wusste nicht, wie ich reagieren sollte. »Nein, das würde ich nicht«, sagte ich.

Er lachte. »Ich weiß, dass du mich für verrückt hältst«, sagte er, »aber das hier war meine allererste Lektion an der Wiener Kunstschule, da war ich elf, und es wird auch deine erste Lektion sein. Versuch mal, mir eine bessere Definition zu liefern. Raus damit.«

Ich holte tief Luft. »Ein Ziegelstein ist ein rechtwinkliges Stück Lehm, das in einem Ofen gebrannt wird und als Baumaterial dient.«

»Ausgezeichnet. Und jetzt vergiss alles, was wir gerade gesagt haben, und zeichne einfach, was du siehst.«

Ich nahm die Kohle zur Hand und zeichnete ein rechtwinkliges Gebilde. Ich füllte es nicht einmal aus. Es war eine Sache von zehn Sekunden. Ich legte die Kohle wieder auf den Tisch und die Hände in den Schoß.

»Bist du fertig?«, fragte er. Ich nickte.

»Interessant«, sagte er nachdenklich. Er nahm das Blatt, um es eindringlich zu betrachten. »Das hast du tatsächlich gesehen?«

Wieso stellte er sich absichtlich so dumm? »Ja, Herr Klimt«, sagte ich. »Das habe ich gesehen.«

»Na schön.« Er lächelte. »Deine nächste Aufgabe besteht darin, dir den Ziegel zwanzig Minuten lang anzusehen und dann noch einmal zu zeichnen.«

»Ich soll ihn mir zwanzig Minuten lang ansehen?«

»Ich werde die Zeit nehmen. Fang jetzt an.«

Ich dachte, ich käme vor Langeweile um. Da lag dieser Ziegel, unbeweglich und nichts sagend. Ich sah ihn an. Frau Klimt saß immer noch neben mir. Sie hatte sich über die Vorgänge nicht im Mindesten erstaunt oder amüsiert gezeigt. Vielmehr starrte sie Richtung Küche, als dächte sie an die Kuchen, die sie im Ofen hatte. Was sie wahrscheinlich auch tat. Nach wie vor hatte sie das Tischtuch auf dem Schoß. Bei einigen Blumen fehlten ein paar Stiche. Viele waren mit schwarzem Garn eingefasst. Ich warf einen Blick auf das Regal mir gegenüber, wo ein Zimmerefeu in einem Keramiktopf langsam verwelkte. Darunter funkelten zwei Porzellanhirtinnen einander an, die sich um ein einsames Porzellanschaf stritten. Klimt saß da und pfiff vor sich hin, während er zeichnete. Ich betrachtete sein Blatt. Er zeichnete den Ziegel.

Er merkte, dass ich ihn ansah.

»Du hast noch zehn Minuten«, sagte er.

»Wieso zeichnen Sie ihn denn?«, fragte ich. »Sie sind doch schon Künstler.«

»Weil ein Künstler aus der Beobachtung immer dazulernen kann, wie banal der Gegenstand auch sein mag.«

Seine Antwort beschämte mich, und ich widmete mich wieder dem Objekt, das ich zeichnen sollte.

Es war rot. Dunkelorangerot, wie gedünstete Tomaten. Einige Partien wirkten schwarz versengt, andere zu Asche verkohlt. Das Ding war durchlöchert. An einem Ende befanden sich Rillen. Ich nahm es in die Hand. Etwas Ziegelstaub rieselte auf die Tischplatte. Ich schielte zu Klimt hinüber, um zu sehen, ob das in Ordnung war, doch er schenkte mir keine Beachtung, sondern beugte sich mit einem Radiergummi über sein Blatt.

In Wahrheit waren die Ecken des Ziegels gar nicht gerade, wie ich gedacht hatte; sie waren eierig wie meine Stimme, wenn ich zu singen versuchte. Wie konnte ich das Objekt dreidimensional wiedergeben? Wie zeichnete man die Textur?

Ich sah auf die Uhr. Noch drei Minuten.

»Das ist zu schwer«, sagte ich. Die Ratlosigkeit trieb mir die Tränen in die Augen. Verstohlen versuchte ich, sie wegzuwischen. Klimt sah auf. Er riss sein Blatt heraus, klappte den Skizzenblock zu und legte ihn auf den Boden.

»Jetzt bist du so weit, dass ich dir etwas beibringen kann«, sagte er und drehte seine Zeichnung zu mir. Sie erinnerte entfernt an ein Stück Schimmelkäse, doch zweifellos handelte es sich dabei um einen Ziegel, und nicht etwa um irgendeinen Ziegel, sondern genau um den auf dem Tisch. Die Wiedergabe war detaillierter als ein Fingerabdruck.

»Das kann ich nicht«, sagte ich. Die Tränen steckten mir im Halse, und ich versuchte, sie wegzuhusten.

»Natürlich nicht«, sagte er. »Jedenfalls nicht heute. Aber wenn du weiter genau hinsiehst, dann lernst du es.«

Am Ende der Stunde hatte ich einige Blätter mit Gebilden gefüllt, die den Ziegel darstellen sollten, aber eher wie eine Ansammlung von Blutergüssen aussahen. Als unsere Zeit um war, verstaute Klimt die Kohle wieder in dem Kasten und schloss den Deckel. Dann sammelte er die Blätter vom Tisch und fragte mich, ob ich sie behalten wolle. Ich schüttelte den Kopf. Ich dachte, er würde sie zerknüllen und in den Ofen werfen, doch er faltete sie ordentlich zusammen. Nimm sie nur, sagte er. Irgendwann wirst du sie dir wieder ansehen wollen. Du wirst darüber lachen. Das war zwar schwer zu glauben, doch ich war einverstanden. Er zeigte mir das Spülbecken zum Händewaschen, und als ich in den Spiegel blickte, bemerkte ich Kohleschlieren an den Stellen, an denen ich die Tränen abgewischt hatte. Ich sah aus wie eine trauernde Witwe, und er hatte kein Wort darüber verloren.

An der Tür traf ich auf meinen Vater. »Einen Moment noch«, sagte er. »Ich muss erst mit Herrn Klimt sprechen.«

Zum ersten Mal hatte ich Angst. Meine Zeichnungen waren sehr schlecht, obwohl ich mir Mühe gegeben hatte. Ich rechnete damit, dass Herr Klimt sich über seine Fehleinschätzung ärgerte, dass er meinem Vater erklärte, es würde nun doch nichts mit dem Unterricht. Dann wäre mein Vater mir böse. Er würde behaupten, ich hätte versagt und ihn in Verlegenheit gebracht.

Zitternd saß ich unter einer Decke versteckt in der Droschke und wartete auf das Unvermeidliche. Vater kam heraus und pfiff den Kaiserwalzer, was ihm gar nicht ähnlich sah. Er wirkte ganz und gar nicht verärgert, doch ich dachte, dass er sich vielleicht nur in Gegenwart des Kutschers so fröhlich gab.

»Sollen wir auf dem Heimweg in der Konditorei Demel vorbeischauen? Haben die nicht diese Schokolade-Nuss-Torte, die du so magst?«

Was hatte Klimt zu ihm gesagt? Ich sollte es nie erfahren.

Zu Hause zeigte ich Helene meine Zeichnungen.

»Was soll das sein?«, fragte sie. Ich sagte es ihr.

»Kein Wunder, dass seine Wahl auf dich gefallen ist«, sagte sie. »Es wird ein Vermögen kosten, bis du zeichnen kannst.« Für einen Moment hellte sich ihr Gesicht auf. »Aber das war Absicht, oder? Damit du nicht mehr hinmusst?« Sie sah meinen Ausdruck. »Oh.«

Auch am darauf folgenden Samstag nahm mich mein Vater mit zu Klimt nach Hause. Und den übernächsten Samstag und den danach. Jeden Samstag saß ich an dem Tisch mit dem roten Tuch. In der zweiten Stunde ging ich zu Kugeln über, die mit der flachen Seite der Kohle gezeichnet wurden, um ein Gefühl für Volumen zu bekommen. Ich zeichnete mit geschlossenen Augen. Ich zeichnete, ohne aufs Papier zu sehen. Ich zeichnete in Schleifen und Schnörkeln, in einer ungebrochenen Linie, in scharfer Kreuzschraffur. Ich zeichnete Dinge, die mir selbst nie in den Sinn gekommen wären: ein aufgeschlagenes Buch auf dem Tisch, eine tote Taube. Am Ende der Stunde kam Frau Klimt stets mit Rosinenhörnchen in einem Flechtkorb aus der Küche und goss Klimt Kaffee, mir heiße Milch ein. Ich versuchte, die Rosinen unauffällig herauszupicken.

Im Allgemeinen war Klimt heiter und geduldig, doch ein paar Dinge, die ich tat, konnten ihn zum Wahnsinn treiben. Das eine war, dass ich mich von der zweiten Stunde an weigerte, den Kittel zu tragen – ich wollte nicht hässlich aussehen, während ich zeichnete. Er machte mir klar, dass es niemanden im Mindesten interessierte, wie ich aussah. Lehnte das Musée des Beaux Arts etwa Ingres' Zeichnungen ab, weil seine Haare unordentlich waren? Durfte Toulouse-Lautrec nicht mehr malen, weil er missgebildet war? Doch ich blieb halsstarrig. Sobald ich nach Hause kam, schüttelte ich den Holzkohlenstaub von meinen Kleidern und bürstete mir die Schuhe und den Mantel ab, auch wenn mich meine Schwestern »Küchenmädchen« nannten.

Ich halte die Kohle falsch, sagte Klimt. Es sei keine Hand voll Geld, sondern ein Seidenstrang, den es aufzuwickeln galt. Hielt man ihn zu fest, verfing oder verhedderte er sich. Ich sagte, wenn ich den Span zu locker hielt, würde die Kohle mir herunterfallen. Er entgegnete, wenn ich sie zu fest hielt, würde ich sie zerbrechen, ich müsste ihr vertrauen. Wie kann ich dieser Kohle vertrauen, dachte ich, wenn sie mir diese schrecklichen, hässlichen Zeichnungen beschert? Da hatte ich ja als kleines Kind Besseres hervorgebracht, als ich auf die Rückseite von gebrauchtem Packpapier kritzeln durfte. Doch ich sagte nichts und versuchte zu tun, worum ich gebeten wurde.

Sein Hauptvorwurf allerdings war, dass ich zu ungeduldig sei, dass ich mir nicht genug Zeit nähme hinzusehen. Ich wolle gut sein, aber ich wolle es nicht genug, um mich der strapaziösen Lehre zu unterziehen. Da hatte er Recht. Ich hatte nie Geduld. Und mit zwölf ist es schwer, irgendetwas lange genug zu betrachten außer sich selbst.

Eines Samstags kam er mir an der Tür entgegen und sagte, wir würden in den Volksgarten gehen.

Ich war eine halbe Stunde mit meinem Vater in der Droschke gefahren, um zu ihm nach Hause zu kommen. Zurück ins Stadtzentrum war es noch einmal über eine halbe Stunde. Wieso hatte er nicht letzte Woche Vorkehrungen getroffen? Und wie sollten wir hinkommen?

Mit der Stadtbahn, sagte er. Wieso wir in den Volksgarten gingen, wollte ich wissen. Sollte ich Blumen zeichnen oder Menschen oder den kleinen Tempietto? Ich solle mein Skizzenbuch dalassen, sagte er. Eine Stunde lang solle ich nichts weiter tun als sehen. Es war eigentlich nichts anderes, als aus dem Fenster zu schauen, und es war eine willkommene Abwechslung von den langweiligen Übungen.

Es war laut im Zug. Wir standen ohne zu sprechen auf der Plattform an der Verbindungsstelle zwischen zwei Waggons, und ich konzentrierte mich darauf, nicht den Halt zu verlieren und versehentlich gegen Klimts Ärmel zu stoßen, wenn der Zug anfuhr oder zum Stehen kam.

Am Karlsplatz stiegen wir aus. Ich war noch nie mit ihm allein gewesen und hatte keine Ahnung, worüber ich unterwegs mit ihm reden sollte. Also sah ich abwartend auf meinen Rocksaum herab, der sich im Wind zu schaumgekrönten Wellen aufbauschte. Die gesprenkelten Blätter unter meinen Füßen waren so glitschig wie in Milch getunktes Brot. So viele sonnige Herbstsamstage hatten wir im Haus gesessen; wieso hatte er beschlossen, ausgerechnet heute in den Park zu gehen? Hatten ihn meine schwachen Leistungen zur Verzweiflung getrieben? War er es leid, mir Unterricht zu erteilen?

»Das ist das Künstlerhaus«, sagte er endlich und zeigte auf einen grandiosen Bau. »Alle Künstler treffen sich dort und schlagen ihre Bewerbungen an die Wand. Auch Vorträge und Ausstellungen finden da statt.«

»Es ist hübsch«, bemerkte ich höflich.

»Meinst du das ernst?«, fragte er und blieb stehen. »Oder hast du nur gesagt, was ich deiner Meinung nach hören wollte?« Er fasste mich an den Schultern und drehte mich zu dem Bauwerk um. Ich fühlte mich ertappt.

»Natürlich ist es nicht hübsch«, sagte ich. »Das Erdgeschoss ist zu zart für das Obergeschoss, und all diese Marmorskulpturen sind einfach nur gewöhnlich.«

Er lachte. »So gefällst du mir. Du wirst mich nie mit der Wahrheit kränken, vergiss das nicht.«

»Wieso ist das Künstlerhaus so hässlich?«, fragte ich.

»Wegen der Komitees«, sagte er. »Ein Komitee versucht, es jedem recht zu machen, und am Ende mischt es von allen Ideen, die es diskutiert, die schlimmsten zusammen. Das Künstlerhaus wimmelt von Komitees. Ich sitze selbst in einem, dem Wanderausstellungskomitee. Wir versuchen, die Arbeiten ausländischer Künstler wie Pissarro, Turner oder Burne-Jones hierher zu holen, damit die Leute sie anschauen können. Aber das Finanzkomitee möchte das Wanderausstellungskomitee am liebsten abschaffen, weil es angeblich zu viel kostet, und es dem allgemeinen Ausstellungskomitee eingliedern. Das ist die jüngste Auseinandersetzung. Künstler sind schrecklich politisch.«

»Dann finden Sie, das Künstlerhaus wäre als Monarchie besser dran?«, fragte ich betont. Ich weiß nicht, wieso ich das sagte. Vermutlich wollte ich nur angeben; in der Schule nahmen wir gerade Regierungssysteme durch. »Ja, mit mir als König«, neckte er. »Was wäre daran so verkehrt?«

Ich zuckte die Achseln, weil es mir eigentlich ziemlich egal war, wer das Künstlerhaus leitete, und blieb stehen, um ins Fenster einer Bäckerei zu schauen, an dem wir gerade vorbeikamen. Ein besonders köstlicher Karamellkuchen, der auf einer Kristallplatte prangte, stach mir ins Auge.

Er beobachtete mich. »Du magst Süßes?«, fragte er. »Ich werde sehen, ob Mutter nicht das nächste Mal etwas Schokoladiges backen kann.«

»Mit Haselnüssen«, sagte ich. Dann bekam ich Schuldgefühle. »Wenn das nicht zu teuer ist«, fügte ich hinzu.

»Bist du Sozialistin?«, fragte er, um wieder auf das Thema Künstlerhaus zu kommen. »Was würde dein Vater dazu sagen?«

»Ich bin gar nichts«, sagte ich. »Ich meine nur, es ist vielleicht besser, wenn jeder seine Meinung äußern kann, als wenn einer allen anderen vorschreibt, was sie tun sollen.«

»Du magst es für eine gute Idee halten, jedermanns Meinung zu hören, aber die meisten Leute haben keine Meinung, die es wert ist, berücksichtigt zu werden. Besonders, wenn es um Kunst geht.«

Ich musste an meinen Vater und den Droschkenfahrer mit der penetrant riechenden Zigarre denken und kam zu dem Schluss, dass er vermutlich Recht hatte.

Im Volksgarten angekommen, führte mich Klimt zu einer Bank, wo er ein stechend riechendes Taschentuch herauszog, um damit die Sitzfläche abzuwischen. Die Bank war klein, und trocken oder nicht, kroch mir die Kälte in die Knochen. Ich hätte mich gerne wie ein Kind an Klimt geschmiegt, um mich an ihm zu wärmen, doch das konnte ich nicht. So blieb ich wie erstarrt sitzen, um nicht zu zittern. Ich konnte meinen Atem sehen.

Die Luft war grau verhangen und eisig, und jeder, der an uns vorbeikam, wirkte konzentriert und entschlossen und schien die Kälte nur bei dem Gedanken an das Kaffeehaus oder den Kamin zu ertragen, zu dem es ihn trieb. Freiwillig war heute wohl keiner unterwegs. Es fiel mir schwer, mich aufs Sehen zu konzentrieren. Meine Füße wurden taub. Zehn Minuten vergingen, zwanzig. Klimt sagte nichts. Als ich mich zu ihm umdrehte, hatte er denselben Ausdruck wie seine Mutter, wenn sie am Küchentisch saß.

»Quälen Sie alle Ihre Schüler so?«, fragte ich nach einer halben Stunde. Er zuckte zusammen, als hätte er ganz vergessen, dass ich auch noch da war, und drehte sich mit einem verständnislosen Blick zu mir um.

»Ich habe keine anderen Schüler«, sagte er.

»Ich dachte …« Krampfhaft suchte ich nach einer diplomatischen Antwort.

»… dass ich das Geld sehr nötig habe und dir deshalb Unterricht gebe?« Er wirkte amüsiert. »Mit dem Theaterauftrag haben wir viel Geld hereinbekommen. Ich wollte meiner Mutter ein neues Haus kaufen, aber sie mag nun mal das, in dem sie wohnt. Mein Vater hat sie zwanzig Jahre lang gezwungen, mehrmals im Jahr umzuziehen. Jedes Mal hat er ihr versprochen, das nächste Haus würde besser, aber jedes Mal war es nur noch schlechter. Jetzt sagt sie, niemand brächte sie mehr dazu, noch einmal zu wechseln.«

»Und was ist mit Ihnen? Sie haben nichts«, sagte ich und dachte an den schlecht sitzenden Anzug.

»Nur Farben«, erwiderte er. »Sonst brauche ich auch nichts.«

»Wieso haben Sie mich dann als Schülerin genommen?«

»Jeder braucht einen Protegé.«

»Ich bin kein Protegé«, sagte ich vor Verblüffung geradeheraus. »Ich bin schrecklich.«

»Du bist nicht so schrecklich, wie du denkst.« Das war so ziemlich das größte Kompliment, das ich bisher von ihm zu hören bekommen hatte, und ich wusste nicht recht, wie ich es einordnen sollte. Rasch hielt ich nach einem Motiv Ausschau, um ihn auf ein anderes Thema zu bringen. Ich entdeckte ein Mädchen mit rotem Haar, das sich an einen glatten dunklen Baumstamm lehnte. Das entlockte ihm einen Vortrag über Kontraste. Während er redete, beschäftigte mich das Mädchen. Es war nicht viel älter als ich und trug keinen Hut, was nicht nur ein schlimmer Fauxpas, sondern bei diesem Wetter auch töricht war. Es war blass und wirkte besorgt. Mit rastlosen Händen strich es sich das Haar glatt oder zupfte seinen Mantel zurecht. Auf wen es wohl wartete?

Als wir nach Ablauf einer Stunde zum Bahnhof zurückgingen, erzählte er mir, dass in einer Woche die Kartons für das Theater im Künstlerhaus ausgestellt würden. Ich solle kommen, sagte er, und meine Eltern oder meine Schwestern mitbringen. Es gebe auch einen Empfang. Es sei wichtig für eine Schülerin, die Arbeit ihres Lehrers zu betrachten. »Dann kannst du selbst entscheiden, ob ich deinen Respekt verdiene«, sagte er. Ich versprach, ich würde versuchen zu kommen.

Ich erzählte Helene davon. Wir beschlossen, unseren

Eltern nichts zu sagen, da sie uns den Besuch ganz bestimmt verbieten würden. Wir würden unter einem Vorwand alleine hingehen. Es war nicht weit, und wir konnten wieder zurück sein, bevor uns jemand vermisste. Wir gaben vor, für eine Portion Schlagobers ins Kaffeehaus zu gehen. Glücklicherweise wollte Pauline nicht mit. Sie dachte, es ginge darum, irgendeinem gut aussehenden Kellner schöne Augen zu machen, und war nicht interessiert. Sie zog es vor, mit einem Buch daheim zu bleiben.

Wir glaubten, einen großartigen Plan ausgeheckt zu haben – bis wir die Stufen des Bauwerks hinaufstiegen, über das Klimt mir ein so vernichtendes Urteil abgenötigt hatte. Hässlich oder nicht, war es für zwei junge Mädchen vor allem erst einmal einschüchternd. Alle anderen dort schienen viel älter und selbstsicherer zu sein. Sie sahen so aus, als wüssten sie, wo sie hingingen. Wir beobachteten, wie mehrere Gruppen die Messingtüren aufstießen und dahinter verschwanden, bevor wir tief Luft holten und ebenfalls hineinschlüpften.

Der Boden der Rotunde war mosaikgefliest, die Decke schmückte ein Fresko mit Engeln. An einem langen Tisch schenkten Künstler Heurigen, der noch in der Flasche perlte und gärte, in billige Gläser ein. Viele von denen, über die Klimt gesprochen hatte, waren da, Leute, die für ihn Modell gesessen hatten, einschließlich der Schauspielerin Katharina Schratt und des Kronprinzen. Jedenfalls erfuhr ich das später von Helene. Ich hatte nur Augen für die Kartons.

Eigentlich waren es lediglich lange Papierrollen, die an die Wand geheftet waren, doch sie sprühten Licht wie Kristalllüster. Ich ging ganz nah heran, um mir die Pinselstriche anzusehen. Die Farbe flutete übers Papier und rieselte in Rinnsalen herab. Ich glaubte zu erkennen, welche von Klimt selbst stammten; woran ich das erkannte, hätte ich nicht sagen können. Sie waren weniger sorgfältig durchgestaltet, wenn auch keineswegs nachlässiger, eher das Gegenteil. Der Pinsel bewegte sich so frei wie der Bogen eines Geigenvirtuosen.

Jede Szene war der Geschichte des Bühnenhauses entnommen, von einem griechischen Amphitheater bis zu einem Wiener Stück der letzten Saison, doch das wusste ich noch nicht. Wie gebannt stand ich vor einer Szene aus einer elisabethanischen Inszenierung von *Romeo und Julia* – ein Fest aus pfauenblauem und moosgrünem Samt. Ich glaubte, Mercutio zu erkennen.

Ich weiß nicht, wie lange ich dort gestanden hatte, bevor Klimt mich sah. Er musste mich schon eine Weile beobachtet haben, denn er fragte mich, ob ich mich nicht gut fühle. Dann machte er Helene und mich mit seinem Bruder Ernst bekannt. Höflich sagte Helene zu Ernst, wie sehr sie die Kartons bewundere. Ich dagegen brachte kein Wort heraus.

»Gefallen sie dir nicht?« Klimt wirkte besorgt.

Helene erklärte ihm, dass ich auf etwas, von dem ich hingerissen sei, stets mit stummem Staunen reagiere, und erzählte ihm, wie ich mir zum ersten Mal die Lippizaner angesehen hätte. Sie glaubte, seine Kartons gefielen mir mindestens ebenso sehr, wenn nicht noch mehr als die tanzenden Schimmel.

War es nötig gewesen, mich so bloßzustellen?

Er brachte mir ein Glas Wein. Ich verriet ihm nicht, dass ich eigentlich noch keinen trinken durfte. »Dann gefallen sie dir also?«, fragte er. Ich konnte nur nicken. Mein Schulmädchen-Vokabular erschien mir unzureichend, und auf einmal schüchterte er mich ein. Männer kamen auf uns zu und schüttelten Klimt die Hand. Mich würdigten sie keines Blickes, und mir wurde bewusst, wie unbedeutend ich in seinem Leben sein musste. Bei seinem eigenen Empfang sollte er mich eigentlich stehen lassen und die wichtigen Leute begrüßen, dachte ich, und ich war davon überzeugt, dass ihn nur die Höflichkeit hielt.

»Wo ist Helene?«, fragte ich, um ihm einen Vorwand zu liefern. »Ich muss sie suchen gehen.«

»Sie ist eine erwachsene junge Dame«, sagte er. »Die braucht dich nicht. Komm, ich zeig dir den Rest.« Damit führte er mich durch den Raum, zeigte mir die verschiedenen Kartons und erzählte mir, wer die Leute jeweils waren. Dabei flüsterte er mir so leise ein bisschen Klatsch und Tratsch zu, dass es sonst niemand hören konnte, und erklärte mir, wieso er etwas so und nicht anders gemalt hatte. Ich fragte mich tatsächlich, wo Helene geblieben war, doch nach einer Weile vergaß ich, nach ihr zu suchen.

»Es gefällt dir?«, fragte er immer wieder. »Bist du dir sicher?« Er wollte wissen, wieso. Als ich sagte, ich fände es schön, runzelte er die Stirn. Das war nicht die richtige Antwort. Ich versuchte, die Pinselführung zu kommentieren, doch er erwiderte nur, das könne jeder Künstler, der seinen Kittel wert sei. Ich wusste nicht, was ich sonst noch sagen sollte. »Es ist nicht gut«, sagte er. »Ich habe versagt.« Ich verstand nicht, wieso er auf einmal in diese düstere Stimmung verfiel. So hatte ich ihn noch nie gesehen. Es kam mir vor, als ob das gesellschaftliche Ereignis, das den Höhepunkt des Ganzen markierte, ihn in Wahrheit deprimierte. Ich konnte ihn nicht davon überzeugen, dass seine Arbeit gut war.

Wir beschäftigten uns gerade mit dem griechischen Abschnitt, als ein stämmiger blonder Mann auf uns zukam. »Das ist Moll«, sagte Klimt. »Ich hab im Moment keine Lust, mit ihm zu reden.« Er schob mich in den rückwärtigen Teil des Raums. Ich dachte schon, er würde uns tatsächlich hinter den Vorhängen verstecken, da sprach uns Moll auch schon an – es war zu spät.

Ich hatte Klimt über Moll reden hören. Er hatte eine starke Persönlichkeit und liebte es, Dinge zu organisieren, was ihn zu einem wertvollen Gefährten machte. Ich wusste, dass Klimt ihn mochte, hinsichtlich seiner künstlerischen Fähigkeiten jedoch seine Zweifel hegte.

Er klopfte Klimt so fest auf die Schulter, dass der sich kaum auf den Beinen halten konnte. »Großartig!«, dröhnte er in einem sonoren Bass. »Ein Triumph!«

»Verschone mich mit dem Quatsch, Moll«, sagte Klimt. »Das kannst du der Presse erzählen, sag mir lieber, was du wirklich denkst.«

»Du hast Makart übertroffen«, sagte Moll. »Es fängt den Wiener Geist ein.«

»Ich weiß«, seufzte Klimt. »Das ist ja das Problem. Es ist spießbürgerlich und dekadent.« Er klang niedergeschlagen. Ich fragte mich, wie erst seine erfolgreichen Arbeiten aussehen mussten, wenn er das hier als Fehlschlag betrachtete.

»Du bist ausgelaugt«, sagte Moll, »und du hast so oft davor gestanden, dass du es nicht mehr sehen kannst. Du musst hier raus. Komm und trink ein Glas mit mir, dann geht's dir gleich besser. Ich hab da sowieso was mit dir zu besprechen.«

Klimt warf mir ein entschuldigendes Lächeln zu und schloss sich Moll an. Als ich ihnen hinterhersah, wurde mir bewusst, dass er mich ihm nicht vorgestellt und Moll mich keines einzigen Blickes gewürdigt hatte.

Ich fand Helene mit einer Schulkameradin zwei Klassen höher in ein Gespräch über Schiller vertieft. Auf dem Nachhauseweg erzählte sie mir, Ernst habe sie gefragt, ob sie Lust hätte, ihm für das nächste Projekt der Brüder, ein römisches Wandgemälde für einen Esterházy-Palast außerhalb von Budapest, Modell zu stehen. Sie sagte, sie würde es tun, wenn ich auch mitkommen könnte. Die Sitzungen sollten im Atelier stattfinden.

Nun war es eine Sache, sich davonzuschleichen, um in einem städtischen Gebäude eine Ausstellungseröffnung zu besuchen, und eine ganz andere, allein in ein Künstleratelier zu gehen. Damit riskierten wir alles, und das wussten wir beide genau. Dennoch zögerte keine von uns, und so überlegten wir den ganzen Abend, wie wir die Sache angehen konnten, ohne uns von unseren Eltern erwischen zu lassen.

Wenn ich jetzt an ihn dachte, war er für mich nicht länger Klimt, sondern Gustav. Und ich musste viel häufiger an ihn denken. Es war, als hätte ich ihm die Brust geöffnet und sein schlagendes Herz gesehen. Von nun an betrachtete ich ihn mit anderen Augen. Ich redete mir ein, ich bewunderte seine Begabung, ich hielte ihn für einen guten Lehrer, er wäre irgendwie im Lauf der Zeit mein Freund geworden. Stieg doch einmal der Gedanke in mir auf, es ginge vielleicht um mehr, verdrängte ich ihn rigoros.

Fünf

Kammer am Attersee
11. November 1944

Heute brachte unser Nachbar Heitzmann einen Korb voll Gemüse vorbei – mit roten und süßen Zwiebeln, mit Pastinaken und kleinen dicken Mohrrüben, deren fedrige Blätter wie das Haar einer Meerjungfer in Kaskaden herunterfielen. Seine Frau hatte den Korb aus eingeweichten Schösslingen geflochten. Das Ganze war so schön wie ein Stillleben, und mir kamen fast die Tränen. Sie hätten noch genug übrig, log er. Wenn wir es nicht äßen, würde es verderben. Er und seine Frau haben sieben Kinder, und es hatte diesen Sommer nicht viel geregnet; doch wir hüteten uns, sein Geschenk zurückzuweisen.

Wir kennen Heitzmann schon eine Ewigkeit. Er war ein wohl genährtes Baby mit rötlichem Gesicht, das zu einem rundlichen, pausbäckigen Jungen heranwuchs und uns vom Hof seines Vaters auf der anderen Straßenseite Milch und Eier lieferte. Jetzt ist er mager und sonnengebräunt, doch wenn er schwitzt oder verlegen ist, wird er immer noch leicht rot und wippt auf seinen Nagelschuhen, wie ich es von früher in Erinnerung habe. Er hat ein Mädchen aus St. Wolfgang geheiratet, das er bei einem Erntedankfest kennen lernte. So ist es Brauch auf dem Land.

Ich weiß, dass er Mitleid mit uns hat. Früher einmal waren meine Schwester und ich in seinen Augen vornehme Damen. Jetzt musste ich ihm schreiben und ihn um Hilfe bitten, und da bin ich nun, klapprig und allein. Keine Familie mehr außer meiner Nichte. Das moderne, kultivierte Leben, das ich in Wien geführt habe, scheint jetzt so weit weg zu sein, und mein Geld nützt mir unter den gegebenen Umständen herzlich wenig.

Gerührt bedankten wir uns für das Gemüse. Zum Abendessen gestern hatten wir nur ein paar Kartoffeln, die wir in der Speisekammer fanden. Ihre Triebe krochen wie kleine grüne Schlangen über den Boden. Wir brieten sie, doch sie schmeckten trotzdem mehlig und bitter. Zusammen mit Keksen und Kaffee ergaben sie eine frugale Mahlzeit.

Helene fragte Heitzmann, ob seine Frau sich vielleicht ein bisschen Geld verdienen wolle, indem sie Brot für uns backte. Ich sah ihr an, dass sie Schuldgefühle hatte, jemanden für eine Arbeit zu bezahlen, zu der wir eigentlich selbst in der Lage sein sollten, doch keine von uns kann sich dazu aufraffen, etwas zu backen. Ich hörte zu, wie sie sich auf einen Preis einigten und die Lieferungen verabredeten. Er würde jeden Dienstag und Samstag seinen Sohn Hermann mit einem Laib Roggen- und einem Laib Weizenbrot herüberschicken.

Als er weg war, zog ich mir eine Jacke über und ging hinaus, um mir die Stelle näher anzusehen, wo einmal unser Garten gewesen war. Wenn wir lange hier blieben, müssten wir selbst ein bisschen Gemüse ziehen. Es wäre nicht gut, sich ewig auf Heitzmann zu verlassen; schließlich könnte ihm etwas zustoßen.

Der Plattenweg, der vom Hauseingang in den Vorgarten führt, ist überwuchert und kaum zu sehen. Die Steine sind voller bunter Flechten, und ich bücke mich nach den korallenartigen Unebenheiten und dem Sternenregen. Am Fuß der Bäume wachsen Porling-Pilze. Ich kann mich nicht entsinnen, welche davon genießbar sind und welche nicht. Vielleicht finde ich ein Buch in der Bibliothek, das mein Gedächtnis auffrischt.

Wir hatten Rosen im Garten und Kräuter: Lavendel für Duftkissen und Rosmarin fürs Brot. Manchmal packte einen von uns der Ehrgeiz, verschiedene exotische Dinge anzupflanzen: Baumwolle, Indigo, Maulbeerbäume. Wir hofften, Seidenraupen zu züchten. Im Gewächshaus zogen wir Orchideen und Bonsaibäumchen. Einmal kamen wir sogar an einen Ananasbaum, doch das ist lange her. Jetzt finde ich nur noch eine mit gelbem Gras verfilzte Bodenmulde, die an ein eingefallenes Grab erinnert. Ringsum wachsen und gedeihen – wie immer – die Opportunisten: wilde Mohrrüben, Goldrute und Disteln. Die Steinbank ist noch da, abgewetzt und voller Kerben, und auch die Sonnenuhr mit ihrem verbogenen Messingzifferblatt. Um diese Jahreszeit scheint ohnehin kaum einmal die Sonne.

Es ist still, so wie ich es aus meiner Kindheit erinnere. Später kamen Leute in offenen Sport-Coupés und hupten und brüllten und winkten auf ihrem Weg zu einem Picknick oder einem Bootsausflug; doch jetzt hat niemand mehr Benzin, und wer leistet sich noch Picknicks? Alle gehen zu Fuß oder fahren Rad. Gelegentlich rattert der Karren eines Bauern vorbei, oder eine Kuh muht einer anderen etwas zu, doch das lauteste Geräusch kommt von meinem eigenen Atem und meinen Fingern, die auf den Steinen trommeln.

Hier wimmelt es von Gespenstern, nicht solchen, die Sensationsblätter füllen oder die Lagerfeuer von Schuljungen heimsuchen, sondern solchen, mit denen wir uns gleichzeitig quälen und trösten. Gustav sitzt auf der Bank neben mir und zeichnet mir mit Kohlestift aufs Handgelenk. Er steckt unter dem schwarzen Tuch seiner klobigen holzummantelten Kamera, die er damals besaß, und ruft mir etwas zu. Steh still, sagt er, obwohl er weiß, dass er es mir nicht extra zu sagen braucht. Meine Mutter sitzt unter einer der Lärchen und liest uns Briefe vor. Pauline besprüht die Rosenblätter mit einer Mixtur aus rotem Pfeffer, während Helene ihre Tonleitern übt. Mein Vater steht reglos im Wald dahinter, beobachtet Vögel und macht sich Notizen in einem Tagebuch mit rotem Ledereinband.

Am schlimmsten ist mein eigenes Gespenst, schwach vor Sehnsucht, wenn er auf mir zeichnet, oder mit stolzgeschwellter Brust, wenn ich mit meinen eigenen Entwürfen posiere, meine Mutter wegen ihrer korrekten Aussprache necke, im Garten nach Schnecken grabe, zu meinem Vater hinüberrenne, um ihm einen Kuss zu geben, und sämtliche Vögel verscheuche.

Am Ende des Gartens steht das Gewächshaus, das Gustav, wenn er bei uns war, als Atelier benutzte. Ein paar Glasscheiben sind zerbrochen, alle mit einer Schmutzschicht überzogen. Vielleicht könnte Heitzmann hier einmal gründlich sauber machen. Ich habe Angst hineinzugehen. Es erinnert mich an ein Einweckglas, das man ganz hinten im Eisschrank stehen hat. Man weiß nicht mehr, was drin ist, sondern nur, dass es nichts Gutes sein kann. Doch man muss sich ihm stellen; durch Warten wird man es nicht los.

Ich laufe ein paar Mal um das Gewächshaus herum und streife im Vorbeigehen die Körner von weizenartigen Ähren. Es schrinnt angenehm in der Hand. Natürlich klemmt die Tür. Ich lehne mich mit meinem Gewicht dagegen und trete ein. Drinnen ist es kühl und feucht wie in einem Kartoffelkeller. Meine Augen gewöhnen sich nur langsam an das Dämmerlicht. Dann stockt mir für einen Moment das Herz. Am Ende des Raums stehen drei Gestalten, dünne, ausgemergelte Wesen – Flüchtlinge? Gespenster? –, die mit dem Rücken zu mir in den Wald hinausblicken. Wie Soldaten haben sie Habtachtstellung angenommen, doch sie scheinen mich nicht zu bemerken. Mit angehaltenem Atem trete ich den Rückzug an, aber beim nächsten Wimpernschlag erkenne ich, dass es Staffeleien sind, wie Skelette aus Holz. Mein Herz fängt wieder an zu schlagen, und ich muss über mich selbst lachen. Ich bin schon mutiger gewesen.

Offensichtlich haben sich ein paar Eich- und Backenhörnchen in den Ecken häuslich eingerichtet und Blätter und Gräser für ihren Bau hereingeschleppt. Ich erkenne den alten Tisch, der einmal meiner Großmutter gehörte. Zuerst hatte er seinen Platz in der Küche, dann wanderte er in den Eingangsbereich und zu guter Letzt – als sogar mein Vater zugab, dass er fürs Haus zu zerkratzt und unansehnlich war – ins Atelier. Inzwischen blättert der Lack ab, und der Regen, der durch die Löcher in der Decke dringt, hat ihn vollends ruiniert.

Da drüben stehen eine Reihe Zinkeimer und ein Regal mit Gießkannen, dicken Handschuhen, Gummistiefeln unterschiedlicher Größe und Spaten. Zwei davon liegen wie ein Wappen über Kreuz auf dem Boden. Wie früher riecht es nach Modellierton und Benzin, obwohl wir hier niemals welches aufbewahrten. Terpentin vielleicht.

Auf dem Regalfach neben den Spaten finde ich Samentütchen. Die Aufschriften sind völlig verblasst. Ich schütte mir eins in die Hand: Sonnenblume oder Kürbis, vermute ich. Das Saatgut im zweiten Päckchen ist verschimmelt und zerfressen, die Körnchen im nächsten dagegen winzig und braun. Die wachsen nie, die haben viel zu lange gelegen. Dennoch schütte ich die Samen wieder in das Tütchen und ziehe Handschuhe an. Dann nehme ich mir eine der Schaufeln und kehre in den Garten zurück. Es tut gut, auf das Gras einzustechen, das so dicht verwoben ist wie ein Jutesack, die Erde aufzubrechen und wie einen Pfannkuchen zu wenden, doch es ist harte Arbeit, und mir brennen fast augenblicklich die Schultern. Ich schnappe nach Luft, und ich weiß, dass mein Gesicht unschön durchblutet ist.

Nach etwa einer halben Stunde habe ich sieben ansehnliche Löcher gegraben. Glücklicherweise brauchen sie nicht sehr tief zu sein, nicht für diese Saat, egal, was es ist. Ich schütte ein paar Körnchen in jedes Loch und decke sie zu. Sollte ich sie gießen, oder schwemme ich sie damit nur aus? Hat der Boden genügend Nährstoffe, dass sie gedeihen können?

Ich liege auf dem Gras neben meinem frischen Beet und atme den Duft der Erde ein. Wäre Gustav hier, würde er eine Decke aus dem Haus holen und mich bei einem Schläfchen zeichnen. Wäre er hier, würde er sämtliche Löcher für mich graben und die Sonnenuhr reparieren, und hinterher würden wir die Straße überqueren und in Heitzmanns Obstgarten Äpfel klauen. Wäre Gustav hier, würde ich die Kleider ausziehen und mich wie Granatäpfel und Melone auf dem Tablett servieren.

SCHLAFENDES MÄDCHEN

Maria war eine siebzehnjährige Wäscherin, die nicht weit vom Atelier entfernt wohnte. Sie führte ihrem Vater das Haus, eine winzige Hütte mit einem Reetdach, das den Regen nie ganz draußen hielt, die Fensteröffnungen durch ein Öltuch abgedichtet. Der Putz bröckelte von den Wänden, im Gemäuer fehlten Steine. Ihr Vater litt an Trunksucht; sie aßen, was sie selbst im Garten zog, und was sie sonst noch zum Leben brauchten, verdiente sie, indem sie Wäsche nach Hause mitnahm. Sie ging täglich zur Kirche und versuchte, einen Bogen um die Güterpacker und Arbeiter zu machen, die das Viertel bevölkerten. Zum Stadtzentrum war es nicht weit, doch ohne eigene oder das Fahrgeld für eine gemietete Droschke ein ganzes Stück zu laufen. Nur einmal, als Kind, war sie da gewesen, um die Parade zum silbernen Hochzeitsjubiläum des Kaisers und der Kaiserin zu sehen. Sie erinnerte sich an die Droschken voller Blumen und an große, Furcht erregende Menschen, die sie bedrängten und zu erdrücken drohten. Wenn sie an Wien dachte, dann war sie ergriffen von seinem Duft und seinem Glanz und gleichzeitig von einer tief sitzenden Angst vor Menschenansammlungen, die ihr die Luft zum Atmen nahmen. Sie sehnte sich danach, von ihrem Vater fortzugehen und sich eine Stelle in einem Geschäft zu suchen, doch sie hatte Angst. Ein solches Mädchen, gutgläubig und zart besaitet, konnte unmöglich auf die Begegnung mit Gustav vorbereitet sein.

Maria kauerte am Zuber auf den Knien, als er erschien. Sie nutzte das Stück Erde zwischen ihrem und dem nächsten Haus dahinter als Waschküche. Das Mieder ihres Kleides war nass von der Seifenlauge im Bottich vor ihr. Am Tor stand ein bärtiger Mann ohne Hut mit einem langen, wehenden Umhang. Einen Augenblick lang fürchtete sie, ein Bote Gottes käme mit einem besonderen Auftrag zu ihr, und da Maria ein Mädchen war, das so wenig Aufmerksamkeit wie möglich auf sich lenken wollte, hörte sie auf zu schrubben und schickte mit gesenktem Kopf ein Stoßgebet zum Himmel, sie möge nicht auserwählt sein.

»Oh, schrubben Sie nur weiter«, sagte der Mann. »Ich wollte Sie nicht stören. Es macht ein hübsches Geräusch, nicht wahr? Wie eine Zither.«

»Das stimmt«, sagte sie und staunte, dass ein Engel so freundlich und kein bisschen bedrohlich sprach.

»Darf ich mal?«, sagte der Mann und kam zu ihrem Entsetzen heran, um sich neben sie zu knien, das Waschbrett zu nehmen und es sich über den Schoß zu legen. »Ich muss gestehen, dass mich solche Gerätschaften faszinieren. Haben Sie das selbst gemacht?«

»Mein Vater«, sagte Maria. »Er war Zimmermann.« Sie bemerkte den Geruch nach Chemikalien, der von dem Umhang des Mannes ausging, und fragte sich, ob er doch kein Gottesbote, sondern jemand von der Anstalt war.

»Das ist ein vollkommener Gegenstand«, sagte er, strich mit der Hand über die Holzrippen und versetzte sie so in Schwingung, dass sie einen Ton von sich gaben, der wie Bienensummen klang. »Nützlich und schön.« Er sah sie an, und sie zuckte unter seinem Blick zusammen. Er lächelte.

»Ich brauche eine Wäscherin«, sagte er. »Im Schneiderladen haben sie gesagt, Sie stünden vielleicht zur Verfügung.«

Mit Erleichterung wurde Maria bewusst, dass der Mann zwar wie eine Holzskulptur des heiligen Petrus an der Stephanskirche aussah, aber nicht mit der Bitte kam, sie solle den Aussätzigen predigen oder in den Kampf gegen die Ungläubigen ziehen.

»Ja, mein Herr«, sagte sie.

»Ich heiße Gustav Klimt, und ich bin Künstler. Ich verschmutze jede Woche eine Menge Lappen und Tücher mit Farbe, Alkohol und Öl. Die sind nicht so leicht sauber zu bekommen. Was meinen Sie, würde diese Arbeit kosten?«

»Zehn Lappen für einen Schilling«, sagte sie nach kurzer Überlegung und hoffte, er würde über den viel zu hohen Preis nicht lachen. Sie hatte gehört, Künstler seien reich, doch der Mann, mit dem sie es hier zu tun hatte, schien nicht einmal das Geld für einen Anzug zu haben.

Der Mann lächelte. »Meinen Sie nicht, Sie sollten mehr nehmen?«, fragte er. »Ich bin ein sehr bekannter Künstler. Es würde keinen guten Eindruck machen, wenn jemand herausbekäme, dass ich Ihnen so wenig zahle.«

»Fünf Lappen für einen Schilling?«, fragte sie zaghaft.

»Abgemacht«, sagte er. Sie sah, wie er sie eingehend betrachtete, das unordentliche Haar, die Sommersprossen auf der Brust. »Im Dorf hat man mir gesagt, Sie heißen Maria.«

»Maria Ucicky«, sagte sie.

»Dann ist der Ucicky, der mir mein Brennholz verkauft, Ihr Mann?«

»Mein Onkel.«

»Sie sind also nicht verheiratet?« Maria schüttelte den Kopf. Er runzelte die Stirn, als sei er über den schlechten Geschmack der hiesigen jungen Leute empört.

Zwei Monate lang brachte er ihr jeden Samstag die Lappen und nahm sie montags wieder mit, dann fragte er sie eines Samstags, ob sie die Wäsche am Montag im Atelier abliefern könne. »Ich bezahle extra dafür«, sagte er. »Wenn ich dieses Gemälde nicht bis Dienstag fertig habe, verliere ich meinen Auftrag.«

»Natürlich«, sagte sie. Am Montag bürstete sie ihr schönes Haar, rieb sich die rauen Hände mit Talg ein und ging zu dem Haus, das er ihr genannt hatte.

Maria war nicht so töricht zu glauben, dass das gut gehen könne; sie und ihre Freundinnen wussten, wohin so etwas führte. Ein Mädchen wie sie konnte einen Mann wie ihn nicht zurückweisen, doch ein Mann wie er würde sie gewiss ins Unglück stürzen. Nach ihren Besuchen im Atelier ging Maria zur Beichte und flehte um Vergebung. Sie hatte Angst vor der Hölle. Ihre Freundinnen trösteten sie, beneideten sie aber auch. Er hatte ihr Geschenke gemacht, einen Hut, einen Schal. Sie rieten ihr, für ihn Modell zu stehen und zusätzlich etwas Geld zu verdienen, doch sie war zu schüchtern und fürchtete um ihre ohnehin schon verdammungswürdige sterbliche Seele. Sie konnte kaum die Scham- und Schuldgefühle ertragen, wenn er sie berührte, wie hätte sie da ohne Kleider vor ihm stehen können? Keine ihrer Freundinnen wusste, dass sie in ein paar Monaten sein Kind gebären würde. Ihr Vater hatte es noch nicht bemerkt; sie trug weite Schürzen und ging ihm aus dem Weg, wo sie nur konnte. Gustav war freundlich gewesen und hatte sie nicht fortgeschickt, doch er hatte auch nicht gesagt, ob er ihr Geld zukommen lassen wollte. Sie gab sich keinen falschen Hoffnungen hin, dass er sie heiraten könnte. Wie sie allein ein Kind aufziehen sollte und ob ihr Vater sie vor die Tür setzen würde, wusste sie nicht.

Im Atelier sah sie nach dem Feuer, schrubbte den Boden, wusch die Teetassen, als wäre sie Gustavs Dienstmädchen und nicht seine Geliebte. War er nicht da, wartete sie manchmal auf ihn und schlief auf der Chaiselongue ein, die Hand unter die Wange gelegt wie ein Kind. Selbst wenn sie schlief, sah sie bekümmert aus. Wenn Gustav hereinkam, bewegte er sich leise, um sie nicht zu wecken. Auf Zehenspitzen ging er zur Staffelei und nahm seinen Zeichenblock herunter. Behutsam schob er ihre Hand beiseite. Ihre Decke war weggerutscht, und vom unruhigen Drehen und Wenden hatte sich ihr Unterkleid hochgeschoben. Er deckte sie wieder zu. Ihr langes Haar schlang sich wie Seetang um ihr Gesicht. Er zog ein Stück Kohle aus der Tasche, kniete sich vor sie hin und fing an zu zeichnen.

Als er fertig war, stellte er den Block zur Seite und legte den Kopf auf ihren Bauch, der von ihrer Jugend und vom Hunger immer noch flach war und straff. Ihre Unschuld, ihre rauen Hände, ihr bleicher, ausgemergelter Körper brachen ihm fast das Herz. Sein Gewissen quälte ihn. Sie hatte ein besseres Leben verdient als das der Armut und Plackerei, in das sie hineingeboren war, und das der Ächtung und des Elends, in das er sie gestoßen hatte. Doch es war zu spät; sie war zu unschuldig gewesen, um zu wissen, was sie hätte tun sollen, und er zu unerfahren, um zu wissen, dass er es ihr hätte sagen müssen.

Einen verrückten Augenblick lang dachte er daran, sie zu heiraten und für immer ins Atelier zu holen. Er stellte sich vor, wie sie im Garten mit ihrem wunderbaren Waschbrett einen seiner Malerkittel schrubbte, dachte an Gulasch und Nudeln auf dem Tisch und an Kinder mit schmutzigen Gesichtern, die über die Staffelei stolperten. Doch so mochte leben, wer wollte – er nicht. Er weckte Maria und sagte, sie solle sich besser beeilen, nach Hause zu kommen, bevor ihr Vater aus dem Suff erwachte und sie vermisste.

Sechs

Das Atelier der Klimts befand sich im vierten Stock einer Silbermanufaktur. Um dorthin zu gelangen, fuhren wir mittags nach der Schule von der Gumpendorferstraße aus mit der Tram, stiegen am Ring um und liefen sechs Häuserblocks zu Fuß. Das Geld für die Straßenbahn gehörte Pauline. Wir verfügten über kein eigenes, doch sie hatte einmal einen Aufsatzwettbewerb gewonnen und hob ihren Schatz in einem Halstuch in ihrer Wäscheschublade auf, doch natürlich wussten wir, wo. Daran, was passieren würde, wenn sie merkte, dass etwas davon fehlte, wollten wir nicht denken.

Das Atelier lag in einer Straße, in der Schiffsgüter gelöscht und in Waggons verladen wurden; ganze Netze voll mit Fischen wurden in die Lagerhäuser gehievt, um ausgenommen und gesalzen zu werden. Man konnte ein Hufeisen oder auch den eigenen Schuh reparieren, ein Segel flicken oder eine Kuh schlachten und zerlegen lassen. In der Luft hing ein Geruch nach Verwesung.

In den Gebäuden rings um die Fabriken und Lagerhäuser wohnten große Familien. Im Vorübergehen sah ich ihre schmuddeligen, selbst genähten Gardinen und die billig bemalten Öllampen in den Fenstern. Jeden Tag gingen die Männer zur Arbeit auf den Schiffen; die Frauen verdienten ihr Geld in den Läden der Putzmacher und Damenschneider in den besseren Gegenden der Stadt.

In der Mietskaserne neben der Silbermanufaktur führte

ein Einwanderer aus Schlesien mit seiner Frau eine Bäckerei; auf der Stiege zum Atelier mischte sich der Duft von Teig und erhitztem Öl mit dem beißenden Geruch von Terpentin und Eisen. Die Stufen hatten sich zur Straße hin gesenkt, einige gaben beim Auftreten nach.

Das Atelier war kalt und kahl, da den Künstlern ständig die Kohle für den Ofen ausging und sämtliche Stühle in der Mitte des Raums zu einem Tableau aufgestapelt waren. Der Boden war zementiert, stellenweise rissig und von einer dunklen Schicht Kohlenstaub überzogen. Einige Scheiben in den hohen Fenstern waren zerbrochen und durch Pappkarton ersetzt worden; das Glas wirkte dünn, zu dünn, um die Kälte abzuhalten.

Trotz alledem oder gerade wegen alledem hatte ich mein Lebtag noch keinen aufregenderen Ort gesehen. Die Künstler hatten Dinge an die Wände geheftet: einen Farbkreisel; Zeitungsausschnitte über eine Schauspielerin namens Limowa aus Moskau, die auf Tournee durch die europäischen Hauptstädte war; Stiche von Bauwerken in Rom, offensichtlich aus Büchern herausgerissen; Postkarten; Skizzen von Würfeln und Zylindern mit den in Bleistift eingetragenen Maßangaben. Auf einem angeschlagenen Emaillierofen, den sie aus dem Müll geborgen hatten, wurde Wasser für Kaffee und Schokolade gekocht; in einer Kiste daneben lagen Dosen mit Tee und Kaffee, Tassen und Löffel sowie Rosinenbrot und Papiertüten mit gesalzenen Nüssen, außerdem ein Nussknacker. Der Boden war mit Schalen übersät.

Ich entdeckte vier Staffeleien, jede mit einem kleinen Tisch daneben. Gustav stand neben einer davon und mischte etwas in einer Schale. Sein Tisch war leer bis auf zwei menschliche Holzmodelle, die sich umarmten.

In dieser Umgebung war Gustav anders. Zum einen

trug er statt eines Anzugs einen weiten Kittel, wie ich ihn mir bei Patienten in Krankenhäusern oder Anstalten vorstellte. Einen gesunden, erwachsenen Mann darin zu sehen war schockierend. Ich versuchte, ihn nicht anzuschauen, was nicht schwer war, da er kaum einmal in meine Richtung blickte. Er war vollkommen in seine Arbeit vertieft. Ab und zu sagte er etwas zu Ernst, der seinerseits lachte, doch sie sprachen so leise, dass wir sie kaum hören konnten. Wir standen ein Stück abseits und wussten nicht, wie wir uns verhalten sollten. Wir hatten immer noch unsere Mäntel an, da sie uns niemand abgenommen hatte. Ich fragte mich, für wen die anderen Staffeleien waren.

»Franz und Georg müssten bald da sein«, sagte Ernst, bevor wir die Frage stellen konnten. Er wandte sich von seinem Tisch ab, der weitaus chaotischer war als Gustavs Gegenstück, voller Bücher, aus denen ein Wald an kleinen Zetteln hervorlugte, zerquetschten Tuben, dreckverschmierten Flaschen und Dosen.

Wir warfen uns stumme Blicke zu.

»Machen Sie hier jemals sauber?«, fragte Helene verwirrt.

»Wieso sollten wir?«, sagte Gustav. »Das Haus ist ja leer. Wenn es zu schmutzig wird, um darin zu arbeiten, ziehen wir einen Stock höher.«

Die Vorstellung hätte für uns nicht radikaler sein können. Wir verbrachten so viel Zeit in unserem Leben damit, Ordnung zu halten. Ich hätte nicht übel Lust gehabt, meinen Mantel auf den Boden zu werfen. Die beiden Brüder ließen sich nicht in ihrer Arbeit stören. Ernst reinigte seine Pinsel derart sorgfältig mit einem Lappen, als ginge es um die liebevolle Pflege eines Hundes vor einem Schönheitswettbewerb. Gustav hatte seine Farben fertig gemischt und machte sich daran, Öl auf eine Palette zu gießen.

Es kam mir vor, als hätten wir schon eine Stunde so dagestanden, als Gustav zu einem Schrankkoffer in der Ecke ging und irgendwelche Gewänder herauszog. Er kam damit zu uns und reichte Helene ein dünnes Kleid aus weißer Seide. »Das ist für dich. Da hinten haben wir einen Umkleideraum«, sagte er und nickte in die Richtung.

»Wo haben Sie das her?«, fragte Helene mit einem Blick auf das Etikett.

»Die Schauspielerin Marie Geistinger hat es uns geliehen.« Marie Geistinger war Helenes Lieblingsschauspielerin.

»Sie kennen die Geistinger? Kommt sie hierher? Kann ich sie kennen lernen?«

»Sie kommt nur abends«, sagte Ernst, ohne nachzudenken. Dann wurde er rot und starrte schweigend zu Boden.

»Sie schläft am Tage und steht abends auf der Bühne«, sagte Gustav. »Manchmal kommt sie nach der Vorstellung noch einmal hierher und sitzt mir Modell. Schauspielerinnen leben nun mal so. Wie Fledermäuse.«

Damit reichte er mir ein grobes braunes, an einen Mehlsack erinnerndes Etwas und zwinkerte mir zu. »Für das kleine Mädchen.«

»Was ist das?«

»Dein Kleid.«

»Wen soll ich in dem Tableau denn darstellen?«

»Die Dienerin. Das ist perfekt, du bist genau im richtigen Alter.«

Der Umkleideraum war vom übrigen Atelier durch eine Wolldecke abgetrennt, die über den Türrahmen einer ehemaligen Abstellkammer genagelt war. Nervös zogen wir unsere Kleider aus und hängten sie an die Nägel, die aus der Wand vorstanden. Wir waren beide befangen, obwohl wir auch ohne unsere Kleider immer noch wollene

Wäsche trugen, die uns vom Handgelenk bis zum Knöchel bedeckte, darüber ein Unterkleid und darüber einen Unterrock. Ich drückte mich so eng in die Ecke der Kammer, wie ich nur konnte. Helene hielt sich schützend die Arme über die Brust. Verlegen und stets darauf bedacht, nicht gesehen zu werden, warfen wir uns in unsere Kostüme.

Ich konnte mich nicht sehen, doch ich bezweifelte, dass ich ein lohnender Anblick war. Mein Kleid hatte einen geraden Halsausschnitt, und die Säume an Ärmeln und Rock waren abgerissen, so dass mir die ausgefransten Enden unregelmäßig über Handgelenke und Knöchel fielen. Meine breiten, plumpen Füße waren für jeden sichtbar nackt.

Helene dagegen war selbst mit dem Unterkleid, das der tiefe Kleiderausschnitt nicht verdeckte, eine beeindruckende Erscheinung. Sie war zierlicher als das durchschnittliche, eher mollige Wiener Mädchen, ihr Schwanenhals und die schlanken Arme erinnerten an eine Tänzerin.

Ihr Gewand war wunderschön, und ich sah meine Schwester vor mir, wie sie, einen Goldreif um die Stirn und die aufgetürmte Lockenpracht, den zarten Arm in königlichem Gestus von sich streckte.

»Sehe ich einigermaßen aus?«, fragte sie, während sie sich nervös bemühte, den Ausschnitt höher zu zerren und die Träger fächerförmig über die nackten Arme zu breiten.

»Du wirst das Unterkleid ausziehen müssen, das wirkt lächerlich.«

»Das kann ich nicht!«

»Wenn du so da rausgehst, werden sie dich gleich wieder zurückschicken.«

»Meinst du wirklich? Aber dann bin ich ja halb nackt.«

»Versuch's wenigstens.« Ich hielt das Kleid so, dass es

nicht schmutzig wurde, während sie es herunterließ, und half ihr wieder hinein.

»Ich kann das niemals vor ihnen tragen«, sagte Helene, als sie fertig war. Das ärmellose Gewand fiel an der Brust und im Rücken gewagt tief herab. Große Hautpartien, die außer Pauline und mir noch niemand zu sehen bekommen hatte, wurden zur Schau gestellt. Helene war schamhaft, selbst in unserem Schlafzimmer zog sie sich hinter einem Betttuch um. Deshalb fiel mir mein nächster Schachzug nicht schwer.

»Es ist furchtbar offenherzig.«

Sie legte den Kopf auf meine Schulter. Sie zitterte, und ihre Hand an meinem nackten Hals war gespenstisch kalt.

Ich versuchte, besorgt und mitfühlend zu klingen. »Wir könnten tauschen«, sagte ich. »Ich ziehe es an.«

»Würdest du das tun? Würdest du dich nicht schämen?«

»Ein bisschen schon. Aber eine von uns muss es tun.«

Also tauschten wir. Ich zog meine Unterwäsche aus und Helene ihre an. Ich schlüpfte in das zarte Gewand und sie in das grobe.

»Und?«

»An dir sieht es aus wie ein Nachthemd«, sagte sie. Tatsächlich hing es vorne, wo meine Brüste hätten sein sollen, herunter wie ein Sack, und die schmale Kordel, die als Gürtel diente, ließ sich nicht so eng zusammenziehen wie bei Helene; doch ich trug das Kleid.

»Hoffentlich sind sie nicht böse«, sagte sie, als wir aus der Kammer traten.

Sie lachten, was nicht eben meinen Erwartungen entsprach.

»Klein-Juno«, prustete Gustav. »Du bist wirklich sehenswert.«

»Ich glaube, da liegt ein Missverständnis vor«, sagte

Ernst. Er musterte Helene. »Du solltest das andere Kleid tragen.« Sie sah ihn mit einem flehentlichen Blick an. »Falls du nichts dagegen hast«, fügte er hastig hinzu. »In dem Fall ist es völlig in Ordnung.«

»Wir versuchen es jedenfalls«, sagte Gustav. »Wenn es nicht klappt, können wir immer noch nach Lotte schicken, vielleicht kann sie morgen kommen.«

»Wer ist Lotte?«, fragte Helene.

»Ein professionelles Modell. Sie arbeitet manchmal für uns.« Die Zahl der Frauen, die im Atelier ein und aus zu gehen schienen, war erstaunlich.

»Was stimmt mit mir nicht?«, wollte ich wissen. »Wieso kann ich das nicht machen?«

»Meinetwegen, aber wenn du es machst, hör auf herumzuquengeln, und stell dich aufs Podest«, sagte Ernst mürrisch. Ich verstand nicht, weshalb er so ärgerlich war.

Das Podest war kaum mehr als eine Holzkiste mit einer Decke darüber. Eine Ansammlung zerbrochener Stühle, Kissen mit aufgeplatzten Nähten sowie eine Chaiselongue vervollständigten das Ensemble. Gustav zeigte mir, wo ich stehen sollte, und brachte meine Arme sowie mein Gesicht in Stellung. Er erklärte Helene, wie sie sich hinknien sollte, um nicht müde zu werden.

Für mich traf er keine Vorkehrungen dieser Art, und so stand ich stundenlang, wie mir schien, mit ausgestrecktem Arm und zeigte auf die Fenster. Helene kniete, einen Krug in der Hand, mir zu Füßen. Alle naselang flüsterte sie mir zu, dass ihr der Hals wehtäte, und fragte mich, ob ich etwas sehen könnte. Ob sie bald fertig wären. Mein Arm begann zu schmerzen, doch auf mich wurde keine Rücksicht genommen. »Das ist nun mal die Aufgabe eines Modells«, sagte Ernst. »Wenn's dir nicht passt, kannst du ja nach Hause gehen.«

Sie zeichneten gerade mein Profil, und so konnte ich nicht sehen, wie weit sie waren. Ich konzentrierte mich darauf, die Glasscheiben und die Verschalungsplatten an der Decke zu zählen. Die Sonne zog allmählich am Fenster vorbei. Es wurde zwei, dann drei. Mein Arm sackte immer tiefer. Um Viertel nach drei stützte ihn Gustav mit einem Lesepult ab, das aus dem Nichts erschien. Um halb vier kamen noch andere Leute herein. Ich konnte sie nicht sehen, doch die Lautstärke im Raum nahm drastisch zu.

»Wer ist das?«, fragte ein Mann. Franz oder Georg, nahm ich an.

»Die beiden Flöge-Mädel, erinnerst du dich?«, sagte Ernst.

»Ach so, ja, die jungen Damen«, spöttelte der andere Mann. Ich hörte Geklapper und das Reißen von Papier. Einmal klang es, als fiele eine Staffelei zu Boden.

»Wo wart ihr die ganze Zeit?«, fragte Gustav.

»Gestern Abend lange aus«, sagte der erste Mann.

»Mit Therese«, schnaubte der zweite verächtlich.

»Und, war sie gut?«

Der Mann musste eine stumme Geste gemacht haben, denn ich hörte nur noch gedämpftes Lachen.

Um vier legten wir eine Pause ein. Mein Arm fühlte sich an, als trüge ich einen schweren Handschuh. Helene rannte augenblicklich in die Umkleidekammer, um sich wieder anzuziehen oder auch zu verstecken, bis die Pause zu Ende war, ich hätte nicht sagen können, was.

Gustav machte mich mit seinem Bruder Georg und ihrem Freund Franz Matsch bekannt. Georg war breit gebaut und blond. Er hatte die Staffelei umgestoßen und war offenbar auch der Grund dafür, dass Gläser im Atelier streng verboten waren.

»Er würde sie nur zerbrechen, und dann tritt ein Modell in die Scherben und schneidet sich den Fuß, und das ist das Letzte, was wir brauchen können, ein Modell mit Blutvergiftung«, erklärte Franz, der ebenfalls blond war, doch lang und schmächtig. Er hatte ein spärliches Lippenbärtchen und rote Unebenheiten am Hals. Er bot mir eine Tasse Kaffee an.

»Beachtliche Leistung, die ganze Zeit da oben zu stehen«, sagte er. »Kein Modell hätte den Arm so lange halten können oder auch wollen.«

»Sie haben gesagt, ich müsste das tun.«

Er lächelte. »Wenn du vorhast, regelmäßig Modell zu stehen, dann musst du dich gegen sie durchsetzen. Besonders gegen Gustav. Er verlangt von dir alles, wogegen du dich nicht wehrst.«

»Wir machen das nur zum Spaß.«

»Umso besser. Dann könnt ihr ja jederzeit wieder gehen, ohne euch darum zu sorgen, ob ihr genug zum Essen oder für die Miete verdient.«

Ich stellte mir vor, wie es wohl wäre, Geld in der Hand zu haben, Geld, das ich selbst verdient hatte, und mir so viele Vanille-Karamellbonbons zu kaufen, wie ich wollte, um sie alle auf einmal zu essen. Ich stellte mir ein Paar Granatohrringe vor und ein Zimmer mit einer Tür zum Abschließen. Ich stellte mir vor, spätabends ins Theater zu gehen und bis zum nächsten Mittag zu schlafen. Es klang aufregend, aber auch etwas einsam. Falls ich je alleine wohnte, müsste Helene mit mir kommen.

Der verbliebene Nachmittag verging mir schnell. Für die nächste Pose musste ich wie eine Tote auf dem Boden liegen, und ich schlief ein. In regelmäßigen Abständen wurde ich von Rufen oder Lachen geweckt, und ich versuchte zu verstehen, was sie redeten. Die Künstler waren voller Geheimnisse, voller Wissen von einer dunkleren, robusteren als der mir vertrauten Welt, und ich wollte darin aufgenommen werden. Dafür würde ich alles tun, worum Gustav mich bat.

Wir verabschiedeten uns um fünf, bevor uns jemand vermisste, da wir erzählt hatten, unser Schulausflug zum Kunstmuseum würde wahrscheinlich ein bisschen länger dauern.

Sieben

Eines Wintermorgens wachte ich auf und sah, dass es aus dem bernsteinfarbenen Himmel heftig schneite. In meinem Klassenzimmer würde der Wind da, wo sich die Fensterbretter verzogen hatten, durch die Ritzen pfeifen, und mein Tisch stand auf meinen eigenen Wunsch hin am Fenster. Von hier aus konnte ich die Nonnen zum Gebet vorbeihuschen oder das große Tor öffnen sehen, um den Armen Essen oder Medizin zu bringen. Sie waren nicht besonders interessant, aber immerhin besser, als aufzupassen. An dem Tag allerdings würde es zu kalt sein, um meine Stirn an die Scheibe zu drücken. Ich würde mich zitternd durch die Klassenarbeit über französische Verben und meinen Vortrag eines Goethe-Gedichts quälen. Es war ein Tag, an dem man sich krank stellen musste.

Zuerst hatte ich nur vor, zu Hause im Bett zu bleiben. Es war nicht schwer, meine Mutter zu überzeugen; für sie war Bettruhe das Allheilmittel, egal, ob es um Kopfschmerzen, Verstopfung oder Hautausschlag ging. Sie brachte mir eine dicke Wärmflasche und eine dampfende heiße Zitrone mit Honig. Ich machte mir gewisse Hoffnungen, sie würde bei mir bleiben, mir vorlesen oder Karten mit mir spielen, doch sie wollte auf den Markt. Alle anderen waren bereits zur Arbeit oder zur Schule gegangen. Ganz plötzlich war die Wohnung gespenstisch still. Selbst der Straßenlärm war vom Schnee gedämpft.

Helene hatte sich kürzlich von ihrem Geburtstagsgeld

ein Pariser Modejournal gekauft. Ich nahm es zur Hand und lehnte mich gegen die Kissen, um darin zu lesen, doch für eine mühelose Lektüre war mein Französisch nicht gut genug, und so sah ich mir nur die Bilder an. Es war eine Vorschau auf die kommende Wintermode. Auf den Seiten waren Frauen in Straßenkleidern und engen kleinen Jäckchen mit Spitzenjabots am Hals abgebildet, die Röcke plissiert oder gerafft und an der Rückseite mit Turnüren oder Schößen versehen. Dazu gehörten hohe, federbesetzte Hüte. Die Teekleider dagegen waren duftige Gebilde voller Schleifen, Spitze und Bänder. Blau war die kommende Modefarbe: eisblau, himmelblau, taubenblau. Die Ballkleider waren phantastisch – Kreationen aus Seidenbrokat, mit Schleifen an den Schultern, eng geschnürten Taillen und ausladenden Krinolinen. Sosehr ich die Ballkleider bewunderte, fand ich doch, dass sie unbequem aussahen. Am besten gefiel mir das Radler-Kostüm: eine Manchesterpumphose mit einer zweireihigen Jacke aus dem gleichen Stoff. Das Mädchen auf der Zeichnung wirkte darin stolz und ausgelassen.

Die meisten Zeichnungen waren nicht besonders gut gemacht: kuhäugige Frauen mit extrem langem Rumpf, der so unproportioniert war, dass jemand im echten Leben damit nicht aufrecht hätte stehen können. Mit dem Bleistift stutzte ich den größten Teil ihres Busens, und ihre Haltung sah gleich viel besser aus. Ich hob ihre Taille, und sie lächelten mich dankbar an. An den Rändern zeichnete ich meine eigenen Damen; ihr Kopf stand im richtigen Größenverhältnis zum übrigen Körper, ihre Korsetts waren etliche Zentimeter gelockert und ihre Kleider von Firlefanz befreit. Das tat mir gut.

Seit Wochen hatte ich heimlich einen schlüpfrigen Roman unter meinem Bett verborgen und wartete nur auf die

Gelegenheit, ihn zu lesen. Jetzt schien der Moment gekommen zu sein. Der zu Unrecht angeklagte Marquis hatte Schiffbruch erlitten und versteckte sich gerade im Schloss des übellaunigen Besitzers, als ich zu der Einsicht kam, dass schlüpfrige Romane nur Spaß bereiteten, wenn Helene da war, um mit mir darüber zu lachen. Leider wollte sie nach der Schule zu ihrer Freundin Amelie und nicht vor sieben oder acht zurück sein. Nach einer Weile stand ich auf und sah nach draußen, nur um mich zu vergewissern, dass die Welt nicht auf einmal verschwunden war.

Die Straße unter dem Fenster war belebt, und der immer heftigere Schneefall trübte die Sicht. Von den wechselnden Mustern ging eine hypnotisierende Kraft aus. Während ich hinausstarrte, benebelte mein Atem die Scheibe, und ich wischte sie mit dem Ärmel ab, doch davon wurde sie nur noch verschwommener, also lehnte ich mich weiter nach links. Die Leute auf den Straßen hatten ihr Schultertuch bis ans Kinn gezogen und den Hut gegen den Wind tief in die Stirn gedrückt. Sie öffneten die Ladentüren, und die Böen schlugen sie hinter ihnen zu.

Man hätte meinen können, dieser Anblick hätte mich in meinem Wunsch bestärkt, im Haus zu bleiben, doch stattdessen fühlte ich mich nur rastlos und allein. Bevor ich mir eingestand, wohin es mich trieb – auch wenn das sowieso feststand –, zog ich mich an. Ich öffnete Paulines Wäscheschublade, um mein Fahrgeld herauszufischen, was nun schon eine feste Gewohnheit war. In all den Monaten, die wir regelmäßig das Atelier besuchten, hatte sie es nie nachgezählt. Zumindest hatte sie nie etwas gesagt. Ich hoffte, sie würde den nächsten Preis gewinnen, bevor wir alles aufgebraucht hatten. Ich zog meine zweitbesten

Stiefel an, band mir ein Tuch um und verließ das Haus durch die Hintertür, für den Fall, dass einer unserer Nachbarn den Eingang im Visier hatte.

Das Atelier wäre zweifellos noch kälter als das Klassenzimmer, doch immerhin wäre es hell, geschäftig und laut. Witze würden erzählt werden, und es würde gelacht. Ich könnte auf den Händen laufen, wenn ich nur wollte, obwohl ich mit fünfzehn zu alt für Turnübungen war. Gustav war dafür bekannt, mit Orangen zu jonglieren, wenn er auf die Lösung für ein Problem wartete. Es würde Süßigkeiten geben, und der erdige Geruch von Farbpigmenten läge in der Luft.

Ich lief durch den kleinen Park ein Stück die Straße hinunter. Ein paar unerschrockene Kinder hatten ihre Gouvernanten dazu überredet, mit ihnen nach draußen zu gehen. Die Gouvernanten traten unter der Lärche, dem einzigen Schutz gegen den Schnee, von einem Bein aufs andere. Sie waren jung und vom Lande und würden schon bald diese lausigen Kinder gegen einen kleinen Beamten nebst Freikarte zum alljährlichen Faschingsball des Verkehrsamts tauschen. Im Moment jedoch wärmten sie sich scherzhaft ihre Nasen einander am Hals und schwatzten über Thildes kürzliche Verlobung.

Ein Junge in einem roten Mantel mit glänzenden Messingknöpfen legte sich in den Schnee und flatterte mit den Armen wie ein Schneeengel, woraufhin ihn sein eigener stämmiger Schutzengel unsanft in die Höhe zog. Zwei kleine Mädchen, deren goldenes Haar unter den Hauben hervorquoll, kauerten am Boden und klopften mit ihren grünen Fausthandschuhen Schneebälle zurecht. Unter meinen Kleidern kribbelte meine rot gefrorene Haut. Am liebsten hätte ich mich selbst in eine Schneewehe fallen lassen, um das Brennen zu kühlen, doch der neue graue

Mantel betonte meine blauen Augen, und mein Kleid hatte echte Valenciennespitze an Kragen und Manschetten – ich wollte nicht, dass sie nass oder schmutzig wurden. Im Vorübergehen traf mich ein Schneeball von hinten, doch es war leichter Pulverschnee, der beim Aufprall zerfiel. Als ich mich umdrehte, klopften die kleinen Mädchen immer noch unschuldig auf ihren Bällen herum, und der Junge grub mit dem Rücken zu mir eine Höhle.

Ich formte einen Schneeball und warf. Er traf den schmiedeeisernen Zaun des Parks, und pulvrige Schrapnells stoben den erstaunten Gouvernanten ins Gesicht. Ich rannte, schluckte die eisige Luft und hielt nach rutschigen Flächen auf dem Bürgersteig Ausschau. Vom Lachen und Rennen bekam ich Seitenstiche, doch ich war so berauscht von der Freiheit, alleine draußen zu sein, dass es mich nicht störte.

In der Tram Richtung Leopoldstadt schielte ich einer Frau mit wächserner Haut über die Schulter hinweg in eine Theaterzeitung. Ich erkannte eine Zeichnung von Gustav wieder, die das Innere des Burgtheaters darstellte. Er hatte sie mir vor Monaten einmal gezeigt. Am liebsten hätte ich der Frau erzählt, dass der Mann, von dem sie stammte, mein Zeichenlehrer war, doch sie hätte mich wahrscheinlich für verrückt gehalten und den Schaffner gerufen. Stattdessen versuchte ich, die Artikel zu lesen und etwas Wärme vom Kaninchenpelz der Frau abzubekommen.

Es entging mir nicht, dass mich ein paar von den Frauen in der Straßenbahn missbilligend beäugten, und so setzte ich eine Miene auf, als sei ich zu einem wichtigen Botengang unterwegs: Laudanum für meinen sterbenden Vater oder Belladonna für meinen an Keuchhusten erkrankten Bruder. Der Schaffner nahm mir das Billett aus der Hand und unterzog es einem eingehenden prüfenden Blick, als befürchte er einen Betrug. Atemlos wartete ich, bis er die Karte lochte und weiterging. Die runden weißen Konfettischnipsel schwebten zu Boden. Die Männer in der Tram lasen Zeitung oder starrten geradeaus, ohne wahrzunehmen, was an den Fenstern vorüberzog. Ich fragte mich, wie sie es schafften, an der richtigen Station auszusteigen. Vielleicht zählten sie mit.

Es war Dezember 1889. In zwei Jahren würde ich die Schule abschließen. Pauline war schon fertig und besuchte einen Sekretärinnenkurs. Wir waren nicht reich genug, als dass meine Eltern sie in die Gesellschaft hätten einführen können, doch für die meisten Erwerbstätigkeiten zu gut situiert. Der Sekretärinnenkurs klang schrecklich, aber ihr schien es nichts auszumachen. Zu Hause half sie bei den Rechnungen und schleppte die ganze Zeit eine Kladde für die Buchhaltung sowie ein Blatt Kohlepapier mit sich herum. Im Frühjahr wäre dann Helene fertig, doch in einem Sekretärinnenkurs konnte ich sie mir beim besten Willen nicht vorstellen. Ob die Eltern ihr erlaubten, Musik zu studieren? Irgendwann wäre sie vielleicht gut genug, um in der Oper zu singen.

Ich selbst war eine geistesabwesende, aber dennoch fähige Schülerin. An Naturwissenschaften oder Medizin fehlte mir jedes Interesse. Um an die Universität zu gehen, musste ein Mädchen damals brillant und hoch motiviert sein, und ich war keins von beidem. Ich war auch nicht musikalisch wie Helene. Am lebendigsten fühlte ich mich im Atelier, doch was das zu bedeuten hatte, wusste ich nicht zu sagen.

Weder meine Eltern noch meine Lehrerinnen hegten den leisesten Argwohn gegen mich oder ahnten etwas von meinen Eskapaden, was mehr der Zerstreutheit meiner

Eltern und der Naivität meiner Lehrerinnen zuzuschreiben war als Raffinesse. Wäre Helene nicht bei mir gewesen und hätte sie nicht stets besorgt auf die Uhr gesehen, wäre ich häufig zu spät nach Hause gekommen, was unweigerlich Fragen nach sich gezogen hätte; doch sie war nun einmal da, und wir kehrten kein einziges Mal zu spät heim. Den Nonnen schien es nicht in den Sinn zu kommen, dass wir lügen könnten; sie schenkten unseren atemlosen Geschichten über einen Krankheitsfall in der Familie absoluten Glauben. Zu Hause kümmerte sich Vater um sein Geschäft, und Mutter schlief und komponierte. Solange wir nicht abmagerten, unaufhörlich husteten, bei unseren Prüfungen versagten oder von der Schule verwiesen wurden, war die Welt für sie in Ordnung.

Die Straßenbahn brachte mich bis vor das Fabrikgebäude mit dem Atelier, und ich blickte hinauf, um festzustellen, ob die Lichter an waren. Sie brannten. Im Stiegenhaus roch es nach Hefezopf. Ich stolperte über einen losen Nagel und stieß mit Wucht gegen das Geländer. Halb erwartete ich, dass Gustav seinen Kopf herausstreckte und von oben etwas auf mich fallen ließ. Ernst hatte er einmal mit Eiern überrascht. Doch von oben drang kein Laut herunter. Als ich an die Ateliertür trat, blieb ich einen Moment stehen und lauschte. Gewöhnlich waren die Künstler so laut, dass der Bäcker nebenan ständig das Fenster aufriss, ihnen etwas zubrüllte und das Nudelholz schwenkte, doch ich hörte nichts. Vielleicht hatte jemand die Lampen angelassen, was Brandgefahr und die Verschwendung von Kerosin bedeutete. Sie würden es mir danken, wenn sie erfuhren, dass ich vorbeigekommen war und sie gelöscht hatte.

Ich schob die Tür auf. Unter meinen Füßen knirschte es, und um meine Stiefel bildeten sich kleine schmutzige

Lachen. In meinem Haar schmolz der Schnee und lief mir übers Gesicht in den Mund. Ich hatte vergessen, einen Hut aufzusetzen. Kein Wunder, dass mich die Damen in der Straßenbahn schief angesehen hatten: Nur ein Flittchen ging ohne Hut auf die Straße. Die schmelzenden Flocken schmeckten nach Buttermilchseife, aromatisch und salzig. Ich spähte ins Atelier und erstarrte wie ein Eichhörnchen beim Anblick des heranbrausenden Wagens. Gustav war allein oder vielmehr: Er war der einzige Künstler dort drinnen. Sein Haar war zerzaust, und er wirkte gespannt wie die Feder einer Uhr. Er runzelte das ganze Gesicht, doch in seinen Augen fing sich das Licht der Lampe, und sie glühten wie die einer Katze. Noch nie hatte ich diesen Blick an ihm gesehen.

Die Lampen hingen über dem Podest mitten im Raum. Darauf türmten sich Decken, die spitz zuliefen wie Meringues. Auf den Decken befanden sich zwei Frauen, die ich noch nie zuvor gesehen hatte. Sie waren in ständiger Bewegung, ganz anders, als es gewöhnlich von Modellen erwartet wurde. Sie wanden und drehten sich, und die flaumig weißen Decken wickelten sich um ihre Körper. Ihre Morgenmäntel aus chinesischer Seide lagen verkrumpelt am Boden. Sie waren ineinander verschlungen, diese beiden Frauen, wie Schlangen, ein keltisches Muster aus Schenkeln und Wirbelsäulen und Hälsen und rotem wie schwarzem fließenden Haar. Ihre Körper verflochten sich wie Seidenputz an einem Kleid. Verwoben sich wie Kette und Schuss. Beide lachten, wenn sie kurze Pausen einlegten, in denen Gustav eine Skizze anfertigen konnte. Sie bissen und leckten und streichelten sich. Lachten. Die Schatten ihrer Körper verwischten im gelben Licht. Ich beobachtete, wie sie sich bewegten. Es war schön, dieses Schattenspiel. Ich weiß nicht, wie lange ich dort stand.

Lange genug jedenfalls, dass es zu schneien aufhörte und die Sonne sich durch die Wolken quälte, um den Schatten scharfe Konturen zu verleihen und die Frau mit dem orangeroten Haar zum Leuchten zu bringen wie einen Sonnenuntergang.

Die Schwarzhaarige sah auf und entdeckte mich. Lächelte. Gustav war tief versunken. Ich versuchte, mich rückwärts aus dem Raum zu schleichen, bevor er mich bemerkte, doch das Modell rief seinen Namen und wies mit der Schulter in meine Richtung. Er ließ den Bleistift fallen. Sagte den Frauen, sie könnten Schluss machen. Die vielgliedrige Kreatur hörte auf herumzutollen, und die herausgelösten Körperteile fügten sich wieder zu zwei Frauen zusammen.

Im Nu war Gustav bei mir und küsste mich auf die Wange. »Du siehst durchgefroren aus«, sagte er. »Ich dachte, wir hätten Donnerstag gesagt. Und wieso bist du nicht in der Schule?«

»Krank«, brachte ich keuchend heraus.

»Du klingst schrecklich. Komm, ich mach dir einen Tee.« Er war freundlich, zog mich in den Raum und half mir aus dem Mantel. Dann führte er mich zu den plüschigen Decken. Er fuhr mich nicht an, weil ich ihn unterbrochen hatte. Allein deswegen krampfte sich mir der Magen zusammen, und mir wurde übel.

Die Modelle waren in ihre Morgenmäntel geschlüpft und liefen Richtung Umkleidekammer. Er rief sie herüber. Der Rothaarigen war das Blut ins Gesicht gestiegen, und ihr Dekolleté war fleckig. Sie war sehr dünn, doch ich erschrak, als ich die Wölbung sah, wo das Baby war. Ich hatte es bis jetzt nicht bemerkt. Sie zog die Schultern nach vorne, als wollte sie es beschützen. Unter ihren Augen lagen schwarze Ringe. Die Schwarzhaarige sah mich unverblümt an; ich hatte das Gefühl, sie lachte mich aus.

»Emilie Flöge«, sagte Gustav, »darf ich dir Minna und Helga vorstellen?« Sie nickten; keine von beiden wagte es, mir die Hand zu reichen. Ich zuckte vor ihnen zurück und brachte kaum einen Gruß heraus. Sie machten mir Angst, der vorstehende Bauch der einen genau wie das Grinsen der anderen.

»Sie wohnen in Hietzing«, fügte er hinzu, als wäre das von Bedeutung. Ich zwang mich zu einem Nicken. Einen Moment lang schwiegen alle. Dann gab Helga Minna einen Klaps auf den Po.

»Komm schon, du Knochengestell.« Sie schlenderten davon und verließen, kaum dass sie angezogen waren, das Atelier, ohne sich zu verabschieden; offenbar kamen sie regelmäßig und wussten, wann sie wieder zur Stelle sein sollten und wann sie ihr Geld bekamen.

Obwohl sie gegangen waren, warfen sie ihre Schatten hinter sich, die mir wie Fledermäuse von den äußeren Augenwinkeln her ins Blickfeld flatterten. Als ich die Augen schloss, schimmerten die Farbflächen, die mir unter den Lidern verschwammen, wie Blut und Gold. Ich wickelte mich in eine der Decken, die jedoch nicht so weich war, wie es von ferne ausgesehen hatte. Sie kratzte. Gustav stand an dem Öfchen und wartete, dass das Wasser zu kochen anfing. Er sagte etwas über Mathematik und darüber, wie gut ich im Bruchrechnen sei und dass ich ihm bei der Berechnung der Proportionen auf einer seiner Zeichnungen helfen müsse. Ernst sei mit einer Erkältung zu Hause geblieben, er habe schon immer eine zarte Konstitution gehabt, und er, Gustav, habe ihm das Versprechen abgenommen, sich ein wenig auszuruhen. »Arme Emilie, vermutlich hat er dich angesteckt.« Und Franz, der sei wahrscheinlich irgendwo mit einer seiner Freundinnen unterwegs. Er zuckte zusammen. »Ich meine, er ist zum Mittagessen bei seiner Mutter und seinen Schwestern, sehr vornehme Leute, sehr korrekt«, korrigierte er sich rasch. Es missfalle ihnen, dass er Künstler sei, sie fänden das vulgär. Wieder zuckte er zusammen. Es tat mir weh, wie er mir zuliebe versuchte, Dinge zu zensieren.

Das ist ein schönes Kleid, sagte er und reichte mir eine angeschlagene Tasse mit Kardamomtee. Die Aromaschwaden Indiens stiegen mir ins Gesicht. Gustav setzte sich mit verschränkten Beinen vor mich auf den Boden, legte das Kinn in die Hände und starrte mich trübselig an.

Ich wollte seinen Blick nicht erwidern. Ich wollte keine billige Schmeichelei. Brüsk stand ich auf, und für einen Moment schoss mir sämtliches Blut in den Kopf, so dass meine Augenhöhlen pulsierten. Als es verging, stellte ich meinen Tee auf den Boden und ging zur Staffelei hinüber, um die Zeichnung zu betrachten, an der er gerade gearbeitet hatte. Mein Gesicht war gerötet und verschwitzt, doch ich fröstelte, und mir war klamm. Da waren sie auf Papier gebannt, Minna und Helga. Noch nie hatte ich eine Zeichnung von Gustav gesehen, in der so viel Leidenschaft steckte wie in den sich windenden Körpern dieser Frauen. Jede Linie war emphatisch, jede Kurve suggestiv. Sie waren wie lebendig.

Ich musste an ein Selbstporträt denken, das Gustav als Witzfigur gezeichnet hatte. Er hatte seinen Kopf mit Spitzbart und breiter Stirn dargestellt und mit Hörnern versehen. Das Ganze ruhte auf einem tränenförmigen Körper mit einer tiefen Spalte darin. Er gab sich einen Ziegenschwanz und Hufe. Ich sollte die Zeichnung nicht sehen, die Künstler hatten darüber gelacht, und danach hatte Gustav sie unter einem seiner Bücher versteckt. Als keiner hinsah, hatte ich sie hervorgezogen und mit nach Hause genommen. Helene und ich hatten darüber gerätselt. Eindeutig war es etwas Verbotenes. Es haftete der Ruch des Sexuellen daran, doch wir waren jung und unschuldig genug, nicht zu erkennen, was es war oder zu bedeuten hatte.

Ich holte tief Luft. »Ist es von dir?«, fragte ich. Es war uns verboten, Schwangerschaft und Geburt in gemischter Gesellschaft zu diskutieren. Es gab Euphemismen, es gab Geheimnisse. Aber ich musste es wissen.

»Natürlich nicht«, sagte er.

»Von wem ist es dann?«, fragte ich.

»Von einem Schankwirt«, sagte er. »Ich esse da öfters zu Mittag. Er macht guten Sauerbraten.«

»Wird er ihr helfen?« Ich war erleichtert. Er erzählte mir Dinge, die ich eigentlich noch nicht hören durfte, brutale, grobe Dinge, die er sonst nur seinesgleichen, einem Freund erzählte. Ich verspürte eine Woge der Sympathie für die unterernährte Minna. Immerhin war sie nicht viel älter als ich. Sie hätte meine Schwester sein können.

»Was meinst du wohl, weshalb ich sie behalten habe?«, fragte er. »In ihrem Zustand findet sie sonst keine Arbeit. Selbst andere Künstler wollen sie so nicht haben.«

»Was wird dann aus ihr?«

»Die kommt schon zurecht. Sie ist seit ihrem fünfzehnten Lebensjahr auf sich gestellt.«

Von einem Moment auf den anderen kam ich mir etwa so klug und welterfahren vor wie eine Hauskatze. Ich wurde gefüttert, ich wurde gepflegt, doch die Katzen, die aus Mülltonnen fraßen, würden mich spielend zum Mittagessen verspeisen. Ich hatte nicht einmal Krallen. Ich widerte mich an.

Gustav stand hinter mir und konnte meine Tränen

nicht sehen. Bei dem Gedanken, er könnte Mitleid mit mir verspüren, könnte sich darüber sorgen, was ein solcher Anblick wie eben meinem zart besaiteten Naturell antat, und sich bange fragen, was ich meinen Eltern wohl erzählte – als würde ich ihnen etwas erzählen –, hätte ich tot umfallen mögen.

»Sieh mich an, Emilie«, sagte er. Stattdessen starrte ich auf einen Stapel Stühle in der Ecke neben dem Fenster. Sie waren verkehrt herum übereinander gestapelt, die obersten baumelten gefährlich in der Luft. Im grauen Licht warfen sie keine Schatten. Sie erinnerten an einen Haufen Knochen aus dem Schlachthof. Ich versuchte, mir die parallelen Linien, rechten Winkel und unterschiedlichen Töne von Licht und Dunkel einzuprägen. Langsam nahmen die Schatten Konturen an und verdichteten sich zu getrennten Gegenständen. Ich konnte jeden einzelnen Stuhl ausmachen. Es war eine beliebig zusammengewürfelte Sammlung, von Freunden und Verwandten erbettelt und geborgt: ein weiß angestrichener Schemel, ein verzogener Schaukelstuhl, ein ramponiertes Sofa. Einen erkannte ich von uns zu Hause wieder: den bloßen Rahmen eines alten Sessels mit einem purpurroten Samtbehang darüber. Wie war der bloß hierher gekommen?

»Ich verwende immer Modelle«, sagte er. »Das geht gar nicht anders, um die Muskeln richtig hinzubekommen.«

»Aber sicher, die Muskeln«, sagte ich. Ich wusste, dass mir die Tränen, die er nicht sehen konnte, an der heiseren, erstickten Stimme anzuhören waren, doch ich konnte nichts dagegen tun. »Muskeln sind so wichtig. Besonders, wie sie sich bewegen.« Helgas Rücken war saftig wie ein Stück Obst, Minnas Arme so geschmeidig wie Weidenzweige.

»Die Verbindung zwischen Knochen und Sehnen«, sagte er. »In der Kunstgewerbeschule haben wir Leichen untersucht. Die Haut und das Fett abgezogen, als wär's ein Winterpelz. Das war nichts für schwache Nerven.« Wenn Minna sich entblätterte, dachte ich, war das wohl eher wie das Häuten eines Pfirsichs. Sie war so durchscheinend, und sie schien überhaupt kein Fett an sich zu haben.

Ich ballte die Faust und betrachtete die Sehnen an der Innenseite meines Handgelenks. Sie waren wie Reet gebündelt, mit einer violettblauen Schnur. »Und wie sehen die Muskeln aus?«, fragte ich.

»Wie Garnknäuel«, sagte er. »Oder Garnstränge, die man sich um die Hände wickelt. Rote Bündel, überaus schön. Ärzte können sich glücklich schätzen, den menschlichen Körper zum Metier zu haben. Auf der ganzen Welt gibt es nichts Vollkommeneres. Ich könnte natürlich niemals Arzt sein. Ich kann kein Blut sehen. Und mir sind Leute lieber, die nackt sind und den Mund halten.«

Plötzlich bebte ich und fing lautlos an zu schluchzen. Ich wusste, dass Gustav mit seinen Gedanken ganz woanders war, beim *Latissimus dorsi* eines längst dahingerafften armen Schweins. Geistesabwesend starrte er auf seine Zeichnung und verglich im Geist Minnas Physiognomie mit anderen, die er abgebildet hatte. Die Biegsamkeit ihrer Ellbogen, ihren kurzen Rumpf. Ich wollte, dass er dort stehen blieb, weit genug von mir weg, doch da wanderte sein Blick von Minnas Gestalt zu meiner.

Er packte mich an den Schultern und drehte mich um.

»Was gibt es da zu weinen?«, fragte er. Ich konnte nicht antworten. Jetzt weinte ich richtig und war nicht mehr zu bremsen – ein lautes, tränenreiches, untröstliches, würgendes Japsen wie bei einem Welpen, den man den ganzen Tag allein gelassen hat. »Benimm dich nicht wie ein kleines Kind«, sagte er. »Was hast du? Niemand hat dir was getan.«

Noch nie hatte er mir gegenüber einen barschen Ton angeschlagen. Vor Schreck hörte ich auf zu heulen. Er war nicht viel größer als ich, und sein Gesicht war meinem sehr nahe. An einem bewölkten Tag hatten seine Augen die grüne Farbe eines stillen Teichs. Er ließ die Hände sinken.

»Tut mir Leid«, sagte er. »Du bist noch ein kleines Mädchen. Ich hätte dich nicht herbringen dürfen.«

»Ich habe mich selber hergebracht«, sagte ich.

»Ich meine, ich hätte dich nie hierher einladen sollen. Ich bin kein guter Umgang für dich.«

Ich wusste nicht, was ich sagen oder tun sollte, also küsste ich ihn. Ich weiß nicht, was über mich kam; vermutlich war es die aufgeladene Atmosphäre des Ateliers.

Ich hatte noch nie jemanden geküsst, der nicht zur Familie gehörte. Ich war darauf gefasst, dass Gustav sich mir entzog, doch das tat er nicht. Sein Bart war sehr weich, was mich überraschte. Er kitzelte mich im Gesicht. Behutsam öffnete er meine Lippen, und ich fühlte seine Zunge in meinem Mund. Es war seltsam, aber nicht unangenehm. Er schmeckte nach Kaffee und Pfefferminz. Ich machte die Augen auf und betrachtete seine Wimpern, die so lang waren wie die einer Frau. Seine Arme legten sich um mich, fest wie Marmor. Das Geschehen ließ mich seltsam unberührt. Hätte ich nicht in Ohnmacht fallen müssen? Hätte ich nicht etwas Überwältigendes empfinden müssen?

Der Kuss endete. Er öffnete die Augen. Einen Moment lang hatte ich Angst.

»Sieh mich nicht so an«, sagte er. Mit dem Finger zeichnete er die Konturen meiner Lippen nach.

»Wie sehe ich dich denn an?«

»Deine Augen sind fast tiefblau«, sagte er vorwurfsvoll.

»Ich kann nichts dafür«, sagte ich.

»Nein, kannst du nicht.« Er ließ mich stehen, behutsam zwar, aber er ließ mich stehen.

»Wo willst du hin?«

»Deinen Mantel holen. Ein krankes Mädchen wie du sollte daheim im Bett liegen.«

Er hielt mir den Mantel auf, und ich schlüpfte hinein. Die Hornknöpfe waren zu klein für seine Finger, vergeblich versuchte er, sie zu schließen. Er schimpfte mit mir, weil ich ohne Hut nach draußen gegangen war, und sagte, er würde mir einen kaufen, einen hübschen Hut, er hätte neulich in einem Schaufenster einen weinroten gesehen. Seine Worte klangen wie eine Gutenachtgeschichte.

Ich war gedemütigt. Für ihn war ich nur ein kleines Mädchen. Das machte mich wütend. Ich überlegte, wie ich ihn bestrafen konnte.

»Du hast mich noch nie ein Modell zeichnen lassen«, sagte ich, als wir langsam die Stiege hinuntergingen.

»Das ist nicht …«, sagte er. »Das geht nicht.« Er suchte verzweifelt nach einer Begründung, doch es gab keine, die nicht spießig klang.

»Sollte ich nicht auch in der Lage sein, die Muskeln richtig hinzubekommen?«

»Also schön, das nächste Mal kannst du meinen Arm zeichnen.«

»Da darf ich mich aber glücklich schätzen«, sagte ich.

Wir hatten das Erdgeschoss erreicht und standen in der offenen Tür. Mit ein bisschen mehr Zeit wäre mir vielleicht etwas Sarkastischeres, Schneidenderes eingefallen, das ich Gustav hätte an den Kopf werfen können, doch dazu kam es nicht mehr. Vor uns, auf den Eingangsstufen, im Begriff, das Haus zu betreten, waren Ernst und meine Schwester Helene.

Meine Schwester Helene, die bei ihrer Freundin Amelie war. Meine Schwester Helene, die in ihrem ganzen Leben noch nichts vor mir geheim gehalten hatte.

Alle vier blieben wir abrupt stehen. Helene wurde weiß und ich rot. Ihr entsetzter Ausdruck entsprach wohl dem meinen. Ernst starrte zu Boden, als könnten wir uns dadurch in Luft auflösen. Ich schielte zu Gustav hinüber, der das Ganze sehr amüsant zu finden schien.

»Kleinen Spaziergang gemacht?«, fragte er charmant.

»Ja, unterwegs hab ich Helene getroffen. Sie hat ihren Pelzmuff im Atelier vergessen, deshalb hab ich ihr angeboten, ihn mit ihr zusammen zu holen, und dann begleite ich sie nach Hause.« Ernst ratterte die Worte herunter wie auswendig gelernt.

»Was ist mit Amelie?«, fragte ich.

»Und mit deiner Krankheit?«

»Seltsamer Zufall«, sagte Gustav. »Emilie hat ihre Handschuhe im Atelier vergessen und ist gekommen, um sie zu holen. Ich wollte sie gerade nach Hause bringen.«

»Was für eine vergessliche Familie«, kommentierte Ernst.

»Ja, da fehlt offenbar die strenge elterliche Hand, nicht wahr?«, gab Gustav zurück. Er klang, als müsste er jeden Moment in schallendes Lachen ausbrechen.

»Sollen wir warten, bis ihr den Muff geholt habt?«, fragte Gustav. »Dann können wir zusammen gehen.«

»Lasst nur«, sagte Helene. Sie wirkte panisch. »Nicht nötig, dass ihr uns nach Hause begleitet, wo wir jetzt beide hier sind. Ich hol den Muff ein andermal. Bei dem Wetter kann sich Emilies Erkältung leicht zur Lungenentzündung auswachsen.«

»Meinst du wirklich?«, fragte Ernst. Ich merkte, wie er sie am Ärmel zupfte, doch sie sah ihn kaum an.

»Ja, bestimmt«, sagte sie brüsk. »Gehen wir, Emilie.«

»Dann bis zum nächsten Mal«, sagte Ernst hoffnungsvoll. »Das heißt, wenn es Emilie bis dahin besser geht.«

Helene packte mich so fest an der Hand, dass es brannte. Ich riss mich los. Wir liefen zügig und schweigend, jede in ihre wütenden Gedanken vertieft. Wir waren nur noch ein paar Straßen von zu Hause entfernt, als sie schließlich den Mund aufmachte.

»Was hattest du da mit ihm allein zu suchen?«, zischte sie. Ich hasste ihren vorwurfsvollen Ältere-Schwester-Ton. »Allmählich müsstest du ihn doch wohl kennen.«

»Wie meinst du das, ihn kennen?«

»Er verführt gerne junge Mädchen. Ich kann einfach nicht glauben, dass Mama und Papa ihm weiter erlauben, dich zu unterrichten.«

»Er hat mich nicht verführt«, sagte ich. Den Kuss verschwieg ich, obwohl ich noch vor wenigen Minuten überlegt hatte, wie ich ihn ihr beschreiben sollte. Auf einmal war ich nicht mehr sicher, ob ich ihr trauen konnte.

»Lüg nicht«, sagte sie. »Das ist zu wichtig.« Sie zog heftig an meinem Arm und drehte sich zu mir um. Wir waren gleich groß. Ihr Mantel war das Gegenstück von meinem, nur tannengrün statt blau. Auch ihre Augen sind fast tiefblau, dachte ich.

»Hat er nicht«, sagte ich. Sie starrte mich an, um zu sehen, ob ich ihrem Blick standhielt. Dann sackten ihre Schultern erleichtert herunter, und sie begann zu weinen. Ich war alarmiert. Vielleicht war das, was ich getan hatte, noch schlimmer, als ich dachte.

»Keine Sorge«, sagte ich und streichelte ihr die Schulter. »Bei mir ist alles in Ordnung.«

»Das ist es nicht«, schluchzte sie.

»Was ist es denn? Ist es wegen Ernst?« Mein erster Gedanke war, dass er ihr irgendwie wehgetan haben könnte. Sie weinte sonst nie; ich bis zu diesem Nachmittag allerdings ebenfalls nicht. Sie nickte und murmelte etwas. Es klang wie: »Ich habe mich in ihn verliebt«, doch das konnte ich nicht glauben. Sie kannten sich doch gar nicht.

»Du hast dich in ihn verliebt?« Jetzt sah ich sie richtig an. Ihr Gesicht war schmaler, und sie hatte Ringe unter den Augen. Wieso merkte ich das erst jetzt?

»Tatsächlich?« Sie nickte, während ihr Blick auf irgendeinen Gegenstand hinter mir, unten links, gerichtet war.

Ich zog sie ins nächstbeste Café und setzte sie auf einen Stuhl. Es war ein billiges Café mit klebrigen Holztischen und ausgetrockneten Kuchen, die tagealt zu sein schienen, doch wir konnten unmöglich schon nach Hause gehen.

»Seit wann?«

»Seit dem Sommer. Seit Juli.« Vier Monate. Seit vier Monaten hatte sie das vor mir geheim gehalten.

»Wieso hast du mir nichts davon gesagt?«

»Ich wollte nicht, dass du Ärger bekommst, wenn Mama und Papa es rausbekommen.«

Es war mir ein Rätsel, wann sie die Zeit gehabt hatte, sich in ihn zu verlieben, da ich fast immer dabei gewesen war, doch wie sich herausstellte, war es vor meinen Augen passiert. Angefangen hatte es mit verstohlenen Blicken im Atelier, sagte sie. Aber wie konnte sie bei all den Blicken, die im Atelier hin und her gingen, sicher sein, dass es zwischen ihnen etwas Besonderes gab, dass seine Blicke allein ihr galten? Zuerst war es nur die Art, wie er ihre Position veränderte, wenn sie Modell stand. Dann waren es die Geschenke, die er ihr machte: Äpfel und Pfirsiche und eine hölzerne Gliederpuppe, die er bei einem polnischen

Spielzeugmacher erstanden hatte. Ich hatte nie bemerkt, dass er ihr diese Geschenke überreichte, weil er sie ihr in die Manteltasche steckte, wenn es niemand sah. Dann folgten kleine Briefchen. Schließlich trafen sie sich auf dem Prater, der berühmten Kirmes am Rande der Stadt. Wie es möglich war, dass sie ausgerechnet da niemand gesehen hatte, werde ich nie begreifen. Genauso wenig, wie die sonst so bedachte Helene so mutig, so unverfroren sein konnte.

Da Helene noch nicht achtzehn und da Ernst noch zu arm war, um ihr einen förmlichen Antrag zu machen, mussten sie es vor unseren Eltern geheim halten. Mama und Papa würden die Verbindung zweifellos missbilligen.

»Natürlich sag ich nichts«, versicherte ich ihr. Ich wollte ihr einen Kuss geben, doch der Mann am Nachbartisch beobachtete uns.

»Mir ist es egal, wenn du ins Atelier gehst«, sagte sie. »Ich will nur nicht, dass du dich in Schwierigkeiten bringst.« Dass sie diese Warnung aussprach und ich sie verstand, sagte eine Menge darüber, wie sehr uns die Zeit, die wir mit den Klimts verbrachten, verändert hatte.

»Es ist wirklich nichts passiert«, betonte ich.

»Gut«, sagte sie.

Es war spät. Wir wussten, dass inzwischen daheim jemand unsere Abwesenheit bemerkt haben musste.

»Wenn wir zusammen reingehen, bekommt jeder von uns nur die Hälfte ab«, sagte ich. Obwohl mir nicht bewusst war, dass ich fror, klapperten mir die Zähne so sehr, dass ich kaum sprechen konnte.

»Nein«, sagte Helene. Ich erschrak über den eisernen Ton und darüber, wie viel älter sie auf einmal wirkte. »Ich gehe vorne rein. Du wartest auf der Gasse, und sobald du sie brüllen hörst, schleichst du dich zur Hintertür rein.

Wir müssen einfach die Chance nutzen, dass noch niemand nach dir gesehen hat.«

Ich war ihr dankbar, wenn auch zutiefst besorgt, wenn ich daran dachte, wie sie allen Zorn auf sich laden würde. Zugleich hatte ich ein furchtbar schlechtes Gewissen. Schließlich war ich an den Täuschungsmanövern und der Heimlichtuerei nicht weniger schuld als sie.

Es lief genau so, wie Helene es vorhergesagt hatte. Ich lauerte an der Ecke unseres Hauses, bis ich die lautstarken Vorhaltungen meines Vaters und das Gezeter meiner Mutter hörte. Niemand sah mich, als ich mich durch die Küche hereinschlich. Niemand hörte, wie ich die Stiege hinaufrannte. Niemand dachte daran, mich zum Abendessen zu rufen, mir die Hand auf die Stirn zu legen oder nachzusehen, ob ich schlief. Niemand nahm Notiz von mir.

Acht

Sie ist keine persische Prinzessin«, hörten wir Gustav sagen. »Sie können sie nicht ewig da oben einschließen.«

Pauline und ich lauschten an der Wohnzimmertür, auch wenn ich wusste, wie lächerlich das war. Andererseits war das Ergebnis dieser Unterredung zu wichtig, als dass wir in unserem Zimmer hätten bleiben und über das Ergebnis spekulieren können.

Helene war jetzt bereits seit zwei Wochen eingesperrt. Pauline und ich brachten ihr spartanische Mahlzeiten und schafften es manchmal, ihr ein Stück Apfeltorte oder den *Decamerone* hineinzuschmuggeln. Sie vertrieb sich die Zeit damit, traurige Lieder zu singen und aus dem Fenster zu starren. Weder Mama noch Papa sprachen mit ihr. Tatsächlich wechselten sie auch selten ein Wort mit Pauline und mir, sondern tauschten während der Mahlzeiten finstere Blicke oder knallten die Servierplatten und Glasschüsseln lautstark auf den Tisch. Pauline und ich versuchten, uns unsichtbar zu machen. Ausnahmsweise einmal war ich froh, dass ich zur Schule gehen musste. Und natürlich jeden Samstag zum Zeichenunterricht bei Gustav.

Während der Kutschfahrt zur ersten Stunde nach dem Kuss glaubte ich fast, ich müsste ohnmächtig werden, doch das Haus war wie gewöhnlich, die Küche war wie gewöhnlich, und Frau Klimt saß wie gewöhnlich mit ihrem Strickzeug und einem Teller frisch gebackener Schokoladekekse da. Auch Gustav war genau wie sonst. Er tat nicht etwa so, als wäre nichts gewesen; er schien es vollkommen vergessen zu haben. Einerseits war ich irgendwie erleichtert, andererseits auch enttäuscht.

Ernst hatte seit Wochen versucht, mit unseren Eltern zu reden, doch Mutter machte einfach nicht auf. So stand er im Schnee auf der Eingangstreppe und klingelte immer wieder. Am Ende musste Pauline öffnen und ihn bitten zu gehen.

Danach versuchte er es mit Briefen, doch Mutter verbrannte sie ungelesen im Kamin. Den ganzen Tag lang saß sie weinend auf dem Sofa und legte nur immer wieder mal Pausen ein, um Klavier zu spielen.

Schließlich war Gustav zur Pfeifenfabrik gegangen. Er hatte sich erboten, als Mittler zu fungieren, und Vater, der immerhin ein vernünftiger Mann war, hatte sich einverstanden erklärt. Ich möchte sehr bezweifeln, dass er so zugänglich gewesen wäre, hätte er gewusst, was ich an dem Tag, an dem sie Helene erwischten, angestellt hatte.

»Wir werden tun, was wir für richtig halten«, sagte Mutter. Ich konnte sie nicht sehen, doch ich wusste, dass sie das Kinn über dem gestärkten Kragen hervorreckte, während ihr einzelne dunkle Strähnen in die Augen fielen. Hinter dem Rücken zupfte sie den Besatz an einem ihrer Ärmel ab. Sie hatte mir diesen Trick verraten, um mich vom Nägelkauen abzuhalten. Ein Ärmel verkraftet die Bestrafung besser, er lässt sich leicht reparieren. Ich verstand ihre Haltung nicht. Auch wenn ich, als ich noch kleiner war, die Grenzen unserer Erziehung nicht ausgereizt hatte, so hatte ich doch immer angenommen, dass Mutter Verständnis zeigen und Vater in Rage geraten würde. Vielleicht war sie eifersüchtig darauf, dass eine ihrer Töchter versucht hatte, aus dem Gefängnis auszubrechen, in dem sie selbst saß.

»Was wollen Sie damit erreichen?«, fragte Gustav. Er klang ungeduldig und respektlos. »Helene hat gelogen, sie hat ihre Strafe bekommen, es ist Zeit, einen Schlussstrich zu ziehen.«

»Ich versteh's einfach nicht«, sagte Papa. »Helene ist immer ein so braves Kind gewesen.«

Helene warf mir einen schuldbewussten, bekümmerten Blick zu. Seit zwei Wochen schlief sie kaum. Sofern das möglich war, sah sie mit den bläulichen Schatten unter den Augen und den bleichen, ausgezehrten Wangen noch schöner aus – jene düstere Schönheit, die Opiumsüchtige zuweilen ausstrahlen. Sie hatte sich das Haar achtlos zu einem Zopf gebunden, aus dem rotgoldene Triebe in alle Richtungen sprossen.

»Sie ist verliebt«, sagte Gustav. Er klang, als ob er lächelte. Ich spürte, wie Helene neben mir errötete.

»Sie ist erst siebzehn«, sagte Papa. »Was weiß sie schon davon?«

»Ernst möchte Helene heiraten«, sagte Gustav. Es herrschte Schweigen, das nur vom Schniefen meiner Mutter unterbrochen wurde. Offenbar hatten sie damit nicht gerechnet. Obwohl es für mich nicht so unerwartet kam, wurde mir erst jetzt bewusst, was es zu bedeuten hatte. Sie verließ mich, und ich hasste sie dafür, doch am meisten hasste ich Ernst. Aber dann dachte ich, sie würden es nie erlauben, und fühlte mich schon besser.

»Was hat er ihr denn zu bieten?«, fragte Mutter.

»Sie kann nicht heiraten, bevor sie zwanzig ist«, sagte Papa. »Und sie muss die Schule abschließen.«

»In Ordnung«, sagte Gustav. »Dann heiratet er sie eben, wenn sie zwanzig ist.« Helene schmiegte sich zitternd an mich.

Ich wartete darauf, dass mein Vater schrie, dass er

Nein sagte, dass er ihm klar machte, Ernst sei nicht gut genug für Helene, es sei geradezu lächerlich, auch nur daran zu denken, doch das tat er nicht. Es trat eine lange Pause ein.

»Ist er ein guter Künstler?«, fragte Vater. »Wird er in der Lage sein, für sie zu sorgen?«

»Er ist viel besser als ich«, sagte Gustav.

»Also schön«, sagte Vater. Mutter sagte nichts. Die Entscheidung lag ja nicht bei ihr, sondern bei Vater, und er hatte sie gefällt.

Meines Erachtens hatte er es ihnen viel zu leicht gemacht.

Nachdem sie nun den geschäftlichen Teil abgeschlossen hatten, aßen sie Kirschtorte, tranken Kaffee mit Schlagobers und redeten über die Oper.

Eine Woche später teilte mein Vater mir mit, künftig würde mich Gustav an seiner statt nach Hause bringen, wenn er auf dem Weg ins Atelier war. So hatten sie es besprochen, und so kostete es weniger Zeit. Mein Vater hatte also entschieden, dass mein künftiger Schwager Gustav nunmehr eine angemessene Begleitperson für mich war.

»Ich musste es tun«, sagte Gustav, als ich mit ihm im Café Sperl saß. Wir hatten unsere Stunde gestrichen, um Kuchen zu essen und über das Familiendrama zu reden, das sich vor unseren Augen abspielte. »Ernst unterliefen Fehler bei der Buchführung. Es wurde kostspielig für uns. Und er ist vor Fürst Esterházy in Tränen ausgebrochen.«

Er hatte mir ein Stück Marzipantorte, meinen Lieblingskuchen, gebracht. Unter Gustavs freizügigem Einfluss vergaß ich schnell meine Manieren. Gustav sah mir zu, wie ich das Stück in seine Einzelteile zerlegte – zunächst legte ich die rosa und gelben Zierrosen aus Zuckerguss auf den Tellerrand, dann schälte ich die Marzipanschicht ab, um sie als Erstes zu verspeisen, und stieß anschließend mit dem Kaffeelöffel auf den Kuchen ein und nahm die kakaobestäubten Mürbeteigschichten in Angriff, um am Ende die letzten Krümel vom Porzellanteller zu kratzen.

»Du isst wie eine Wilde«, sagte er. »Und du hast dir das Gesicht mit Kuchen verschmiert.« Er lehnte sich über den Tisch und wischte mir wie ein überfürsorglicher Onkel mit einem farbverkleckstem Taschentuch den Mund ab. Danach waren meine Mundwinkel rot. Mein Blick blieb peinlich oft an seinen Lippen hängen, und so starrte ich angestrengt auf seinen Kuchen, ein Stück Schokotorte mit Schichten aus Himbeermarmelade. Als er ihn zerlegte, breitete sich die rote Masse wie Blut über den Teller aus.

»Was hat der Fürst daraufhin gemacht?«, fragte ich, um wieder auf unser Thema zurückzukommen.

»Na ja, er hat ihm völlig ungerührt sein Taschentuch und seinen Flachmann gereicht. Später hat er mich allerdings gefragt, ob Ernst nicht besser in einem Sanatorium aufgehoben wäre. Er könnte sich dafür verwenden, falls ich …«

»Armer Ernst«, sagte ich.

»Von wegen, armer Ernst«, widersprach Gustav. »Dank meines Eingreifens hat er jetzt eine schöne Verlobte, und seine Karriere ist gerettet. Er ist ein gemachter Mann.«

»Hast du es nur deshalb getan, um das Geschäft zu retten?« Die Frage konnte ich mir nicht verkneifen.

»Nein, natürlich nicht«, sagte er. »Aber der Verlust unserer zuverlässigsten Modelle wurde zum Problem.« Während das Haus in solchem Aufruhr war, hatte ich zu viel Angst, ins Atelier zu kommen, besonders alleine.

»Du meinst, eure unbezahlten Modelle.«

»Na ja, schon«, erwiderte er mit einem Grinsen. Er

schien gegen meine ernste Stimmung immun zu sein. »Da du es schon erwähnst, ja, es wurde allmählich zu teuer, euch zu ersetzen. Zählst du dann noch die Fehler in der Buchführung dazu, kostet die Sache das Atelier den Erlös aus den Aufträgen eines ganzen Monats.«

»Was für eine romantische Sicht der Dinge«, bemerkte ich.

»Nicht jeder neigt zur Romantik«, sagte er achselzuckend. »Du zum Beispiel. Ich kann mir nicht vorstellen, dass du in Gardinen heulst und Klagelieder anstimmst.«

»Dazu hat mir auch noch niemand Grund gegeben«, antwortete ich.

»Das wird auch niemand tun. Solche Dinge passieren nur Leuten, die sie förmlich heraufbeschwören«, sagte er. »Ernst und Helene sind für eine tragische Liebe wie geschaffen.«

Jahre später, als Ernst tot war und meine Schwester in ihrer Trauer zu versinken drohte, sollte ich mich an diese Unterhaltung wieder erinnern. Damals glaubte ich nur, dass sich für meine Schwester wieder einmal alles zum Besten wandte.

Wir schwiegen eine Weile und dachten an unsere Geschwister. Zumindest dachte ich an sie. Ich weiß nicht, was in Gustavs Kopf vor sich ging, jedenfalls landeten wir bei einem Thema, mit dem ich nicht gerechnet hatte.

»Die sexuelle Prüderie des Kleinbürgertums«, sagte er. »Ich hab einfach kein Verständnis dafür.«

»Was?« Ich war schockiert, dass er das Wort offen aussprach, doch das konnte ich nicht zugeben, ohne mich genau der Einstellung schuldig zu machen, über die er sich ausließ.

»Nimm deine Eltern«, sagte er. »Sehr aufschlussreich. In vielerlei Hinsicht aufgeklärte, kultivierte Leute. ›Künstler unterstützen!‹, lamentieren sie. ›Aber nicht mit unseren Töchtern!‹«

»Sie haben nur an Helenes Zukunft gedacht«, erwiderte ich und fragte mich, wieso ich sie verteidigte.

»Wieso kann die Zukunft nicht anders sein?«, fragte er. »Wieso können Frauen und Männer nicht zusammen gesehen werden, ohne dass es gleich ihren Ruf ruiniert?«

»Ja, wieso eigentlich nicht?«, stimmte ich zu. »Solche Dinge können sich ändern.«

»Die Dinge werden sich nur ändern, wenn Leute wie wir den Anfang machen.« Ich fragte mich, ob das eine Aufforderung an mich war, etwas zu tun. Ich hegte nicht die Absicht, in absehbarer Zukunft meine Freiheit aufs Spiel zu setzen.

Er malte das Bild von einer Welt ohne Scheinheiligkeit, in der die Menschen selbst entscheiden konnten, wen sie liebten, ohne auf Alter, Gesellschaftsschicht oder Regeln der Schicklichkeit Rücksicht zu nehmen, und schon damals war ich mir nicht sicher, ob sein Interesse wirklich einer Gesellschaftsreform zu aller Wohl galt oder ob er nur tun wollte, was er wollte, ohne dafür getadelt zu werden. Wir taten beide so, als sei dies eine rein theoretische Diskussion.

Neun

Hochzeiten gehören nicht gerade zu meinen Lieblingsthemen, nachdem ich selber nie geheiratet habe. Allerdings habe ich eine Menge Kleider dafür entworfen. Hochzeiten sind sich bemerkenswert ähnlich, egal, ob nun der Bräutigam Metzger oder Aristokrat, ob die Braut schwanger oder noch Jungfrau ist. Irgendwie scheint die Übereinstimmung für die Menschen etwas Beruhigendes zu haben. Als Blumen gibt es weiße Lilien; falls nicht ihr Vater krank ist, trägt die Braut ein schneeballstrauchweißes Kleid; der Bräutigam ist auf alle Fälle blass und nervös und verliert die Ringe vor dem Kirchenportal; sie verdrückt ein paar Tränen, sobald Händel erklingt. In meiner langen beruflichen Laufbahn gab ich die Hoffnung nicht auf, dass wenigstens einmal eine Braut in den Salon kommen und mich um ein grasgrünes Kleid bitten würde, doch das ist nie geschehen.

Es dauerte zwei Jahre, bis Ernst und Helene heirateten. Bis dahin war Ernst ständig unser Gast. Manchmal brachte er Gustav mit, und wir sangen zu viert oder spielten Karten. Auch wenn wir aus praktischen Gründen ein Kleeblatt waren, so deutete zwischen Gustav und mir nichts auf romantische Gefühle hin. Mit der Zeit vergaß sogar ich, dass es zu diesem Kuss gekommen war, allenfalls erinnerte ich mich daran als etwas Albernes, das ich vor langer Zeit getan hatte. Mich beschäftigten andere Dinge: Ich hatte eine neue Freundin, deren Mutter Kleider aus Paris trug und der es nichts ausmachte, wenn wir in ihrem Schrank wühlten und ihre Garderobe genauer inspizierten; ich entdeckte Baudelaire und die anderen französischen Dichter; und ich verliebte mich. Ganz plötzlich verliebte ich mich in einen Jungen einen Stock über uns. Fritz' Vater hatte einen Textilwarenladen. Wir begegneten ihm mit seiner Familie auf der Straße, und von da an sah ich ihn überall: auf der Stiege, im Volksgarten, in meiner Lieblingsbäckerei. Er fing an, für mich Geschenke in einer der großen Urnen zu verstecken, die den Hauseingang flankierten: Briefe, Veilchensträuße, Marzipan. Ich wusste von Anfang an, dass er in ein paar Monaten zur Armee gehen würde, was die ganze Sache nur umso romantischer machte. Als es schließlich so weit war, weinte ich unablässig und erging mich in zahllosen Briefen. Mehrere Monate lang schrieben wir uns, bis die Sache nach und nach im Sande verlief. Wir hatten uns nie geküsst oder auch nur an den Händen berührt, doch ich fand, dass ich durch die Beziehung zur Frau geworden war.

Nach der Hochzeitszeremonie feierten wir bei uns daheim Helenes und Ernsts Vermählung. Mir fiel die Aufgabe zu, zwischen den Räumen hin und her zu laufen und Platten mit reifen Birnen und entkernten Kirschen herumzureichen. Es machte mir eigentlich nichts aus; auf diese Weise war ich beschäftigt, und ich konnte jeden Gast begrüßen und mit den Leuten reden, ohne bei einer meiner Tanten hängen zu bleiben, die altmodische Hüte trugen und die Feier für zu lang und es überhaupt für eine Schande hielten, dass Helene Katholikin geworden war. Doch immerhin konnten ihre künftigen Söhne daraufhin Beamte werden.

Pauline und ich trugen Organzakleider in Pastellgrünblau zu einengenden Fischbein-Korsetts, die ein Vermögen gekostet hatten und in denen wir schwitzten und uns unbehaglich fühlten, doch selbst bei Wespentaillen von sechsundfünfzig Zentimetern blieb keine andere Wahl. Eigentlich hätten unsere Taillen noch schmaler sein sollen, doch selbst Korsetts kamen irgendwo an ihre Grenzen. Die Kleider hatten Trompetenärmel, die von einer knapp geschnittenen Schulter herabfielen, und ich hatte Angst, sie könnten auf die Tabletts fallen und schmutzig werden. Jedes Mal, wenn wir uns trafen, warf mir Pauline ein süßsäuerliches Lächeln zu, und ich wusste, dass sie dasselbe dachte wie ich.

Gustav photographierte Ernst und Helene vor dem Kamin, und die Gäste umringten sie, um zuzusehen. Es war ein kompliziertes Unterfangen, das ein Stativ erforderte, ein schwarzes Tuch und das wiederholte Explodieren von Blitzlichtpulver. Gustav spielte sich als Zauberkünstler auf. Helene trug den Spitzenschleier meiner Mutter, den die Nonnen eines Klosters in den italienischen Alpen gefertigt hatten, und ein Kleid aus chinesischer Seide mit einem Oberrock, den ein Damenschneider aus Gustavs Bekanntenkreis genäht hatte. Sie sah aus wie Winterhalters Porträt der Kaiserin, im guten wie im schlechten Sinne. Die Tanten konnten an ihrer Erscheinung nichts auszusetzen finden, was bedeutete, dass sie luxuriös konventionell gewandet war. Als die Photographiererei beendet war, luden sich alle Schweinebraten und Zwiebeltaschen, Wurst im Teig und Pastetchen mit pikanter Käsefüllung auf die Teller. An den Esstisch passten vierundzwanzig Personen, und wer keinen Platz fand, stellte sich an die Wand.

Pauline und ich flüchteten zur Stiege, wo wir uns gegenseitig das Korsett aufhaken und ungestört essen konnten.

»Weißt du noch, wie wir eingezogen sind?«, sagte Pauline und drückte die Stirn gegen das polierte Holzgeländer. »Dein Kopf passte noch zwischen die Geländerstangen, und wir haben Marie Antoinette gespielt.«

»Du bekommst noch Rillen an den Schläfen«, sagte ich. »Die Leute werden sich über dich wundern.«

»Das tun sie sowieso schon«, sagte sie.

»Ich weiß noch, wie wir drei in Mamas Paisley-Tüchern zu einem Phantasieempfang die Stiege hinunterdefiliert sind«, sagte ich mit spätzlegefülltem Mund. »Wie sie gelacht haben muss!«

»Und jetzt sind wir alte Jungfern, die Tabletts herumreichen«, sagte Pauline.

»Du bist doch erst dreiundzwanzig«, sagte ich erschrocken. »Du bist keine alte Jungfer.«

»Ich hoffe nur, dass ich nicht Kindermädchen werden und mich jeden Tag mit halb verdauten Rüben voll spucken lassen muss.«

»Niemals«, sagte ich. »Du wirst einen distinguierten Rechtsanwalt heiraten. Du wirst so tun, als sähst du mich nicht, wenn wir uns mal auf der Straße begegnen.« Wenigstens musste sie darüber lächeln.

»Ich seh nicht aus wie Helene«, sagte sie.

»Denk mal an all die Mädchen in deiner Klasse«, erwiderte ich. »Kein einziges davon ist so schön wie Helene, und trotzdem heiraten sie alle.« Ich fand, sie urteilte zu streng über sich.

»Red nicht in diesem herablassenden Ton mit mir«, sagte sie. »Du wirst auch nicht heiraten.«

»Wie bitte?« Ich hatte das Gefühl, als hätte ich einen Schlag ins Gesicht bekommen.

»Du wirst für Mama und Papa sorgen und dir Näharbeiten nach Hause holen.«

Plötzlich schauderte ich. »Du bist verrückt«, sagte ich.

»Die drei werden dafür sorgen, dass du niemals jemanden kennen lernst«, sagte sie. Ich musste sie gar nicht erst fragen, wen sie mit dem Dritten meinte, doch das ließ ich sie nicht merken.

»Gustav hat dich gerne um sich, um mit dir zu flirten. Er wird es im Keim ersticken, bevor was draus werden kann.«

»Was ist mit Fritz?«, fragte ich abwehrend. Ihr Lachen klang hässlich.

»Das war wie aus dem Poesiealbum und hatte ungefähr genauso viel mit deinem wirklichen Leben zu tun. Du bist in Gustav verliebt.«

»Bin ich nicht.«

»Du und Helene, ihr kamt euch ja so gescheit vor, aber habt ihr wirklich geglaubt, ich hätte nicht gewusst, wohin ihr all die Monate lang gegangen seid? Immerhin habt ihr die Tram mit meinem Geld bezahlt, schon vergessen?«

Natürlich hatte sie es die ganze Zeit gewusst. Helene und ich hatten uns in ein großes Abenteuer gestürzt und sie nicht mit einbezogen. Wir hatten sie einfach in ein Schubfach gesteckt und ihr misstraut. Wir hatten sie angelogen, wie wir unsere Eltern anlogen, als wäre sie eine altjüngferliche Tante. Wir hatten ihr keine Chance gegeben mitzumachen, das Geheimnis mit uns zu teilen, auch jemanden kennen zu lernen. Und sie hatte nichts gesagt, hatte uns auch nicht verraten, während wir alles unseren Täuschungskünsten zuschrieben. Kein Wunder, dass sie mich hasste.

»Tut mir Leid«, sagte ich. Um die Würstchen auf meinem Teller hatte sich eine Öllache gebildet, und sie sahen nicht mehr sonderlich appetitlich aus.

»Gustav ist in sich selbst verliebt. Er möchte bewundert werden. Aber an so etwas ist er nicht interessiert.« Sie wies auf die Narzissengirlanden, die um das Geländer gewunden waren.

»Wer sagt denn, dass ich heiraten will?«

»Willst du denn nicht?«

»Die Institution der Ehe erhält nur die Unterordnung von Frauen aufrecht.«

»Wach auf, Emilie. Das *Leben* erhält die Unterordnung von Frauen aufrecht. So ist es nun mal.«

»Sollte es aber nicht sein.«

»Was willst du denn mal machen, wenn du nicht heiratest? Wovon willst du leben?«

»Jedenfalls nicht davon, dass ich Mama und Papa pflege und anderen Leuten die Socken stopfe, so viel ist sicher.«

»Schön für dich. Ich hoffe nur, du hast einen Plan.«

»Und darf man hören, wie deine Pläne aussehen?«

»Buchhalterin«, sagte sie. »Vielleicht für einen Apotheker. Oder einen Schneider. Eine kleine Wohnung, ein paar Blumenkästen mit Geranien, eine Katze. Ich weiß, was ich erwarten kann und was nicht. Damit werde ich mich zufrieden geben.«

Ich erhob mich und ließ meinen halb leer gegessenen Teller stehen. Als ich schon zur Hälfte die Stiege hinunter war, fiel mir ein, dass mein Korsett wieder zugehakt werden musste. Es war demütigend zurückzugehen, aber es war niemand anders da, um mir zu helfen.

Pauline lehnte sich über das Geländer und sah in die Diele hinunter. Ihre Schultern waren vorgeneigt, und ihr mausfarbenes Haar löste sich aus dem Knoten. Für den Bruchteil eines Augenblicks blitzte ihr Bild als alte Frau vor mir auf, mit Arthrose, einer Siamkatze und Zimmerpflanzen. Ich war voller Reue.

»Wir könnten deine Geranienkästen bemalen«, sagte

ich. »Ich könnte Schablonen machen von Blumen und Blättern, sie rosa und rot anmalen, so dass sie aussehen wie frisch vom Lande.«

»Vergiss alles, was ich gesagt habe«, antwortete sie. »Offenbar hat mir diese Hochzeit irgendwie den Boden unter den Füßen weggezogen. Was weiß ich.«

Arme Pauline, sie konnte ihre eigene Zukunft vor sich sehen, wenn nicht auch meine. Aber wenigstens führte sie die Bücher im elterlichen Betrieb und nicht im Hutgeschäft irgendeines hässlichen, langweiligen Mannes. Wenigstens hatte sie dort ein Zimmer und nicht in irgendeiner schmutzigen, klammen Mietskaserne. Wenigstens war sie niemals arm. Ihre Katzen waren Junge von Gustavs Getigerter, und sie war berühmt für ihre Orchideen.

Als ich zu meinen Pflichten zurückkehrte, setzte Gustav gerade seinen wankenden Vater in einen Sessel. Dann blätterte er dem Pianisten, der etwas von Haydn spielte, die Seiten um. Er machte den kritischen Tanten Komplimente und brachte sie zum Lachen und Erröten. Er war überall – überall da, wo ich nicht war.

Plötzlich fühlte ich mich hässlich. Mein Haar ist zu lockig, dachte ich. Vielleicht sollte ich versuchen, es mit einem Eisen zu glätten. Obwohl ich so darauf achtete, hatten sich auf meiner Nase ein paar Sommersprossen breit gemacht und offenbar keine Lust, wieder zu verschwinden, egal, wie viel Zitronensaft ich darauf verwandte. Meine Wangen waren rund, und ich hatte definitiv nicht die Figur, die Gustavs Geschmack entsprach. Ich würde einmal eine füllige Frau werden, kein Rubens, aber ganz bestimmt auch kein Klimt. Ich dachte an Minna und Helga und ihre verschlungenen Körper. Ich hatte Angst vor ihnen. Ich hatte Angst, so zu sein wie sie.

Am liebsten hätte ich mich hingesetzt und geweint, und zwar nicht dieses schickliche Weinen eines Mädchens, dessen Schwester gerade geheiratet hat oder dessen Kavalier soeben in den Zug nach Graz gestiegen ist. Stattdessen räumte ich Teller ab, bis ich die ersten Klänge eines Strauss-Walzers hörte. Ich schob mich durch die Menge, um Helene mit Ernst tanzen zu sehen. Meine Schwester war so blass und anmutig wie eine Porzellanfigurine, als sie von Ernst immer weiter herumgewirbelt wurde. Er war kein guter Tänzer, wie die Tanten missbilligend feststellten. Er konnte nichts weiter, als sich drehen. Hatte man je von einem Bräutigam gehört, der den Walzer nicht kann? Selbst Grabenbauer hatten ihre eigenen Fastenbälle, auf denen sie wie Prinzen tanzten.

Helenes Rock schlug den Takt wie die Flügel eines Schwans. Die Leute fingen an zu klatschen.

Als ich Gustav ansah, begegneten sich unsere Blicke. Mit einem kleinen Nicken gab er mir zu verstehen, dass er mit mir tanzen wollte.

»Gib mir einen Kuss, kleine Schwester, wir sind jetzt eine Familie«, sagte er, als wir voreinander standen, und strich mir mit den Lippen über die Haare. Das war dreist; jeder musste es gesehen haben. Natürlich konnte ich ihn nicht küssen, weder auf den Kopf noch sonst wohin. Dafür spürte ich jede Stelle, an der sich unsere Körper berührten: die Hände, die Unterarme, die Schultern. Seine Hand an meiner Taille war warm, und ich schmolz in sie hinein wie Bronze in die Form. Gelegentlich rieb die Vorderseite meines Kleides an seinem Rock.

»Ich hab nicht gewusst, wie gerne du tanzt«, sagte er.

»Tut das nicht jeder?«, fragte ich. Ich könnte ihn jetzt küssen, hier, vor allen Leuten.

»Ernst nicht«, sagte er lachend. »Ich hab letzte Woche

im Atelier versucht, es ihm beizubringen. Er kann nicht im Kopf mitzählen. Es ist so peinlich für unsere Familie.«

»Wir sollten sie bald abklatschen«, sagte ich, auch wenn es das Letzte war, was ich wollte. »Ich finde, Helene sieht aus, als wäre ihr schwindelig.«

»Was? Bist du es schon leid mit mir?« Ich spürte seinen Atem an meiner Wange. Seine Halsschlagader pulsierte unter der Haut. Er hatte vor einer Weile mit meinem Vater geraucht; seine Jacke roch nach Nelken und Muskat. Seine Lippen waren so dicht an meiner Wange, dass mir für einen Moment die Luft wegblieb.

Kaum merklich zog er sich zurück. »Du hast Recht. Entweder eine kühne Rettungsaktion oder aber Riechsalz und ein kleiner Skandal.« Wir lösten uns voneinander und trennten Helene und Ernst.

»Es wundert mich, dass sie dir das Jawort gegeben hat«, sagte ich zu Ernst, während er mich durchs Zimmer schleuderte. Er war leichter gebaut als Gustav, und ich spürte kaum seine Hand an meiner Taille. Seine andere Hand an meiner Handfläche war heiß. »Es sei denn, du hast es ihr verschwiegen.«

»Oh, ich hab sie gewarnt«, keuchte er. »Sie hat gesagt, das machte nichts.«

»Dann muss sie dich sehr lieben«, sagte ich, »du bist nämlich wirklich schlimm.«

»Ich weiß«, sagte er. »Ich hab's nicht verdient. Ich hab einfach nur Glück gehabt. Aber ich werde gut für sie sorgen, versprochen.«

»Das will ich hoffen«, sagte ich. »Ich will sie nie wieder eine Bach-Kantate singen hören.«

»Jetzt, wo wir sicher verheiratet sind, können wir vielleicht jemanden für dich finden.« Er war so stolz auf das

»Wir«, wahrscheinlich hatte er schon seit Wochen darauf gewartet, es endlich aussprechen zu können.

»Keine Sorge«, sagte ich. »Ich kann mir selber jemanden aussuchen.«

»Nein, nein«, sagte er, ganz aufgeregt von dieser Idee. »Ich seh mich mal für dich im Zimmer um.«

Das war leicht, da wir uns alle paar Sekunden um dreihundertsechzig Grad im Kreise drehten. Ich hoffte nur, seine Wahl fiele nicht auf jemanden, der meine Selbstachtung beleidigte.

»Was hältst du von Josef Maier?«, fragte Ernst. »Er ist ein anständiger Porträtmaler.«

»Er hat jemanden mitgebracht«, widersprach ich und zeigte auf ein Mädchen mit kastanienbraunem Haar in einem kirschfarbenen Kleid.

»Also, dann haben wir noch Georg«, fuhr er fort. »Aber der würde das ganze gute Porzellan zerdeppern, und außerdem trinkt er zu viel.«

»Nein, nicht Georg«, stimmte ich zu.

Plötzlich blieb er abrupt stehen.

»Ich weiß jemanden. Warte, ich bin gleich wieder da.«

Ich trat ein Stück zur Seite und sah mich um. Helene tanzte mit Papa. Gustav war nirgends zu entdecken. Ich ging in die Küche, stellte aber fest, dass bereits alles abgewaschen und weggeräumt war. Pauline blätterte für Mutter, die den Pianisten seines Amtes enthoben hatte, die Seiten um. Niemand brauchte mich für irgendetwas.

Ernst kam mit einem hochgeschossenen blonden Jungen auf mich zu, der nicht weniger verschwitzt war als ich. Franz, ihr Partner im Atelier. Man hätte annehmen können, ich würde ihn gut kennen, doch er war ständig unterwegs. Ich hatte ihn im vergangenen Jahr erst etwa sechsmal gesehen.

»Ich dachte, Sie wären in Griechenland«, sagte ich. Franz malte Achilles für den neuen Palast in Korfu.

»Die Kaiserin hat schon wieder ihre Meinung geändert«, sagte Franz. »Die Skizzen müssen alle noch einmal gemacht werden. Ich bin seit fast einer Woche wieder im Atelier.«

»Tanzt ihr beide«, sagte Ernst unvermittelt. »Ich muss Helene finden.«

Franz war nicht gerade anmutig, aber immerhin in der Lage, gleichzeitig den Takt zu halten und zu reden. »Stimmt was nicht mit Gustav?«, fragte er.

»Wieso?«, fragte ich.

Er wies mit dem Kopf in eine Zimmerecke. »Weil er da drüben ganz alleine hockt. Das sieht ihm gar nicht ähnlich.«

Während wir uns drehten, schielte ich in die angegebene Richtung. Tatsächlich saß dort Gustav, auf einem Sessel vorgelehnt, das Kinn auf die Hand gestützt, und blickte finster drein.

»Ich hab keine Ahnung«, sagte ich.

»Vielleicht wünscht er sich, er wäre derjenige, der heiratet«, sagte Franz sarkastisch.

»Sehr witzig«, erwiderte ich. »Halten Sie das wirklich für so unwahrscheinlich?«

Er neigte sich ein wenig zurück, um mich anzusehen. »Es ist immer dasselbe mit ihm. Irgendeine schöne Frau kommt regelmäßig ins Atelier, sagen wir, weil ihr Mann ein Porträt in Auftrag gegeben hat. Ehe man sich's versieht, lässt sie duftende Taschentücher fallen, und er verbringt einige Zeit im Hotel Imperial. Das geht dann ein paar Wochen, vielleicht auch Monate. Dann taucht sie plötzlich weinend auf und macht eine Szene, sagt, ihr Mann hätte sie verlassen, ob Gustav sie denn nicht haben wolle? Es stellt sich raus, dass sie sich in dem Glauben wiegt, Gustav beabsichtige, sie zu heiraten. Dabei hat er kein einziges Wort gesagt, das sie vor Gericht gegen ihn verwenden könnte. So was passiert ihm nicht. Er tappt nie in die Falle. Ich fürchte, eines Tages kommt eine mit einem Stilett daher, um ihm den Garaus zu machen.«

»Vielleicht jemand von der Oper?« Das Ganze überraschte mich eigentlich nicht. Ich hatte immer gewusst, dass diese Frauen existierten. Mein Herz fing wieder heftig an zu pochen und zog sich schmerzhaft zusammen. Halb in Gedanken sagte ich: »Ich frage mich, wieso ich nie eine von ihnen zu Gesicht bekommen habe.«

»Er achtet peinlich darauf, sie alle hübsch getrennt zu halten. Normalerweise jedenfalls.« Ich hätte gern gewusst, ob Gustav ihm davon erzählt hatte, wie ich ihn mit den Modellen überrumpelt hatte.

»Dann ist keine seiner Liebesaffären je von Dauer?«

»Manchmal schon, wenn die Dame vom selben Schlag ist wie er. Aber ich sollte nicht mit Ihnen über solche Dinge reden. Gustav würde mich umbringen.«

»Weil ich für ihn wie eine kleine Schwester bin.« Die Ironie entging ihm ganz und gar.

»Schwestern sollten von solchen Dingen nichts erfahren. Verraten Sie ihm nicht, dass ich Ihnen gegenüber davon gesprochen habe.«

Nachdem nun alle eine Menge Wein getrunken hatten, wünschte sich jemand einen Bauerntanz, und so wurden Franz und ich in einem komplizierten Reigen, den meine Mutter aus Morawia kannte, beim Partnertausch getrennt.

»Ich muss schon sagen, Sie wirken ziemlich gefasst«, bemerkte er, als wir wieder zusammen waren. »Ich dachte, alle jungen Damen weinen, wenn ihre Schwestern heiraten.«

»Wieso sollte ich weinen?«, fragte ich.

»Man sieht das leere Bett, nimmt eine Ausziehplatte aus dem Tisch, packt Rassel und Babydecke ein.«

»Sie klingen wie ein Poesiealbum.«

»Das war auch meine Absicht.«

»Also, hören Sie auf damit, sonst fang ich wirklich noch an zu weinen.«

»Ihre Schwester hat es gut getroffen. Ernst ist der beste Künstler von uns allen.«

Das kam bei mir nicht gut an. »Gustav wurde der Kaiserpreis verliehen.«

»Sie dürfen mich nicht falsch verstehen, Gustav ist sehr begabt. Bei weitem der beste Zeichner im Atelier. Aber zu einem Künstler gehört mehr als Können. Man muss auch die Klientel zufrieden stellen. Man muss das Richtige sagen. Das liegt Gustav nicht. Er ist zu direkt, zu sehr darauf bedacht, seine eigenen Vorstellungen durchzusetzen. Er stößt die Leute oft vor den Kopf. Das hat uns schon mehr als einen Auftrag gekostet.«

»Finden Sie wirklich, das ist Aufgabe eines Künstlers? Allen zu gefallen, selbst auf Kosten der Schönheit und des Geschmacks?«

»Ich meine ja nur, dass er sich ein bisschen mehr anstrengen könnte, wichtigen Leuten gegenüber höflich zu sein. Ihren Wünschen ein klein wenig entgegenzukommen.« Wir hatten das Tempo gedrosselt und traten nun fast auf der Stelle. »Vielleicht könnten Sie ihn zur Vernunft bringen.«

Ich sagte nichts. Auch wenn es mir schmeichelte, dass er glaubte, ich hätte Einfluss auf Gustav, brachte mich die Vorstellung, seine Ideale zu verraten, in Wallung. Als ob ich mich je zu so etwas hergeben würde!

»Ist Ihnen zu warm?«, fragte Franz, der meinen roten

Kopf falsch verstand. »Soll ich Ihnen etwas zu trinken holen?« Er setzte mich in einen bequemen Sessel in der Ecke und verschwand in der Menge.

Ich ging zu Gustav hinüber.

»Und?«, fragte er. »Schon verlobt?«

»Sei nicht albern«, sagte ich. »Wir haben nur getanzt.«

»Nur getanzt«, sagte er. »Das sagen sie alle. Wir haben nur geplaudert. Wir haben nur getanzt. Wir haben nur geschäkert. Und als Nächstes bringe ich einen Trinkspruch bei einer Hochzeit aus.«

»Was kümmert's dich?«, fragte ich.

»Franz ist ein Narr«, sagte er.

»Ich dachte, er ist dein Freund.«

»Ihm geht's immer nur um seine Aufträge. Er hat keinen Ehrgeiz. Er interessiert sich nicht dafür, was im Rest von Europa passiert. Er hat Angst zu versagen, bei den Granden im Künstlerhaus in Ungnade zu fallen.«

Eines der Stäbchen in meinem Korsett hatte sich aus dem Baumwollpolster gelöst und stach mir direkt unter den Rippen ins Fleisch.

»Was hat das damit zu tun, wie er als Tänzer ist oder als Freund oder als …« Ich suchte vergeblich nach dem treffenden Wort.

»Du weißt genau, dass es wichtig ist«, sagte er. »Du weißt, dass es wichtiger ist als irgendetwas sonst.«

Ich wusste es sehr wohl, aber ich wollte es ihm gegenüber nicht zugeben.

»Ich möchte nur große Kunst schaffen, Kunst, an die man sich erinnern wird«, sagte er. So ernst sprach er selten. »Mag sein, dass es ein paar Leute schockiert oder brüskiert, aber es macht für andere sichtbar, was ich denke. Wenn es dir freistünde, Emilie, vollkommen freistünde, was würdest du dann gerne tun?«

Ich konnte nur eins der beiden Dinge aussprechen, an die ich dachte.

»Ich würde schöne Dinge schaffen«, sagte ich. »Mir geht es nicht um philosophische Prinzipien, ich möchte einfach nur, dass es mehr Schönes auf der Welt gibt. Das ist alles.«

Ich schielte zu einer meiner Schwestern hinüber, die sich den Rücken rieb, während sie einer Tante die Teetasse hielt. Ich sah die andere an, die auf ihrer Organzawolke schwebte.

»Vielleicht Kleider«, sagte ich. »Wie Worth.«

Gustav starrte mich an, als sähe er mich zum ersten Mal. Seine Augen schimmerten, als hätte er soeben ein besonders vertraktes Problem mit der Perspektive gelöst.

»Natürlich«, sagte er. »Und du wirst es tun, du wirst sehen.«

»Ich sehe bloß nicht, wie«, sagte ich. »Es ist nur ein Traum, wie der, Schauspielerin zu werden. Ich kann ja nicht mal nähen.«

»Dann wirst du es eben lernen«, sagte Gustav.

Zehn

Kammer am Attersee
15. Dezember 1944

Unser Häuschen ist ein Ziegelbau mit Rauputz und riecht nach Meer. Wenn man die Wände anfasst, zerkratzt man sich die Hand. Ursprünglich einmal war es strahlend weiß, doch es wurde zu lange vernachlässigt und ist inzwischen waschlaugengrau. Es hat ein steiles rotes Ziegeldach, das im Regen glänzt. Einige Ziegel sind zerbrochen, und in den Ritzen wuchert Moos. Einst wuchs Springkraut ums Haus, und Geranien standen in den Blumenkästen; jetzt wächst nur noch Moos. Moos, Flechten und Pilze.

Von der überdachten Veranda aus blickt man auf den See. Dort haben wir immer gefrühstückt. Unsere nächsten Nachbarn waren außer Hörweite, doch von der Veranda aus konnten wir sie sehen. Die Männer winkten, wenn sie morgens ihre Boote losmachten.

Im Erdgeschoss sind nur eine kleine Küche und ein großes Wohnzimmer, was uns vollkommen genügte, da wir die meiste Zeit draußen verbrachten. Meine Mutter stattete beide Räume mit indischem Musselin und Chintz sowie mit Möbeln im Japanlack-Finish aus. Selbst jetzt noch stehen die Meißener Porzellanteller und die Steuben-Figurinen auf dem Kamin. Der Flügel steht wie immer in der Ecke, auf dem Notenhalter sind die *Liebesträume* aufgeschlagen.

Die schmale, gebogene Stiege hoch befinden sich die eigenwillig geschnittenen Schlafzimmer mit der niedrigen Decke, aber immerhin gibt es sechs davon. Wahrscheinlich hatte der unglückselige Vorbesitzer, ein Fischer, der auf dem See verschwunden und für ertrunken erklärt worden war, mit einem großen Kindersegen gerechnet. Da wir ständig Gäste hatten, brauchten wir sie alle. Die Schlafzimmer stehen jetzt nahezu leer, die Matratzen auf den Messingbetten sind von Mäusen zerfetzt.

An den Garten grenzt eine Gruppe Birken an, die mein Vater gepflanzt hatte, um das Haus vor dem Wind zu schützen. Der Sommer damals war heiß, selbst hier oben, und mein Vater hatte unter dem Hut einen krebsroten, nass geschwitzten Kopf, als er die Löcher grub. Ein paar von den Schösslingen sind trotz eifrigen Gießens verdorrt, und eine Birke wurde vor ein paar Jahren vom Blitz getroffen und musste gefällt werden, doch ein gutes Dutzend steht heute noch. Dünn und kahl zittern und rasseln sie um diese Jahreszeit wie Zigeunerwagen, und ihre Borke pellt sich wie Schuppenflechte von den Stämmen.

Ich kann mich kaum erinnern, dass wir irgendwann einmal nicht hierher gekommen wären. Bis zu meinem dreizehnten Lebensjahr mieteten wir das Haus von Frau Thyssen, der Witwe des verschollenen Fischers, die in die Stadt gezogen war. Nach ihrem Tod kauften wir es ihrem einzigen Sohn ab, der in Salzburg lebte und das Häuschen hasste. Als wir klein waren, gingen meine Schwester und ich oft am Ufer entlang und suchten nach dem Ertrunkenen. Wir dachten, seine Überreste müssten irgendwo angespült werden oder zumindest entstiege an einem nebligen Tag sein Geist dem Wasser. Er war so etwas wie unser

Schutzpatron; wir hatten ein wenig Angst vor ihm, doch zugleich war er unser Freund. Wir schrieben ihm Botschaften, Gedichte auf Rindenstücke. Kleinen Kielbooten gleich ließen wir sie auf den See hinausschwimmen und sahen zu, wie sie voll liefen und untergingen, und wir stellten uns vor, wie sie immer tiefer sanken, bis sie ihn schließlich erreichten. Wir erzählten niemandem davon. Papa hätte es für morbide und frivol gehalten und uns dazu verdonnert, das Balkenwerk zu polieren.

Hier draußen zwischen den Birken war schon immer der beste Platz, um sich auszuheulen. Das Moos unter den Bäumen ist dicht und weich; im Wind, der durch die Kronen weht, klingt leise Trauer mit.

Der See liegt lang und grau da wie Quecksilber aus einem zerbrochenen Thermometer. Da er sich aus einem Gletscher speist, ist er selbst im Sommer atemberaubend kalt. Heute sind nicht viele Boote draußen, nur ein paar Männer, die mit Netzen auf Karpfenfang gehen. Die dünnen Federwolken ziehen rasch vorbei Richtung Wien, und die dunklen Kumuluswolken darunter bewegen sich fast ebenso schnell in die entgegengesetzte Richtung. Die pastellfarbenen Häuser des Dörfchens Unterach am anderen Ufer erinnern an Kandiszucker, den man auf Lebkuchen gestreut hat. Ein Klang wie von einem Finger, der über einen Glasrand fährt, schwebt herüber: Kuhglocken.

Wenn ich aufstehe, versinken meine Schuhe im nassen Lehm. Ich hätte direkt aus der Haustür kommen sollen, statt durch den Garten zu stapfen; vom Eingang aus gibt es einen mit zerbrochenen Ziegeln gepflasterten Pfad. Meine Strümpfe bekommen Flecken. Selbst wenn ich sie eigenhändig wasche, wird Helene den Kopf schütteln und mir zu verstehen geben, dass ich in der Zeit, in der ich sie mir ruiniert habe, fünf nützliche Dinge hätte tun können.

Es ist ein seltsames Gefühl, wenn das kleine Mädchen, dem man das Taufkleid genäht hat, anfängt, einen herumzukommandieren.

Von meinem erhobenen Standort aus wirkt der See wie ein Krater mit vielen Leitern, die in die Mitte führen, eine Hieronymus-Bosch-Vision von der Hölle. Die Landestege sind sich zum Verwechseln ähnlich: glitschiges, morsches Holz. Unser Steg bildet da keine Ausnahme; ich kann ihn von den anderen nur unterscheiden, weil an einem der Pfosten immer noch ein Fetzen von einem Tuch festgebunden ist. Es ist eins von Gustavs Halstüchern, verblasst und verschmutzt, aber immer noch da.

Die Bootshäuser dagegen sind alle verschieden. Die Sommerfrischler, Leute vom Theater und von der Oper, haben hier Umkleidekabinen und sogar Küchen, um Gäste zu beköstigen. Kleine Gartenlauben mit clematisbewachsenen Pergolen stehen direkt am Wasser. Die Ortsansässigen haben sich kleine Schuppen aus Treibholz gebaut. Wir haben uns nie zu den Sommerfrischlern gezählt; unser Bootshaus ist so wacklig und klapprig wie die Bootshäuser der hiesigen Bevölkerung und marineblau angestrichen. Darin untergebracht sind das Ruderboot, ein Kanu und ein paar Gummischläuche, mit denen man auf dem Wasser schwimmen kann. Es ist schon eine ganze Weile her, seit ich das letzte Mal drinnen war, ich kann daher nicht sagen, ob noch etwas von alledem übrig ist.

Mit dem Heck voran ziehe ich das Ruderboot heraus. Die weiße Farbe wellt sich und klebt wie Tang. Backbord entdecke ich einen Riss, durch den ich den Sand darunter sehen kann. Ich weiß nicht mehr, ob das vor langer Zeit passiert ist und niemand sich darum gekümmert hat, oder ob das Boot jemand in unserer Abwesenheit herausgeholt und beschädigt hat, doch das ist egal.

Ich sammle etwas Holz und staple es auf dem trockensten Sand, den ich finden kann. Es ist feucht und raucht, als ich es anzünde, doch irgendwann fängt es an zu brennen. Der Wind bläst mir den Qualm direkt ins Gesicht. Ich muss den Sand zu einem Windschutz auftürmen, damit mein Feuerchen nicht verlischt. Im Bootshaus finde ich eine Blechdose mit eingetrocknetem Teer und stelle sie oben in die Mitte meines Holzstapels, in der Hoffnung, dass er schmilzt und noch zu gebrauchen ist. Das Boot liegt hilflos wie eine Königskrabbe auf dem Rücken.

Damals machten wir Feuer, um darin auf Stöcke gespießte Würstchen zu braten.

Auf einmal steht Helene hinter mir. Sie hat ein graues Tuch umgebunden und versinkt in einem marineblauen Pullover. Mit ihrem hellen, gebleichten Haar und der blassen Haut sieht sie aus wie eine Federzeichnung oder eine Gestalt in einem Film. Sie merkt, wie ich sie mustere, und zieht das Tuch noch enger um sich.

»Dieses Holz ist zu nass, um richtig zu brennen«, sagt sie zähneklappernd. »Warte mit dem Reparieren des Boots, bis wir besseres Wetter haben.«

»Es hat schon Feuer gefangen«, entgegne ich und stochere mit einem Zweig in den Rauch speienden Flammen herum, während ich einen Hustenreiz unterdrücke.

»Es ist sowieso zu kalt, um auf den See rauszufahren.«

»Der Teer wird eine Weile brauchen, bis er trocknet«, sage ich. »Vielleicht hat sich bis dahin der Wind gelegt.«

»Wir können nächste Woche Heitzmann bitten, es für uns zu flicken«, sagt meine Nichte. Sie spricht abgehackt, betont jedes Wort einzeln, so wie sie es immer tut, wenn sie sich ärgert. Ich bin umso fester entschlossen.

»Es kann dir doch egal sein, ob ich den ganzen Nachmittag dazu brauche«, sage ich und weiß genau, was sie antworten wird.

»Es gibt im Haus eine Menge Arbeit und im Garten ebenfalls.«

»Wir haben alle Zeit der Welt«, sage ich. »Wenn wir nicht heute Unkraut jäten, tun wir es morgen. Wenn wir die Böden nicht heute schrubben, tun wir es morgen. Oder übermorgen. Oder nächste Woche. Was macht das schon?«

»Du bist infantil«, sagt sie empört und lässt mich mit meinem schwelenden Feuer allein.

Natürlich weigert sich der Teer, sich auch nur annähernd zu verflüssigen. Mein Pfropf gerät klumpig und ungleichmäßig, und Heitzmann wird ihn wieder entfernen und es noch einmal ordentlich machen müssen, doch das ist mir egal. Sogar der Geruch von brennendem Teer ist angenehmer, als ins Haus gesperrt zu sein. Ich sitze auf dem Bootsrumpf und sehe ins Feuer.

Um halb drei kommt Helene mit einer Käsestulle zurück.

»Du hast das Mittagessen vergessen«, sagt sie. Ich habe erstaunlich großen Hunger. Das kommt wohl vom Wind.

»Der Postbote hat ein Paket gebracht«, bemerkt sie. Ich sage nichts, weil ich den Mund voll habe und weil sie, was es auch sein mag, sich selbst darum kümmern kann.

»Ich glaube, du solltest ins Haus kommen und es selber aufmachen«, sagt sie. Ihre Hände zittern. Das macht mir ein wenig Angst. Ist etwas passiert?

»Von wem ist es denn?«, frage ich. Ich stochere immer noch in der Asche herum, dabei ist das Feuer längst endgültig ausgegangen.

»Komm mit«, sagt sie nur.

Wir gehen hintereinander den Pfad zum Haus hinauf,

Helene voran. Die Flechten auf den Steinen sind rutschig und von einem überraschend leuchtenden Orange. Krokusse, denke ich. Im Frühling brauchen wir Krokusse. Ich überlege, ob Heitzmanns Frau vielleicht Zwiebeln hat.

Helene stolpert und fängt sich mit der linken Hand.

»Lass sehen«, sage ich. Sie zeigt mir den Kratzer, und ich küsse ihn und sage: »Wie gut, dass wir die Mullbinden mitgenommen haben.« Ich habe ihr Blut an der Lippe.

»Vielleicht kann Heitzmann, wenn er das nächste Mal da ist, so was wie einen Handlauf an dem Pfad befestigen«, sagt Helene.

»Wieso heuerst du ihn nicht gleich an, damit er uns rauf und runter trägt?«, frage ich verärgert, denn schließlich gehen mir auch ein paar Dinge durch den Kopf, um die ich ihn bitten muss. »Hat der arme Mann nicht genug Kinder?«

Wie sich herausstellt, ist nicht nur ein Paket eingetroffen, sondern gleich mehrere. Helene drückt mich in einen Sessel und reicht mir eins nach dem anderen zum Öffnen, als hätte ich Geburtstag. Dann setzt sie sich erwartungsvoll auf den Hocker zu meinen Füßen. Ich schneide den Bindfaden durch und ritze das braune Packpapier auf. In dem Karton befindet sich ein chinesischer Rock aus meiner Kollektion. Die changierende Stickerei schillert wie ein exotischer Vogel inmitten des überfüllten Zimmers.

»Ich dachte, Herta wollte die verkaufen«, sage ich. »Wir brauchen das Geld.«

»Wer interessiert sich denn in diesen Zeiten für einen uralten Rock?«, fragt Helene. »Wir würden ihn wegwerfen.«

»In der feuchten Luft wird der Stoff modern«, sage ich und streiche die Rockfalten glatt. Dann stelle ich mir Helene in unserem Modesalon vor, wie sie an dem schrecklichen Tag, an dem wir schließen, das alles herauszieht und für mich versteckt, bis ich es wirklich brauche. Da kann ich die Tränen nicht länger halten, und sie rollen mir das Gesicht hinunter. Meine Maske bekommt Sprünge wie zu heiß gebrannte Töpferware. Ich versuche, keine Miene zu verziehen, und Helene hilft mir, indem sie aus dem Fenster auf den See hinaussieht.

»Es hat mir fast das Herz gebrochen«, sagt sie, »wie du da mit deiner kleinen Tasche im Zug gesessen hast. Also hab ich Herta gebeten, die Sachen zu schicken.« Herta war unsere letzte Direktrice. Dann wurde sie unsere Haushälterin, weil wir es nicht ertragen konnten, uns von ihr zu trennen. Jetzt kümmert sie sich in unserer Abwesenheit um unsere Wohnung.

»Danke«, sage ich und versuche zu lächeln. »Du bist lieb.«

Es sind noch weitere Kartons eingetroffen, die wir abwechselnd öffnen. Zum Vorschein kommen zwei getriebene Silberschatullen mit Ringen und Halsketten; ein juwelenbesetzter Handspiegel; vier bizarre Holzpuppen mit Netzschirmen; der Silberkelch, den Josef Hoffmann angefertigt hat; eine Holzkiste mit Päckchen unserer Seidenetiketten. Bei ihrem Anblick kann sich auch Helene nicht mehr halten; es steht *Schwestern Flöge* darauf.

»Ich weiß, dass es albern ist, aber ich hab den Salon so geliebt«, schluchzt sie. »Er war so schön.« Ich versuche, das Bild der grauen Filzteppiche und der Wiener-Werkstätten-Schränke aus meinem Kopf zu bannen.

»Vielleicht sollten wir sie wie Namensschildchen am Revers tragen«, sage ich.

Auf dem Boden des zweiten Kartons finde ich einen Brief von Herta. Sie schreibt, Soldaten wären in einem Lkw gekommen und hätten sämtliche Gemälde mitgenommen.

Carl Moll sei bei ihnen gewesen. Er hätte ihr gesagt, er würde sie in einem geheimen Lagerhaus sicherstellen. Unser Wohnhaus könnte ausgebombt werden, und sie seien zu wertvoll, um ihren Verlust zu riskieren. Sie seien unser nationales Erbe, unser väterliches Erbe.

»Wahrscheinlich hängen sie längst in seiner Wohnung«, meint Helene.

»Dann werden sie, falls wir verlieren, in die Luft gejagt«, sage ich. »Er wohnt gegenüber der Hofburg.«

In dieser Nacht tragen wir wie Kinder, die Verkleiden spielen, Hüte im Bett: rotes, weißes und goldenes Leinen, mit Tulpen und Rosen bestickt. Wir behängen unsere Spiegel mit transparenten Tüchern. Auf den Kaminsims stellen wir zwei Paar winzige Brokatschuhe, die einmal einer japanischen Kaiserin gehörten. Es erscheint unmöglich, dass eine erwachsene Frau darin laufen soll. Vielleicht wurde sie überall hingetragen. Ich versuche, sie mir vorzustellen: zart, graziös, mit schwarzem Haar, in einem Seidenkimono und chrysanthemenbesticktem Obi, die verkrüppelten Füße, das Schönste an ihr, pompös zur Schau gestellt.

»Vielleicht kommt ja der Nikolaus und steckt was rein«, sagt Helene.

Ich träume wieder von Gustav. Er rudert das Boot in die Mitte des Sees – mit seinen flinken, kräftigen Armen schaufelt er bei jedem Schlag eimerweise Wasser empor. Wo bin ich? Ich schwimme neben ihm her. Wie immer pfeift er, während er rudert, doch aus irgendeinem Grund mache ich mir Sorgen. Dann lässt er den Nachen gleiten.

»Wir sind da«, sagt er. Er steht im Boot und stürzt sich kopfüber ins Wasser. Ich warte, dass er an die Oberfläche kommt. In der Mitte ist der See hundert Meter tief. Ich denke an den armen Thyssen. Ich tauche nach ihm, doch

Gustav ist nirgends zu sehen. In Panik tauche ich immer und immer wieder, bis ich atemlos und schweißgebadet erwache.

Akt einer Schwangeren

Minna hat krapprotes Haar, das ihr wirr bis zur Taille fällt. Die Farbe verfolgt Gustav noch in seinen Träumen; nie zuvor hat er etwas so Schönes gesehen. Er rührt Färberwurzelsaft an, wenn er es malt, ohne Zusatz von Siena oder Ocker. Selbst auf der Straße, zu einem Knoten gebunden und unter einem sittsamen Kopfputz versteckt, glänzt es wie ein Leuchtfeuer. Sie kann es nicht verstecken, wie sehr sie es auch versucht. Zu schade, dass man nach dem Tod eines Menschen sein Haar nicht erhalten kann, doch einmal von der Lebenskraft abgeschnitten, wird es unvermeidlich stumpf. Hunderte mausfarbener Strähnen in Hunderten von Medaillons sind der hinlängliche Beweis dafür.

Nicht weniger fasziniert ist Gustav von ihrem hageren Körperbau, den vorstehenden Knochen. Sogar die Sehnen treten hervor. Ihre Wangenknochen sind spitz, und sie sieht älter aus als zwanzig. Jetzt, wo sie schwanger ist, wirkt sie blasser als sonst; unter ihren Augen liegen blaue Schatten. Ihr Bauch ist schon groß, wölbt sich vor wie ein Teil eines anderen Körpers. Sie scheint zu zart zu sein, um ihn zu tragen. Gustav findet sie schöner denn je, findet alles an ihr extrem: ihre Blässe, ihren wachsenden Uterus, ihre Zerbrechlichkeit. Physisch steht sie kurz vor dem Zusammenbruch. Zuweilen blutet sie. Sie sollte das Bett hüten, sich von einer Krankenschwester Suppe und Medizin bringen lassen, doch das ist völlig undenkbar. Ihre Eltern haben sie aus dem Haus geworfen, und außer dem Geld, das er ihr gibt, verfügt sie über kein Einkommen. Für ihn ist es eine verzwickte Situation, sie weiterarbeiten zu lassen, obwohl er weiß, dass die Arbeit nicht gut für sie ist. Doch sie nimmt keine Almosen, sagt sie.

Er ist nicht der Vater. Sie hat es ihm gesagt, und sie würde nicht lügen. Eine andere Sorte Frau hätte sicher nicht gezögert, hätte zwei und zwei zusammengezählt und zufrieden gelächelt. Er und Minna verstehen sich und die raue Welt, aus der sie stammen. Sie verstehen beide, dass er im Begriff ist, diese Welt hinter sich zu lassen, und dass ihr das nie gelingen wird. Doch sie missgönnt es ihm nicht. So ist es nun mal, kein Grund, deswegen Theater zu machen. Er gibt ihr Arbeit. Sie sind Freunde.

Minna steigt auf das Podest in der Zimmermitte und lässt ihren blauen Umhang zu Boden fallen. Gustav hat einen Stuhl hingestellt, und sie setzt sich darauf. Öffnet die Beine, schließt sie wieder. Stellt beide Füße auf den Sitz und rollt sich zu einer Kugel ein. Winkelt ein Bein an und zieht es unter das Gesäß. Pose, Wechsel. Sie weiß, was für Bewegungen ihm gefallen, was für Zwischenräume. Andere Künstler mögen es hübsch und symmetrisch, er dagegen unvorteilhaft, ja hässlich. Unvorteilhaft und hässlich ist nicht schwer, wenn man im siebten Monat ist.

»Geht's?«, fragt er nach ein paar Minuten. Das Atelier ist alles andere als warm. Gelegentlich fröstelt sie. Die Härchen an ihren Armen richten sich auf und schimmern im Licht. Er will nicht, dass sie da auf dem Podest in Ohnmacht fällt oder das Kind in einem rhythmischen Schwall auf den Kiefernbrettern ausstößt. An die Möglichkeit, sie könnte sterben, denkt er nicht.

»Ja, alles in Ordnung«, sagt sie. Pose, Wechsel.

»Hast du heute überhaupt schon was gegessen?«

»Hab nichts bei mir behalten.«

»Wo schläfst du?«

Sie grinst ihn an. »Was meinst du wohl?«

»Wie geht's unserem Freund, Herrn Bachmann?«

»Sehr verstimmt. Er hat Angst, mein Zustand könnte sich rumsprechen und ihn dran hindern, eine passende Frau zu finden.«

Gustav sagt, sie solle eine Pause einlegen, sich einen Tee machen, eine Semmel essen. Täte er das nicht, würde sie stundenlang weitermachen. Während sie in der Küche ist, konzentriert er sich darauf, die Skizzen zu überarbeiten, die er angefertigt hat, sie dunkler nachzuzeichnen, zu schattieren, zu radieren.

»Du kannst mich entlassen, wenn du willst«, sagt sie, als sie wiederkommt, eine Semmel in der Hand, eine andere im Mund. »Ich würd's verstehen.« Es ist durchaus üblich, schwangere Modelle in einer Aufwallung moralischer Entrüstung, einer Anwandlung von Schuldgefühlen oder auch nur, weil sie nicht mehr zu gebrauchen sind, davonzujagen. Ihre Körper haben in einem Gemälde nichts zu suchen.

»Sei nicht albern«, sagt er. »Ich brauche dich. Oder kannst du hier sonst noch jemanden entdecken?«

Sie hat das Kinn in die Brust gedrückt, sieht einen Moment zu ihm auf, dann wieder zu Boden und wirkt dabei wie ein schüchternes Kind. »Ich sehe aus wie die dicke Dame im Begleitprogramm«, sagt sie.

»Vielleicht interessiert es dich zu hören, dass ich soeben beschlossen habe, ein Porträt von dir zu machen. Eine Art Allegorie auf die Hoffnung.«

Minna sieht ihn ungläubig an. Manchmal rückt er mit Ideen heraus, die sie nicht begreift. »Du kannst kein Porträt von mir malen. Bist du deppert, oder was?«

Hoffnung. Wie soll ausgerechnet sie Hoffnung verkörpern? Sie wird dieses Baby bekommen. Wenn sie Glück hat, überlebt sie die Geburt. Herr Bachmann wird sie nicht heiraten. Ihre Eltern werden sie nicht wieder aufnehmen. Ihre Schönheit wird sie nicht lange behalten, eine Unliebsamkeit, die ihr hartes Leben mit sich bringt. Was dann? Eine Arbeit in einer Fabrik? Prostitution? Und was wird aus dem Kind? Stumm betet sie, dass es ein Junge ist.

»Ich werde noch mehr Sitzungen mit dir alleine einlegen müssen. Meinst du, er wird noch größer?«

»Noch größer? Und ob er noch größer wird.« Ihre Stimme klingt bitter und ungläubig. »Bald werd ich nicht mehr durch die Tür passen.«

Gustav streicht ihr mit der Hand über den Arm. »Du kannst eine Weile hier bleiben, wenn du keine Unterkunft hast.«

»Ich hab doch gesagt, wo ich wohne.« Sie hat nichts gegen den Geschlechtsverkehr, sie hat nur etwas dagegen, dass er ihr einen Gefallen tut.

»Falls was passiert«, sagt er. Er zieht ihr den Umhang von den Schultern. Ihre Brüste sind geschwollen.

»Also meinetwegen sitze ich für das Gemälde, wenn du unbedingt willst«, sagt sie. »Aber ich brauch nicht hier zu bleiben.«

Gustav telegraphiert seiner Mutter, dass er die ganze Nacht durcharbeiten wird. Sie macht sich Sorgen, wenn er nicht nach Hause kommt.

Als er zu Minna zurückkehrt, liegt sie ausgestreckt auf dem Podest, eine Daunendecke über die Bretter gebreitet, eine andere über sich. Er ist nicht sicher, ob das eine Einladung ist oder nicht. Als er sich neben sie legt, brummt sie und dreht sich zu ihm um. Er setzt sich rittlings auf sie und drückt gegen ihren Bauch, der nicht länger weich und geschmeidig ist. Die dicke Kapsel unter ihrer Haut schützt den Fötus vor seinem Gewicht. Es erregt ihn, und er stößt fester. Minna zuckt zurück.

»Du bringst es ja um«, sagt sie. Und fügt nach einer Pause, in der sie kurze, stoßweise Atemzüge von sich gibt, hinzu: »Vielleicht wär das gar nicht so schlecht.«

Danach drückt er sein Ohr an ihren Bauchnabel, um das Schäumen und Gurgeln zu hören.

»Dem geht's gut«, sagt Gustav. »Es hat die Übung genossen.«

»Schade«, sagt Minna und rollt sich auf die Seite. Bald hört Gustav, wie sich ihr Atem verändert; sie schläft. Er legt Holz im Ofen nach und geht heim.

Elf

Ein Jahr später schafften es Gustav, Ernst und Franz ins Auswahlverfahren für die Deckengemälde im Festsaal der Universität. Das Thema war Philosophie, Medizin und Jurisprudenz. Sie zogen in ein neues Atelier in Josefstadt um, wo sie einen Garten und mehr Platz zum Arbeiten hatten. Dort begannen sie mit Zeichnungen, die dem Kunstausschuss des Erziehungsministeriums vorgelegt werden sollten. Es war ein wichtiger Auftrag, und alle drei wollten ihn unter allen Umständen bekommen. Besonders Ernst trieb sich unerbittlich an. Helene hatte gerade ein Baby zur Welt gebracht, ein Mädchen, das sie ebenfalls Helene tauften, und er wollte unbedingt der neuen Verantwortung gerecht werden.

Dann wurde er krank. Er arbeitete weiter, solange er konnte, doch nach einigen Wochen kam er gar nicht mehr ins Atelier. Ich sah mit an, wie er noch dünner wurde, als er ohnehin schon war. Wenn ich abends mit Helene Karten spielte, waren die quälenden Hustenanfälle, die aus dem Schlafzimmer oben drangen, nur schwer zu ertragen. Helene und ich zuckten jedes Mal heftig zusammen. Er erlaubte ihr nicht, den Arzt zu holen, obwohl das Baby, noch keine sechs Monate alt, zu uns in die Wohnung geschafft wurde, um vor Ansteckung sicher zu sein.

Er sagte, es mache ihm nichts aus. Wäre das Baby krank geworden, wäre das ein Grund zur Sorge gewesen. Er dagegen sei schon oft krank gewesen; als Kind hätte er dreimal Lungenentzündung und zweimal Keuchhusten gehabt. Er werde immer wieder gesund, behauptete er.

Als endlich der Doktor kam, sagte er, Ernst habe Scharlach. Er hatte Angst, Helene könne sich anstecken, doch sie weigerte sich, ihren Mann zu verlassen. Wie sich zeigte, verließ er sie.

Es war Dezember und schon um drei Uhr nachmittags dunkel. Die Totengräber brauchten Spitzhacken, um den Boden auf dem Friedhof aufzubrechen. Gustav stand zwischen seiner Mutter und Helene, doch ich hätte nicht sagen können, wer wen stützte. Ich war an Helenes anderer Seite; meine Schwester stand gerade aufgerichtet da und hielt das Baby, ohne sich von mir helfen zu lassen. Sie mied meinen Blick, und keiner von uns sagte ein Wort.

Beide waren sie bis ins Mark getroffen und quälten sich, das wusste ich, mit Schuldgefühlen wegen ihrer Unterlassungssünden. Gustav hatte Ernst an seinem letzten Tag nicht besucht; es hatte tatsächlich den Anschein gehabt, als ginge es ihm besser. Helene glaubte, irgendeine Verschreibung hätte ihm noch das Leben retten können, hätte sie nur den Arzt früher gerufen. Beide ließen sich nicht davon überzeugen, dass sie getan hatten, was sie konnten. Sie wollten sich die Schuld geben, weil das leichter war, als Gott anzuklagen.

Der Priester war jung, und es war seine erste Beerdigung. Seine Soutane bauschte sich um seine dünnen Beine, und er starrte unverwandt in sein Gebetbuch, in das er einen losen Zettel mit winzigen Notizen eingelegt hatte. Er versuchte zu trösten, sagte, es gebe einen tieferen Grund für Ernsts Tod, Gott habe ihn wohl für sich haben wollen, doch er schien selbst nicht mehr daran zu glauben als wir. Dann beschwor er uns, zuversichtlich und nachsichtig eingedenk Gottes Gnade zu sein. Bei seinen Worten spuckte Gustav auf den Boden, und der arme Priester machte einen Satz zurück.

Gustav trat vor, um seine Grabrede zu halten. Er umklammerte ein verkrumpeltes Blatt, doch weder für seine Stichworte noch für die anderen Trauernden hatte er auch nur einen Blick übrig. Stattdessen starrte er unverwandt zum Horizont.

»Mein Bruder«, sagte er, »war ein Narr. Ein idealistischer, optimistischer, immer nur lächelnder Narr.«

An dieser Stelle sah Helene mich mit einem entsetzten Ausdruck an, und die anderen Trauernden traten in ihren Schuhen hin und her, als wären sie ihnen plötzlich zu eng; doch keiner von uns machte Anstalten, ihn vom Reden abzuhalten.

»Er kam aus armen Verhältnissen«, fuhr Gustav fort, »ohne dass ihn das je verbittert hätte. Als Kind war er oft krank, aber selten verdrießlich. In der Kunstgewerbeschule gewann er viele Freunde; er verfiel nicht in Konkurrenzdenken oder üble Nachrede oder Klatsch und Tratsch. Vielmehr half er anderen auf Kosten seiner eigenen Arbeit, obwohl er wusste, dass ihm dies zum Nachteil gereichte. Selbst als er noch kein Geld hatte, sich seine Utensilien selber zu kaufen, teilte er mit anderen, was er hatte. Im Künstlerhaus wie in unserem gemeinsamen Atelier war er sich immer treu. Er war ein hervorragender Zeichner, besser als ich. Die Auftraggeber mochten ihn, und er verstand es, mit ihnen zu reden. Er konnte ihnen zuhören und geschickt zusammenfassen, was sie sagten. Und mit geradezu rührender Gewissenhaftigkeit gab er ihnen genau das, was sie wollten, selbst wenn es unbeholfen, albern oder kitschig war.

Nicht dass seine Arbeit darunter litt, keineswegs. Seine Bilder waren konservativ, aber gut. Er konnte keine hässliche Linie zeichnen, keine hässliche Farbe mischen. Er hatte eine Gabe für die menschliche Gestalt und legte eine Liebe zum Detail an den Tag, die schon an Besessenheit grenzte.

Er war ein ehrlicher, anständiger, freundlicher Mensch. Während sich andere Künstler mit Schauspielerinnen und Tänzerinnen amüsierten, heiratete er ein liebenswürdiges Mädchen und bekam mit ihr ein Kind.« Bei diesen Worten wandte ich die Augen von der Stelle am Boden, die ich die ganze Zeit fixierte, und schielte zu dem Häufchen Künstler zu meiner Linken. Franz fing meinen Blick auf und lächelte mir fast unmerklich zu.

»Er hat alles richtig gemacht«, sagte Gustav, »und seht selbst, was es ihm eingebracht hat.«

Es herrschte quälendes Schweigen, als wir darauf warteten, dass er weitersprach, und zugleich inständig hofften, er ließe es dabei bewenden, selbst wenn das ein nihilistisches Ende seiner Grabrede bedeutete. Kaum war klar, dass Gustav fertig war, drängte sich der arme junge Priester vor und verlas mit heiserer Stimme eine Passage aus dem Ersten Korintherbrief.

Als es vorbei war, warf Helene eine Schachtel Bleistifte auf den Sarg. Gustav konnte es nicht mit ansehen, wie sie die Erde darauf schaufelten. Er verließ den Friedhof. Ich blickte ihm hinterher, wie er in der Ferne verschwand, und fragte mich, wohin er wollte und wie es ihm ging; doch ich folgte ihm nicht. Das Haus der Klimts, wo der Leichenschmaus stattfinden sollte, war nicht weit. Vielleicht, dachte ich, wollte er zu Fuß hinüberlaufen, auch wenn der Hagel wie Nadeln stach.

Der Leichenschmaus war das traurige Gegenstück zu der Hochzeit, die wir vor weniger als zwei Jahren ausgerichtet hatten. Meine Mutter wiegte das Baby und sang ihm etwas vor. Pauline versuchte, Helene dazu zu bringen, eine Semmel mit Apfelkonfitüre zu essen. Mein Vater lauschte den Klagen von Frau Klimt. Gustav war noch nicht zurück.

Die Künstler tummelten sich im Treppenhaus und wirkten irgendwie deplatziert in ihren besten Anzügen und dem Bemühen, einmal nicht von ihren letzten Aufträgen und ihren Schwierigkeiten mit der Raumgestaltung und der Perspektive zu reden. Ich ging zu ihnen, um sie zu fragen, ob einer von ihnen Gustav gesehen hätte, doch als Franz mich kommen sah, löste er sich aus der Gruppe und kam mir entgegen. Er war eine Weile nicht in Wien gewesen und sah entspannt und wohlgenährt aus, was aber auch daran liegen mochte, dass alle um mich herum hohläugig waren vor Kummer und schlaflosen Nächten. Er schenkte mir ein zweites schüchternes Lächeln, eben so deutlich, wie es der Anstand erlaubte. Seine strahlende Gesundheit machte ihn mir plötzlich verächtlich.

»Ich war in Budapest, als ich die Nachricht bekam«, sagte er. Er hatte nicht gewagt, Gustav irgendwelche Fragen zu stellen, und jetzt wollte er einiges wissen: Wie lange war Ernst krank gewesen? Hatte man ihn zur Ader gelassen? Was für Medikamente hatte man ihm gegeben? War er ins Delirium gefallen? Hatte er noch etwas gesagt? Ich versuchte, ihm zuzuhören und seine Fragen zu beantworten, doch während er sprach, ließ ich den Blick durch das Zimmer schweifen. Als ich Franz wieder anblickte, erwartete er meine Antwort auf eine Frage, die mir völlig entgangen war.

»Gustav ist weggelaufen«, sagte ich.

»Wahrscheinlich hat er das Bedürfnis, allein zu sein«, sagte Franz. Er berührte meine Hand. »Ist sicher das Beste für ihn, bestimmt. Aber du, du siehst so aus, als könntest du was zu trinken vertragen. Selbst deine Knochen sind kalt.«

»Mir geht's gut«, sagte ich und schob seine Hand weg. »Um Gustav mache ich mir Sorgen.«

»Diese Grabrede war ein wenig … verrückt. Aber der fängt sich schon wieder.«

Ich gestattete Franz, mir eine Tasse Glühwein zu bringen, doch während ich ihn trank, dachte ich an Gustav. Natürlich wusste ich, wo er war. Stimmte das? War es wirklich besser für ihn, allein zu sein? Mein Instinkt verneinte, doch ich war mir nicht sicher, ob ich es war, die er brauchte. Aber wen sonst? Ich holte meinen Mantel und schlüpfte aus der Tür. Draußen standen Droschken, und ich winkte eine heran. Die Fahrt dauerte endlos; zitternd drückte ich mich in die billige Seidenpolsterung und wünschte mir, ich hätte an meine Handschuhe gedacht.

Das Tor zum Atelier stand offen, und die beiden Katzen kauerten zusammen auf den Eingangsstufen. Ich nahm sie hoch und trug sie wie Brotlaibe unter den Armen.

In der Diele war es schummrig düster. Die Jalousien waren geschlossen, die Lampen aus. Ich setzte die Katzen ab, und sie huschten davon. Im Atelier brannte kein Feuer, und drinnen war es fast so kalt wie draußen. Gustav hockte vorgebeugt auf einem Schemel und starrte auf die Staffelei. Er hatte den Anzug abgelegt und war in seinen Malerkittel geschlüpft. Socken, Gamaschen, Kragen und sogar die Schuhe lagen über den Boden verstreut, als wäre gerade eine leidenschaftliche Affäre im Gange, doch er war allein. Auf der Staffelei stand ein Porträt von Helene in einem weißen Kleid auf einem azurblauen Sofa.

»So ein gutes Gemälde, das unvollendet bleibt«, sagte Gustav, ohne aufzusehen. Ich ging nicht näher heran.

»Du könntest es fertig stellen«, sagte ich.

»Das wäre so, als würde ich mit der Geliebten eines anderen schlafen«, sagte er. Ich sah, dass er ein Palettenmesser in der Hand hielt. »Am Tag seiner Beerdigung.«

»Willst du dich nicht wieder anziehen und nach Hause zurückkommen?«, fragte ich langsam und betont, als spräche ich mit einem Kind.

»Sei still«, sagte er. »Ich höre gerade dem Gemälde zu.«

»Soll ich wieder gehen?«, fragte ich.

»Mir egal«, sagte er, ohne die Augen von der Leinwand zu wenden. Ich nahm das als ein positives Zeichen, ging zu ihm hinüber und stellte mich hinter ihn, um Ernsts Bild zu betrachten. Helene sah sehr weich und heiter aus. Ausgestreckt auf einer Récamiere, blickte sie den Betrachter direkt an, doch alles war ein wenig verschwommen, wie bei Kerzenlicht. Hinter ihr befand sich ein schwarzgrauer chinesischer Wandschirm. Ich erkannte, dass es der von Berta Zuckerkandl war.

»Ich wusste gar nicht, dass er Whistler mochte«, sagte ich.

»Er hat Whistler gehasst«, erwiderte Gustav. »Es war für deine Mutter. Sieh nur, wie widerwärtig viel versprechend das verdammte Ding trotzdem ist.«

»Er wusste nicht, dass er bald stirbt«, sagte ich.

»Wir sterben alle«, sagte er. »Welches Recht hat irgendeiner von uns, viel versprechend zu sein? Welches Recht hatte er, das hier zu malen?«

»Irgendetwas musste er schließlich malen«, sagte ich.

»Nein, musste er nicht«, entgegnete er. »Er hätte sich eine Stelle bei einer Bank suchen und lange in blühender Gesundheit leben können.«

»Er hätte genauso jung sterben können, wenn er in einer Bank gearbeitet hätte«, sagte ich. »Die Kunst hat ihn jedenfalls nicht umgebracht.«

»Nein, ich«, sagte er. »Er ist nur an die Akademie gegangen, weil ich es getan habe.«

»Und ist geblieben, weil er bleiben wollte. Und inwiefern hat er sich den Scharlach in der Akademie eingefangen?«

»Die vielen Stunden, die er in schlecht geheizten Räumen gestanden hat. Er hatte nicht die Konstitution dafür.«

»Deine Mutter hat nach dir gefragt«, sagte ich. »Ich wusste nicht, was ich ihr sagen sollte.« Ich war bemüht, die Unterhaltung in vernünftigere Bahnen zu lenken, doch ich fragte mich, wieso. Wieso sollte er seine Gedanken mir zuliebe zensieren? Und was war an seiner Trauer so beängstigend, dass ich sie unterdrücken wollte?

»Ich wünschte, *sie* wäre gestorben, die Hure«, sagte er. »Er hatte seine Konstitution ihr zu verdanken. Ihr und den rattenverseuchten Löchern, in denen er als Kind leben musste. Und dem ewigen Hungern.« Er vergrub sein Gesicht.

Ruhig und sanft streckte ich die Arme aus, um seine Schultern zu berühren. Behutsam legte ich die Hände darauf, als wäre er eine wertvolle Skulptur. Ich versuchte, mein Mitgefühl und meine Liebe in diese Berührung zu legen, doch es war mir wohl nicht ganz gelungen, denn er schüttelte mich ab, zog den Arm zurück und schlitzte mit einer einzigen wütenden, energischen Bewegung die Leinwand diagonal, von links nach rechts, von einer Holzstütze zur anderen, auf.

Es war, als sei plötzlich alle Luft aus dem Raum gewichen. Mir stockte der Atem. Wenn Gustav ein Kunstwerk, irgendein Kunstwerk, geschweige denn eins von Ernst, zerstören konnte, dann war er zu allem fähig. Er konnte sich umbringen oder mich oder sonst jemanden. Bei dem Gedanken wurde mir übel. Ich fühlte mich schwach, zu schwach, um mich ihm zu widersetzen, doch ich musste es tun.

Ich packte ihn am Arm und entwand ihm das Messer. Hätte er sich gewehrt, wären wir wohl beide aufgeschlitzt worden wie Melonen, doch er wehrte sich nicht. Ich schleuderte es so weit weg, wie ich nur konnte. Es landete in der Nähe des Kamins.

Helenes Gesicht war entzweigerissen. Fast rechnete ich damit, dass Blut austrat. Der noch unbemalte Teil der Leinwand hing lose und verloren herunter, während sich die andere Seite steif und trotzig nach oben einrollte. Wir standen da und starrten auf das verstümmelte Bild.

»Wahrscheinlich können wir es reparieren«, sagte ich nach einer Weile.

»Schaff das hier raus«, sagte er. »Ich kann es nicht mehr sehen.« Als ich es von der Staffelei nahm, warf ich einen kurzen Blick auf sein Gesicht, das zwar schmerzverzerrt, doch trocken war. Ich lehnte die ruinierte Leinwand mit der Vorderseite an die Wand wie ein Kind, das man zur Strafe in die Ecke stellt. Dann kehrte ich zu Gustav zurück.

»Verbrenn es«, sagte er. »Wenn ich mal nicht hier bin.«

Jetzt gab es nichts mehr außer mir, das er ansehen konnte, und es gab nichts mehr außer ihm, das ich ansehen konnte. Aus mehreren Gründen hatte ich Angst, ihm zu nahe zu kommen. Mir war nur allzu bewusst, dass er unter dem Kittel nackt war.

»Zieh dir wenigstens die Schuhe an«, sagte ich.

Er stürzte sich auf mich und packte mich an der Taille. Instinktiv riss ich mich los. Er fiel auf die Knie und weinte in mein Kleid. Jetzt war meine Angst verflogen. Es war, als tröstete ich meine Schwester oder das Baby; es bedurfte derselben Zärtlichkeit, derselben besänftigenden Laute.

»Schon gut«, sagte ich. »Schon gut.« Er hatte ein paar Sommersprossen auf dem Scheitel, da, wo das Haar ausdünnte. Ich streichelte ihm den Nacken.

»Wieso hab nicht ich Scharlach bekommen?«, fragte er. Seine Stimme klang heiser und belegt. »Wieso bin nicht ich gestorben?«

Was sollte ich darauf erwidern? Sollte ich den Ton eines Pfarrers anschlagen und ihm sagen, Gottes Barmherzigkeit sei groß, doch unergründlich? Oder den eines Intellektuellen und erklären, Gott sei tot?

»Ich weiß es nicht«, sagte ich, »aber dem Himmel sei Dank, dass nicht du gestorben bist. Ich hätte dir folgen müssen.« Ich konnte das nicht so inbrünstig sagen, wie ich es empfand, und so sagte ich es leichthin, als machte ich einen Witz.

Seine Augen waren wie bei einer Ikone geweitet und schwarz und opak. Darin lag nicht ein Funken Schalk, Ausdruckskraft oder Wissbegier.

»Du würdest mir folgen?«

»So wie Orpheus in den Hades, um Eurydike zurückzuholen«, sagte ich.

»Hades«, sagte er traurig. »Da komme ich vermutlich mal hin, falls es einen Gott gibt. Und falls nicht, dann komme ich in dasselbe ewige Nichts, wo alle hingehen, was eigentlich nicht viel besser ist.«

»Du gehst nirgendwohin«, erklärte ich. »Ich brauche dich.«

Er stand auf. Ich war nicht sicher, ob er mich schlagen oder mich in die Wange beißen würde; an diesem Tag war alles möglich; doch er küsste mich, linkisch, indem er seine geschlossenen Lippen an meine drückte, als wären sie ein Stück überreifes Obst, von dem er nicht sicher sein konnte, ob es schon verdorben war. Ich wusste nicht, was von mir erwartet wurde, was er von mir brauchte. Ich erwiderte seinen Kuss, doch sacht, so wie ich meine Nichte küsste oder ein Kätzchen, das ich in einer Gasse aufgelesen hatte. Sein Gesicht schmeckte salzig.

»Nein«, sagte er, »nicht so.« Er schien über meinen Fehler verärgert zu sein und packte mich bei den Schultern. Vom Druck seiner Finger schmerzten meine Oberarme. Ich würde blaue Flecken bekommen, Daumenabdrücke so dunkel wie Pflaumen. Als er mich küsste, atmete er seine Hoffnungslosigkeit und Verzweiflung in mich hinein.

»Gustav«, sagte ich und versuchte, ihn zurückzuschieben. »Das willst du doch gar nicht.«

»Das hab ich schon immer tun wollen. Und was hat mich davon abgehalten? Der Anstand? Respekt, Selbstbeherrschung, Ehrgefühl? Sie ist noch ein kleines Mädchen, hab ich mir gesagt, ich kenne ihre Eltern, ich kann ihr Vertrauen nicht missbrauchen. Und dann, als du kein kleines Mädchen mehr warst, hab ich mir gesagt, sie gehört zu einer anderen Gesellschaftsschicht, es ist ihr bestimmt, jemand anderen zu heiraten, und ich kann nicht ihre Zukunft ruinieren. Aber was zählt das alles jetzt noch für mich? Was zählt das für dich?«

Ich war nicht sicher, was für mich zählte. Manchmal dachte ich immer noch, ich würde eine gute Partie machen, Kinder bekommen, all die vorhersehbaren Dinge tun. Doch jeder Gedanke an ein Heim, eine Familie, eine Ehe schwand, als er mich berührte.

Es gab nichts mehr zu sagen. Er schob mich rückwärts zum Podest, riss mir Mantel und Hut herunter und warf beides zu Boden. Einen Moment lang dachte ich an Staub und Bleistiftspäne, vergaß sie aber, als er mir die Jacke aufknöpfte und an meiner Bluse zerrte.

Ich hatte mir diesen Moment wohl hundertmal ausgemalt. Es war im alten Atelier passiert, im Haus seiner Mutter, bei mir daheim, in einer Gondel in Venedig und auf dem Rücken eines Elefanten in Belgisch-Kongo. In meiner Phantasie folgte unser Liebesspiel einer exquisiten Choreographie und war von ruhigen, bewusst gewählten Worten begleitet. Es erinnerte an eine Bernini-Skulptur, die ich einmal im Kunsthistorischen Museum gesehen hatte: kühl und glatt wie Marmor, die Gliedmaßen perfekt gesetzt. Ich hatte nicht damit gerechnet, dass es so hässlich sein würde, so verworren, dass er mir mit dem Ellbogen die Finger zerquetschte, dass sich mein Haar in einer meiner Ösen verfing, dass es eher wie eine Krankheit war, etwas Dunkles, Unersättliches, und nicht wie eine Skulptur oder ein Theaterstück.

Ich glaubte, er müsse enttäuscht sein, wenn er mich sah. Er hatte schon die Körper so vieler Frauen betrachtet, die von Berufs wegen schön sein mussten. Ich war dicker und weicher als Minna und hatte mehr Sommersprossen als Helga. Am Oberschenkel hatte ich, weil ich gegen einen Tisch gestoßen war, einen gelb verblassten Bluterguss und an der linken Brustwarze ein Muttermal. Jemand anders mochte nicht so genau hinsehen, nicht jede Unvollkommenheit bemerken, aber er ganz bestimmt, selbst in dem trüben Licht. Ihm würde nichts entgehen, und so schloss ich die Augen, als er mich betrachtete, um nicht seinen Ausdruck zu sehen.

Er bewegte sich schnell, strich über meinen Körper, als machte er das Bett. Seine Hände waren an meinen Wangen, legten sich um meinen Hals, drückten meine Brüste. Ich dachte, mir bliebe der Atem weg, doch er verweilte einen Moment, bevor er zu meiner Taille und meinem Bauch hinunterglitt. Dann war seine Hand in mir, und als er aufhörte, gab ich einen Schrei von mir, doch er drehte mich um und erforschte mich auch von hinten, indem er mit den Fingern mein Rückgrat herunterstrich. Auf einmal waren seine Hände verschwunden, und ich hörte, wie er aus seinem Kittel schlüpfte.

Dann fing es an, und ich konnte nichts sehen, nur seine fiebrige Haut, sein Gewicht auf mir fühlen, einen tiefen Schmerz, ein Reißen und das rhythmische Schlagen meiner Stirn gegen den Boden. Ich legte eine Hand darunter, um sie zu polstern, doch er nahm sie und schob sie unter mich.

»Berühr dich«, sagte er. »Da, wo ich es getan habe. Es wird sich gut anfühlen.« Natürlich war es eine schreckliche Sünde, sich selbst zu berühren, aber nicht schrecklicher als das, was ich ohnehin schon tat, und so wäre es unsinnig gewesen, sich zu weigern. Er hatte Recht. Augenblicklich war mein Unterkörper wie gelähmt. Alles wurde taub, doch zugleich ging eine elektrische Ladung durch mich hindurch, als wäre ich vom Blitz getroffen worden. In einem letzten Stoß, der beinahe mein Inneres zerspringen ließ, bäumte sich Gustavs ganzer Körper auf und schüttelte sich; danach lag er zusammengesackt auf mir.

Jetzt hätte ich eigentlich heulen müssen, das war das, was sie in all den Romanen taten, doch meine Augen waren knochentrocken. Ich fühlte mich ausgeweidet, entgrätet wie eine Forelle. Da, wo sein Bart gerieben hatte, brannte mir die Haut. Ich sah zu der zerstörten Leinwand hinüber. Einer der Fetzen lag, die bemalte Seite nach oben, auf dem Boden, und ein kobaltblaues Auge meiner Schwester starrte mich durch den Raum hindurch an. Gustav glitt aus mir heraus und drehte sich auf den Rücken.

Ich musste geschlafen haben, denn als ich die Augen öffnete, lag eine Decke auf mir, und Gustav saß mit verschränkten Beinen neben mir und streichelte meinen Arm.

»Alles in Ordnung?«, fragte er.

»Ich bin doch nicht krank«, sagte ich, auch wenn ich anfing, mich so zu fühlen, als mir dämmerte, wie ungeheuerlich ich gehandelt hatte.

»Du weißt, was du tun musst?«, fragte er. Ich wusste, was er meinte, und wandte mich schamhaft ab.

»Um eine Schwangerschaft zu verhüten«, sagte er. Er wollte mir den Kniff von Huren verraten.

»Das ist sehr wichtig. Wenn du nach Hause kommst, musst du eine Flasche mit Essig füllen und dich damit innen spülen. Und morgen tust du es noch mal. Verstehst du?«

Ich nickte stumm, und er tätschelte mir durch die Decke den Rücken, als sprächen wir über ein Telegramm, das ich an Franz schicken, oder einen Kuchen, den ich in der Bäckerei bestellen sollte.

»Ich mach Feuer, und wir können ein Weilchen zusammensitzen, bevor wir uns anziehen.«

Er stand auf und ging nackt zum Kamin. Ich konnte nicht anders, als ihn anzusehen; immerhin hatte er mich genau betrachtet, während ich kaum einen Blick auf ihn geworfen hatte. Er fing an, um die Mitte schwer zu werden, nicht unförmig oder dick, aber fest, wie ein Stammesoberhaupt, das die besten Stücke der Beute bekommt. Auf seiner Brust mischten sich graue Haare in die dunklen. Sein Penis baumelte zwischen seinen Schenkeln, nunmehr klein und zart, rosig und unschuldig wie ein neugeborener Welpe.

Er kam zum Podest zurück und setzte sich mit dem Rücken zu mir. Ich hatte Angst, ihn zu berühren.

»Es tut mir Leid«, sagte er. »Es war Wahnsinn, was ich getan habe. Bitte verzeih mir.«

»Es war Kummer«, sagte ich. »Aber es soll dir nicht Leid tun.«

»Es ändert nichts zwischen uns«, sagte er. Ich war nicht sicher, ob das als Trost oder als Warnung zu verstehen war.

»Nein«, sagte ich.

Zwölf

Wie hätten wir danach mit dem Zeichenunterricht weitermachen können, als wäre nichts geschehen? Das war unmöglich. Ich hatte die Schule beendet, und Gustav war äußerst beschäftigt. In meiner Ausbildung war ich weit genug fortgeschritten, um selbstständig zu zeichnen. Genauso undenkbar war es aber auch, uns nicht zu sehen, und zusammen fanden wir eine Lösung: Wir würden gemeinsam Französischunterricht nehmen. Gustav machte sich Sorgen, sein schlechtes Französisch würde ihm das Reisen, seine Korrespondenz mit französischen Künstlern und seine Arbeit in Belgien erschweren. Mein Französisch war leidlich, doch ich war mit meiner Aussprache unzufrieden. Und so gingen wir einmal wöchentlich zu Madame Czerny in der Kärnerstraße. Danach besuchten wir für ein paar Stunden ein Kaffeehaus, und Gustav sprach über seine Arbeit.

Er tat so, als wäre nichts gewesen, und kehrte zur alten Rollenverteilung zurück – Bruder und Schwester, Onkel und Nichte, Lehrer und Schülerin –, und ich versuchte, so zu tun, als entspräche das auch meinen Wünschen. Es schien, als wäre die Trauer für ihn wie ein Opiat, und jetzt, wo die Wirkung ein wenig nachgelassen hatte, redete er sich ein, er könne alles auf die Droge schieben.

Ich wollte, ich könnte sagen, es fiele mir leicht, das zu akzeptieren, aber das wäre natürlich gelogen, denn dabei vergesse ich, wie er mir Nacht für Nacht im Traum erschien, so deutlich wie im wirklichen Leben: roter Kittel, dicke Finger, einen Klecks Titanweiß im Nacken. Nacht für Nacht suchte er mich heim. Er malte im Atelier mit dem Rücken zu mir. Ich sagte etwas zu ihm, und er antwortete nicht. Er malte einfach weiter. Manchmal stand ich auch am Fenster in der Wohnung und wartete auf ihn. Er kam nicht zur verabredeten Zeit. Sehnsüchtig beobachtete ich die Straße unter mir. Ich dachte daran, ein Telegramm zu schicken. Es passte nicht zu ihm, mir nicht Bescheid zu geben, wenn ihm etwas dazwischenkam. Und dann sah ich ihn, wie er dort unten inmitten einer Zirkusmenagerie von Modellen und Prostituierten und Wäscherinnen einherstolzierte. Sie waren in jedem nur denkbaren Stil gekleidet – mit Rüschen und Volants, mit Schleppen, Keulen- und Fledermausärmeln, Unterröcken und allem, was man sich an Zierrat und Stoffverschwendung nur denken konnte. Sie hielten seine Hand, zupften ihm am Mantel, lehnten sich an seine Schulter. Sie lachten mit geschminkten Lippen. Ich rief ihn. Für einen Moment schaute er hoch und sah mich. Er winkte. Und dann ging er weiter. Immer und immer wieder träumte ich, wie er mich auf hunderterlei verschiedene Weise zurückstieß. Jedes Mal wachte ich erschrocken auf und sah, dass die Tränen, die ich mir im Wachen nicht erlaubte, im Schlaf mein Kopfkissen durchweicht hatten.

Nach dem, was geschehen war, hätte ich eigentlich noch mehr auf die Regeln der Schicklichkeit achten müssen, doch die Scheinheiligkeit des Ganzen erschöpfte meine Geduld. Wenn die Leute über uns flüsterten, sagten sie nur, was Tatsache war; wieso dann so tun als ob?

Nach Ernsts Tod war Gustav noch weniger bereit, sich den Regeln einer erfolgreichen Karriere als Akademiekünstler zu beugen; was von ihm erwartet wurde, langweilte ihn. Seinen konventionelleren Auftraggebern legte er eine fast rücksichtslose Gleichgültigkeit an den Tag, was auch für das Erziehungsministerium galt. Zugleich hatte er den Wunsch, zu gefallen, gelobt und gefeiert zu werden, noch nicht ganz überwunden. Er fürchtete, das vom Ministerium eingesetzte Gremium könnte seine Zeichnungen missbilligen. Meine Aufgabe war es für gewöhnlich, mir seine Sorgen anzuhören und ihn zu beruhigen.

»Sie haben dich genommen, oder etwa nicht?«, sagte ich eines Tages im Café Sperl. Ich schob mir ein Stück Marzipan in den Mund und ließ es auf der Zunge zergehen.

»Jodl schwebt etwas in der Art von Raffaels Schule von Athen vor«, stöhnte Gustav. »Der wird besonders gnadenlos sein.« Wir schrieben die Namen der Ausschussmitglieder auf eine feuchte Serviette. Gerade als wir dabei waren, sie in eine Rangordnung zu bringen – vom größten Befürworter zum kritischsten Gegner –, flog die Tür zum Café auf, und der kalte Luftzug blies einen dünnen Mann mit steifem, aufgezwirbeltem Schnurrbart herein. Er schaute sich suchend um und kam, als er Gustav entdeckte, mit einer kleinen Verbeugung zu unserem Tisch.

»Also, Herr Klimt«, sagte der Mann. Er winkte uns mit einer Ausgabe der Zeitung *Neue Freie Presse* zu, als sei damit alles gesagt.

»Herr Hoffmann, Emilie Flöge, eine gute Freundin. Emilie, darf ich dir den Architekten Josef Hoffmann vorstellen? Er arbeitet mit Otto Wagner zusammen.«

»Dem großen Otto Wagner«, korrigierte Hoffmann, »und ich arbeite nur *für* ihn, auch wenn ich hoffe, eines Tages sagen zu können, ich arbeite *mit* ihm. Leider muss ich gestehen, dass der Tag noch in weiter Ferne zu liegen scheint. Darf ich mich setzen?« Ohne die Antwort abzuwarten, ließ er sich auf einem der schmiedeeisernen Stühle nieder und winkte einen Kellner heran. »Einen Mokka«, sagte er. »Mit drei Stückerl Zucker und extra Schlagobers. Und ein Stück von der Torte, die die junge Dame hat. – Ich hab die Konstitution eines Kolibris«, erklärte er uns. »Ich muss unentwegt essen, damit ich überhaupt noch etwas Fleisch auf den Rippen habe. Also, worüber ich mit dir reden wollte, Gustav. Diese letzte Sitzung, als die Vertreter des Ministeriums nichts davon wissen wollten, ein paar Werke der Nabis nach Wien zu holen.« Er schwieg, um Atem zu holen. »Wie fandest du das?«

»In meinen Augen war es noch schlimmer, dass sie keine Ausstellung jüngerer Künstler unterstützen wollten«, sagte Gustav. »Wien ist schon rückständig genug; jetzt handelt es sich allmählich den Ruf ein, künstlerfeindlich gesinnt zu sein.«

»Genau«, sagte Hoffmann. »Das Letzte, was wir uns wünschen können; die wirklichen Talente werden alle abwandern, nach Paris oder Berlin. Das Künstlerhaus ist im Aussterben begriffen, und wieso auch nicht? Fünfzig Jahre lang wurde es von denselben weißhaarigen Männern geführt! Das letzte französische Gemälde, das sie sich angesehen haben, war ein Bouguereau. Und die halten sich immer noch für Avantgarde!« Der Kellner brachte den Mokka und die Torte, die er in großen Happen verdrückte und mit schlürfenden Schlucken hinunterspülte.

Schon seit einer Weile behandelte mich Gustav als intellektuell ebenbürtig, und so scheute ich mich nicht, meine Meinung zu äußern. »Wieso setzen Sie die nicht ab, diese alten Männer?«, fragte ich.

»So einfach geht das nicht«, sagte Hoffmann und warf Gustav einen überraschten Blick zu. »Sie sind in ihre Ämter gewählt. Die nächste Wahl ist erst in zwei Jahren.«

»Wenn Sie genügend Leute hinter sich bringen, können

Sie einen Umsturz versuchen«, sagte ich. Beide Männer starrten mich halb irritiert, halb bewundernd an. »Wieso nicht?«, fügte ich hinzu.

»Sie haben mir nicht verraten, dass Ihre junge Freundin eine Revolutionärin ist«, sagte Hoffmann lachend. »Sie ist vom richtigen Schlag.«

»Ein paar von uns treffen sich unabhängig vom Künstlerhaus«, sagte Gustav. »Moll, ich, noch ein paar Leute. Sie sollten auch dazukommen.«

»Da sind Sie mir schon einen Schritt voraus«, sagte Hoffmann. »Ich wollte Sie nämlich fragen, ob Sie nicht ein paar Leute zusammentrommeln möchten. Ich würde gerne mitmachen, und ich werde Olbrich fragen, ob er auch kommt. Ich denke, er hat ein paar gute Ideen beizusteuern.«

Als sein Teller genauso leer war wie meiner, trank er seine Tasse aus und stand auf. »Ich hab einen Termin mit einem Bautrupp drüben am Naschmarkt, wo wir ein Wohngebäude errichten. Ziemlich fad – ständig erzählen sie mir, das, was ich mir vorstelle, sei nicht zu machen.« Er winkte noch einmal und verschwand. Eine Weile blieben wir sitzen und verschnauften.

»Gut gemacht, Emilie«, sagte Gustav. »Ich hab Hoffmann noch nie so verblüfft gesehen. Du bist ganz schön provokant geworden.«

Ich fragte ihn, ob ich auch zu dem Treffen mitkommen könne, doch Gustav verneinte – er befürchte, dass ich, noch ehe der Abend zu Ende ging, die Führung übernommen hätte. Es war ein liebevoller Witz, und ich lächelte. Doch was er eigentlich meinte, war, dass ich ein Mädchen und keine Künstlerin, keine richtige Künstlerin war. Ich war eine Dilettantin, die hübsche Zeichnungen machte. Als solche war ich nicht geladen.

Ich brauchte eine Woche und zwei Stück Karamelltorte, um Gustav zu vergeben. Heute schäme ich mich dafür, dass er so billig davongekommen ist. Gustav wusste, dass ein niedergeschlagener Blick, bedrückte *mea-culpa*-Bekundungen und der wohldosierte Einsatz von Kakao und Zucker unweigerlich mein Herz erweichten. Dann begab er sich auf eine Italienreise. Er war mehrere Monate weg, schrieb mir aber ständig Postkarten, manchmal fünf oder sechs am Tag. Das Wetter war schrecklich in Italien: infernalisch heiß und trocken. Es reizte seine Lunge. Das Brot war ausgezeichnet, doch die Süßwaren ließen zu wünschen übrig. Er mochte keinen Ricotta-Käse. Die Kunst war schön, sagte er, doch er konnte es nicht abwarten, endlich wieder nach Wien zu kommen.

Einen Tag nach seiner Rückkehr wollten wir in die Oper gehen. Wir hatten sehr gute Plätze, und sie gaben *La Traviata*, eine meiner Lieblingsopern. Doch am Nachmittag kam eine Karte aus dem Atelier, in der er mir mitteilte, er hätte gerade eine so schöpferische Phase, dass er bleiben müsse. Das war typisch für ihn; ich war zwar enttäuscht, aber nicht überrascht. Ich ging stattdessen mit Pauline und zwei ihrer Freundinnen.

Obwohl ich nicht besonders gut spielte oder sang, hatte ich doch wie jede Wienerin eine Passion für die Oper. Das Opernhaus war brandneu und erstrahlte in der üppigen Goldbemalung. Der gemeißelte Dekor war so komplex, dass ich mir bei jedem Besuch eine Säule oder ein Deckengemälde aussuchte, um sie in der Pause zu studieren. Die Oper war ein Ereignis, und ich genoss es in vollen Zügen, mit der Hand über den kühlen gelben Marmor des großartigen Stiegenhauses zu streichen, die mit rotem Samt beschlagene Tür zu unserer Loge zu öffnen und meinen Umhang im Vestibül aufzuhängen; über die Menschenmenge zu blicken, um bekannte Gesichter aus den Zeitungen zu entdecken; vom Balkon aus über die Stadt zu schauen und dann wieder durch mein Perlmutt-Opernglas – ein Geschenk meiner Eltern zu meinem letzten Geburtstag – auf die drinnen versammelten Menschen.

Kaum saß ich auf meinem Platz, überflog ich aufgeregt das Programm, um zu sehen, wer spielte. In dem Moment flüsterte mir Katharina zu meiner Linken etwas ins Ohr.

»Ist das da drüben nicht Klimt?«, zischte sie. Ich drehte mein Opernglas in die Richtung, in die sie gezeigt hatte. Gustav saß mit einer jungen Frau mit einem sehr großen, sehr hässlichen Tüllhut in einer Loge. Sie hob das Kinn und lachte über etwas, das Gustav sagte. In dem Licht, das sich in ihrem glänzenden Haar fing, funkelte sie wie ein Christbaumschmuck. Ihr Spitzenkleid war sehr eng anliegend. Sie schaute auf und hielt inne, als würde sie mich erkennen. Eine Sekunde lang war ich von einem durchdringenden, ganz und gar boshaften Blick wie geblendet.

»Wer ist die Frau bei ihm?«, fragte mich jemand. »Sie sieht umwerfend aus.«

»Ich weiß nicht«, erwiderte ich tonlos.

»Das ist Alma Schindler«, sagte Katharina.

»Du kennst sie?«

»Nicht persönlich, aber sie ist derzeit Stadtgespräch.«

»Was hat sie denn getan?«, fragte Pauline, weil ich schlecht danach fragen konnte.

»Im Wesentlichen, was auch Klimt getan hat. Ihr wisst nichts davon? Seltsam, wo ihr doch so eng mit ihm seid.«

»Vielleicht war es ihm peinlich, es uns zu erzählen«, sagte Pauline. »Es klingt nach Skandal.«

»Und ob«, sagte Katharina, die offenbar ihre Rolle als Geschichtenerzählerin genoss. »Er ist ihr gegen den Wunsch ihrer Familie nach Italien gefolgt und hat ihr auf den Stufen irgendeiner Kirche seine Liebe gestanden. Sicher wäre er mit ihr durchgebrannt, hätte nicht ihr Stiefvater der Sache ein Ende gesetzt. Er hat ihnen ausdrücklich verboten, sich zu sehen. Ist das nicht romantisch?«

Mahler war eingetreten, und alle applaudierten. Ich fühlte, wie meine Schwester meine Hand nahm.

»Ich hab gehört, sie hätten sich verlobt«, sagte das Mädchen rechts von mir. »Vielleicht müssen sie durchbrennen. Vielleicht zwingt sie der Skandal dazu, Wien zu verlassen und im Ausland zu leben.«

Während des ersten Akts bekam ich kaum etwas von der Musik mit. Ich zupfte mir sämtliche Spitzenvolants am linken Ärmel ab, bis ich nur noch eine Kugel Seidengarn im Schoß hielt. Ich versuchte mir einzureden, es stünde Gustav frei, sich zu verlieben, in wen er wollte. Was zwischen uns geschehen war, hätte nicht passieren sollen, es war eine Verirrung gewesen, ein Traum. Die Oper war ein Kaleidoskop, ineinander verschwimmende Farbsplitter. Immer wieder wanderten meine Augen zu der Loge mir gegenüber. Alma Schindler. Ich fing mit dem anderen Ärmel an.

In der Pause führte ich Pauline ins Foyer, um frische Luft zu schnappen. Ich hatte mir eins der Fresken im Salon ansehen wollen, doch jetzt konnte ich das nicht mehr. Ich konnte nicht einmal richtig atmen. Am liebsten hätte ich mich auf den Balkonsims gestellt und wäre weggeflogen. Pauline musste meine Gedanken erahnt haben, denn sie hielt mein Handgelenk so fest, dass es brannte.

Auf der Treppe liefen wir Gustav über den Weg. Er holte gerade seiner Begleiterin, die in der Loge wartete, etwas zu trinken.

»Fräulein Schindler schreibt an einer Oper, die auf Nietzsches Schriften basiert«, sagte er und lächelte nervös.

»Sie will, dass ich das Bühnenbild und die Kostüme entwerfe.«

»Dann betreibst du also gerade Recherche«, sagte Pauline.

»Ja«, erwiderte er in neutralem Ton.

»Also, dann wollen wir dich nicht aufhalten.« Pauline nickte ihm zu und führte mich zur Terrasse hinaus.

»Was willst du jetzt machen?«, fragte sie. »Möchtest du gehen?« Ich konnte nur nicken. Sie ließ mich stehen und ging in unsere Loge zurück, um unsere Mäntel zu holen. Sie erklärte ihren Freundinnen, ich fühle mich nicht gut, und falls sie unter sich viel sagende Blicke wechselten, erzählte sie es mir nicht. Wir warteten auf der Terrasse, bis die Lampen im Haus erloschen, und schlüpften durchs leere Foyer nach draußen. Während der Droschkenfahrt nach Hause starrte ich, in Gedanken versunken, blind aus dem Fenster.

Pauline hatte also am Ende Recht behalten. Ich liebte ihn. Ich wehrte mich dagegen; ich wollte jemanden lieben, der in meinem Alter war, jemand Schüchternes und Ernstes, der mir Blumen schickte und versuchte, sich bei meinem Vater einzuschmeicheln, und nicht einen alten Libertin, jemanden, der mich zu einem kinderlosen Leben als alte Jungfer verdammte. Hatte Gustav nicht gesagt, ich sei dafür zu vernünftig?

Pauline, stellte ich dankbar fest, zeigte keinerlei Schadenfreude, sondern führte mich nach oben und brachte mich ins Bett. Sie massierte mir den Rücken, bis ich einschlief, und stand am Morgen früh auf, um mir Zimtbrot zu backen. Sie brachte mir Zeitschriften und Kirschen in Schokoladenguss und einen Strauß Schwertlilien, als wäre ich eine Invalide.

Dreizehn

Eine Zeit lang mied ich Gustav. Ich konnte nicht anders; ich hätte seine Nähe nicht ertragen. Aber er kam damit nicht zurecht. Er schrieb mir schmeichelnde Grüße, entschuldigte sich für seine Lüge. Er katzbuckelte. Wenn ich ihn doch einmal traf, hatte er stets ein Geschenk für mich – eine mährische Volkstrachtenpuppe, eine Schachtel Schokoladetrüffel, ein Silberarmband. Je empörter ich ihn ansah, desto mehr legte er sich ins Zeug.

Für Alma allerdings entschuldigte er sich nie.

Langsam schmolz bei mir das Eis. Ich konnte wohl nichts dagegen tun. Ich fand seine Kapriolen charmant, sein flehentliches Lächeln unwiderstehlich. Ohne ihn zogen sich meine Tage öde und leer zwischen Einkaufen und Staubwischen dahin. Abends lernte ich Französisch oder zeichnete meine Eltern beim Lesen. Ihm zu vergeben bedeutete die Rückkehr in Kaffeehäuser, zu Gesellschaften, zu Diskussionen mit Künstlern und zu langen Spaziergängen im Volksgarten. Ist es da ein Wunder, dass ich nachgab?

Im folgenden Frühjahr verkündete Gustav dem Künstlerhaus, er habe eine neue Künstlergruppe gebildet, deren Ziel es sei, das Niveau der Kunst in Österreich zu heben. Die älteren Mitglieder des Künstlerhauses nahmen die Nachricht nicht eben freundlich auf. Bei einer kontroversen Versammlung verließ Gustav den Raum, und seine Gefolgschaft tat es ihm gleich. Einige Tage später trat er ganz aus dem Künstlerhaus aus. Er nannte seine neue Gruppe Secession und wurde zu deren Präsident gewählt. Die Mitglieder nahmen sich andere rebellische Künstlerbewegungen wie etwa die Präraffaeliten zum Vorbild. Eine Zeitschrift sollte herausgegeben werden, die sie *Ver Sacrum* nannten, und eine eigene Galerie eröffnet werden, in der sie nicht nur ihre eigene Kunst, sondern auch Wanderausstellungen von anderen Künstlern zeigen wollten.

Berta Zuckerkandl lud zur Gründungsfeier ein, und Gustav bat mich, ihn zu begleiten. Auch wenn ich unbedingt hingehen wollte, war es doch nervenaufreibender, als vor Gericht erscheinen zu müssen.

Unter den Musikern, Schriftstellern und besonders den Künstlern Wiens waren Berta Zuckerkandls Sonntagabend-Versammlungen berühmt. Wenn man jung und ehrgeizig war, bedeutete eine Einladung oft den ersten großen Auftrag, sofern man sich auch auszudrücken verstand und nicht allzu abgerissen herumlief. Die Wohnung war luxuriös genug, um die Tochter eines Fabrikbesitzers einzuschüchtern. In dieser Umgebung konnte man vergessen, dass es so schnöde Dinge wie Rechnungen gab. Die Wände des Gesellschaftszimmers waren voller Gemälde: ein Porträt von Whistler, zwei holländische Blumen-Stillleben in Chiaroscuro, ein Karton von Rubens, Zeichnungen von Delacroix. Erst später erfuhr ich, dass dies nur ein Bruchteil ihres Besitzes war; ihr Gesellschaftszimmer war eine Wechselausstellung, ein Spiegel ihrer Stimmungen. In den Ecken standen Brokatsessel und Sofas. Unter einem mächtigen Kandelaber wanden sich komplizierte Muster im Parkett. Wenn die schweren Gardinen zurückgezogen waren, gaben sie den Blick über den Ring bis zum Rathaus frei, das phosphorgrün schimmerte. Die Lichter der Häuser waren wie Glitzer in das Dunkel eingestreut.

Berta Zuckerkandl war eine imposante Erscheinung in unbestimmbarem, mittlerem Alter, kräftig gebaut, mit einem strengen Mund und fürstlichem Habitus. An dem Abend, an dem ich sie kennen lernte, trug sie tatsächlich pflaumenfarbenen Samt und eine ansehnliche Zahl Diamanten. Sie küsste Gustav und musterte mich.

»Wer ist dieses kleine Mädchen?« Mir behagte nicht, wie sie mich ansah, als wäre ich zu unbedeutend, um ihr kostbares Augenlicht an mich zu verschwenden. Für sie war eine Frau so lange wertlos, bis sie das Gegenteil bewies.

»Emilie Flöge, eine Freundin von mir.«

Berta Zuckerkandl schien erstaunt zu sein. »Ich wusste nicht, dass Sie Zeit für Freunde haben, Gustav. Ich dachte, Sie wären viel zu sehr damit beschäftigt, die Kunst zu revolutionieren.«

»Ich kann nicht immer nur arbeiten, wissen Sie.« Er grinste sie an.

»Natürlich nicht.« Ihre Augen wanderten zu mir, auch wenn ihre Worte Gustav galten. »Sie sind ein Geheimniskrämer, nicht wahr?« Sie drückte ihm die Hand. »Wir sprechen uns noch.« Und damit waren wir vorerst entlassen und tauchten in den Strom der Menge.

Wir hatten kaum ein paar Schritte gemacht, als Carl Moll uns mit Beschlag belegte. Er wollte über ein Künstlertreffen reden, das sie für die darauf folgende Woche anberaumt hatten. Ich hörte kaum zu; ich war zu sehr damit beschäftigt, mich umzusehen. Überall standen blendend weiße Blumen; in jedem Fenster prangten die eleganten Kelche von Zimmercallas, auf jedem Kaminsims waren dicke Sträuße Pfingstrosen und Levkojen drapiert. Jeder Kristall im Kandelaber und jeder Juwel im Haar der Damen brach das Licht. Die meisten Gäste waren mir fremd, doch ich erkannte Josef Hoffmann aus dem Café wieder. Mahler war da. Er hatte den Arm in den Samtvorhang geschlungen und blickte über die Stadt. Mehrere Leute traten an ihn heran, um mit ihm zu reden, doch er winkte nur ab.

Dann traf sich mein Blick mit dem einer Frau am anderen Ende des Raums. Sie stand allein und schaute ausdruckslos in die Runde, ein ruhender Pol zwischen den raschelnden Röcken und vorbeihuschenden Kellnern. Groß, hager und linkisch, verdrehte sie den Körper, als versuchte sie, ihn unsichtbar zu machen. Im scharfen Kontrast zu den phantastisch herausgeputzten Frauen ringsum trug sie ein schmales, schmuckloses weißes Seidenkleid. Sie hielt die Hände vor sich zu einem Knäuel verschränkt, eine für sie typische Pose, wie ich später merkte. Ihr Kopf ruhte auf einem unglaublich langen Hals, der von einem eng anliegenden Perlen- und Diamanthalsband gestützt zu werden schien. Ihre Augen mit den schweren Lidern waren von kräftigen Brauen und dunklen Schatten gerahmt. Sie war nicht schön, aber doch eine eindrucksvolle Erscheinung. Ich sah sie lange einfach nur an. Niemand sprach mit ihr; ich fragte mich, ob sie allein gekommen war.

Auch Gustav entging sie nicht. Er unterbrach seine Unterhaltung mit Moll, und wir beide sahen schweigend zu, wie Gustav sich zu der Frau im weißen Seidenkleid durcharbeitete. Als sie ihn sah, lächelte sie ein wenig und löste ihre Hände, um ihm die Rechte zum Kuss zu reichen.

»Sie müssen meine Stieftochter kennen lernen«, sagte Moll, während ich mich bemühte, ihn anzusehen und nicht die seltsame Frau. »Sie ist auch hier. Ich denke, sie wird Ihnen gefallen, sie ist genau in Ihrem Alter.«

»Sie wird mir ganz bestimmt gefallen«, sagte ich höflich.

Hoffmann erschien mit Krümeln im Bart und je einem Glas in den Händen. »Hier, nehmen Sie eins.« Ich nippte daran, dankbar, mich an etwas festzuhalten. »Wenn Sie mich entschuldigen, ich hole sie mal«, sagte Moll. Meine Augen wanderten zu Gustav und der Dame in Weiß zurück. Seit dem Abend in der Oper hatte ich ihn mit keiner Frau gesehen, und mit so einer überhaupt noch nie. Sie lehnte sich an seine Schulter. Er nahm sie am Handgelenk und hielt ihr Armband ans Licht. Sie lachten.

»Wer ist das?«, fragte ich, als Moll gegangen war.

»Adele Bloch-Bauer. Frau des Zuckermagnaten. Überaus reich, überaus unglücklich.« Er sah mich forschend an. »Der klassische Wiener Typ. Schnitzler könnte einen Roman über sie schreiben. Hat er vermutlich schon.«

»Woher kennen sie und Gustav sich?«, fragte ich gegen meinen Willen.

»Ich glaube, ihr Mann hat Gustav beauftragt, ihr Porträt zu malen.«

»Wo ist er?«

»Oh, der geht nie aus. Er hält so etwas für Zeitverschwendung. Aber Adele liebt das, er kann sie nicht davon abhalten hinzugehen.«

»Klingt nach einer schrecklichen Ehe.«

»Oh, gewiss. Aber sie will es nicht anders.«

Moll war wieder da. »Meine Stieftochter«, sagte er, »Alma Schindler.«

Alma hatte üppiges rotbraunes Haar, das sie nach der neuesten Mode auf dem Kopf hochgesteckt hatte, und große grüne Augen. Sie war klein und kurvenreich. Ihr Kleid war so offenherzig wie das, was sie in der Oper getragen hatte, und ihre Smaragde waren protzig. Sie war nicht hübsch, doch es gelang ihr offenbar mit schierer

Willenskraft, viele Menschen davon zu überzeugen, eine große Schönheit zu sein. Ich schielte zu Gustav hinüber, um ihn mit Blicken anzuflehen, mir zu Hilfe zu eilen, doch er sah nicht auf. Wieso hatte er mir nie gesagt, dass Alma Molls Stieftochter war? Wieso hatte er mich nicht gewarnt, dass sie auch kommen würde? Während Moll die Liste ihrer Talente und Leistungen herunterrasselte, taxierte Alma mich, ohne zu lächeln. Dann ließen Moll und Hoffmann uns stehen, damit wir Freundschaft schließen konnten.

»Ich hab Sie schon mal gesehen«, sagte sie. »In der Oper.«

»Ja«, sagte ich.

»Wie alt sind Sie?«

»Zweiundzwanzig.«

»Dann sind wir doch nicht im selben Alter; ich bin achtzehn. Gustav hat gesagt, Sie zeichnen. Wer sind Ihre Lieblingskünstler?«

Die Frage hatte ich schon immer gehasst, da ich an unterschiedlichen Künstlern unterschiedliche Qualitäten schätzte und nur wenige uneingeschränkt bewunderte. Dennoch nannte ich Manet sowie Ingres, den großen französischen Meister der Zeichenkunst.

»Das liegt so ganz auf der Linie der Akademie«, sagte sie und lachte. »In Paris redet derzeit alles von Cézanne. Und jemandem namens Braque. Was halten Sie von ihm?«

Ich musste zugeben, dass ich noch nichts von ihm gesehen hatte.

»Na ja, solange Sie in Wien bleiben, können Sie auch nichts sehen. Sie müssen reisen. Ich war gerade in Italien. Waren Sie schon mal da?«

War ich nicht. Konnte ich Italienisch, Griechisch, Latein oder Englisch? Nein, konnte ich nicht.

»Das ist aber fad«, sagte sie. »Wir haben einfach gar nichts gemeinsam.«

»Vielleicht ging Herr Moll davon aus, dass wir ein Interesse an der Kunst teilen«, sagte ich, doch die Doppeldeutigkeit entging ihr offenbar.

»Sie sind nichts weiter als eine Dilettantin, während ich weltberühmt sein werde.«

Ich war so schockiert, dass es mir die Sprache verschlug. Sie wartete einen Moment und wechselte das Thema. »Sie kennen Gustav schon recht lange, nicht?«, sagte sie.

»Seit meiner Kindheit«, sagte ich. »Unsere Familien –«

»Ja, ich weiß«, sagte sie ungeduldig. »Er hat mir alles über Sie erzählt.«

Ich fragte mich, wie sie das wohl meinte, wieso sie alles über mich wusste und ich nichts über sie. »Es ist daher nur natürlich, dass er Sie mag und Sie gerne um sich hat und Ihnen das eine oder andere zu tun gibt und Sie zu Gesellschaften mitnimmt, um Ihnen einmal etwas Besonderes zu bieten, aber es wäre wirklich ein Jammer, wenn Sie meinen würden, es wäre mehr als das.« Ihre scharfen Augen musterten mich vom Saum meines Kleides bis zu meinem bestickten Schultertuch. »Auch wenn ich sagen muss, dass Sie nicht hoffnungslos hässlich sind. Und das ist ein hübsches Kleid. Nun ja, einen schönen Abend noch.«

Als sie davonrauschte, stand ich allein in der Menge und nahm zum ersten Mal wahr, dass ein Kammerorchester Schubert spielte. Schwere Röcke streiften meine, Hutfedern kitzelten mir die Wange, das Lachen von Paaren und einzelne Gesprächsfetzen drangen mir ans Ohr. Plötzlich verstand ich, was die Dame in Weiß empfunden hatte, als ich sie beobachtete. Ich sah Gustav mit zwei Gläsern auf mich zukommen. Und die Frau namens Adele schwirrte vorbei wie eine weiße Motte zum Licht.

Beim Essen wurde ich zwischen Josef Hoffmann und einen anderen Architekten, Koloman Moser, platziert. Gustav saß neben Alma mir gegenüber, wo ich sie im Auge behalten konnte. Sie spielte mit ihrem Smaragdkollier und lenkte auf diese Weise die Blicke auf ihr Dekolleté. Sie lachte heiser und lehnte sich sehr nahe zu ihm hinüber, um ihm etwas ins Ohr zu flüstern.

Ich wünschte mir, ich hätte Scheuklappen tragen können wie ein Pferd, das aus einer brennenden Scheune geführt wird. Stattdessen konzentrierte ich mich auf meine Tischpartner. Ich mochte den dünnen, spitznasigen Hoffmann mit seiner unbändigen Energie und den ideensprühenden Augen. Moser war stiller und mehr mit Trinken beschäftigt, doch als er merkte, wie ich ihn schüchtern von der Seite ansah, zog er einen Zettel aus der Tasche und entfaltete ihn auf seinem Teller.

»Das ist mein endgültiger Entwurf für den Secessions-Bau«, sagte er. Er schob den Teller zu mir herüber, damit ich ihn mir näher ansehen konnte.

»Er sieht aus wie ein griechischer Tempel«, sagte ich.

»Selbstverständlich«, sagte er. »Wir brauchen ein Gegengewicht zu all dem überladenen Protz am Ring, finden Sie nicht?«

Hoffmann nahm mir die Zeichnung weg und hielt sie sich dicht vor die Nase. »Das gefällt mir«, sagte er. »Viel besser als Gustavs mit dem Sockel. Aber sind Sie sicher, dass Sie diese goldene Lorbeerkuppel wollen? Die ist so … rund.«

»Jedermann weiß, dass Sie ins Viereck vernarrt sind, Hoffmann«, sagte Gustav. »Es mag Sie schockieren, aber für manche Leute ist immer noch der Kreis die vollkommenste Form. Das Alpha und das Omega.«

Hoffmann warf Moser die Zeichnung wieder hin. »Von

runden Formen wird mir übel. Und außerdem bin ich, wie Sie wissen, Atheist.«

»Werden Sie es bauen, trotz der blasphemischen Kuppel?«, fragte Moser.

»Natürlich«, sagte Hoffmann. »Es wird trotzdem das schönste Bauwerk in ganz Wien sein, selbst mit einem großen goldenen Kohlkopf obendrauf.«

Wir aßen gerade Camembert und Feigen, als Alma mich ansprach.

»Haben Sie vor, bei der Secession mitzuarbeiten, Fräulein Flöge? Vielleicht als Sekretärin? Sie könnten Briefumschläge frankieren.«

Plötzlich war das Heben und Abstellen von Gläsern das lauteste Geräusch im Raum. Noch nie hatte jemand so mit mir gesprochen, noch dazu vor so vielen Leuten. Ich warf Gustav einen Blick zu und fühlte mich vor Wut wie benommen. Würde er mir nicht zu Hilfe kommen?

»Es wäre zweifellos eine Ehre für uns, wenn Fräulein Flöge uns in welcher Eigenschaft auch immer unterstützen würde«, sagte Hoffmann freundlich.

»Vielen Dank«, sagte ich, »aber ich arbeite an etwas Eigenem.«

»Arbeiten?«, sagte Alma mit einem spöttischen Kichern. »Woran werden Sie schon arbeiten?« Es wurde still am Tisch. Alle warteten auf meine Antwort.

»Ich plane, einen Modesalon zu eröffnen«, sagte ich. Der Gedanke war mir plötzlich mitten in meiner geradezu lähmenden Angst gekommen; doch als ich ihn aussprach, wusste ich, dass es stimmte.

»Überaus feminin«, sagte Alma. »Aber man konnte sich ja denken, dass Sie eine Modepuppe sind.«

»Das Entwerfen von Kleidung ist nicht weniger wichtig als Architektur«, sagte Hoffmann. »Im Grunde ist es

Architektur für den Körper. Was wäre ich ohne meine Maßanzüge?«

»Und was wäre Alma ohne ihre Korsetts?«, sagte Berta und zwinkerte mir zu. Ich war ihr dankbar und auch stolz auf mich; ich hatte sie auf meiner Seite.

Alma sah Berta mit zusammengekniffenen Augen an. Immerhin musste ich ihre Unerschrockenheit bewundern. »Gustav, war das deine Idee?«, fragte sie. Ich beobachtete, wie sie ihn in den Arm zwickte, ganz oben am Bizeps.

»Ich höre das zum ersten Mal«, sagte er. Vielleicht sagte er das, um sie davon zu überzeugen, dass ich unabhängig war, aber in meinen Augen machte er mich damit zu der Dilettantin, als die mich Alma abgestempelt hatte.

Jemand brachte das Thema auf das Datum der ersten Ausstellung. Alma und ich schmollten beide.

»Ich hab das nicht ganz ernst gemeint«, sagte ich am nächsten Tag im Café zu Gustav. »Ich musste etwas sagen, um nicht gänzlich gedemütigt zu werden.« Ich war ihm immer noch böse, dass er einfach nur höflich gelächelt hatte, als Alma mich attackierte. Und ich hatte Angst. Ein Modesalon – was hatte ich mir dabei nur gedacht? Die Treibhausatmosphäre bei Berta war mir offensichtlich zu Kopf gestiegen.

»Mach dir nichts aus Alma«, sagte er. »Sie ist harmlos.« Ich entgegnete, dass ich das sehr bezweifle, doch er lachte nur. »Mit Alma wirst du schon fertig«, sagte er. »Und ich finde, ein Modesalon ist eine großartige Idee.« Er lehnte sich über den Tisch und nahm meine Hände. »Du musst das in die Tat umsetzen.«

Also machte ich mich, obwohl ich die Sache für aussichtslos hielt, daran, herauszufinden, was man alles tun musste, um einen Modesalon zu eröffnen. Gustav und ich vereinbarten Termine bei einigen der besten Salons in

Wien und machten uns einen Spaß daraus, ein reiches Ehepaar zu spielen. Er kaufte mir eine Reihe sehr teurer Kleider, die mir Gelegenheit gaben, Maß nehmen zu lassen und zu den Anproben zu gehen. Als wir schließlich die fertigen Roben in Händen hielten, trennten wir sie auf, um zu sehen, wie sie verarbeitet waren.

Ich erzählte meinem Vater, mit welchem Gedanken ich mich trug, und er setzte sich mit vielen seiner Geschäftspartner in Verbindung und machte für mich Termine bei den besten Lieferanten. Manchmal blieb er ganze Tage von seiner Fabrik fern, um mich zu einem entlegenen Winkel der Stadt zu begleiten, damit ich mir Brokat ansehen konnte. Vielleicht freute er sich, diese Dinge für mich zu tun, weil er keinen Sohn hatte. Vielleicht war er heimlich stolz darauf, dass ich als Geschäftsfrau in seine Fußstapfen treten würde.

Ich hatte noch nie etwas so Wundervolles gesehen wie den Stoff hier, der, nach Farben sortiert, zu fünf oder sechs Ballen übereinander gestapelt war, so dass ich von Weiß zu Creme, Taupe und Braun und von da zu Gelb, Gold und Orange, zu Rosa und Weinrot bis zu Violett, Blau und Schwarz schlendern konnte. Und dann die verschiedenen Stoffarten: hauchdünner Musselin, steifer Organza, strapazierfähige Baumwolle, Wolle, genoppt oder fein, Seide, glatt und dick, schwere Jacquards und Toiles. Es gab Stoffe mit großen oder kleinen Blüten, Streifen, Karos, Paisley und geometrischen Mustern. Ganze Ausstellungsräume waren ausschließlich Netz und Tüll vorbehalten; dann kamen regaleweise Posamenten. Es gab Spezialisten für Perlen, andere für Knöpfe und für Spitze; wir besuchten Werkstätten, in denen sich Mädchen über äußerst zarten Stickereien die Augen verdarben; ich sah Fabriken, die Garn herstellten, und Fabriken, die es färbten.

Vielleicht war mein Vater froh, dass es etwas gab, worüber er mit mir reden konnte. In einem Haus voller Frauen hatte er nie jemanden, mit dem er über die Dinge sprechen konnte, die ihn interessierten. Vielmehr sprach er darüber, und wir taten so, als hörten wir zu, obwohl wir mit den Gedanken ganz woanders waren, bei Theaterprogrammen oder Besorgungslisten oder dem Altargemälde von van Dyck. Während wir beide von einem Großhändler zum anderen zogen, redeten wir nun über die Kosten pro Einheit, über Gewinnspannen und Lieferpreise.

Ich weiß nicht, was er eigentlich von meinem Plan hielt, denn so oder so brachte er nie seine Meinung zum Ausdruck, sagte nie, ob er es für vernünftig und praktisch oder für wahnwitzig und unweiblich hielt und fürchtete, es könnte meine Heiratschancen ruinieren; doch noch bevor wir den Salon eröffneten, holte er unseren ersten Auftrag ein – Schürzen für eine Kochschule. Ein Bekannter von ihm, der bei der Regierung arbeitete, kannte wiederum jemanden, dem die Kochschule gehörte. Vielleicht dachte er, falls unsere Arbeit Anklang fände, dürften wir als Nächstes mit einem Regierungsauftrag für Schwesternuniformen oder Jacken für Bahnhofsgepäckträger rechnen.

Zu meinem großen Kummer hat er nie die Damen in der Oper gesehen, wie sie die große Stiege in Kleidern herunterschritten, die ich gemacht hatte. Den großen Erfolg des Salons sollte er nicht mehr erleben.

Vierzehn

Es kostete ein ganzes Jahr Arbeit, bevor die Secession ihre erste Ausstellung eröffnen konnte. Zunächst einmal hatte es sich als schwierig erwiesen, die Räumlichkeiten dafür zu finden. Das Künstlerhaus durfte die Gruppe natürlich nicht mehr benutzen, und viele Häuser waren entweder zu teuer, zu dunkel, zu abgelegen oder auch zu hässlich. Schließlich einigten sie sich auf die Gartenbaugesellschaft. Sie verfügte über ein Glasatrium für die Pflanzen und war selbst im März lichtdurchflutet. Ein Plus war der entgegenkommende Vorstand unter Leitung von Berta Zuckerkandls Onkel, und was am wichtigsten war – man hatte sich bereit erklärt, sich in Form von Kunst bezahlen zu lassen.

Die Gemälde trafen in Kisten als Schiffsfracht ein oder wurden von den Künstlern höchstpersönlich abgeliefert oder auch, in einem Fall, in Papier gewickelt und auf dem Rücken eines Esels festgezurrt transportiert. Es galt, Formulare auszufüllen und zahlreiche Fahrten zum Zollamt am Hafen zu machen. Die Kuriere, oftmals junge Künstler, mussten bezahlt und verköstigt werden, bis die Ausstellung vorbei war und sie mit ihren Gemälden wieder nach Hause fuhren. Alles – von den Gemälden, den Programmen und Einladungen bis zu den Rechnungen, den Behördenvertretern und den Künstlern – sammelte sich in Gustavs Atelier, bis man sich kaum noch darin bewegen, geschweige denn malen konnte. Gustav schwor, jeden, der nach dem letzten Tag der Ausstellung noch bei ihm herumlungerte, standrechtlich zu erschießen.

Dabei hatte er ohnehin kaum Zeit. Er musste dafür sorgen, dass alle Arbeiten eintrafen, und sie dann für die Ausstellung aufhängen. Es war seine Idee, die Bilder einzeln in Augenhöhe anzubringen und nicht übereinander vom Boden bis zur Decke. Heute erscheint das selbstverständlich, doch damals galt es als radikal. Er würde so viel Fläche verschwenden, bekam er zu hören, die Leute würden sich beschweren, dass ihnen für ihr Geld nicht genug geboten würde. Gustav konterte, gerade weil die Ausstellung ungewöhnlich und skandalös sei, werde sie große Besucherströme anziehen.

Die Sorgen der anderen waren eher praktischer Natur. Die Eintrittsgelder machten einen beträchtlichen Teil des nächsten Jahresbudgets der Secession aus. Falls das Publikum fernblieb, fehlten der Vereinigung möglicherweise die Mittel fürs Überleben.

Schließlich war alles erledigt. Jede Skulptur war aufgestellt, jede Blume arrangiert, jedes Ego besänftigt. Es blieb nichts mehr zu tun, als sich anzuziehen, hinzugehen und zu hören, was die Leute dachten.

Am Tag der Eröffnung erschien Gustav schon früh am Morgen in der Gartenbaugesellschaft und verbrachte die verbleibenden Stunden damit, Bilder umzuhängen, durch die Gegend zu laufen und Champagnerflaschen zu zählen. Ich hielt mich fern, weil ich wusste, dass es für mich nichts zu tun gab und es mich nur in Verlegenheit bringen würde, müßig herumzustehen.

Doch ich fühlte mit ihm. Es würden viele Presseleute da sein, wie zum Beispiel Adolf Loos, der allgemein für seine beißenden Kritiken berüchtigt war, aber gegen Gustav eine besonders innige Abneigung zu hegen schien. Er würde etwas Vernichtendes schreiben und Gustav zum Gespött der Leute machen, denn er war – ob einem das nun gefiel oder nicht – zum persönlichen Sprecher und Symbol der Gruppe geworden. Keiner der anderen würde so zur Zielscheibe werden wie Gustav. Es konnte auch sein, dass die Ausstellung polizeilich geschlossen wurde, falls man an besonders vulgären Exponaten Anstoß nahm oder zumindest vorgab, Anstoß zu nehmen. Und im schlimmsten Fall: Was wäre, wenn niemand kam?

Ich trug ein schmales, ärmelloses Kleid aus ägäisblauem Jersey mit einem wie ein griechischer Chiton drapierten Ausschnitt, dazu eine lange peridotbesetzte Silberkette. Gold stand mir eigentlich besser, aber Silber, erklärte Hoffmann, war das ideale Material für den Kunsthandwerker, und so musste es eben Silber sein. Mit meinem Satinabendmantel in einem etwas blasseren Blau hatte ich das Gefühl, Gustav mit der schieren Wucht meiner Garderobe gegen jeden Angriff verteidigen zu können.

Helene und ich trafen, genau wie zu Gustavs Ausstellung vor Jahren, Arm in Arm etwas früher ein. Diesmal verweilten wir jedoch nicht schüchtern vor den Türen, sondern öffneten sie gleich selbstbewusst. Wir brachten einen kalten Luftschwall mit hinein, und dann waren wir drinnen.

Wien ist im Winter schrecklich kalt, und die Wohnungen waren damals meist zugig und schlecht geheizt. Deshalb gingen alle in Kaffeehäuser, um sich aufzuwärmen, nachzudenken, zu reden und zu arbeiten. Selbst die Kaffeehäuser waren nur im Vergleich zu den Wohnungen warm.

Die tropische Wärme im Atrium traf mich deshalb wie ein Schlag. Es waren erst ein paar wenige zahlende Besucher eingetroffen, die sich, das Taschentuch gezückt, schwitzend durch den Raum bewegten. Im Gegensatz zu den Menschen schienen die Palmen und Orchideen entzückt zu sein. Ich wagte nicht, mir auszumalen, wie stickig es erst einmal sein würde, wenn es voll war. Hatte das denn niemand bedacht?

So schnell wie möglich schlüpften Helene und ich aus unseren Mänteln und ließen sie bei einem jungen Mann, den es zu deprimieren schien, im Foyer mit all den Nerzen und Zobeln festzusitzen. Die stets mitfühlende Helene gab ihm ein stattliches Trinkgeld und sagte, dafür solle er sich ein schönes Kadmiumrot kaufen. Dann drehte sie sich mit einem besorgten Blick zu mir um.

»Es ist typisch für Gustav, etwas so Triviales wie körperliches Wohlbehagen zu vergessen. Wie wär's, wenn du dem Kartenabreißer sagen würdest, er soll die Türen eine Weile offen halten?«

»Wir müssen etwas tun«, stimmte ich zu, »aber ich sollte zuerst Gustav fragen.« Ich wollte mir keine Autorität anmaßen, die mir nicht zustand. Ich suchte den Raum nach ihm ab.

Die Reporter waren ebenfalls früh gekommen, um sich zu betrinken. Sie standen um die Bar versammelt, wo sie wohl auf einen Krawall oder einen Schlagabtausch hofften – alles, nur keine ganz normale Kunstausstellung. Die Künstler hatten sich flink wie Eichhörnchen über die Früchte und den Käse hergemacht. Die Kellner, die Hering- und Kabeljaukanapees herumreichten, versuchten, einen Bogen um sie zu machen, doch gelegentlich ging ihnen doch einer in die Fänge und verlor sein ganzes Tablett.

Die Mitte des Saals war leer – mit Ausnahme eines kräftig gebauten Mannes und einer großen, zerbrechlichen Frau, die an einer eckigen Skulptur die Köpfe zusammensteckten.

Adele trug ein Kleid, dessen Farbe der rosigen Haut der Reporter glich. Die beiden berührten sich nicht, sie sahen einander nicht einmal an; Gustav erklärte ihr die Skulptur, wieso sie wichtig sei, es habe etwas mit der Bewegung zu tun und mit der rauen Oberflächenbehandlung, die den Eindruck vermittle, als sei die Figur aus dem Stein herausgeplatzt. Seit Michelangelo habe das niemand mehr gemacht. Es hätte eine Unterrichtsstunde im Museum sein können, doch ich hatte Angst, näher zu treten. Ich spürte eher, was sich zwischen ihnen anbahnte, als dass ich es sah.

Adele bemerkte mein Kommen, verriet aber nicht, was sie dachte. Ich berührte Gustav am Arm, und er zuckte zusammen, als hätte ich ihn zu Tode erschreckt.

Wir waren uns nie vorgestellt worden, Adele und ich. Seit jenem Abend bei Berta Zuckerkandl hatte ich verschiedentlich gehört, wie über sie geredet wurde, wie »schön und charmant« und »grausam und verrückt« sie sei. Bei mehreren Gesellschaften war sie an mir vorbeigerauscht, doch Gustav hatte sie nie erwähnt. Das war kein gutes Zeichen.

Das Bild, das ich mir von ihr gemacht hatte, beruhte auf diesen flüchtigen Begegnungen und Einzelheiten. Ich erwartete, dass sie snobistisch war und auf mich, die Tochter eines Fabrikbesitzers, von oben herabsah. Nicht, dass sie etwas unverhohlen Taktloses sagen würde. Nein, sie würde ausgesucht höflich, still und scheinbar schüchtern sein. Doch hier und da würde ich ihr Stilett zu spüren bekommen. Anders als Alma, die den Holzhammer bevorzugte. Ich vermutete eine verschlagene, tückische Intelligenz. Vor ihr würde ich mich sehr in Acht nehmen müssen. Gelang es mir, meine Vorbehalte zu überwinden, wäre es ein geschickter Streich, sie am Ende sogar als

Kundin zu gewinnen. Es hatte keinen Wert, sie vor den Kopf zu stoßen.

Gustav stellte sie mir als seine Mäzenin vor. Ich war nur »Fräulein Flöge«. Ich hätte ihre Hand ergriffen, doch sie versteckte sie hinter dem Rücken, eine kindliche Geste, die bei einem offiziellen Anlass nicht angebracht war. Brüskierte sie mich? Ihr Gesicht war unergründlich, ihre schweren Lider senkten sich einen Moment über ihre riesigen schwarzen Augen und verschleierten ihre Gedanken. Sie war in meinem Alter, doch es schienen Jahre zwischen uns zu liegen – sie wirkte abgeklärt, weltverdrossen. Ihre Schultern krümmten sich unter einer unsichtbaren Last.

»Ich wollte nur fragen, ob es dir recht ist, die Eingangstüren offen zu halten. Die Leute kommen um vor Hitze.«

Gustav sah mich erstaunt an, obwohl sein Gesicht feucht und gerötet war.

»Ist Ihnen warm?«, fragte er Adele.

»Mir ist nie warm«, sagte sie, und ihr war anzusehen, dass es stimmte. Sie war so blass wie der Marmor vor ihren Augen. Ich hatte wohl eine Augenbraue hochgezogen, und so fuhr sie fort: »Mein Mann beklagt sich ständig, was es ihn kostet, unser Haus für mich warm zu halten. Natürlich heize ich das Esszimmer so stark auf, wie ich nur kann. Er leidet Qualen.«

Ich war nicht sicher, ob ich mich verhört hatte. »Wo ist Ihr Mann heute Abend?«, fragte ich. »Ich würde ihn gerne kennen lernen.«

»Nein, das würden Sie nicht«, erklärte sie kategorisch. »Für die Kunst hat er nur Verachtung übrig. Er hat nur Sinn für Geld. Wenn es Kunst gäbe, die aus Geld gemacht ist, würde ihm das imponieren. Gustav, mein Lieber, Sie müssen unbedingt ein Gemälde aus Geld machen. Ein Stillleben. Oder eine Skulptur aus Scheinen, wie Pappmaschee. Wär das nicht was? Dann könnte ich sie kaufen und auf unseren Kaminsims stellen.«

Ich war zu peinlich berührt, um noch etwas zu sagen. Ich wandte mich an Gustav. »Was hältst du davon?«

»Wovon?«

»Die Türen aufzumachen.«

Er zuckte die Achseln, als hätte Adeles Antwort die Frage geklärt. Adele war nicht warm, wo also lag das Problem? Ich biss die Zähne zusammen.

Ihr Blick fiel auf mein Kleid. »Wer hat das gemacht?«, fragte sie. Ich erzählte ihr von Gustav Jäger und seiner Initiative, die körperfeindliche Mode der Frauen zu reformieren, indem er statt auf Mieder, Korsetts und Krinolinen auf locker drapierte fließende Kleider setzte. Es war nach einem seiner Entwürfe geschneidert.

»Ich hab noch nie so einen Stoff gesehen«, sagte sie. »Darf ich ihn mal anfassen?« Ich nickte, und sie fasste mir mit Handschuhen an die Schulter. Jetzt sah ich, wieso sie die Hände hinter dem Rücken versteckte. Sie waren verkrümmt und steif, als hätte sie plötzlich ein arthritischer Anfall getroffen, während sie eine schwierige Stelle auf der Geige spielte.

»Woraus besteht das?«, fragte sie.

»Baumwoll-Jersey«, sagte ich. »Die Baumwolle wird gestrickt, nicht gewebt.«

»Interessant. Ist es bequem?«

»Sehr«, sagte ich. »Es ist elastisch und macht alle Bewegungen mit.«

»Also, das wäre mal eine Erleichterung. Aber fühlen Sie sich nicht ein bisschen so, als trügen Sie ein Nachthemd in der Öffentlichkeit?«

»In Berlin tragen alle Frauen der Avantgarde ähnliche Schnitte«, sagte ich. »Ganz zu schweigen von Paris.«

»Jetzt haben Sie mir einen Floh ins Ohr gesetzt, Fräulein Flöge«, sagte sie. »Sowohl mein Mann als auch meine Mutter hassen die Avantgarde. Das ist eins der beiden Dinge, bei denen sie sich einig sind. Das Zweite ist die Einschätzung, dass ich vollkommen übergeschnappt bin. Aber kann man es ihnen verübeln? Dieses Blau steht mir allerdings überhaupt nicht. Gibt es das auch in anderen Farben?«

»In einem Katalog habe ich einen blutroten Stoff gesehen, der an Ihnen umwerfend aussehen würde.«

»Oh, ich hasse Rot«, sagte sie. »Das ist so laut. Meine Mutter hat mich jahrelang gezwungen, im Winter einen roten Hut zu tragen. Jeden Herbst bekam ich einen neuen. Als ich klein war, tat's noch eine kleine Schottenmütze aus Filz. Ich hab sie absichtlich im Park verloren, aber sie wurde immer ersetzt. Noch letztes Jahr hat meine Mutter mir zum Geburtstag einen scharlachroten Glockenhut geschenkt. Ich wollte ihn meiner Zofe geben, aber ich hatte keine Lust, ihr je damit auf der Straße zu begegnen, das hätte mich krank gemacht. Also hab ich das Ding verbrannt.«

Gegen meinen Willen fing ich an, sie zu mögen, ihre Wildheit, ihren Sinn für Humor. Wenn es denn scherzhaft gemeint war.

»Dann also kein Rot.«

»Nein«, sagte sie. »Ich mag Pastelltöne.«

»Fräulein Flöge ist dabei, einen Modesalon zu eröffnen, wissen Sie«, sagte Gustav. »Dann kann sie alle Ihre Kleider machen.« Ich wurde rot.

»Wenn es so weit ist«, sagte ich.

»Also, merken Sie mich vor«, sagte Adele enthusiastisch. Sie sei zwar mit ihrem Schneider ganz zufrieden und habe genügend anzuziehen, aber ein Kleid aus Baumwoll-

Jersey wäre etwas Neues und würde ihrem Mann im selben Maße missfallen wie Gustav gefallen. Außerdem spiele Geld keine Rolle.

Als das geklärt war, nahm ich mich wieder des Problems mit der Hitze an. Ich wandte mich an Moll. Ja, sagte er, es sei zu warm. Ja, wir sollten die Eingangstüren offen halten, das hätten sie auch in den Wochen der Vorbereitung getan, aber irgendjemand habe gefürchtet, es könnte für die Eröffnung zu zugig sein.

Er würde sich ja selbst darum kümmern, aber er habe gerade ein paar wichtige Mäzene erspäht, mit denen er unverzüglich reden müsse. Ob ich mich wohl darum kümmern könne?

Ich bejahte. Die Türen waren schwer; mit den Messingschirmständern waren sie nicht offen zu halten, aber mehrere Säcke Blumenerde, die ich in einem Nebenraum entdeckte, erfüllten ihren Zweck. Schließlich waren wir hier bei einer Gartenbaugesellschaft. Es brachte mir einige befremdete Blicke ein, als ich mehrmals schwere Jutesäcke durch die Reihen der Gäste schleifte, aber es funktionierte.

Als ich die Tür zur Damentoilette öffnete, wo ich mir den Schmutz von den Händen waschen wollte, erblickte ich Alma, die in üppig fließendem Rot auf einer Chaise saß.

»Sind Sie in einen Farntopf gefallen?«, fragte sie. »Oder ist das die neue Mode, mit der Sie heute Abend Ihr Debüt geben?«

Ich antwortete nicht. Stattdessen ging ich zum Waschbecken und wusch mich, so gut ich konnte. Als ich mich auf die Chaise neben ihr setzte, war der Vergleich entmutigend. Wenn auch wieder sauber, so war mein Gesicht doch verschwitzt, und die Treibhausatmosphäre hatte mein Haar zu einem Heiligenschein gekraust. Am Oberteil meines Kleides entdeckte ich einen Schmutzfleck, der sich nicht abbürsten ließ. Ich versuchte, mir die Frisur mit den Fingern zu richten, doch das machte die Sache nur noch schlimmer. Neben mir saß Alma, makellos und gelassen. Sie trug einen kunstvoll geschlungenen, vollkommen glatten Knoten im Nacken.

»Pomade?«, fragte sie und hielt mir die Dose so hin, dass sich das Licht in ihren Diamantringen fing. »Könnte Ihnen wirklich nicht schaden.« Ich nahm sie mit eben so viel Dankbarkeit, wie ich aufbringen konnte, und rieb etwas von dem lieblich duftenden Fett zwischen den Fingern.

»Es trifft sich übrigens gut, dass Sie gerade kommen«, sagte Alma und sah mir dabei zu, wie ich versuchte, mich zurechtzumachen, »weil ich Ihnen etwas sagen wollte.«

Ich wartete.

»Er hat mich gebeten, seine Frau zu werden«, sagte sie. »Ich dachte, Sie sollten das wissen.«

Ich konnte es nicht glauben. Bemüht, ein gleichmütiges Gesicht zu machen und meinen Puls unter Kontrolle zu halten, strich ich mir mechanisch die Haare glatt.

»Und haben Sie den Antrag angenommen?«, fragte ich.

»Im Prinzip ja«, sagte sie. »Es ist ein bisschen kompliziert, weil meine Mutter nicht ganz einverstanden ist. Er ist so viel älter und steht in einem gewissen Ruf. Aber das wissen Sie ja. Bis jetzt ist es also eine heimliche Verlobung.«

Ich blieb bemerkenswert ruhig. Im Stillen dachte ich, dass er, wäre er wirklich mit Alma verlobt, nicht da draußen in der Galerie mit Adele zusammenstecken würde. Vielleicht war die Verlobung seine Art, sie zu beschwichtigen, ihre Eifersucht zu besänftigen.

»Dann herzlichen Glückwunsch«, sagte ich. Meine verhaltene Reaktion schien sie zu enttäuschen.

»Natürlich werde ich Sie zur Hochzeit einladen. Vielleicht könnten Sie sogar das Kleid für mich anfertigen. Gustav sagt, Sie machten gerade eine Ausbildung als Modeschöpferin.«

Ich musste raus. Ich ließ die Pomadedose zuschnappen.

»Sie sollten wirklich heiraten«, sagte sie. »Ich könnte jemanden für Sie finden. Ich kenne eine Menge Leute.«

»Ich brauche Ihre Hilfe nicht«, sagte ich, stand auf und warf einen letzten Blick in den Spiegel, wobei ich mir Mühe gab, das herablassende kleine Lächeln auf Almas geschminkten Lippen zu übersehen.

In der Ausstellungshalle war die Temperatur um mehrere Grad gefallen. Inzwischen hatten sich die Räume so gefüllt, dass die Leute in dem Gedränge kaum noch vorankamen. Ich blickte über die Menge, entdeckte meine Schwester und arbeitete mich zu ihr durch.

Am nächsten Tag besorgte ich mir sämtliche Zeitungen, um die Kritiken zu lesen. Die *Wiener Zeitung* kam zu dem Urteil, die Ausstellung sei eine intellektuell verworrene Ansammlung des Hässlichen, Anstößigen und einfach nur Dummen. Die *Neue Freie Presse* sah darin ein Zeugnis zeitgenössischen künstlerischen Talents und wünschte der Secession viel Erfolg.

Die gesamten zwei Monate hindurch, die die Ausstellung dauerte, drängten sich die Besucherscharen in der Galerie. Selbst der Kaiser nahm sich die Zeit für einen privaten Besuch. Die Kunst verkaufte sich gut. Adele erwarb einen Puvis de Chavannes, Almas Mutter zwei Meuniers.

Fünfzehn

Dann starb völlig unerwartet mein Vater an einem Herzinfarkt. Er war wie gewöhnlich in der Fabrik und überprüfte Gerätschaften, als er zusammenbrach. Man konnte nichts mehr für ihn tun; er war tot, noch bevor der Arzt eintraf. Auch wenn sein Haar und sein Bart schon seit Jahren weiß waren, war er mir nie alt erschienen; tatsächlich war er neunundfünfzig. Bei meinen Plänen zur Eröffnung des Salons hatte ich auf seine Erfahrung und seinen Geschäftssinn gebaut. Ich hatte mir eine große Eröffnungsfeier vorgestellt, bei der er als Zeremonienmeister fungieren würde. Sein rosiges Gesicht würde vor Stolz strahlen, wenn er einen Toast auf seine talentierte Tochter ausbrachte. Dazu würde es nun nicht mehr kommen.

Wir planten, in diesem Sommer wie immer an den Attersee zu fahren, doch es wäre nicht dasselbe. Wer würde mir die Falken zeigen, die sich in den Bäumen rings ums Haus versteckten? Wer würde mit uns in die Dorfkirche gehen, den Gemüsegarten hegen und pünktlich nach dem Mittagessen auf der Liege auf der Terrasse einschlafen?

Wir luden Gustav ein mitzukommen. Schon seit Jahren luden wir ihn ein, doch immer war ihm irgendetwas dazwischengekommen: eine Reise, zu viel Arbeit, die eine oder andere Frau. Jedes Mal beklagte er sich, dass Wien zu warm, zu unbehaglich und langweilig sei. Alle anderen seien weg. Jedes Mal schrieb er mir und bat mich flehentlich zurückzukommen. Dieses Jahr allerdings machte ich ihm klar, dass ich ihn unbedingt brauchte. Da er wusste, in welch einer labilen, todunglücklichen Verfassung ich war, riss er sich von allen Verpflichtungen los, und wir verbrachten zwei Monate zusammen.

Natürlich nicht zusammen. Meine Mutter war da, meine Schwestern und meine Nichte. Gustav hatte ein Schlafzimmer am anderen Ende des Flurs, das er allerdings kaum einmal benutzte; er bevorzugte das Feldbett, das er im Gewächshaus aufgeschlagen hatte, seinem Atelier. Er sagte, er stünde so früh auf, dass er uns stören würde, wenn er schon herumtrampelte, besonders, da er ständig seine Schuhe verliere und auf der Suche danach alles durcheinander bringe.

Morgens schwamm er, während alle anderen noch schliefen, schon im See und gesellte sich zum Frühstück auf der Terrasse zu uns, wenn die Sonne gerade über die Bergkuppen stieg. An den meisten Tagen ruderte Gustav uns beide auf den See hinaus, um seine Muskeln zu trainieren, während ich mich zurücklehnte und die Brise genoss. Wenn wir die Mitte erreicht und Anker geworfen hatten, stürzte sich Gustav in den See, schlug im kalten Wasser um sich und kraulte ans gegenüberliegende Ufer. Anschließend schwamm er auf dem Rücken wieder zurück, wobei er spritzte wie ein Wal. Wenn er wieder zu mir ins Boot stieg, schubste er mich über Bord und tat dann so, als müsse er mich in einem gewaltigen Kraftakt retten, obwohl ich die bessere Schwimmerin war. Ich trug einen Hut, um mich vor der Sonne zu schützen und nicht vom Lesen in der Hitze Kopfschmerzen zu bekommen; er dagegen ließ sich die Haut von Sonne, Wind und Wasser bräunen und gerben.

Oft nahm er seine Staffelei mit ins Boot und malte die

Berge und das Städtchen Unterach mit seinen wie Bauklötze gestapelten Häusern oder einen Birkenhain am Ufer. Mir fiel die Aufgabe zu, das Boot gerade zu halten und nur so viel zu rudern, dass wir nicht mit der Strömung davontrieben. Manchmal wanderten wir auch in die Berge, und er malte die Felder und die Wildblumen an den begrasten Hängen *en plein air*.

Völlig verausgabt kehrten wir dann zum Haus zurück, aßen Butterbrote und ruhten uns in der Sonne aus. Gustav nahm seine Arbeiten in sein Gewächshaus-Atelier mit, um letzte Hand anzulegen. Er hatte geschworen, für diesen Sommer seine Porträtaufträge und die Universitätsgemälde zu vergessen.

Das Gewächshaus sah damals ganz anders aus – die seitlichen Fensterquadrate waren an einem sonnigen Tag geöffnet, der Boden blitzblank geschrubbt und alles säuberlich an seinem Platz. Es stand eine alte Chaiselongue darin, die ich für mich beanspruchte, und während Gustav nachmittags arbeitete, studierte ich französische Modezeitschriften und Kunstgewerbe-Journale und machte meine Skizzen.

Als ich eines Tages darin vertieft war, eine Abbildung von japanischen Schirmen abzuzeichnen, die ich herzustellen hoffte, bat mich Gustav, mir die neuen Zeichnungen für *Medizin*, das erste der Festsaal-Gemälde, anzusehen. Sein Entschluss, sie zu vergessen, hatte gerade mal eine Woche gewährt.

In diesem Stadium fragte er mich selten nach meiner Meinung, doch es war noch nicht lange her, dass das Gremium seine Entwürfe kritisiert und um Änderungen gebeten hatte. Er hatte mit dem Gedanken gespielt, den ganzen Auftrag platzen zu lassen, doch Franz hatte es ihm ausgeredet, und so hatten sie kurz vor dem Aufbruch zum

Attersee den Vertrag unterschrieben. Jetzt musste er einen Weg finden, die Änderungen so einzubringen, dass er damit leben konnte.

Ich wusste, dass es grundsätzliche Einwände gegen die angebliche Anstößigkeit der Zeichnungen gab. Ich wusste, dass man das Mädchen, das die leidende Menschheit verkörperte, für obszön hielt und sich an seiner Stelle einen jugendlichen Mann wünschte; doch da ich die Entwürfe nie gesehen hatte, konnte ich mir kein Bild davon machen, was das zu bedeuten hatte. Ich dachte einfach, die Mitglieder des Gremiums seien ein Haufen verklemmter Trottel, die von Kunst keine Ahnung hatten. Auf das, was Gustav mir zeigte, war ich nicht gefasst.

Zehn bis zwölf große Blätter waren zusammengeheftet, um später ein riesiges Wandgemälde zu füllen. Natürlich musste es diese Größe haben, weil es für die Decke des Großen Festsaals bestimmt war und es sonst niemand dort erkennen konnte. Die schiere Größe war atemberaubend, doch nicht nur die.

Ich weiß nicht, wie ich mir eine Darstellung der Medizin vorgestellt hatte: Hippokrates, der unter einem Olivenbaum eine Gruppe chitongewandete junge Männer unterrichtete, oder modern gekleidete Herren, die sich in einer sterilen Krankenstation über die Betten der Patienten beugten.

In Gustavs Allegorie der Medizin stand Hygieia, die Göttin der Gesundheit, im Vordergrund und sah dem Betrachter dunkel und geheimnisvoll wie ein Racheengel entgegen. Unwillkürlich erinnerte sie mich an Adele Bloch-Bauer. Hatte er an sie gedacht? So wie sie dastand, ihre Schlange und ihre Schale in der Hand, sah sie wohl kaum barmherzig aus. Man konnte sich nicht sicher sein, ob sie kam, um einen zu heilen oder zu töten.

Auf der linken Seite schwebte allein ein weiblicher Akt mit ausgestreckten Armen im Raum oder schwamm vielmehr in einer flüssigen, fruchtwasserähnlichen Substanz. Da hatten wir das obszöne Mädchen. Ihr Becken war auf suggestive Weise vorgewölbt. Auch die anderen Gestalten schienen in demselben Substrat zu schwimmen. Wie ein Haufen Leichen waren sie in der linken Bildhälfte zusammengedrängt. Ich entdeckte darunter tatsächlich Skelette, die nur teilweise unter dem langen Haar anderer Figuren verschwanden. Schwangere Frauen, alte Männer – die ganze leidende, geschundene, sterbende Menschheit war darin eingefangen.

Es war ein albtraumhaftes Gemälde.

»Es wirkt … sehr persönlich«, sagte ich. Ich hasste mich dafür, wie ein taktvoller, missbilligender Mäzen zu klingen.

»Ganz und gar nicht«, erwiderte er, augenblicklich in der Defensive. »Es ist eine philosophische Arbeit. Wieso hältst du es für persönlich?«

Nur selten erwähnte er Ernsts Namen. Helene zahlte er jeden Monat eine großzügige Summe, und seiner Nichte war er ein gewissenhafter Pate. Doch er redete nie über ihn. Einen Tag nach der Beerdigung hatte er Ernsts Atelier geräumt und alles auf einen Abfallhaufen befördert. Das Einzige, was er behielt, war ein schäbiger Wollpullover, den Ernst getragen hatte, wenn es kalt im Atelier war. Gustav zog ihn nicht an; er hängte ihn über einen Stuhl. Als er in ein neues Atelier umzog, kam der Pullover mit. Er hing da, als sei Ernst nur kurz zu einem Spaziergang weggegangen und käme jeden Moment zurück.

»Wenn ich es mir ansehe, kann ich nicht anders, als an Papa zu denken. Der Arzt konnte ihm nur noch die Augenlider schließen. Und an Ernst – an den Wahnwitz, dass ein Achtundzwanzigjähriger an Scharlach stirbt, während einer der besten Ärzte Wiens ihm das Herz abhorcht und ihm stärkende Mittel verschreibt; den Wahnwitz, dass das alles nichts hilft und wir mit ansehen müssen, wie er langsam verendet.«

»Du magst an diese Dinge denken, ich kann dich nicht daran hindern. Das mit deinem Vater tut mir Leid, aber er war das Letzte, woran ich gedacht habe.«

»Und Ernst?«, fragte ich.

»Ich denke auch nicht an ihn«, sagte Gustav. »Was würde das bringen?«

»Ich glaube dir nicht«, sagte ich.

»Ich will das nicht länger hören«, sagte er. »Warum tust du mir das an?« Er schien physische Schmerzen zu leiden.

»Hast du in den acht Jahren je über ihn gesprochen?«, fragte ich.

»Ich spreche von ihm«, sagte er und wies auf das Gemälde. »Hast du das nicht gerade gesagt? Muss ich heulen, mir die Haare raufen, in Sack und Asche gehen? Wärst du dann zufrieden? Wenn ich mich wie die Frau eines Viehtreibers bei den Beduinen aufführen würde?«

Ich versuchte, ihn zu unterbrechen, doch sein Zorn war nicht zu bremsen. »Hier geht es nicht um Ernst, hier geht es um das, was nach der Beerdigung passiert ist. Du willst, dass ich darüber rede, nicht wahr? Ich soll sagen, dass ich dich liebe, dass ich vor Kummer wie benebelt war, aber jetzt endlich bereit bin, ihn hinter mir zu lassen und dich zu heiraten. Ist es das, was du willst?«

Es war grausam und unfair, und ich konnte nur dastehen, während mir die Tränen das Gesicht hinunterrannen. Ich hatte es nie ausgesprochen, ihm niemals zum Vorwurf gemacht. Vielmehr hatte ich schweigend monatelange Qualen wegen Alma gelitten und darauf gewartet, dass er mir von ihrer Verlobung erzählte. Und jetzt das hier.

Ohne ihm zu antworten, verließ ich das Atelier und ging zu einem Mohnfeld etwa einen halben Kilometer von unserem Haus entfernt. Ich legte mich zwischen die roten und orangefarbenen Blumen, die wie Papier raschelten, wenn der Wind darüberblies. Es war heiß.

Gustav und ich hatten selten Streit, und so wussten wir beide nicht recht, wie wir uns wieder versöhnen sollten. Als ich ins Atelier zurückkehrte, stand er vor dem Gemälde. Er sah mich reumütig an.

»Mit Hygieias Krone stimmt etwas nicht«, sagte ich. »Sie ist zu verschwommen. Sie sieht zu sehr aus wie deine sterbenden Schatten.«

Er nickte.

Ich zeigte auf eine Figur ganz rechts. »Die bringt das Ganze aus dem Gleichgewicht. Ich glaube, sie sollte besser zwei, drei Zentimeter weiter in die Mitte.«

»Du hast Recht«, sagte er und zeichnete weiter.

Alle anderen spielten an diesem Abend Scharaden, doch uns beiden war nicht danach zu Mute. Wir beschlossen, draußen im Garten zu sitzen und den Grillen zu lauschen.

Über den gepflasterten Weg liefen wir vom Gewächshaus ans andere Ende des Gartens und steuerten die Steinbank an der Grenze unseres Grundstücks an. Das Gelächter und die Wohnzimmerlichter drangen nicht bis hierher. Wenn es erst dunkel genug war, würden wir das Haus gar nicht mehr sehen.

Unser Garten war im englischen Stil gehalten: viel Wildwuchs und wenig gestalterische Ordnung. Kletterrosen, Flieder und Glyzinien quollen über eine Reihe Spaliere. Die Steinbank fühlte sich kalt unter den Händen an. Bald würden die Rosen blühen; ich zählte ein Dutzend harte grüne Knospen an jedem Strauch.

Gustav nahm meinen Arm und zeichnete mir, nachdem er meinen Ärmel bis zur Schulter hochgeschoben und einen seiner Kohlestifte aus der Tasche gezogen hatte, auf die Haut.

Verwirrt zuckte ich zurück.

»Ich hab gerade eine Idee«, sagte er, »und wie's aussieht, hab ich kein Papier dabei.«

»Dann soll ich als Leinwand herhalten?«

»Wieso nicht?«, sagte er. »Du bist abwaschbar.«

Es war ein neuer Kopfputz für Hygieia. Aus dem Kranz um ihren Kopf wurde ein Muster aus Kreisen und Schraffuren, eher wie ein Stirnband als wie ein Kranz. Und das zeichnete er auf mir.

Ich schauderte und fröstelte plötzlich, als er den Druck wechselte – vom leisesten Kitzeln bei zarter, leichter Linienführung bis zu schmerzhaft tiefen Striemen, um eine kräftige, dunkle Wirkung zu erzielen. Es herrschte schon fast Dunkelheit, ein letztes körniges Licht wie auf einer Photographie, und ich wunderte mich, dass er zum Zeichnen überhaupt noch ausreichend sehen konnte.

»Hast du für heute nicht genug gezeichnet?«, fragte ich. Die Kohle zerkrümelte zwischen seinen Fingern, und er drückte mir die Hände ans Gesicht und legte Schatten darüber.

»Du siehst aus wie ein kleines Mädchen, dem ich mal Zeichenunterricht gegeben habe«, sagte er.

»Oder wie eine Witwe«, sagte ich und wich reumütig zurück.

»Erinnerst du dich noch an unsere erste Begegnung?«, fragte er. »An dem Tag habe ich dich gehasst. Mit deiner teuren Bluse und deinen weichen kleinen Händen und deinem selbstgefälligen, affektierten Lächeln. Ich hab deinen Vater und seinen teuren Tabak gehasst und deine Mutter mit ihren protzigen französischen Kämmen. Ich hätte euch alle am liebsten zwischen den Zähnen zermalmt und das, was von euch übrig geblieben wäre, in die Gosse gespuckt.«

»Was hat dich daran gehindert?«, fragte ich.

»Ich hab dich nicht nur gehasst«, sagte er. »Ich wollte dich auch. Ich wollte dich besitzen, und ich wollte so sein wie du mit deiner ganzen robusten Gesundheit und deinem satten Magen und deiner behaglichen Unschuld. Ich wollte dich verderben, und ich wollte dich beschützen.«

»Dir ist weder das eine noch das andere gelungen«, sagte ich. Du hast mich also immer gewollt, fügte ich im Stillen hinzu.

»Du siehst«, sagte er, »ich versage bei allem.«

Ich drückte meine Lippen an seine Schulter.

»Im Atelier …«, sagte er. Ich wartete. »Es war nicht nur Ernst, weißt du.«

»Schon in Ordnung«, sagte ich.

»Du weißt schon«, sagte er und hielt inne. Wir kamen einer Sache sehr nahe, und ich fühlte mich so schwerelos wie die Frau in der Zeichnung der Medizin. Ich konnte jeden Moment davontreiben oder mich in der Bank auflösen, wie sich etwas Totes in der Erde zersetzt.

»Was ist?«, fragte ich.

»Ich möchte ein Porträt von dir malen«, sagte er.

»Bist du Porträts nicht überdrüssig?«, fragte ich.

»Ich hab noch nie eins von dir gemalt«, sagte er. »Was für eine Schande! Du solltest ein Kleid entwerfen, und ich male dich darin.«

Ich nahm den Stift. »Gib mir deine Hand.« Ich legte sie mir in den Schoß und schrieb ihm auf die Innenfläche, so wie es vielleicht ein Lehrer bei einem Blinden tun mochte. Ich schrieb ihm meinen Namen in die Haut. Dann verschmierte ich ihn, bis er unleserlich war.

»Was hast du geschrieben?«, fragte er.

»Nichts«, sagte ich. »Dreh die Hand um.« Auf dem Rücken war die Haut trockener und nahm die Kohle besser an. Ich fing an, einen Fischschwarm zu zeichnen, der zu seinem Ellbogen hinaufschwamm. Er bebte ein wenig vor lautlosem Lachen, wenn der Stift ihn kitzelte, dann nahm er ihn wieder an sich und zeichnete meine Handknochen nach.

»Du hast eine Hand wie eine Vogelschwinge«, sagte er. »Deine Knochen müssen hohl sein.«

Der Augenblick hing in der Schwebe, ganz in Gaze gehüllt, und sein Bart war weich in meinem Gesicht, als er meine Wange liebkoste. Ich liebe dich, dachte ich, ohne es auszusprechen.

»Liebe Emilie«, sagte er und küsste mich. Es fühlte sich an, als tauchte ich von einem Felsvorsprung ins Meer: Ich schloss die Augen, schob meine Ängste beiseite und sprang. Einen Moment lang schwand mir das Sehvermögen, und ich konnte nur noch schmecken, fühlen und riechen.

Er hörte auf.

»Was ist?«, fragte ich.

Er stand auf. »Ich bin müde«, sagte er. »Der Tag heute hat mich fertig gemacht.« Er lief Richtung Atelier. Ich folgte ihm.

»Soll ich mitkommen?«

»Wenn du möchtest«, sagte er. »Ich muss morgen früh raus.«

Wir schliefen auf dem Boden des Gewächshauses, unschuldig ineinander verschlungen, wie Apportierhunde nach einer langen Jagd. Erst als ich in den Schlaf hinüberglitt, wurde mir bewusst, dass ich mein »Ich liebe dich« nicht laut ausgesprochen hatte.

Am Morgen verirrte sich ein Sonnenstrahl durch eine Wolke und weckte mich. Neben mir machte Gustav ein schnarchendes Geräusch. Ich legte meinen Teil der Decke über ihn und schlich mich ins Haus und in mein Zimmer.

Alle anderen schliefen offenbar noch. Ich schlüpfte unter meine Steppdecke, damit mein Bett benutzt aussah und um meine steifen Glieder aufzuwärmen. Obwohl das Bett weich und ich vom Hin-und-her-Wälzen auf dem harten Gewächshausboden müde war, konnte ich meine Gedanken nicht genügend zur Ruhe bringen, um einzudämmern.

Ich erinnerte mich, wie er mir, als ich noch ein kleines Mädchen war, mit einem in Eiswasser getauchten Taschentuch das Gesicht abgewischt hatte. Das Wasser brannte an meinen rauen Wangen, so dass sie noch röter wurden, und er bemerkte, sie passten so recht gut in einen Watteau. Ich fragte ihn, was ein Watteau sei, und er bezahlte die Rechnung und nahm mich auf der Stelle ins Museum mit, in dem es einen Watteau gab – die puppenhaften Gestalten eines Mädchens und eines Jungen beim Picknick. Ich mochte sie nicht, fand sie fade gezeichnet und preziös, was ich ihm auch sagte. Gustav stimmte mir zu, machte mich aber auf die zarten, fast unsichtbaren Pinselstriche und die unmerklichen Farbvariationen an Stellen aufmerksam, die ich einfach nur für rosa oder blau gehalten hatte. Ich könne mehr von den Dingen lernen, die ich nicht mochte, sagte er, als von denen, die mir gefielen. Er wollte wissen, was ich von anderen Bildern hielt, von Brueghel und Bosch und einem seltsamen Mann, der

Porträts von den Jahreszeiten aus Gemüse malte. Über manche Dinge, die ich sagte, lachte er vergnügt, während er bei anderen widersprach; in jedem Fall aber nahm er das, was ich sagte, ernst. Doch jetzt war ich kein kleines Mädchen mehr.

Im Herbst verlegte Gustav seine Arbeit nach Hietzing. Er und Franz Matsch hatten sich mehrere Jahre lang ein Atelier, aber sonst nicht allzu viel miteinander geteilt. Die Partnerschaft hatte sich aufgelöst, auch wenn sie immer noch gemeinsam an dem Auftrag für den Festsaal arbeiteten.

Das Atelier lag direkt hinter der Schlossmauer von Schönbrunn. Vom Bahnhof war es ein kurzer Fußweg an der Steinmetzwerkstatt vorbei zum Atelier. Die Häuser in der Gegend waren genau wie Gustavs in einem heiteren sahnigen Gelb gestrichen, so wie das Innere einer Buttercreme-Schokotorte, was sich sehr hübsch von den roten Ziegeldächern und schwarzen oder dunkelgrünen Fensterläden abhob. Gustavs eingeschossiges Haus lag fast unmittelbar an der Hauptstraße hinter einer Mauer und einem dichten Wäldchen aus Linden, Erlen und Birnbäumen. Ein schmiedeeisernes Tor öffnete sich auf einen gepflasterten Weg zum Haus. Hinter dem Haus wurde ein verwilderter, springkraut- und efeuüberwucherter Garten für gewöhnlich von einer Reihe Katzen bevölkert, die Vögel jagten und sich auf der Mauer und auf den Pfaden sonnten. Hinter dem Garten erstreckten sich Luzernenfelder von einer fast unnatürlichen Üppigkeit. Die Eingangstür des Ateliers führte direkt in den Raum, in dem Gustav schlief, wenn er hier übernachtete. Ein langer, schmaler Flur verlief an der winzigen Küche vorbei zu dem großen Raum, dessen Fenster zum rückwärtigen Garten hin lagen.

Dort arbeitete Gustav, als die Kontroverse über *Philosophie*, eines der Festsaal-Gemälde, entbrannte. *Philosophie* war womöglich noch verstörender als *Medizin*. Fast in der Mitte des Bildes tauchte ein amorphes Gesicht aus dem Äther. – War es Gott? Die Weisheit? Seitlich davon umfassten und umklammerten scharenweise nackte, sehnige Gestalten in Verzweiflung und Agonie ihre Köpfe. Und darunter, vom unteren Bildrand fast abgeschnitten, starrte eine Frau mit finsterem, doch klarem Blick den Betrachter direkt an. Wer war sie? Was stellte sie dar?

Die Universitätsprofessoren waren entsetzt. Es wurde eine Sitzung einberufen. Siebenundachtzig von ihnen unterschrieben eine Petition, derzufolge *Philosophie* nicht im Festsaal aufgehängt werden sollte. In ihren Augen war das Bild ein Affront gegen Vernunft und Bildung. Sämtliche Zeitungen brachten Berichte über den Skandal, dessen Bewertung von der jeweiligen politischen Richtung abhing. Alle Kritiker gaben ihr Urteil dazu ab, einige auf ziemlich grausame Weise.

Als ich im Atelier auftauchte, war Gustav vollkommen außer sich.

»Ich wusste, dass das passieren würde«, sagte er wütend. »Die Akademiker. Die glauben, Kunst ist wie die Naturwissenschaften, oder sollte es zumindest sein. Sie wollen eine einfache Gleichung, x plus y ergibt z. Aber das ist unmöglich. Und wenn es ginge, wäre es keine Kunst.«

»Ich weiß«, sagte ich. Das Einzige, was ich in solchen Situationen tun konnte, war, mit Anteilnahme zuzuhören, bis ihm die Munition ausging. Wenn der Punkt erreicht war, half es gewöhnlich, die Kritiker zu beschimpfen.

»Jodl hat meine Gemälde ›hässlich‹ genannt. Hässlich! Ist das zu fassen? Ich bin ja auf einiges gefasst, aber dass sie jemand hässlich nennen würde, hätte ich nicht für möglich gehalten.«

»Ich habe nie etwas so Schönes gesehen«, sagte ich. »Verstörend, beängstigend und erschreckend, aber schön.«

»Also, schließlich sollen sie verstören und erschrecken. Wer es nicht so empfindet, der leugnet, was das Leben ausmacht.«

»Ich weiß«, sagte ich.

»Kraus sagt, meine Gemälde zeigten, dass ich nichts von Philosophie verstünde und dass dumme Menschen besser keinen Pinsel in die Finger bekommen sollten.«

»Du weißt, dass das nicht stimmt«, sagte ich. »Selbst dumme Menschen haben ein Recht auf Pinsel.«

Gustav lächelte, wenn auch nur kurz. »Du weißt genau, dass du nicht dumm bist«, sagte ich. »Kraus hat das nur gesagt, weil er einen Instinkt dafür hat, wie er jemanden am meisten treffen kann.«

»Aber er ist brillant«, wandte Gustav ein.

»Nicht, wenn es um Kunst geht«, widersprach ich.

»Und als Jodl damit fertig war, meine Bilder hässlich zu nennen, fand er meine Symbolik dunkel, obskur und unverständlich.«

»Und?«, sagte ich. »Wird sie etwa dadurch entwertet, dass sie nur wenige verstehen? Ist es vielleicht deine Aufgabe, Gemälde zu produzieren, die der Masse gefallen? Immerhin sollen sie in der Universität hängen und nicht im Hauptbahnhof.«

»Stimmt«, sagte Gustav.

»Irgendjemand hat doch sicher auch was Gutes gesagt«, vermutete ich.

»Wickhoff. Er meinte, es sei mutig und originell. Was nicht heißen muss, dass es ihm gefällt.«

»Was willst du jetzt tun?«, fragte ich.

»Ich hab zu lange daran gearbeitet, um jetzt noch aufzugeben. Ich werde *Medizin* und *Jurisprudenz* fertig machen und hoffe einfach, dass der Ausschuss es sich noch einmal überlegt oder dass sich jemand anders dafür interessiert. Sie sind zu groß für eine Privatperson, das ist das Problem. Möglicherweise muss ich sie behalten. Das wird mich einiges kosten. Möglicherweise ziehen auch andere ihre Aufträge zurück, weil mich die Sache in ein schlechtes Licht rückt.«

»Keine Angst«, sagte ich. »Du weißt vielleicht noch nicht, dass ich einen sehr profitablen Modesalon führen werde. Für dich wird schon gesorgt werden.«

»Du würdest einen armen, kaputten Künstler im Alter unterstützen?«, fragte er und nahm meine Hand.

In der folgenden Nacht lag ich lange wach; die physische Sehnsucht nach ihm tat weh. Am liebsten hätte ich mich angezogen und wäre ins Atelier gegangen, wo er zweifellos noch auf war und arbeitete oder bei seinem Gemälde wachte. Aber ich hatte Angst, dort Alma oder Adele oder, schlimmer noch, jemand anders anzutreffen. Stattdessen stellte ich ihn mir vor und bereitete mir selbst so viel Freude, wie ich konnte.

Als sich die Wogen um den Kunstskandal ein wenig geglättet hatten, ging ich ins Atelier, um ihm für die Zeichnungen zu dem Porträt, das er von mir malen wollte, Modell zu sitzen. Es dauerte seine Zeit, bis wir ein Kleid entworfen hatten und es geschneidert war. Ich entschied mich für eins in der Art, wie ich es zur Ausstellung der Secession getragen hatte. Ich machte mir die Ideen zu Eigen, die ich Jäger abgeguckt hatte – den Verzicht auf ein Korsett, den Jersey-Stoff, die schlichte Form –, und schmückte sie nach eigenen Vorstellungen aus.

Kleider zu entwerfen hat vor allem etwas mit Proportionen zu tun, mit dem Verhältnis zwischen Hals und Taille, zwischen Taille und Fußgelenk, der Länge eines Ärmels, der Höhe eines Kragens oder Tiefe eines Dekolletés. Ich hatte von jeher eine Abneigung gegen Mathematik und fühlte mich wie eine Elster zu allem Glanz und Glitzer hingezogen, doch ich versuchte mein Bestes. Ich kaufte schöne Stoffe, aus denen man unmöglich hässliche Kleidungsstücke machen konnte. Natürlich irrte ich. In der Theorie mochte ein Entwurf schön und gut aussehen, an einem menschlichen Körper aber vollkommen anders wirken. Ich lernte mehr aus meinen ersten Entwürfen, als mir irgendeine Schule hätte beibringen können. Sie waren allesamt schrecklich, und ich zermarterte mir den Kopf, wieso. Selbst Gustav konnte mir nicht wirklich helfen. Er merkte zwar, wann etwas nicht richtig aussah, und im Falle eines Bildes hätte er es auch korrigieren können, doch von Nadel und Faden, von Säumen und der richtigen Platzierung von Armlöchern verstand er nichts.

Stück für Stück lernte ich, oben und unten, Rück- und Vorderseite aufeinander abzustimmen. Ich verinnerlichte die mathematischen Gleichungen, die aufgehen mussten, damit es stimmte. Ich schuf jedes Teil zuerst im Kopf, dann an mir selbst – von hinten beleuchtet, so dass ich nur die Silhouette sehen konnte. Oder ich nahm ein Stück Stoff und eine Schneiderpuppe und machte mich daran, abzustecken, die Nadeln wieder herauszuziehen und von vorne anzufangen. Der Fußboden in meinem Zimmer war übersät mit Nadeln, und Pauline vergaß es immer wieder und stach sich in den Fuß. Wiederholt erschreckte uns die makabre Puppe, wenn wir abends ins Zimmer traten – kopflos, von hinten und von vorne vernäht wie ein verwundeter Soldat.

Nach einem Dutzend vergeblicher Versuche war das Kleid endlich fertig. Es war ein pflaumenfarbener Jersey, der glatt, schmal und körpernah fiel. Dazu schneiderte ich eine passende Bolerojacke mit Blusenärmeln. Als das Kleid fertig war, musste Gustav in seinem dichten Terminkalender für ein Porträt Platz machen, das einmal nicht für einen wohlhabenden Kunden war. Als er es endlich geschafft hatte, nahm ich den Zug nach Hietzing und ging unterwegs in die Kolonialwaren-Handlung, um Milch für die Katzen und Schokolade für mich selbst zu kaufen.

Während er arbeitete, redeten wir von der Werkstatt, die er und seine Freunde zusammen errichteten. Es hatte alles damit begonnen, dass Berta Zuckerkandl eines Abends beim Essen darüber klagte, ihr Tisch passe nicht zu der Kunst an ihren Wänden und entspreche nicht ihrem Geschmack. Ihr gesamtes Silber war französisch – protzig und mit Rosen und Weinranken verziert. Wenn einer ihrer Künstlerfreunde ihr ein sehr schlichtes Silberbesteck machen könne, schwor sie, dann würde sie ihn dafür fürstlich bezahlen und ihr ganzes französisches Silber in den Abfall werfen. Hoffmann erwiderte, wenn sie schon mal dabei sei, solle sie sich gleich auch noch Geschirr dazu entwerfen lassen, um auch ihre kitschigen Sèvres-Platten loszuwerden. Vom Riesling beflügelt, verwarfen sie als Nächstes ihre Gläser, dann Tisch und Stühle, ihre Kredenz, die Tapeten, den Teppich, ihren Schmuck und ihre Kleider und riefen die Wiener Werkstätte ins Leben – nach dem Vorbild der Glasgower School of Art des schottischen Architekten Charles Rennie Mackintosh. Sie dachten an ein Töpferatelier, eine Glas- und eine Metallwerkstatt, an ein Holzschnitzatelier und einen Zweig für textiles Gestalten. Gustav schlug vor, ich solle mit den Künstlern der Modeabteilung zusammenarbeiten, da ich ihnen schon weit voraus sei. Vielleicht könne mein Salon ihre Entwürfe umsetzen.

Gustav glaubte viel mehr als ich an die Eröffnung des Salons. Doch es war eine Sache, mir mit meinem Vater Stoffe anzusehen und mir ein, zwei Kleider zu schneidern, und eine ganz andere, die Räumlichkeiten anzumieten, die Arbeiterinnen einzustellen und das Geld dafür aufzutreiben. Er befand, das wäre alles ganz leicht, und brachte mir Pachtverträge von verschiedenen Nähmaschinenfirmen, die ich vergleichen sollte. Er hatte mit mir drei Leinenfabriken besucht, und sie hatten uns ihre Angebote unterbreitet. Um dic Wahrheit zu sagen: Ohne ihn wäre es schwer gewesen. Die Leute waren immer so viel netter zu mir, wenn ich ihn dabeihatte, selbst wenn sie ihn nicht erkannten. Sie dachten, er sei das Kapital hinter dem Unternehmen, was letztlich ja auch den Tatsachen entsprach. Er hatte mir für den Anfang ein zinsfreies Darlehen angeboten. Wir wollten versuchen, so weit wie möglich einheimische Materialien und ortsansässige Arbeiterinnen einzusetzen. Das zwang uns, auf französische Seide zu verzichten, während andererseits unsere Qualität mindestens gleichwertig sein musste, damit unsere Kundschaft nicht über unsere vermeintlich minderwertige Ware die Nase rümpfte. Wir warben um eine Avantgarde-Klientel, und von daher gesehen war es in Ordnung, ja sogar vorteilhaft, konservative Leute zu verprellen. Aber auch wieder nicht so viele, dass wir keine Gewinne machten.

Wir nahmen das Mittagessen im Garten ein. Die Katzen fraßen von unseren Tellern, und wir wechselten uns darin ab, sie vom Tisch zu werfen. Die Katzen natürlich, nicht das Geschirr.

»Heute weihen wir die ersten Prototypen von Hoffmann ein«, sagte er. »Wie findest du sie?«

Der Kaffee befand sich in einer getriebenen Silberdose, die weniger getrieben als verbeult aussah. Die Zinnbehälter mit der Butter, der Sahne und dem Zucker fand ich schon überzeugender; sie waren in Formen gegossen. Ich arrangierte Brot und Teigwaren auf dem schachbrettgemusterten Lacktablett zu einem hübschen Karree.

»So ist es besser«, sagte ich. »Wann machen wir uns daran, viereckiges Essen zu entwerfen? Kann man Früchte und Gemüse viereckig züchten?«

»Früchtchen«, sagte er. Er reichte mir eine Tasse samt Untertasse aus schwarzem Porzellan mit einem Rand aus roten Quadraten. »Hoffmann hat seit ungefähr zwei Wochen nicht geschlafen, um dieses Service von Hand zu bemalen.«

»Es hat etwas Griechisches«, sagte ich. »Etwas von den alten Griechen ... klassisch griechisch.«

»Und? Gefällt es dir?«

»Ich denke, es ist perfekt.«

»Sag's ihm. Er wird dir nicht glauben, aber vielleicht ist er bereit, deinen Salon zu entwerfen.«

Um zwei machten wir uns wieder an die Arbeit. Ich saß etwa eine halbe Stunde Modell und träumte dabei von einem weiteren Kleid, das ich mir aus einer von Bianchini entworfenen, phantastischen grünen *peau de soie* arbeiten wollte. Ich hatte die Seide in einem Warenlager entdeckt und wollte sie augenblicklich haben. Sie war sehr teuer, doch ich hoffte, Gustav würde sie mir vielleicht zu meinem Geburtstag schenken.

»Hat Berta wirklich gesagt, sie wolle sich von mir ein Kleid machen lassen?«, fragte ich. Ich wusste, dass sie sich nicht das Geringste aus Mode machte.

»Es hat ein bisschen Überredung gekostet. Sie hat gesagt, wenn ich den Druck entwerfe und du sie darin zwanzig Pfund leichter erscheinen lässt, würde sie es vielleicht in der Oper tragen.«

Bisher waren meine Schneiderkünste noch nicht so weit gediehen, dass ich gewusst hätte, wie man jemanden zwanzig Pfund leichter erscheinen ließ, doch ich war sicher, dass es machbar war. Es gab tausend Kniffe im Zuschnitt und Faltenwurf.

Ich selbst würde ein Futteralkleid tragen, das keine allzu großen Anforderungen an mich stellte. Es sollte eine Seidenstickerei in derselben Farbe haben – ein Weinrankenmuster vielleicht –, und dann würde ich meerschaumfarbene Kristalle und Aquamarine in die Ranken nähen lassen. Vielleicht wusste ja jemand in der Modeabteilung der Wiener Werkstätte, wie er mir dazu passende Schuhe anfertigen konnte.

In dem Moment klopfte es energisch an der Haustür. Gustav runzelte verärgert die Stirn.

»Hör einfach nicht hin«, sagte er. »Bauer Naumann ist schon wieder der Hund entwischt, zum dritten Mal diese Woche. Am Dienstag hab ich zwei Stunden damit vertan, nach ihm zu suchen, und mir auch noch den Knöchel verstaucht.«

Das Klopfen ging ein paar Minuten weiter und verstummte.

Als Nächstes hörten wir, wie jemand die Tür aufbrach.

»Was zum Teufel geht da vor?«, sagte Gustav. Ich gab meine Pose auf und drehte mich nach dem Eindringling um – der Polizei, dem Bauern mit dem entlaufenen Hund, einem Einbrecher oder einem Modell. Doch von denen war es keiner – Alma stand an der Tür.

»Du hast wohl gedacht, ich verschwinde einfach so, wenn du dich hier verkriechst«, sagte sie zu ihm. Ich hatte sie noch nie mit offenem Haar gesehen, wodurch sie viel jünger aussah, fast wie ein Kind. Sie wedelte wie ein Matador mit dem scharlachroten Seidenfutter ihres Mantels. »Du hast wohl gedacht, du könntest einfach aufhören, meine Briefe zu beantworten, und ich würde mir nichts, dir nichts verschwinden.« Sie drehte sich zum Podest um, wo ich mich lächerlicherweise nicht rührte, als könnte ich mich auf diese Weise unsichtbar machen. »Und ich vermute mal, da stecken irgendwie Sie dahinter«, sagte sie, »auch wenn ich mir nicht vorstellen kann, was Sie getan oder gesagt haben könnten, dass er zu Ihnen zurückkommt.«

»Alma«, sagte Gustav in einem Ton, den er wohl für beschwichtigend hielt, »lass Emilie aus dem Spiel.« Er schlug vor, dass sie zusammen rausgingen und sich im Garten unterhielten, damit Alma erst mal tief Luft holte.

»Meinst du, ich könnte in dem Kleid atmen? Ich hab's extra für dich angezogen.«

»Alma«, sagte Gustav und hielt dann inne.

Sie steigerte sich so in ihre Wut hinein, dass sie kurz vor einem gewalttätigen Ausbruch zu stehen schien. Ich hätte nicht sagen können, ob sie sich auf Gustav stürzen oder sein Lieblingskleid vor seinen Augen in Fetzen reißen würde. Schließlich zog sie einen Handschuh aus und fegte sämtliche Gegenstände auf Gustavs Arbeitstisch zu Boden. Alle drei lauschten wir gebannt auf das Zersplittern des Glases und das Scheppern der Dosen, die geräuschvoll wie Kreisel über die Dielen kullerten und endlich liegen blieben, so dass wieder Stille herrschte.

»Emilie, mach Alma einen Tee«, sagte Gustav. Er war offenbar zu der Einsicht gekommen, dass die Situation nach mehr als nur gutem Zureden verlangte. Er packte Alma an der Schulter und schob sie zum Podest. Sie sackte auf das Holz. Ich war froh, die beiden allein zu lassen.

Es war bereits heißes Wasser auf dem Herd. Ich spülte eine von Josefs neuen Tassen aus und goss Tee für Alma ein. Als ich damit ins Atelier zurückkehrte, kniete Gustav neben ihr und streichelte ihr die Hand. Ich hielt ihr die Tasse hin, und sie nahm sie, ohne mich eines Blickes zu würdigen.

»Du spielst mit den Gefühlen anderer Menschen«, sagte sie zu ihm. »Du scheinst zu glauben, du lebtest in einem Gemälde oder in einer Oper, wo das ohne Folgen bleibt. Hast du je an jemand anders als an dich gedacht?«

Es dämmerte mir, dass sie den Auftritt genoss. Mir schwinden auf der Chaiselongue meines Geliebten die Sinne, schien sie im Stillen zu denken. Unsere Liebe ist stürmisch und voller Leidenschaft. Er wird die Tränen in meinen Augenwinkeln wie Diamanten glitzern sehen und mir nicht widerstehen können. Ich wusste, dass sie alles niederschreiben würde, sobald sie zu Hause war. Ihr Atem kam schnell und heftig. Sein Lieblingskleid war moosgrün und hatte natürlich ein großzügiges Dekolleté.

Ich war nicht sicher, wie Gustav reagieren würde. Es war eine zu Herzen gehende Darbietung. Würde er mich wegschicken? Ich glaube, ich hätte es nicht ertragen, vor Almas Augen verbannt zu werden. Mit Besen und Kehrichtschaufel machte ich mich daran, die Scherben aufzufegen, und versuchte so zu tun, als hörte ich nicht zu.

»Mahler will mich heiraten, weißt du«, sagte sie.

»Natürlich will er das«, sagte er. »Wer wollte das nicht?«

»Du.«

»Ich bin ein Dummkopf«, sagte er. »Ich bin ein zweitrangiger, ausgelaugter Schmierfink, und ich bin alt und hässlich. Ich hab dich nicht verdient.«

»Das ist mir egal.«

»Aber mir nicht. Ich denke dabei an dich, Alma. Wie

lange wärst du mit jemandem wie mir wohl glücklich? Wenn du mit mir verheiratet wärst, könntest du nicht die Dame von Welt sein, die du bist. Ich bin viel zu Hause und arbeite. Ich gehe nicht aus, ich passe im Grunde nicht in die feine Gesellschaft. Ich würde dich in Verlegenheit bringen. Du wärst unglücklich und hättest Affären, so wie Adele Bloch-Bauer.«

»Du denkst nicht an mich, du denkst nur, dass Carl dich erschießen würde.«

»Meinst du wirklich, Moll würde mich erschießen? Ich hab keine Angst vor ihm.«

»Ich liebe dich«, sagte sie.

»Du bist dreiundzwanzig«, entgegnete er. »Du kannst dich noch oft verlieben. Eines Tages wirst du zurückdenken und darüber lachen, dass du je einen Gedanken an mich verschwendet hast.«

»Du bist in mich verliebt«, sagte sie vorwurfsvoll. Er warf einen Blick zu mir herüber. Als er sah, dass ich immer noch unnötigerweise den Boden fegte, senkte er die Stimme. Ich verstand nicht, was er zu ihr sagte, und so beobachtete ich ihr Gesicht. Es wurde nicht blass und wirkte nicht schockiert, ebenso wenig zufrieden oder spöttisch. Sie ließ den Kopf ein wenig hängen und lächelte zugleich.

Danach legte er ihr den Umhang wieder über die Schulter und geleitete sie zu ihrer Kutsche. Ich sah zu, wie er neben ihr einstieg und wegfuhr. Da es nichts mehr zu tun gab, schloss ich das Atelier ab und ging heim. Ich weinte nicht, denn damit hätte ich mehr Schwäche gezeigt, als ich wollte. Ich hätte mir eingestehen müssen, wie erleichtert ich gewesen war, von Alma nichts mehr zu hören oder zu sehen, und wie entsetzt, als sie auf einmal wieder auf der Bildfläche erschien; ich hätte zugeben müssen, wie sehr ich am Boden zerstört war, als Gustav, ohne sich noch einmal nach mir umzusehen, mit ihr verschwand. Die gewaltsam zurückgehaltenen Tränen sind die schlimmsten: Sie sind siedend heiß, und man erstickt fast daran, als hätte einem jemand einen Kissenbezug über den Kopf gestülpt. Anschließend hat man rasende Kopfschmerzen und ein verzerrtes, krebsrotes Gesicht. Erst viele Jahre später lernte ich, dass man sie besser laufen lässt. Tränen haben eine kühlende, beruhigende Wirkung. Danach kann man wieder denken.

Am nächsten Tag kam ich ins Atelier, um Modell zu sitzen und zu sehen, was er sagen würde, doch ich konnte nicht fragen, was mit Alma war. Ich konnte ihn auch nicht fragen, was er ihr über mich gesagt hatte. Er schien wie gewöhnlich guter Dinge zu sein und sang sogar bei den Vorbereitungen zu seinem Tagespensum in einem heiseren Tenor, wenn auch schräg daneben. Er sah aus, als würde er jeden Moment in Gelächter ausbrechen.

»Was ist so komisch?«, konnte ich mir nicht verkneifen zu fragen.

»Alles«, sagte er. »Alles ist komisch.« Ich wusste nicht, ob das Gutes oder Schlechtes für mich zu bedeuten hatte.

In wenigen Wochen wollte er mit dem Malen beginnen. Es trat eine ernsthaftere Routine ein. Gustav wollte keine Zeit vergeuden, war weniger nachsichtig gegenüber Fehlern.

Er hatte mir oft sein tägliches Ritual beschrieben: Er traf früh ein und zog sämtliche Rollläden hoch, machte Feuer und setzte einen Kessel Wasser auf. Dann wanderte er durchs Atelier, nahm Gegenstände hoch und stellte sie wieder ab. Dem Bild, an dem er gerade arbeitete, schenkte er keine Beachtung, noch nicht. Manchmal betrachtete er den Hintergrund, der auf dem Podest für das Modell angebracht war, oder er überprüfte die Kleidung, die es tragen sollte und die im Flur an Haken hing.

Er nahm sich Zeit, seine Utensilien vorzubereiten. Man konnte sich nicht vorstellen, wie weihevoll er zu Werke ging. Wer ihn nicht kannte, erwartete ein unordentliches, ja chaotisches Atelier, doch da täuschte man sich. Jetzt, wo er es für sich alleine hatte, war alles sauber und fest umrissen. Sein Leinöl war so rein, dass man damit hätte kochen können. Er rieb es sich gerne in die rauen, rissigen Hände. Die Pinsel wurden mit Flanelllappen und Schmierseife gereinigt. Er sortierte seine Lappen. Die steif getränkten gab er in die Wäsche. Er atmete gern den Geruch von Terpentin und witzelte darüber, dass er ihm den Verstand geraubt hätte.

Bis ich im Atelier eintraf, war es schon warm. Das Öl, eben noch zähflüssig wie Sirup, hatte inzwischen die Konsistenz von Essig. Es war Zeit, die Farben zu mischen. Er schüttete die Pigmente auf die Palette: Umbra, Siena, Ocker und Amarant. Sie rochen wie Kreide, Kalksteinstaub und Erde. Mit einem Palettenmesser brachte er schichtenweise Öl in die Pulverhäufchen. Das Wachspapier wurde grau und gesättigt. Gustav drehte das Messer in einer Lache aus Öl und Pigmenten. Alles auf seinem Tisch berührte er mit geradezu rituellem Ernst. Er reinigte jeden Pinsel an seinem Kittelsaum und rührte das halb mit Sediment durchmischte lehmbraune Terpentin, so dass es strudelte wie die Donau im Frühling. Dann kippte er seine Messer und Schwämme aus den Beuteln, in denen er sie aufbewahrte. Schließlich stand er mindestens zehn Minuten lang vor dem Gemälde und betrachtete es genau, um den Arbeitsplan für den Tag festzulegen.

Während ich wartete, dass er zu mir herübersah, vertrieb ich mir die Zeit mit Leibesübungen – ein paar Hampelmänner, ein paar Vorwärtsbeugen, ein Dauerlauf auf der Stelle. Es war die einzige Möglichkeit, mich genügend zu ermüden, um gleich so lange stillzustehen und nicht zu zucken. Gustav gefiel meine rosig durchblutete Haut nach der Anstrengung. Wenn er fertig war, ging ich in Stellung und wusste, dass er herüberkommen und sie korrigieren würde. Er liebte es, mir unmögliche Dinge abzuverlangen, wie zum Beispiel, den Fuß hinters Ohr zu klemmen. Dann bat ich ihn, es mir vorzumachen, und er brachte mehrere Minuten mit schmerzhaften Verrenkungen zu, bevor er sagte: »Genug!«

Ich versuchte, mein Gesicht zu einem freundlichen Ausdruck zu entspannen und genau die gleiche Körperhaltung einzunehmen wie beim letzten Mal. Verrutschte ich auch nur zentimeterweise, merkte er es sofort und beschwerte sich. Während ich Modell stand, konnte ich das Gemälde nicht sehen, und in den Pausen deckte Gustav es mit einem Laken zu.

Es machte mich wahnsinnig, nicht zu wissen, wie er mich malte. Ich konnte mich nicht nach Alma erkundigen, doch ich dachte, das Bild würde mir etwas verraten, das er für sich behielt. Ich versuchte, ihn ganz allgemein zu fragen, wie weit er mit der Arbeit gediehen sei, doch er stellte sich stur, weigerte sich, mir irgendetwas zu erzählen. Er zeigte nur mit dem Pinsel in meine Richtung und sagte: »Keine Fragen, bis es fertig ist!« War ich im Atelier, ließ er mich nie allein; er wusste, dass ich der Versuchung vielleicht nicht widerstehen könnte, dass ich möglicherweise hinüberrennen und das Tuch hochheben würde, wenn er gerade in die Küche ging oder ein Telegramm entgegennahm.

Ich musste etwas unternehmen. Ich hätte bei Nacht herkommen können oder wenn anzunehmen war, dass

Gustav gegangen war, aber er hatte so seltsame Arbeitszeiten, dass ich Angst hatte, ertappt zu werden. Also wandte ich mich an meine Schwester.

Nach Ernsts Tod zog Helene mit ihrer Tochter zu uns. Sie übernahm den größten Teil der Hausarbeit und beklagte sich nie über die traurige Wendung in ihrem Leben. Sie war immer noch die schönste Witwe in ganz Wien. An dem Tag trug sie ein rosa Seidentuch, das sie sich um den Kopf gebunden hatte, und winzige Turmalin-Ohrringe dazu. Sie sah aus wie ein Mädchen in einem niederländischen Gemälde. Helene, meine Nichte, inzwischen neun Jahre alt, lag auf dem Teppich und las in einem Hans-Christian-Andersen-Bilderbuch, während ich meiner Schwester erklärte, worum ich sie unbedingt bitten musste.

»Zieh einfach nur das Tuch runter und schau es dir an«, sagte sie. »Was soll das Mantel-und-Degen-Drama?«

»Er lässt es mich nicht sehen, bis es fertig ist.«

»Dann zeigt er es mir genauso wenig. Du benimmst dich, als wärst du acht Jahre alt. Nein, das nehme ich zurück. Mit acht hättest du dieses Tuch vor seiner Nase weggerissen.«

»Gehst du heute Abend hin?« Ich gab ihr meine Atelierschlüssel. »Gustav und ich wollen in die Oper, aber wahrscheinlich kehrt er danach noch mal ins Atelier zurück.«

»Und wonach soll ich suchen? Irgendeiner psychologischen Erkenntnis? Irgendetwas Aufschlussreichem über seine Gefühle?« Es klang albern, als sie es laut aussprach.

»So etwas in der Art.«

Ich erinnere mich nicht daran, was sie an dem Abend spielten, dazu war ich zu angespannt. Ich fürchtete, er durchschaute mich und wüsste, was ich im Schilde führte, doch er musste wohl zu dem Schluss gekommen sein, dass mich die Sache mit Alma so nervös machte, meine Angst, ihr irgendwo in der Öffentlichkeit zu begegnen. Er bemühte sich sehr um mich, scharwenzelte wie ein kleiner Hund um mich herum und bezirzte mich mit seinem Unschuldsblick und seinem übermütigen Lausbubencharme.

Nach der Vorstellung hielt ich ihn noch möglichst lange auf, indem ich vorgab, ich hätte Hunger. Dann ging ich heim.

Als ich am folgenden Nachmittag Helene sah, brachte sie das Gespräch nicht gleich auf das Gemälde. Damit beauftragt, die Räumlichkeiten für den Salon zu finden, hatte sie sich in Mariahilf, wo wir wohnten, mehrere Gebäude angesehen. Sie wollte mir etwas über Quadratmeter und Details zu den Pachtverträgen sagen und mir erklären, was jeweils für und gegen ein Angebot sprach, doch in dem Moment interessierte mich das alles herzlich wenig.

»Und?«, sagte ich, als ich nicht mehr warten konnte. Sie wusste sofort, was ich meinte.

»Es ist fast fertig«, sagte sie. »Noch ein, zwei Wochen vielleicht.«

»Wie sieht es aus?«

»Es ist gut«, sagte sie wenig hilfreich. Sie mied meinen Blick und versuchte, es zu kaschieren, indem sie vorgab, Helene bei einer Stickerei helfen zu wollen, an der sie gerade arbeitete. Vielleicht hoffte sie, mich mit dem rührenden Anblick abzulenken.

»Du meinst, gut getroffen?« Ihre ausweichende Art irritierte mich.

»Könnte man sagen.«

»Könnte?«

»Auf dem Gemälde bist du …« Sie suchte nach dem

richtigen Wort. »Aufreizend. Oder auch schlangenhaft. Du bist wie eine Nixe. Wogegen nichts zu sagen wäre, nur, dass du es bist. Es sieht dir unheimlich ähnlich und dann auch wieder nicht.«

»Wie meinst du das, es sieht mir ähnlich?«

»Es ist schwer zu beschreiben. Du musst es wirklich gesehen haben.« Vor Frustration hätte ich sie anschreien können.

»Helene, du musst mir mehr verraten.«

»Es ist in Blau, Purpurrot, Gold und Silber gehalten.«

»Danke, das hilft.«

»Ich geb mir Mühe, Emilie, wirklich.«

»Glaubst du, er liebt mich?«

»Nach dem Bild zu urteilen oder nach allem sonst?«

»Beidem«, erwiderte ich.

»Du weißt, dass ich die Antwort darauf nicht kenne.«

»Aber was glaubst du?«

»Vielleicht. Ich weiß es nicht.«

»Als du das Bild vor dir hattest, kam dir da der Gedanke: Er ist in diese Frau verliebt?«

»Mir kam der Gedanke: Er will, dass sie jemand anders ist.«

Als das Gemälde fertig war, bat mich Gustav endlich, es mir zusammen mit ihm anzuschauen. Ich war froh, dass ich nach Helenes heimlicher Besichtigung gewappnet war. Schweigend standen wir ein paar Minuten davor, und er rieb vorsichtig mit einem Schwamm an einer Ecke herum oder trug noch ein paar Tupfer Titanweiß auf. Es war immer schwer, ihn dazu zu bringen, dass er ein Werk für abgeschlossen erklärte.

Auf der Leinwand war das Kleid, das ich geschneidert hatte, für mich nicht wiederzuerkennen. Es war purpurrot und floss wie Wasser zu Boden. Darin schwammen aquamarinblaue Fische mit goldenen Augen gemächlich abwärts, während sich die Silberkäfer auf der Jacke eng zusammendrängten. Die verschlankte Gestalt in dem Kleid hatte sich einen Stoff eng um den zarten Hals geschlungen. Sie trug ein großes Dekolleté und hatte die langen, schmalen Finger um die vorgewölbte Hüfte gelegt. Ihr Kleid lief bis zum unteren Bildrand aus, wodurch sie keine Füße hatte und unbeweglich zu sein schien. Es war mein Gesicht, doch verschwommen und ungenau, die Haarfülle wie bei mir an einem regnerischen Tag.

Helene war schön. Das wusste jeder. Mein Fall lag da schon komplizierter. An manchen Tagen und aus bestimmten Blickwinkeln fand ich mich hübsch, doch ein anderes Licht oder eine Verschiebung der Perspektive, und schon wirkte ich ziemlich unscheinbar. In den sechzehn Jahren, seit Gustav die Pastellzeichnung von mir angefertigt hatte, war es mir immer noch nicht gelungen, mich mit meinem kräftigen Kinn anzufreunden, nur dass ich inzwischen eine Frisur trug, die seine Strenge milderte. Hüte standen mir gut. Das Profil war meine beste Ansicht. Von vorn wirkte mein Gesicht zu breit. Meine Stirn war etwas niedrig, mein Hals zu kurz. Gelegentlich musste ich zugeben, dass ich einen guten Teint und eine schöne blaue Augenfarbe hatte, doch meistens sah ich nur die körperlichen Mängel, wenn ich in den Spiegel schaute.

Die Frau auf dem neuen Porträt war hinreißend und – bei dem Gedanken wurde ich rot – verführerisch. Sie hatte herausfordernde Augen. Sie strahlte Kraft aus und wirkte zugleich ein wenig unheilvoll, was auf ein Innenleben schließen ließ, das sich meines Wissens vollkommen von meinem unterschied. Steckte etwas von ihr in mir? Kannte ich mich selbst nicht?

Wenn ich Helene, die mich besser als sonst jemand kannte, glauben durfte, war meine Selbsteinschätzung richtig, und Gustav irrte sich. Die Frage war nur, ob Helene nicht nach so vielen gemeinsamen Jahren zu sehr an Nahblindheit litt, um mich klar zu sehen. Vielleicht hatte ich mehr von der Frau auf dem Porträt, als ich mir eingestehen konnte.

»Was meinst du?«, fragte er. Er hatte die Nacht durchgearbeitet und tänzelte nun mit der wilden Energie eines erschöpften Mannes vor dem Gemälde herum. Ich zögerte. Die Frage war unfair, wie wenn man seine eigene Intelligenz taxieren wollte. Es war ein grandioses, Schwindel erregendes Meisterwerk, aber da ich darauf war, konnte niemand von mir verlangen, objektiv zu sein.

»Ist es wirklich das, was du siehst, wenn du mich anschaust?«, fragte das um sich selbst kreisende Mädchen, während der Künstler schwieg. Gustav seufzte, schien aber eher amüsiert zu sein als verletzt.

»Einmal hast du gesagt, auf einer Zeichnung, die ich von dir gemacht habe, sähst du aus wie ein Kind. Und jetzt findest du, ich hätte dich – was? – zu fraulich dargestellt? Du musst zugeben, dass du inkonsequent und schwer zufrieden zu stellen bist.«

»Weshalb bin ich so gestreckt?«

»Ich dachte, sonst würdest du dich beschweren, ich hätte dich wie Berta gemalt«, sagte er.

»Ich frag mich nur, ob du mich überhaupt wirklich siehst«, sagte ich, Helenes Worte noch im Ohr, »oder ob du dein Wunschbild von mir geschaffen hast.«

»Ich bin Porträtmaler, kein Anatom. Natürlich ist meine Sicht subjektiv.«

»Ich finde, ich sehe …« – mir fielen nur Helenes Adjektive ein –, »schlangenhaft aus.«

»Macht dir das Angst?« Er war jetzt ernst. Wir sahen uns nicht an, sondern betrachteten beide das Bild. Ich fühlte mich nackt, entblößt.

»Ja«, sagte ich.

Er schwieg einige Minuten lang, und ich folgte seinen Gedanken, die wie Wolkenschwaden durch das Zimmer schwebten.

»Mir auch«, sagte er endlich. »Deshalb musste ich dich so malen. Hätte ich dich anders gemalt, wäre es feige gewesen, dann hätte ich mich gedrückt. Ich verabscheue nichts so sehr wie einen feigen Maler.«

Die Vorstellung, dass Gustav Angst vor mir haben könnte, war absurd. Ich mochte mir selbst Angst einjagen, doch das war etwas anderes.

»Es ist wie *Philosophie*«, sagte er. »Es wäre nicht schwer gewesen, sie als rational und geordnet darzustellen wie die Schule von Athen, aber das wäre nicht ehrlich. Es ist absolut Furcht erregend, das Chaos der menschlichen Existenz sichtbar zu machen, die dunkle Seite des menschlichen Geistes zuzulassen, aber wenn man das einmal gemacht hat, dann erkennt man, dass da auch Licht ist.«

»Das Licht scheint in der Finsternis, und die Finsternis hat's nicht begriffen«, sagte ich.

»Ja«, erwiderte er. »Wenn du es so interpretieren willst.«

»Wünschst du dir, ich wäre mehr wie sie?« Ich wies mit dem Kinn auf das Bild.

»Aber das bist du doch«, sagte er. »Du weißt es nur nicht.«

Die Frau auf dem Bild hätte an dem Tag etwas Erotisches getragen, etwas wie den Smaragd, der stets auf Almas Busen prangte. Sie hätte sich Ruß in die Wimpern geschmiert und Rouge aufgelegt, sie hätte sich, während er sprach, an Gustav geschmiegt und ihm schmachtende

Blicke zugeworfen. Ich dagegen wäre mir dabei albern vorgekommen.

Ich liebe dich, sagte ich nicht. Stattdessen schlug ich vor, etwas zu Mittag zu essen. Ich hatte geräucherte Makrele und Roggenbrot mitgebracht.

Gustav schenkte das Porträt meiner Mutter, doch sie mochte es nicht. Sie räumte es in einen Schrank und weigerte sich, es irgendwo im Haus aufzuhängen, selbst wenn Besucher es gerne sehen wollten. Nach ein paar Jahren erbat Gustav es sich zurück, und 1908 verkaufte er es an das Historische Museum der Stadt Wien. Die Touristen kommen und starren mich an, schlagen mich in ihren Museumsführern nach und starren mich dann noch ein bisschen an. Ich bin so leibhaftig gegenwärtig, dass sie glauben, sie könnten mich förmlich riechen.

Sechzehn

Kammer am Attersee
8. Januar 1945

Wir brachten den Tag damit zu, Verdunkelungsgardinen zu nähen. Unter den Paketen, die Herta schickte, zwischen den alten Textilien und dem glitzernden Schmuck, befand sich ein weiches Bündel in braunem Packpapier: dreißig Meter unansehnliche schwarze Baumwolle, wachshaltig steif. Ihr einziger Vorzug war ihre äußerst dichte Webart, so dass sie vollkommen undurchsichtig war. Würde man mitten in der Nacht direkt neben dem Haus aus dem Himmel fallen, könnte man nicht sagen, dass da irgendetwas ist. Wenn man dort oben flog, dächte man wohl, man flöge über Wasser und nicht über einen Flickenteppich aus Bauernhöfen, Städten und Schlössern. Man würde sich desorientiert fühlen, seinen Instrumenten misstrauen. Vielleicht krachte man auch in die Berge und starb in Feuer und Eis. Genau das, erklären sie uns, wird damit bezweckt.

Kurz nach unserer Ankunft hatte uns die Ortsverwaltung eine Mitteilung geschickt: In sämtlichen Häusern musste den Vorschriften binnen dreißig Tagen nachgekommen werden. Es folgte, in typisch österreichischer Manier, eine präzise Beschreibung, welches Tuch akzeptabel war und welches nicht; dann exakte Maße sowie Herstellungsanleitungen für die Gardinen, anschließend die genaue Tageszeit, in der sie zugezogen sein mussten, sowie die Strafgebühren für Zuwiderhandlung. Es werde unangemeldete Hausbesuche geben.

Andere Leute im Dorf hatten es schon Wochen im Voraus gewusst. Die einzigen Geschäfte, die immer noch den richtigen Stoff am Lager hatten, verlangten das Fünffache dafür. Ich hätte den Wucherpreis bezahlen können, doch das hätte mir vielleicht das Genick gebrochen. Stattdessen ging ich zu Heitzmann, aber er konnte auch keinen entbehren. In einem allerletzten Versuch, den Profitjägern zu entkommen, schrieb ich an Herta in Wien, ohne mir allzu große Hoffnungen zu machen, dass sie das Material auftreiben und es rechtzeitig schicken würde. Doch Herta und die Post sind so zuverlässig wie eh und je.

Meine Finger sind steif, und ich kann kaum sehen, was ich tue; ich steche mir alle naslang in den Finger. Der Stoff ist hässlich, und man würde niemals Kleider daraus machen wollen. Ich versuche, mir ein Kostüm vorzustellen, zum Beispiel an Adele Bloch-Bauer, und schaudere bei dem Gedanken. Für einen Mantel mit einem kleinen runden Kragen und glänzenden Plastikknöpfen mochte er passen, für etwas, das man bei Regen trägt und auf dem Land. Etwas, das man im Alter trägt, wenn es niemanden mehr kümmert, wie man aussieht, am wenigsten einen selbst.

Das Nähen an sich allerdings ist seltsam befriedigend. Schon lange habe ich nicht mehr genäht. Ich habe abgesteckt und drapiert, auch Maß genommen und gezeichnet, doch fürs Nähen waren andere zuständig – Frauen mit hochgestecktem, angegrautem Haar, unter dem ihr gebeugter, verkrampfter und schmerzender Hals zu sehen war. Ich sagte ihnen, was sie tun sollten, und sie führten es auf den Maschinen aus. Nur die Perlstickerei oder die letzten Stiche waren Handarbeit und somit eine noch mühsamere Angelegenheit. Eine Perlenstickerin blieb nicht lange.

Wenn ich das Tuch hochhebe und gegen das Licht halte, stelle ich zufrieden fest, dass die Stiche winzig, präzise und regelmäßig sind. Der Saum ist so gerade wie die Tischkante, und auf dem stumpfen Tuch schimmert der Faden wie mattes Silber. Solche Nähte würden auch zu einem Ballkleid passen. Als wir unseren ersten Auftrag bekamen, nähten Helene, Pauline und ich im Wohnzimmer zweihundertfünfzig Schürzen mit der Hand, da wir weder eine Näherin noch eine Maschine hatten, damals noch nicht. Sie bestanden aus grober, ungebleichter Baumwolle in der Farbe von Hafermehl. Sie waren schmucklos, ungefüttert und alle in derselben Größe. Wir hatten das Schnittmuster zum Kopieren bekommen und kaum mehr zu tun, als den Stoff danach zuzuschneiden, zu säumen und an Hals und Taille Bänder zu befestigen. Es war keine Arbeit, der ich meinen persönlichen Stempel aufdrücken konnte. Für jemanden wie mich, der sich danach sehnte, mit gelber Seide und Perlennetz zu spielen, war sie stumpfsinnig und langweilig, doch am Ende war sie eine durchaus heilsame Lehre. Ich begriff, dass der teure Stoff und bunte Zierrat nur die Zuckerrosetten sind und nicht der eigentliche Kuchen.

Irgendwann kam ich auf die Idee, vorne Taschen anzubringen. Ich dachte, ein Koch wollte vielleicht ein Thermometer hineinstecken oder einen Schneebesen oder eine große Schere. Der Eigentümer der Kochschule war entzückt von diesen Taschen, und ich begriff, wie wenig und wie viel es kostet, Menschen zu erfreuen. Man braucht ihnen nur genau das zu geben, worum sie gebeten haben, und dann noch eine kleine Zugabe, von der sie nicht einmal wussten, dass sie sie brauchten, bis man sie darauf hinwies.

Weder Helene noch Pauline schienen etwas dagegen zu haben, dass ich sie praktisch eingestellt hatte. Beide brauchten etwas, das sie von dem Gedanken ablenkte, allein zu sein. Ich auch.

Es war ein Anfang. Wir wurden bezahlt.

Ich erzähle Helene von dieser Zeit, wenn wir in den beiden passenden Chintzsesseln im Wohnzimmer des Hauses sitzen und Trauerkleider nähen. Sie hört diese Geschichten zum tausendsten Mal, doch sie lässt mich gewähren. Der fade Stoff in unseren Händen setzt sich eigentümlich von dem farbenfrohen Zimmer ab, gleich einer toten Blume in einem schönen Strauß. Aus den Dachrinnen schüttet es wie ein Wasserfall, und der Kamin räuchert uns ein, als ob wir Grillwürstchen wären. Ich wünschte, ich könnte zu einem Spaziergang rausgehen, doch inzwischen gibt es eine Ausgangssperre. Und ich kann auch nicht behaupten, dass der kalte Regen besonders angenehm ist. Hätte ich nur einen Mantel aus schwarzem Ölzeug, etwas, das mich bei Nacht unsichtbar machte, dann könnte ich gehen.

»Als ich anfing, hatte ich ständig Angst, einen Fehler zu machen«, sagt Helene, »etwas falsch zuzuschneiden und guten Stoff zu vergeuden oder eine Tasche schief anzunähen. Ich hatte Angst, dich zu enttäuschen. Jetzt kann ich einen Stich auslassen, und es macht niemandem etwas aus.«

»Vielleicht den Aufsichtsbeamten«, sage ich. »Vielleicht sind das Pedanten.« Wenn sie sich einige der Frauen im Dorf ansehe, würde sie das eher bezweifeln, entgegnet meine Nichte, und ich gebe ihr Recht.

Damals erschien uns ein unbedeutender Auftrag durchaus wie die Chance des Lebens, waren ein paar Schilling ein Vermögen. Wir hatten noch alles vor uns: Reichtum, Ruhm und Erfolg.

Helene erinnert mich daran, wie hart die Zeit für ihre Mutter war. Während ich noch alles vor mir hatte, war sie eine dreiundzwanzigjährige Witwe mit einem zweijährigen Kind. Für sie barg die Zukunft nichts weiter als Kummer und Plackerei, als Abhängigkeit und ein einsames Leben.

Meinst du, es war so schrecklich für sie?, will ich wissen. War sie unglücklich?

Nein, sagt sie, ich glaube nicht. Aber ich hätte nie an ihrer Stelle sein wollen.

Der Moment wird für uns beide zu schmerzlich, und so wechseln wir hastig das Thema und lassen uns über Flugzeuge aus – ein Leichtes für uns, da wir beide nicht die geringste Ahnung davon haben. Wir versuchen uns vorzustellen, wie sie navigieren, was für Instrumente, was für Motoren sie haben. Fliegen sie mit demselben Benzin, mit dem mein kleiner gelber Sportwagen fährt, der schon seit langem beschlagnahmt ist?

»Ich glaube nicht, dass wir sie aufhalten können«, sagt Helene. »Wir können es ihnen höchstens schwerer machen. Eigentlich versuchen wir nur, Wien zu schützen; über uns hier draußen macht sich keiner Gedanken.«

»Soll auch keiner«, sage ich. »Wir sind völlig unwichtig. Sie sollen die Secession schützen und das Kunsthistorische.«

Ich versuche, mir Poiret vorzustellen, schlank und modebewusst. In einer speziell entworfenen Fliegermütze und Schutzbrille vielleicht, wie er auf mich herunterfeuert. Der Gedanke ist absurd, aber auch irgendwie beruhigend.

Als wir die Gardinen aufhängen – neun Paar, in der Küche, dem Wohnzimmer, den sechs Schlafzimmern und dem Bad –, herrscht bereits um vier Uhr nachmittags Dämmerlicht. Das Haus wirkt nur noch halb so groß. Ich hatte vergessen, welches Gefühl von Weite Fenster vermitteln, selbst in einer mondlosen oder bewölkten, sternenlosen Nacht. Es ist beklemmend, wie meine Welt zu dieser winzigen, schutzlosen Schachtel zusammenschrumpft. Geht tatsächlich etwas auf einen nieder, ist es zu spät, wenn man es endlich sieht. Ich schneide die keimenden Augen aus unseren Kartoffeln und stecke sie in eine Tüte. Später werden wir sie pflanzen. In Salzwasser gekocht, zum gedünsteten Gemüse aus Heitzmanns Garten und frischem Schinken geben sie gar keine schlechte Mahlzeit ab. Danach gibt es nichts mehr zu tun, als ins Bett zu gehen.

Studie zu Adele Bloch-Bauer

In bestimmten Kreisen ist es ein offenes Geheimnis, dass sich Adele Bloch-Bauer Liebhaber nimmt. Öffentlich missbilligen viele einen solchen Lebenswandel bei einer verheirateten Frau. Man könnte doch zumindest etwas mehr Diskretion von ihr erwarten. Privat allerdings klingt das, besonders unter Frauen, schon ein wenig anders. Ihr Mann, heißt es da, hat sie bewusstlos geprügelt, als er hörte, dass sie keine Kinder bekommen kann. Er hält sich irgendwo in der Provinz eine zweite Familie. Die arme Adele, wird sie bedauert. Sie ist so unglücklich, so allein. Soll sie doch Trost suchen, wo sie kann. Frauen entwickeln gegenüber Adele einen Beschützerinstinkt; ihre Zerbrechlichkeit und ihr selbstzerstörerischer Leichtsinn gehen ihnen ans Herz. Wahrscheinlich wird sie nicht allzu lange leben, denken sie, bei dem gewalttätigen Mann, ihrer Melancholie und anfälligen Gesundheit. Eine Erkältung könnte ihr Ende sein, mindestens so wahrscheinlich aber auch eine Flasche Pillen. Nur ihre Familie ist der Meinung, dass man sich eher um Klimt Gedanken machen sollte und nicht um Adele.

Dem Klatsch nach ist der Maler Gustav Klimt ihr derzeitiger Geliebter. Natürlich leugnet er. Frau Bloch-Bauer ist eine reizende Frau, sagt er immer. Eine Freude, sie zu malen. Die Botschaft dahinter ist allen klar: Er würde sich nicht anmaßen, mit einer Klientin, einer wohlhabenden Frau aus gehobenen Kreisen, eine Affäre anzufangen. Die Dementi kommen ihm charmant, glatt und geübt über die

Lippen. Natürlich fällt niemand auch nur einen Moment darauf herein, und das erwartet er auch nicht.

Adele ihrerseits hat viele Bekannte, doch, wenn überhaupt, nur wenige Freunde, und so ist niemand ganz auf dem Laufenden. Sie rauscht allein durch die Abendgesellschaften, ist scheinbar überall, doch hinterher erinnert sich niemand daran, mit ihr gesprochen zu haben. Ist ihr Mann in der Stadt, lädt Adele Gäste ein, lässt sie im Wintergarten Schmetterlinge fliegen und bestellt Eisskulpturen, um die Gäste zu unterhalten. Sie genießt das Theatralische daran, die Inszenierung und das Bühnenbild. Sie lädt Leute ein, von denen sie weiß, dass sie eingefleischte Feinde sind, und setzt sie beim Essen nebeneinander. Dennoch kommen die Gäste, wegen ihres Mannes. Und weil die eine Woche aus Madagaskar eingeschiffte Klammeraffen zu bestaunen sind und die nächste Woche rote Samtvorhänge und Tänzer des Bolschoiballetts.

Was Adeles Schönheit betrifft, so hat es da nie ein einhelliges Urteil gegeben. Sie ist der Typ schöne Frau, die von den Männern überaus bewundert wird, während sie die Frauen in ihrer Umgebung höchstens irritiert, aber nicht bedroht. Sie wickelt die Männer ein, urteilen die Frauen. Natürlich fühlen sie mit ihr, nehmen aber kein Blatt vor den Mund, wenn sie über ihr Äußeres klatschen, so wie sie es auch untereinander tun, sobald eine von ihnen den Raum verlässt. Adeles Gesicht ist lang und hager, ihr Körper fast ausgezehrt, ihr Haar zu dunkel, ihre Brauen wie bei einer Zigeunerin zu dick, ihre Züge ziemlich verwischt. Ihre Augen sind wirklich schön, je nach Licht zwischen grün und grau, doch wie bei einem Reptil mit schweren Lidern. Ihre Zähne stehen zu sehr vor. Adele ist auf ihre Weise eine bemerkenswerte Erscheinung, aber das ist nicht dasselbe wie eine Schönheit. Beim Essen streiten sich die

Frauen mit ihren Männern darüber. Sie sind blind für das, was die Männer sehen: die ungezügelte Leidenschaft, die sexuelle Energie, die Gewaltbereitschaft, die sich unter ihrem gleichmütigen Äußeren verbergen. Nach dem Beischlaf mit Adele Bloch-Bauer tut ein Liebhaber gut daran, wach zu bleiben. Am Ende lenken die Männer ein. Vielleicht haben die Frauen ja Recht, sagen sie. Vielleicht ist es überhaupt nicht Schönheit. Doch jeder von ihnen fragt sich, wann Adele mit Klimt fertig ist und ein Auge auf ihn werfen könnte.

Adele und ihr Mann richten eine Verlobungsfeier für Gustav Mahler und Alma Schindler aus. Es ist eine seltene Gelegenheit; Mahler hasst gesellschaftliche Ereignisse, besonders zu seinen Ehren, und hat diese Einladung nur angenommen, weil Alma geweint und mit Gegenständen um sich geworfen hat. Sie stehen auf dem Parkett der Eingangsdiele, Alma und Mahler, er graumäusig und unbehaglich, mit einem Fuß schon wieder draußen, sie strahlend wie die Ringstraße bei Nacht.

Gustav Klimt betritt den Raum, grüßt den Bräutigam und küsst die Braut, die den Kuss ein wenig länger erwidert, als es die guten Sitten erlauben. Hat sie ihm vergeben?, fragt er sich. Sie haben seit jenem Tag im Atelier – wann war das noch gleich, vor zwei Jahren? – kaum miteinander gesprochen. Seitdem hat er mehrere wütende Briefe von ihr bekommen, die er nicht beantwortet hat. Mit einer Antwort würde er zugeben, dass etwas zwischen ihnen gewesen ist, und er sieht in Almas Vorwürfen lieber haltlose Illusionen.

Gustav hat für Gesellschaften fast so wenig übrig wie Mahler – das gedankenlose Geplapper, das lange Aufbleiben, die Ablenkung von seiner Arbeit, die Gefahr einer zufälligen Konfrontation mit einer verflossenen Geliebten oder einem ideologischen Widersacher, die Möglichkeit eines Fauxpas, der selbst nach zwanzigjährigem Schliff noch ungehobelte Kanten verrät. Einen Anlass, bei dem er Adele sehen wird, lässt er sich allerdings nie entgehen. Nicht, weil er unbedingt mit ihr zusammen sein müsste – das auch –, sondern weil er es genießt, sie am anderen Ende des Zimmers zu sehen und sich plastisch vorzustellen, was sich unter dem Kleid verbirgt. Wird er zu weit gehen? Wird sie ihn verraten? Die Gefahr der Demaskierung, die Möglichkeit, die Selbstbeherrschung zu verlieren, erregen ihn, kaum dass er sie erblickt.

»Sie sehen reizend aus«, sagt er zu ihr, als er sich aus Almas Umklammerung löst und Adeles Hand mit den Lippen streift. Er denkt an die verkrüppelten Finger unter den Handschuhen und wozu sie fähig sind. An ihre geschminkten Lippen und wo er sie gerne hätte.

»Wie liebenswürdig von Ihnen«, sagt sie und blickt ihm vage über die Schulter, eine Unart, die er nicht ausstehen kann. Langweilt er sie? Denkt sie überhaupt an ihn? Es ist ihm unerträglich, und um Herr der Lage zu sein, verlässt er sie und begrüßt andere Freunde. Er fühlt ihren Blick im Rücken. Für den Rest des Abends wird er nicht mehr zu ihr gehen, schwört er sich. Um zu sehen, wie sie reagiert. Was ihr nächster Schachzug ist. Doch bald schon wird die Erwartung unerträglich, und er muss einfach Adeles Hand ergreifen. Als er merkt, dass ihre Augen auf ihn gerichtet sind, schlüpft er in die Bibliothek und gibt vor, ein schlechtes Ölgemälde zu betrachten. Er stößt auf einen Mann, der die Titel der Bücher liest, sich aber, als er Gustav sieht, für seine linkische Geste geniert und verschwindet. Gustav ist in der Bibliothek allein. Bald spürt er ihren Atem im Nacken.

»Du ignorierst mich immer«, sagt sie.

»Ganz im Gegenteil«, entgegnet er. »Ich bin mir deiner nie so bewusst, wie wenn wir nicht zusammen sind.«

Sie hat ein hohes, blaffendes Lachen, mit einem Anflug, findet er, von Hysterie. Sie lacht ein paar Sekunden länger als angemessen. Andere mögen auf deine Sprüche hereinfallen, will sie ihm damit sagen, aber ich nehme es mit dir auf. Ich habe keine Illusionen mehr, die du mir noch zerstören könntest. Ironischerweise stimmt das, was er gerade gesagt hat, sogar. Wenn sie ihm nahe ist, dann ist sie eine Frau. Die verteilten Rollen sind ihm so geläufig wie ihre Glieder und die sexuellen Abläufe ebenso. Er versteht sich darauf, die Dinge zu sagen, die eine Frau dazu bewegen, die Nacht mit ihm zu verbringen. Er weiß, womit er ihre Leidenschaft zu ihm entfacht, ihre Zuneigung weckt und, wenn es Zeit dafür ist, ihren verletzten Zorn. Nur wenn sie am anderen Ende des Zimmers steht, wenn sie in ein Gespräch vertieft ist und so tut, als sähe sie ihn nicht, während sie ihn aus dem Augenwinkel heraus verfolgt; nur von dieser Warte kennt er sie ganz. Es hat keinen Sinn zu insistieren. Stattdessen legt er ihr die Hand an die Taille. Sein Daumen drückt ihr gegen die Rippen. Manchmal denkt er, etwas in ihr müsste zerbrechen.

»Ich hab deine kleine Freundin unten gesehen«, sagt Adele. »Ich fürchte, ich habe einen Schnitzer gemacht. Es fällt mir einfach schwer, unaufrichtig zu sein.« Gustavs aufwallender Ärger überrascht ihn selbst. Der Moment erscheint ihm absurd melodramatisch, wie aus einem Roman; er könnte Adele dafür ohrfeigen, Adele, die beiseite getreten ist, als hätte sie so etwas geahnt, und nun mit dem Rücken zu dem Gemälde steht, die Augen unter dem Schleier ihrer Lider.

»Sie wird es nie erfahren«, sagt er. »Wenn du es ihr sagst, bring ich dich um.«

»Mein Mann droht mir ständig, mich umzubringen, und wenn er es noch nicht getan hat, wirst du es erst recht nicht tun«, sagt sie.

»Ich mein's ernst, Adele. Sie darf es nie erfahren.«

»Wie charmant von dir, sie so zu beschützen. Beinahe väterlich. Aber ist es nicht auch ziemlich beleidigend? Sie ist sehr intelligent. Meinst du nicht, sie weiß es längst?«

Darauf hat er keine Antwort. Ich bin kein Thema, das er mit irgendjemandem diskutiert, weder mit Hoffmann noch mit seiner Mutter oder sonst jemandem. Ich gehöre zu seinem Leben, und er weiß nicht, warum und in welcher Eigenschaft. Es widert ihn an, dass die Frau, die vor ihm steht, über mich redet, als sei ich ein Gast der Abendgesellschaft, über den es besonders pikanten Klatsch zu erzählen gibt. Da ist sie nun, das arme Ding. Und weiß von nichts. Vielleicht sollte es ihr einer von uns beiden sagen. So viel ich gehört habe, weiß sie es doch. Nachdem sie Adele begrüßt hat, habe ich gesehen, wie sie ein Glas Champagner genommen und in einem Zug leer getrunken hat. Du hast doch genau dasselbe getan, das hat nichts zu bedeuten. Aber ich denke, sie weiß es doch. Sieh dir nur ihre Mundstellung an. Du findest nicht viele Frauen in ihrem Alter mit so einem Mund.

»Ich will nicht, dass sie es erfährt, ich will sie nicht verletzen«, ist alles, was Gustav sagen kann. Er weiß, dass er am Dienstag wieder zu Adele nach Hause geht und dass sie für die Sitzung etwas tragen wird, das ich geschneidert habe; auch wenn der Modesalon erst in einigen Monaten eröffnet, habe ich angefangen, für wenige ausgewählte Kundinnen Kleider zu entwerfen, um bekannt zu werden. Ich hatte ein paar Schals und Tücher gemacht, und Adele hatte darauf bestanden, von jedem eines zu bekommen. Er wird sie in dieser Aufmachung zeichnen, bis die Spannung

unerträglich wird. Sie werden nicht sprechen und abwarten, wer von ihnen am längsten durchhält. Schließlich wird er seinen Bleistift weglegen und zumindest aufstehen müssen, um die Schultern zu strecken. Wenn sie sieht, dass er sich bewegt, wird Adele ohne ein Wort den Raum verlassen. Sie wird nicht in ihr angrenzendes Schlafzimmer gehen, sondern in ein Gästezimmer den Flur entlang. Wenn er dort erscheint, wird sie es sich bereits anmutig, doch schlaff und bleich, auf dem Bett bequem gemacht haben. Sie wird keine Erregung, keinen Enthusiasmus zeigen, wenn Gustav sie auszieht; sie will, dass er denkt, sie begehrte ihn nicht. Wenn er zur letzten Schicht vorgedrungen ist, wenn er sie aus Korsett, Unterrock und -kleid geschält hat, wird sie ihm sagen, dass sie den Schal oder das Tuch tragen will, während sie sich lieben, und er wird sein Fleisch an Adele pressen, und einzig dieses quadratische Tuch wird zwischen ihnen sein.

Siebzehn

Gustav und ich gingen zusammen zu Adeles Fest zu Ehren von Alma und Mahler. Ich stand neben ihm, als er Alma küsste. Ich küsste sie auch; ihre Wange war warm und roch nach Puder. Mahler tat mir Leid; er sah aus, als wäre ihm sein Anzug zwei Nummern zu klein. Ich küsste Adele; sie roch nach Jasmin. Sie hatte eine Schwäche für weiße Blumen.

»Ich bin ja so froh, dass Sie kommen konnten«, sagte sie. »Sie haben noch nie mein Haus gesehen. Sobald ich ein bisschen Zeit habe, führe ich Sie herum. Gott sei Dank wird es Stunden dauern. Ich kann es gar nicht erwarten, mich von all diesen Leuten loszueisen.«

»Wann wird Klimt dieses verdammte Gemälde fertig haben?«, fragte ihr Mann, als wir uns vorgestellt wurden. »Ich zahle ihm genug für fünf oder sechs. Sehen Sie die Wandfläche da oben im Stiegenhaus? Da soll es hin, wenn es fertig ist.«

Es war eine kaskadenartige Marmortreppe, wie die von Michelangelo in der Bibliotheca Laurenziana. Der Kandelaber zehn Meter über unseren Köpfen funkelte von Hunderten von Kristallen. »Achthundertzwölf«, sagte Herr Bloch-Bauer, als ich ihm ein Kompliment dazu machte. Er wiege vierhundert Pfund und sei in seine Einzelteile zerlegt aus Prag hergebracht worden. Ich stellte mir vor, wie er auf ihn herabstürzte.

Die Wohnung war viel bunter als die von Berta Zuckerkandl. Jedes Zimmer war wie der Kaiserliche Palast in Rot, Weiß und Gold ausgestattet. Jetzt verstand ich, wieso Adele Rot hasste und wieso Gustav sagte, sie drohte oft damit, das Ganze herunterzureißen und völlig neu auszustatten.

Gustav verschwand schon bald, nachdem wir eingetroffen waren. Inzwischen kam ich recht gut ohne ihn zurecht. Ich saß mit Berta auf einer gelben Seidenchaiselongue und trank etwas. Sie war längst meine Freundin geworden und machte mir keine Angst mehr. Sie hatte mir dabei geholfen, Investoren für den Salon zu finden, und trotz ihrer ausgemachten Skepsis gegenüber Mode versprochen, zu kommen und Maß nehmen zu lassen, um sich in den folgenden Jahren äußerst modisch und extravagant zu kleiden.

Auf Gesellschaften wie dieser hier mischte sich Berta nicht unter die Leute; sie saß in einer Ecke und wartete, bis die Gäste ihr ihre Aufwartung machten, um, kaum dass sie gegangen waren, über sie zu klatschen. Es war eine amüsante Art und Weise, einen Abend zu verbringen. Die Kellner kamen immer wieder mit ihren Tabletts vorbei, und ich stellte immer weiter meine leeren Champagnergläser darauf und tauschte sie gegen volle. Adele musste Tausende davon haben. Ich fragte mich, wer sie hinterher spülte.

Während einer Gesprächspause erkundigte sich Berta bei mir, wie weit die Vorbereitungen zum Salon gediehen seien. Sie wollte wissen, ob Adele auf der Liste der ersten wichtigen Kundinnen war, bei denen wir Maß nahmen und persönliche Kleiderpuppen anfertigten. Ich sagte, Adele hätte noch nicht darum gebeten, obwohl sie bereits ein paar Sachen gekauft habe, und ich brächte es nicht über mich, sie darauf anzusprechen.

»Sie wird dich fragen«, sagte Berta. »Sie will sich erst einmal einen genauen Eindruck von dir verschaffen, könnte ich mir denken. Unter vier Augen, meine ich.« Ich versuchte erst gar nicht, so zu tun, als verstünde ich nicht, worauf sie anspielte, denn bei Berta war das unmöglich. Ihr entging nichts. Und obwohl sie Gustavs Freundin war, wusste ich, dass sie mit mir empfand und dass ich ihr trauen konnte.

»Dann werde ich sie wohl enttäuschen«, sagte ich. »Ich stelle keine große Konkurrenz dar.«

Berta sah aus, als wollte sie mich schütteln; sie stellte tatsächlich ihr Champagnerglas ab und kniff mir in den Arm.

»Ich glaube kaum, dass sie zu dem Schluss gekommen ist«, sagte sie. »Wenn es so wäre ...«

Ich wusste, was sie sagen wollte. Wenn sie mich für harmlos gehalten hätte, wäre sie nicht mit Gustav verschwunden. Sie hätte es nicht für nötig gehalten. Sie hätte auch noch bis zur nächsten Sitzung warten können.

»Es ist nicht so wie mit Alma«, sagte ich. »Ich mag Adele, trotz allem. Ich könnte es ertragen, wenn sie zusammen wären. Wenn er Alma geheiratet hätte, dann hätte ich mich von einer Brücke gestürzt.«

»Du bist eine Närrin, Emilie«, sagte Berta. Ihre Stimme war streng und wütend wie bei meinem Vater, wenn ich etwas zu tun vergessen hatte.

»Ich weiß«, erwiderte ich düster. »Das bekomme ich von allen zu hören: meinen Schwestern, Alma –«

»Du hast mich nicht verstanden«, sagte Berta. »Du bist eine Närrin, wenn du denkst, dass Alma oder Adele stärker sind als du.«

»Sind sie das etwa nicht?«

»Du könntest Gustav haben, sogar ganz für dich alleine, wenn du es nur wolltest. Aber du musst dich entscheiden, ob es wirklich das ist, was du willst.«

Ich erklärte sie für verrückt und sagte ihr das auch. Doch sie lächelte nur und hielt einen weiteren Kellner an.

Bloch-Bauer erschien neben mir. »Wo ist Adele?«, zischte er. Berta erwiderte, wir hätten seit einer Stunde am selben Fleck gesessen und sie nicht gesehen.

»Sie ist verschwunden«, sagte er. »Als Gastgeberin, Gott verflucht!« Als ich sagte, ich würde nach ihr suchen, seufzte Berta theatralisch und stand auf, um zu gehen. Ich überlass dich deinem Martyrium, sagte ihr Gesicht.

»Halten Sie auch nach Klimt Ausschau, wenn Sie schon mal dabei sind«, sagte Bloch-Bauer. »Aber achten Sie darauf, eine Menge Lärm zu machen und ihnen reichlich Zeit zum Anziehen zu geben.«

Ich bekam die Führung, die Adele mir versprochen hatte, als ich durch das Haus wanderte, um nach den beiden zu suchen. Sie waren nicht im Ballsaal oder den vielen Salons ringsum, wo sich Gäste, die vom Tanzen müde waren, hinsetzen und ausruhen konnten. Sie waren auch nicht im Karten- oder im Billardzimmer oder in der Bibliothek. Sie waren nicht draußen im Garten.

Schließlich fand ich Gustav im Wintergarten, einem kleinen, seltsam geschnittenen Raum mit gelben Seidentapeten und Mahagonistühlen mit Löwenklauen. Er saß auf dem Klavierhocker, die Ellbogen auf den Tasten – allein. Als ich hereinkam, richtete er sich unter einem atonalen Klimpern auf und fing an, die Seiten der Notenbücher auf dem Halter umzublättern.

»Wo ist Adele?«, fragte ich. Er bemühte sich, erstaunt zu wirken. »Ich hab sie nicht gesehen, seit wir reingekommen sind.«

»Was hast du die ganze Zeit gemacht?«, fragte ich und versuchte, neugierig statt vorwurfsvoll zu klingen.

»Hier gesessen. Mir war nicht sonderlich nach Gesellschaft zu Mute.«

»Wir hätten gehen können.«

»Das wäre unhöflich gewesen.«

»Herr Bloch-Bauer schickt mich, um Adele zu suchen. Sie wird bei den Gästen gebraucht.«

Endlich gab er zu, dass er und Adele sich »über das Gemälde« gestritten hätten. Ich stellte ihn nicht zur Rede, sondern fragte ihn nur, wo sie seiner Meinung nach sein könnte. Er sagte, er habe sie in der Bibliothek zurückgelassen, doch dort hatte ich sie nicht gesehen. Gustav vermutete, dass sie in ihr Schlafzimmer raufgegangen war. Ich bat ihn, mich hinzubringen, da er das Haus offenbar gut kannte. Zwar erntete ich einen seltsamen Blick, doch er führte mich die Hintertreppe hoch, an mehreren Dienstmädchenzimmern vorbei in einen Flur mit einem feminin eingerichteten Wohnzimmer, einem Boudoir und dann endlich dem Schlafgemach. Er folgte mir nicht hinein.

Sie saß auf dem Fenstersitz inmitten weinroter Samtkissen und sah zu, wie die Schärpe ihres weißen Kleides aus dem geöffneten Flügel flatterte. Um ihren Kopf breitete sich ein Nimbus aus Rauch, und es lag Talggeruch in der Luft. Als ich näher kam, sah ich, dass sie eine Kerze in der Hand hatte und sich die Flamme an die Innenseite ihres Unterarms hielt. Als sie meine Anwesenheit bemerkte, stellte sie die Kerze auf die Fensterbank zurück, wandte mir aber weiter den Rücken zu. Durch das dünne Kleid konnte ich ihre Haut schimmern sehen. Sie zitterte. Ich schloss das Fenster und drückte mit den Fingern die Kerze aus.

»Ist alles in Ordnung bei Ihnen?«, fragte ich.

»Und bei Ihnen?«, fragte Adele zurück. Ich überhörte sie.

»Ihr Mann hat nach Ihnen gesucht«, sagte ich. »Die Gäste wundern sich, wo Sie bleiben.«

»Eigentlich ist es ihnen völlig egal und ihm auch, er will nur nicht schlecht dastehen. Solange sie ihr Essen, ihre Musik und hübsche Dinge zum Anschauen haben, ist es völlig egal.« Sie drehte sich um und sah mich an. »Ich weiß nicht, wieso Sie kommen, um nach mir zu suchen. Sie müssten sich doch eher wünschen, dass ich verschwinde.«

»Selbstverständlich nicht«, sagte ich. Ich berührte ihre Hand und drehte ihren Arm herum, um ihn mir anzusehen. »Wie schlimm sind die Brandwunden?«

Sie lachte, während ich die geröteten Stellen und die Perlenschnur aus Brandblasen betrachtete, die ihr vom Handgelenk bis zum Ellbogen reichte. »Ich werde wohl eine Weile lange Handschuhe tragen müssen«, sagte sie, »aber die kann ich ja von Ihnen bekommen, nicht wahr? Ich denke, fürs Erste kann ich sie mit einem Tuch abdecken, wenn ich es entsprechend drapiere.«

»Es wäre besser, etwas draufzuschmieren«, sagte ich. »Wir sollten nach Ihrer Zofe läuten und sie eine Salbe bringen lassen.«

»Nicht nötig«, sagte sie. »Ich mag das Pochen, das gibt mir das Gefühl, lebendig zu sein. Aber es wäre mir lieb, wenn ich einen Moment alleine mit Gustav reden könnte. Ob Sie sich wohl darum kümmern könnten?«

Wir schwiegen. Sie sah mich mit Augen wie Asche an; an der Oberfläche schwarz, darunter eine Art schwelende Glut.

»Natürlich, ich hole ihn«, sagte ich. Als ich das Zimmer verließ, hörte ich, wie sie aufstand und das Fenster wieder öffnete.

»Sie ist da drinnen und verbrennt sich mit einer Kerze«, sagte ich.

»Was kann ich daran ändern?«, fragte er achselzuckend. »Sollten wir nicht Bloch-Bauer holen?«

»*Du* hast sie so verstört, also wirst du es auch in Ordnung bringen müssen.« Ich schob ihn durch die Tür. »Ich warte hier auf dich«, fügte ich hinzu.

»Es könnte ein bisschen dauern«, sagte er. »Adele ist nervös und reizbar.«

Das schien mir reichlich untertrieben zu sein, doch ich verkniff mir einen sarkastischen Kommentar. »Ich warte hier auf dich«, wiederholte ich.

Die Türen waren aus schwerer Eiche, und ich konnte weder etwas hören noch sehen. Doch vorstellen konnte ich es mir schon: seine flehentlichen Bitten, seine Scherze und Zärtlichkeiten und ihren langsam dahinschmelzenden Widerstand. Ich zog die gewundenen, geschnitzten Muster in der Tür mit dem Finger nach. Die Kassetten der Decke füllten schimmernde Landschaften, mit denen ich mir eine Weile die Zeit vertrieb. Dann zählte ich die Fliesen auf dem Boden.

»Adele braucht frische Luft«, sagte er, als er herauskam. »Ihr geht es gar nicht gut. Wir nehmen ihre Kutsche für eine Fahrt um den Ring.«

»Hat sie nicht genug frische Luft bekommen, als sie Gott weiß wie lange am Fenster saß? Gehört sie nicht eher ins Bett?«

»Also, Adele lässt sich von niemandem etwas sagen. Sie will raus. Ich kümmere mich darum. Sag ihm, es ist alles in Ordnung.«

»Wenn euch jemand sieht …«

»Ich bin zurück, bevor es jemand merkt.«

Ich ging wieder hinunter, um Bloch-Bauer zu suchen

und ihm eine Geschichte aufzutischen, die ihn beruhigte, so dass er darauf verzichtete, selbst nach Adele zu schauen. Dort saß er, im Salon am Kamin, und erzählte sich mit zwei anderen Geschäftsmännern Herrenwitze. Er lachte und hatte Adele völlig vergessen, doch als er mich sah, flammte sein Zorn wieder auf. Ich sagte ihm, Adeles Zofe hätte sie mit an die frische Luft genommen, doch er wusste, was ich verschwieg, und sein Gesicht blähte sich auf wie ein Ballon. Er beugte sich so weit zu mir vor, dass ich den Branntwein riechen konnte. Dieser Geruch erinnerte mich stets an meine Großeltern, die ihn literweise als Tonikum getrunken hatten.

»Sagen Sie mir, was sie im Schilde führen. Ich weiß, dass Sie es wissen.«

Ich sträubte mich.

»Fungieren Sie vielleicht als eine Art Zuhälterin, die seine kleinen Rendezvous arrangiert?«

Das war derart beleidigend, dass es mir die Sprache verschlug, doch er fuhr fort, ohne eine Antwort abzuwarten: »Bestimmt nicht. Zweifellos lieben Sie ihn. Sie wollen ihn genauso wenig mit Adele sehen wie ich. Sagen Sie mir, was Sie wissen, und ich schnapp sie mir und bereite der Sache ein Ende.«

Ich wisse nicht mehr, sagte ich, als dass Adele sich unpässlich fühle und an die frische Luft gegangen sei.

Wo dann Gustav sei, wollte er wissen. Er sei bereits nach Hause gegangen, sagte ich. Manchmal komme ihm, egal, wo er gerade war, urplötzlich eine Idee in den Sinn, und er müsse augenblicklich ins Atelier zurück.

»Das erzählt er Ihnen?«, sagte er. »Ich mag ja nicht viel über Künstler wissen, aber mit Männern kenne ich mich aus. Ich kann Ihnen nur raten, einen großen Bogen um ihn zu machen, bevor er Ihnen schlimmeren Schaden zufügt.«

»Ich brauche keinen Rat«, sagte ich.

»Wenn ich die Möglichkeit hätte, noch mal von vorne anzufangen, könnte mir Adele gestohlen bleiben. Ich hab sie nur geheiratet, weil ihr Vater mir so großzügige Konditionen anbot, wenn ich sie ihm abnahm, aber das war die Sache nicht wert. Ich hab letztlich noch draufgezahlt. Adele spielt die Zerbrechliche, doch in Wirklichkeit hat sie eine Elefantenhaut. Sie kann ja tun und lassen, was sie will, nur zum Narren darf sie mich nicht machen. Das lasse ich nicht zu.« Einen Moment lang wollte ich ihn fragen, wie er sie daran zu hindern gedachte, doch so genau wollte ich es gar nicht wissen.

»Adele ist einsam«, sagte ich. »Sie sehnt sich nach Freundschaft. Ist es da verwunderlich, dass sie bei einem einfühlsamen Künstler sucht, was sie bei Ihnen nicht gefunden hat?«

Eine Sekunde lang dachte ich, er würde mich ohrfeigen, doch dann lachte er. »Sie sind ein wunderbares Mädchen«, sagte er. »Loyal bis an die Schmerzgrenze. Ich hätte jemanden wie Sie heiraten sollen.«

»Vielleicht bin ich gar nicht so nett, wie Sie denken«, sagte ich.

Ich verließ die Feier und ging heim. Statt mich schlafen zu legen, steuerte ich das Nähzimmer an. Dort bewahrten wir sämtliche Materialien auf, solange wir noch keine Räumlichkeiten gemietet hatten. Dort hing auch das schöne grüne Kleid, das ich geschneidert hatte. Ich zündete eine Lampe an, und da war es. Bis zu diesem Augenblick hatte ich nicht gewusst, dass ich es zu meinem Hochzeitskleid erkoren hatte. Als ich es dort schlaff und mit unversäuberten Nähten hängen sah, erinnerte es mich an den Anblick eines Schauspielers hinter der Bühne, während das Stück aufgeführt wird. Ich musste es noch säumen und sämtliche losen Fäden einziehen. Es fehlten noch ein paar satinbezogene Knöpfe. Ich hatte angefangen, den Rock zu besticken, aber noch nicht die Ärmel, und die Kristalle lagerten in ihren Schachteln. Ich hatte nun doch keine Verwendung mehr dafür; sie von Hand aufzunähen, würde Monate in Anspruch nehmen. Es war schwierig, ohne Hilfe hineinzuschlüpfen, doch am Ende hatte ich es geschafft und hielt mir das Oberteil mit den Fingern zu.

Natürlich passte es wie eine Lackschicht auf einem Tisch; man hätte kein Blatt Papier zwischen meine Taille und das Mieder stecken können. Ich drehte mich vor dem Spiegel und merkte, wie die warme Farbe mein Haar rötlicher erscheinen ließ und wie sehr die längliche Silhouette schmeichelte, doch ich verweilte nur einen Moment dabei, denn es lag eine Menge Arbeit vor mir. Gut, dass Adele dünner ist als ich, dachte ich, denn es ist viel leichter, etwas enger zu machen, als Nähte auszulassen. Ich zog das Kleid wieder aus und hängte es in den Schrank zurück, dann wischte ich sorgsam den Tisch ab. In einen bunt bedruckten Morgenmantel gehüllt (zufällig einer, den ich für Berta machte, aber sie würde nie erfahren, dass sie nicht die Erste war, die ihn trug), breitete ich das Kleid aus und fing an, die Nähte aufzutrennen.

So befriedigend es ist, Stoffteile zu nehmen und miteinander zu verbinden, so hat es in mancher Hinsicht noch mehr Reiz, die Nähte zu öffnen. Es macht ein wunderbares Geräusch, wenn die Fäden reißen. Ich musste Adeles Maße raten, doch ich traute mir zu, sie ziemlich gut zu treffen. Sie war an den Schultern viel schmaler und hatte Arme wie Zweige, folglich mussten die Ärmel vom Oberteil abgetrennt werden und das Oberteil vom Rock. Ich wusste, sie würde mit dieser Farbe fahl, ja schaurig bleich aussehen, doch das schien nur passend zu sein. Lustvoll gab ich mich meinem Zerstörungswerk hin. Auch das Reißen eines Stoffs macht einen schönen metallischen Laut, doch dieser hier war schwer und widerstandsfähig; ich musste ihn mit der Schere einschneiden, um einen Anfang zu machen, und selbst dann noch taten mir von der Anstrengung die Hände weh. Ich hatte es geschafft, den Rock vom Saum bis zur Taille aufzureißen, bis ich mich daran erinnerte, dass ich das Kleid nicht ruinieren, sondern es nur ändern wollte. Der Rock musste neu zugeschnitten, das Oberteil länger und enger werden. Ich arbeitete die ganze Nacht und schlief irgendwann am Tisch ein. Als Helene mich dort fand, sagte sie nichts, sondern erbot sich nur, mir ein Frühstück zu machen. Am Nachmittag schloss ich die Handstickerei am Rock ab. In mehrere Lagen Seidenpapier gewickelt, verstaute ich es in einer Kleiderschachtel und schickte es zu Adele.

Achtzehn

Ich ging auf die dreißig zu, und außer einem kurzen Flirt als junges Mädchen hatte ich nie an jemand anderen als Gustav gedacht. Doch ich begriff allmählich, dass es immer eine Alma, eine Adele geben würde. Wenn sie heirateten oder nach Paris umzogen oder starben, machte es keinen Unterschied. Ich musste eine Entscheidung treffen. Ich konnte mit Gustav so weitermachen wie bisher, wohl wissend, dass er mich nie zur Frau nehmen würde, oder ich konnte mich nach jemand anderem umsehen.

Ich redete mir ein, es sei leicht, über ein gebrochenes Herz hinwegzukommen und eine andere Liebe zu finden; kam das nicht andauernd vor? Ich ging auf die Soireen der Secession und versuchte zu flirten. Doch was Pauline vor Jahren gesagt hatte, erwies sich jetzt als richtig: Alle wussten von meiner Verbindung mit Gustav, und keiner der Männer wagte es, ihn zu beleidigen, indem er mir zu nahe kam, besonders, wenn er merkte, dass ich nicht mit dem Herzen bei der Sache war. Wie's aussah, hatte ich einen undurchdringlichen Wall um mich. Und so beschloss ich, meine Energien in eine andere Richtung zu lenken: den Salon. Nach Jahren der Vorbereitung war es an der Zeit, dass die Schwestern Flöge in Erscheinung traten.

Pauline, Helene und ich mieteten zwei Stockwerke in der Casa Piccola in der Mariahilferstraße. Das Haus lag nicht weit vom Kunsthistorischen Museum entfernt. Natürlich wäre es stilvoller gewesen, etwas innerhalb des

Rings zu finden statt direkt dahinter, doch das konnten wir uns nicht leisten. Als sich unsere Mutter vor die Situation gestellt sah, allein in der Wohnung zu leben, in der wir aufgewachsen waren, beschloss sie, unser Heim zu verkaufen und bei uns einzuziehen. Sie bat lediglich darum, einen separaten Eingang und eine eigene Küche zu bekommen, so dass sie völlig unabhängig war. Wir konnten Josef Hoffmann und Koloman Moser dafür gewinnen, die Wohnung wie auch den Salon einzurichten. Sie arbeiteten schnell und effizient, und so bereiteten wir uns schon bald auf den Umzug vom einen Ende von Mariahilf ans andere vor. Während ich Lampen in Seidenpapier wickelte und Blusen und Decken in Kartons verstaute, machte ich mir Gedanken über das Projekt und das Risiko, das ich einging. Jahrelange Planung steckte in dem Unternehmen, monatelange Umbauarbeiten, stundenlange Berechnungen und Schlangestehen bei den Behörden und Ausfüllen von Formularen. Tagelange Sorgen, wenn wir glaubten, nicht genug Geld zu haben, um alles fertig zu stellen, oder wenn ein Stoffballen nass und verdorben eintraf. Nun war endlich alles bereit. Die Näherinnen saßen an ihren Maschinen und arbeiteten an Vorausbestellungen von Berta und anderen. Auf den Zuschneidetischen häuften sich die Stoffschnipsel und verstreute Stecknadeln. Pauline hatte Kopfschmerzen von den engen Zahlenreihen, und Helene, die im Empfangszimmer saß und darauf wartete, dass jemand kam und sie ihren Charme versprühen konnte, schlechte Laune.

Jedes Detail in den Räumen war so perfekt, wie Josef Hoffmann es nur machen konnte, und das wollte etwas heißen. Der Salon war heiter und geräumig. Die Wände waren weiß, das Mobiliar schwarz, der Teppich grau. Vom Sofa im Empfangszimmer konnte ich quer durch den

Raum bis zu den Fenstern nach Westen, mit Blick aufs Kunsthistorische, sehen. Die Glasscheiben gehörten zu den größten, die je hergestellt worden waren, und Hoffmann hatte darauf bestanden, dass ihr Anblick sowie das Stadtpanorama dahinter nicht durch schwere Gardinen beeinträchtigt wurde. Zuerst sagte Helene, es sehe aus, als ginge man in die Oper und sähe den Sopran nackt auf der Bühne stehen, doch sie gewöhnte sich schnell daran. Für Pauline war der Raum eine Zelle für gemeingefährliche Geistesgestörte – klinisch kühl und steril, und nichts, was ich sagte, konnte ihre Meinung ändern.

Ja, es war alles perfekt, doch ich war krank vor Sorge. Wenn nun die Kleider, die ich machte, nach einmaligem Tragen auseinander fielen? Wenn sie für geschmacklos oder vulgär oder gar hässlich befunden wurden? Wenn sie niemand kaufte? Oder wenn sie zu viele kauften und wir nicht für genügend Nachschub sorgen konnten? Wenn wir unsere Näherinnen nicht bezahlen konnten? Wenn alle über meinen amateurhaften Wunsch, ein Geschäft zu leiten, nur lachten? Es gab unzählige Möglichkeiten zu versagen. Dagegen war die Wahrscheinlichkeit, Erfolg zu haben, höchst gering. Wie konnte sich das alles glücklich zusammenfügen?

Als ich an jenem Septembertag die Türen öffnete, hatte ich das Gefühl, als schielte jede Passantin kritisch zu mir herüber, mit einem abschätzigen Blick auf meine Kleidung und das Schild an der Tür. Weshalb sonst liefen sie vorbei, ohne stehen zu bleiben? Es hatte nichts zu sagen, dass keine von ihnen einen Termin bei uns hatte und dass die Dame, die einen hatte, Margaret Stonborough-Wittgenstein, ins Fenster spähte und dann ungeduldig in kleinen Kreisen vor der Tür auf und ab spazierte. Als sie endlich eintrat, nahm ich ihr den Umhang ab und hielt ihn mir vor die Brust, während wir die Stiege hinaufgingen. Ich wollte nicht, dass sie sah, wie ich zitterte.

Margaret wollte ein weißes Samtkleid mit einem bestickten Rock. Gustav habe ihr geraten, was sie in Auftrag geben solle, erklärte sie. Er werde sie darin malen. Wie schön, sagte ich. Es war eine gute Werbung für den Salon, wenn unsere Kleider auf einem Porträt eines berühmten Malers erschienen. Sie wäre eigentlich lieber zu Poiret gegangen, sagte sie, doch Gustav habe es ihr ausgeredet. Sie hatte schwarzes Haar und einen langen Hals; sie sprach leise und war schüchtern. Sie war sehr jung. Ich sprach mit ihr über das Gemälde und über Gustav, und nach Ablauf einer Stunde hatte sie auch noch einen Mantel und eine Bluse bestellt. Sie finde meine Muster schön, sagte sie. Ich sei ja so glücklich zu schätzen, Klimt zu haben, der den künstlerischen Teil übernehme. Und die Rechnungen bezahle. Ich wollte ihr sagen, dass ich diese Muster selbst entworfen, dass ich Gustav einen Schuldschein mit meiner Unterschrift über die gesamte, von ihm investierte Summe ausgestellt hatte, doch ich wusste, es würde nichts bewirken. Klatsch und Tratsch konnte man nur ignorieren.

Allerdings muss ich zugeben, dass ich die Arbeit an Margarets Mantel ein wenig in die Länge zog und eine etwas überhöhte Rechnung ausstellte.

Den ganzen Tag trafen Telegramme ein, und unablässig ging die Tür auf. Jedes Mal, wenn ich es läuten hörte, schlug mein Herz schneller. Würde jemand ohne Termin hereinkommen? Kam jemand zu früh? Und vor allem, würde Gustav im Lauf des Tages hereinschauen, um zu sehen, wie alles lief? Nach jeder Kundin räumte ich die Umkleidekabinen auf, und im Einstundentakt war die Nächste an der Reihe, das ging so den ganzen Tag. Nur im Empfangszimmer kamen sich die Damen ins Gehege, und als Berta zu lange blieb, weil ihr Redefluss über ihren gestrigen Besuch einer Abendgesellschaft nicht zu bremsen war, gab es schon mal böse Blicke. Acht Stunden, sieben Termine. Es war schwer zu sagen, ob das als Erfolg zu verbuchen war oder nicht. Ein etabliertes Haus konnte Dutzende mehr bedienen. Jedes Mal, wenn eine Kundin gegangen war, trug Pauline den Preis für ihre Bestellung in eine Tabelle ein, zog die voraussichtlichen Arbeits- und Materialkosten ab und fügte das Ergebnis in die Spalte des Tagesgewinns ein. Doch ich wollte es gar nicht wissen. Die Betriebskosten machten mir zu viel Angst. Stattdessen überwachte ich lieber die Fortschritte der Näherinnen, wenn ich gerade nicht mit einer Kundin beschäftigt war. Am Abend zeigte mir Pauline die letzte Zahl für den ersten Tag. Der Betrag reichte für die Löhne eines ganzen Monats. Wir hatten die Preise richtig taxiert. Unsere Kleider waren teuer genug, um das kleine Auftragsvolumen wettzumachen, doch keiner war beim Anblick der Rechnung blass geworden. Für einen Tag zumindest waren wir ein Erfolg. Gustav hatte sich nicht blicken lassen.

Am folgenden Tag war unser Terminkalender voll, doch am Mittwoch hatten wir ein paar Stunden frei, und so war ich erstaunt, als es am Vormittag klingelte. Dies war kein Geschäft für Laufkundschaft. Ich verließ den Zuschneideraum und durchquerte die Diele, um die Messingtür des Salons zu öffnen.

Hinter zwei Männern, die im Buchhalterbüro im vierten Stock arbeiteten, kam Adele die Stiege herauf. Im hellen Tageslicht sah sie noch zerbrechlicher aus als gewöhnlich. Als sie den Treppenabsatz erreichte, auf dem ich stand, wirkte sie außer Atem. Um etwas Nettes zu sagen, bewunderte sie die Marmorverkleidung im Stiegenhaus und pries sie, als hätte ich sie eigenhändig gemeißelt. Sie hielt den Schriftzug Schwestern Flöge, der nach einem Entwurf von Moser in die Tür geprägt war, für eine wundervolle Idee und fand die versponnenen Aquarelle, die er für die Eingangsdiele gemalt hatte, ganz zauberhaft. Ich fragte mich, ob das die irritierende, bittere Frau war, die ich kannte. Ich erbot mich, ihr den Mantel abzunehmen, und unterbrach sie, bevor sie sich über die Farbe der Wände oder, Gott verhüt's, über mich ausließ. Persönliches Lob von ihr war das Letzte, das ich mir wünschte, ob sie es ehrlich meinte oder nicht. Sie ließ ihren voluminösen Nerz von den Schultern gleiten und reichte ihn mir. Ich brach unter seinem Gewicht fast zusammen und spekulierte ein wenig über den Preis.

»Mein Mann hat mir eingeschärft, mich von der besten Seite zu zeigen«, gab sie zu, als wir Richtung Empfangszimmer liefen. »Er hat gesagt, er wünschte keine weiteren Szenen wie bei der Feier. Er hat mir gedroht.«

»Keine Sorge«, sagte ich. »Tun Sie sich nur keinen Zwang an.«

»Gott sei Dank«, sagte sie. »Es wurde mir schon zu viel, Ihnen für dieses lächerliche Stiegenhaus Komplimente zu machen, das zu einem Geschäft einfach nicht passt, und mir etwas Nettes über Sie auszudenken, wo mir nichts einfallen wollte.«

Das Empfangszimmer war elegant, schwarzweiß wie der übrige Salon. Die Einbauschränke waren mit einem stilisierten floralen Motiv bemalt und so unaufdringlich, dass die meisten dachten, es handle sich um holzvertäfelte Wände. Hier und da ließen Spiegel, die bis an die Decke reichten, den Raum doppelt so groß erscheinen, wie er war. Hoffmanns Möbel – ein schlichtes Sofa, ein paar Ebenholzsessel, mehrere Präsentiertische und eine Vitrine –

wirkten zart und stabil zugleich. Ich war stolz auf dieses wie auch die anderen Zimmer. Es gab kein einziges unpassendes Element. Ich wusste, dass es für jemanden, der in so viel mehr Protz und Gepränge lebte, gewöhnungsbedürftig war. Fast hoffte ich, sie wäre schockiert oder entsetzt. Doch sie schien sehr angetan zu sein. Sie lächelte beinah.

»Ich wünschte, Sie würden mir erlauben, eine Kopie von diesem Raum bei mir zu Hause einzurichten«, sagte sie, während sie sich auf den weißen Diwan sinken ließ und sich quer darauf legte, als wollte sie ein Nickerchen halten. »Ich suche schon lange einen Vorwand dafür, meine sämtlichen Möbel wegzuwerfen. Sie sind so schwer, und bei diesen geschnitzten Lehnstühlen mit ihren schrecklichen Löwentatzen könnte ich Schreikrämpfe bekommen. Na ja, Sie haben es ja gesehen, Sie wissen, wovon ich rede. Mein Mann liebt den Plunder allerdings, genau wie all diese Köpfe an der Wand in der Bibliothek. Er liebt es, etwas abzuschießen. Deshalb geh ich da nie rein. Sie starren mich alle so vorwurfsvoll an, als fragten sie, wie ich ihm das erlauben konnte. Aber natürlich kann ich ihn nicht daran hindern. Ich glaube, wenn ich mich zwischen ihn und eine Bergziege stellte, die er im Visier hat, würde er mich erschießen, um an die Bergziege zu kommen.«

»Bitte sehr, die Musterbücher«, sagte ich. Da sie keinerlei Anstalten machte, sie zu öffnen, setzte ich mich neben sie und blätterte für sie um. Ich war nicht sicher, ob sie es einfach nur gewöhnt war, bedient zu werden, ob sie mich demütigen wollte oder sich genierte, ihre Hände zu zeigen.

»Er malt mein Porträt, wissen Sie«, sagte sie.

»Ja«, erwiderte ich.

»Ich mag die Zeichnungen nicht. Ich sehe darauf zu

hübsch aus. Ich glaube, ich brauche etwas Neues anzuziehen.« Ich wartete darauf, dass sie etwas über das Kleid sagte, das ich ihr geschickt hatte, doch offenbar wollte sie es totschweigen.

»Etwas, worin Sie hässlich aussehen?« Ich musste beinahe lachen. »Es freut mich, dass Sie an mich gedacht haben.«

»Etwas, worin ich interessant aussehe«, sagte sie. »Etwas Neues, mal was anderes.«

Während ich die Seiten umblätterte, schob ich kleine Zettel als Lesezeichen ein. Nach einer Weile legte sie die Hände in den Schoß, auch wenn sie die Fingerspitzen in den geballten Fäusten versteckte. In Schlangenform geschnitzte Korallenreife wanden sich beide Arme hoch.

»Ich könnte Ihnen besser weiterhelfen, wenn Sie mir sagen würden, wonach Sie suchen oder was Sie brauchen.«

»Ich brauche nichts«, sagte sie mit völlig ungerührtem Gesicht. »Ich habe nur unbefriedigte Gelüste.« Sie starrte zum Fenster, während ich versuchte, sie ins Gespräch zu ziehen. Ich kannte niemanden wie sie, und ich war noch neu in dem Beruf, anderen etwas zu verkaufen. Ich hatte nicht geahnt, wie kompliziert das sein konnte.

Mein nervöses Tappen mit dem Fuß störte endlich ihr konzentriertes Starren, und sie wandte sich, nunmehr brüsk, zu mir um. »Was könnte ich Ihnen noch sagen, was Sie nicht längst in irgendeiner Klatschspalte gelesen oder von einem redseligen Tischnachbarn gehört haben? Mein Mann ist Präsident einer Zuckerhandelsgesellschaft. Er ist oft geschäftlich unterwegs, wie man so sagt. Ich habe eine schwache Gesundheit und kann keine Kinder bekommen. Ich gehe kaum einmal vor die Tür. Ich lese zu viel Heine und Goethe, ich führe ein gastliches Haus und mache jeden in meiner Umgebung so unglücklich wie nur möglich. Ist das die Art Information, die Sie benötigen?«

»Also, dann werde ich schon mal nicht für ein Reitkostüm Maß nehmen«, sagte ich.

»Natürlich«, sagte sie besänftigt. »Natürlich müssen Sie diese Dinge wissen.«

Im Lauf des Nachmittags erfuhr ich, dass Hoffmann sich soeben einverstanden erklärt hatte, ihr gesamtes Haus zu renovieren; sie hatten zwar noch keinen Vertrag unterschrieben, doch die Sache war abgemacht. Sie kannte Gustav bereits seit acht Jahren. An dem Abend, an dem sie sich kennen lernten, hatte er ihr gesagt, sie sehe wie eine biblische Heldin aus. Er hatte sie gebeten, für ihn als Judith mit dem Haupt von Holofernes Modell zu sitzen. Der Vergleich hatte ihr geschmeichelt, und sie hatte zugesagt. Ich nahm gerade bei ihr Maß, als sie mir davon erzählte. Sie stand in ihrem Korsett so unbehaglich und hilflos da wie eine Schnecke, die man aus ihrem Haus gezogen hat, und ihr Unbehagen bereitete mir ein hämisches Vergnügen. Sie zuckte zurück, als ich sie mit dem Maßband berührte. Sie schien unfähig zu sein, gerade zu stehen. Ich widerstand der Versuchung, sie mit Stecknadeln zu pieksen.

Am Ende der ersten Woche gaben wir eine kleine Eröffnungsfeier im Salon. Natürlich entwarf Moser die Einladung – ein Kupferstich von einer jungen Frau vor einem Spiegel, auf Schöpfpapier aus der Wiener Werkstätte gedruckt. Sie wurde allen Mitgliedern der Secession und der Wiener Werkstätte zugeschickt. Moser kam schon früher und brachte mir ein Geschenk, eine selbst gefertigte Bronzevase. Er trug sie im Zimmer mit sich herum und suchte nach einem passenden Fleckchen dafür. Dabei stieß er oft mit Hoffmann zusammen, der als Bühnenbildner fungierte und sämtliche Wandleuchter mit blauem Wachspapier bedeckte, so dass der Salon wie ein Atlantis unter Wasser wirkte. Es gab keine einzige Blume weit und breit; er ließ keine durch die Tür. Stattdessen standen auf den Tischen Lackkästchen und leere Vasen. Sie waren so stolz auf die Räumlichkeiten, als wäre es ihr eigenes Kind.

Als Hoffmann eintraf, hatte er mir einen schweren, in Seidenpapier gewickelten Gegenstand gereicht; es war ein Silberkelch, den er selbst gestaltet hatte, mit Voluten aus Wein und Ranken. Im Unterschied zu Moser wollte er nicht selbst entscheiden, wohin er am besten passte. Die anderen halfen mir. Auf den Kaminsims, sagte Moser, wo jeder seine Freude daran habe. In mein Schlafzimmer, meinte Helene, er sei zu schön, um ihn mit anderen zu teilen. Doch als Hoffmann sagte, jeder Gegenstand erfülle auch einen nützlichen und nicht nur einen dekorativen Zweck, wusste ich, wohin er gehörte. Ich stellte ihn auf den Zuschneidetisch, um meine Nadeln darin aufzubewahren. Auch wenn die Kundschaft ihn vielleicht nie zu sehen bekäme, so doch die Näherinnen und ich; er würde einen Zweck erfüllen. Und er erfüllte ihn gut – vierunddreißig Jahre lang stand er an ein und derselben Stelle.

Unsere Mutter war da, passte auf die kleine Helene auf und kritisierte das Aussehen der Bohemiens, die unsere seltsamen Räume füllten. Berta kam und brachte ihren Koch mit, der die Rippchen mit Spätzle, den Rote-Bete-Salat und die Orangencreme-Torte zubereiten sollte. Als das Zimmer fertig geschmückt, die Vase richtig platziert und der Koch sich an die Arbeit gemacht hatte, betranken wir sechs – Hoffmann, Moser, Berta, Helene, Pauline und ich – uns mit einem leichten, moussierenden Heurigen.

Adele brachte mir eine Zimmercalla mit, die Hoffmann

prompt ins Stiegenhaus verbannte. Ich versprach ihr, sie wieder hereinzuholen, sobald er gegangen war. Molls Frau schenkte mir Rosen und erzählte mir, Alma sei jetzt, wo sie Mahler geheiratet habe, viel zu beschäftigt, um zu kommen. Was für ein Jammer, dachte ich, als ich ihre Blumen zu Adeles Lilie auf die Treppe stellte. Immer mehr Leute strömten herein, jeder mit einer kleinen Aufmerksamkeit und ein paar netten Worten. Während ich mit allen sprach und mich bedankte und sie auf den Wein und das Büfett verwies, wartete ich auf Gustav. Er war immer noch nicht da.

In den Wochen vor der Eröffnung hatte Gustav sich seltsam rar gemacht. Helene und Pauline hatten so hart gearbeitet wie ich, und wir konnten uns auf die uneingeschränkte Unterstützung von Hoffmann und Moser verlassen, doch wenn es eine Krise oder eine plötzliche Entscheidung zu treffen gab, hatte ich niemanden, den ich um Rat fragen konnte. Die Verantwortung lastete auf meinen Schultern, und wo war Gustav? Vermutlich wollte er mir nicht die Schau stehlen oder den Eindruck erwecken, dies sei ein eitles Vorhaben, für das er bürgte. Das wäre mir egal gewesen. Gustav hätte mit mir, an meiner Seite, im Vordergrund des Zimmers stehen und zusammen mit mir die Glückwünsche entgegennehmen müssen. Er war der Einzige, der mich zum Lachen bringen und mir die Ängste nehmen konnte, die mich quälten. Er kannte das rechte Wort zur rechten Zeit. Selbst Helene, meine engste Vertraute, die wusste, wie nervös ich war, hatte mich an einer Stelle in Panik versetzt, als sie der Tochter des bekannten Malers Rudolf von Alt wie selbstverständlich erzählte, wir verstünden eigentlich sehr wenig vom Nähen.

Moll brachte einen Toast aus und sagte etwas von einer schöpferischen Allianz und von gegenseitiger Unterstützung, als Gustav hereinschlüpfte. Es gab eine Menge Hochrufe; Moll war ein guter Redner, und es war reichlich Wein geflossen, doch als ich Gustav sah, hörte ich nicht mehr zu.

Ich hasste mich dafür, doch das Erste, was ich sah, war, dass er mit leeren Händen kam. Wenn Almas Mutter mir etwas mitbringen konnte, wieso dann nicht er? Das Zweite, was mir auffiel, war, wie müde er wirkte. Viele Leute drehten sich zu ihm um und wollten ihn begrüßen, doch er blieb im Türrahmen stehen, statt sich bis zur Mitte des Raums an meine Seite durchzukämpfen. Unsere Blicke begegneten sich, und ich war über den Ausdruck von Wehmut, ja Kummer in seinen Augen erstaunt.

Als Moll endete, herrschte einen Moment Ruhe, da alle auf einen Trinkspruch von Gustav warteten. Er tat so, als merkte er es nicht, und nach einer Weile stand jemand anders auf, um ein paar Worte zu sagen. Als er fertig war, wandte sich wieder die allgemeine Aufmerksamkeit Gustav zu, doch er lächelte nur und schüttelte den Kopf. Selbst die Buhrufe seiner Freunde stimmten ihn nicht um. Als gesagt war, was zu sagen war, und die Leute zur Tür strömten, konnte ich endlich zu Gustav hinübergehen.

»Es ist wunderbar, Emilie«, sagte er. Ich hätte nicht sagen können, ob er die Feier oder die Dekoration des Raumes meinte, das Unternehmen selbst oder eine Kombination aus allem. Er klang vage und distanziert, wie hinter Glas. Er hätte ebenso gut mit einem spanischen Würdenträger auf der Durchreise reden können.

»Danke«, sagte ich in förmlichem Ton und fügte hinzu: »Es ist auch dein Verdienst. Du kannst ruhig auch ein paar Lorbeeren für dich einstreichen.«

Er schüttelte den Kopf. »Nein, nur deins.« Er versuchte offenbar, seine düstere Stimmung zu überwinden. »Gestern hat mich Hermine Gallia gefragt, ob ich ihr einen Termin bei dir verschaffen könnte. Normalerweise fragen die Leute andere, ob sie ihnen einen Termin bei mir verschaffen können.«

Die Gäste waren alle gegangen, und Helene und Pauline sammelten die Gläser auf einem Tablett. Die Lichter der Ringstraße waren so sternenklar wie bei Berta Zuckerkandl.

Der Salon war vom ersten Tag an ein Erfolg. In den Monaten vor der Eröffnung war es meinen Freunden und mir gelungen, in einem kleinen Kreis der sehr Reichen sowie der Avantgarde gespanntes Interesse zu erwecken. Sie machten Schwestern Flöge rasch zu ihrem Salon. Unsere Kleider waren ausgesprochen teuer; ein Rock konnte so viel kosten, wie eine Näherin im ganzen Jahr verdiente. Niemand schien daran Anstoß zu nehmen. Doch ich merkte schon bald, dass wir, wenn wir Paris ganz und gar ignorierten, in nicht allzu langer Zeit auf die Insolvenz zusteuern würden. Reformkleidung allein konnte uns nicht über Wasser halten. Und so entschied ich mich für einen Kompromiss. Wir entwarfen fortschrittliche Kleider für diejenigen, die sie haben wollten, und konventionellere, elegantere für die übrige Kundschaft.

Gisele Koehler und ihre Mutter, die mir ein paar Wochen nach der Eröffnung einen Besuch abstatteten, waren ein typischer Fall. Gisele war ein fülliges blondes Mädchen und ihre Mutter eine mondgesichtige Frau, die sich immer hinter mich stellte und alles, was ich tat, bekrittelte. Gehöre die Seidenkamelie nicht eher ans Dekolleté? Auf der linken Schulter wirke sie seltsam, irgendwie unausgewogen. Schließlich sei Gisele schief gewachsen. Ihre rechte Schulter sei höher als die linke, was man normalerweise nicht merke, doch die Kamelie auf einer von beiden würde die Aufmerksamkeit darauf lenken. Das Letzte, was ein Mädchen mit einem so üppigen Busen wie Gisele brauchen konnte, war noch mehr Fülle am Ausschnitt, doch ich sagte nichts. Der armen Gisele trieb diese nüchterne Auflistung ihrer Makel bereits die Schamesröte ins Gesicht. In wenigen Jahren würde ihr blondes Haar einen aschfarbenen Ton annehmen, und sie wäre plump. Hoffentlich würde sie bis dahin verheiratet sein. Ich schwor mir, die Kamelie ganz zu verbannen. Schon jetzt war das Kleid ein rosa schimmernder Albtraum. Das war die Kehrseite der Notwendigkeit, Geld zu verdienen. Zuweilen musste man seinen Geschmack vollkommen verleugnen.

»Ich hätte da eine wunderschöne schwarze Seide mit gestickten Kamelien: Wie wär's, wenn wir die für das Kleid verwenden würden?«, schlug ich vor.

»Schwarz? An so einem jungen Mädchen? Sind Sie nicht bei Trost?«, entgegnete die Mutter. »Es ist doch niemand gestorben. Und Gisele sieht in Rosa ganz wunderbar aus.« Ich seufzte.

»Gustav ist da«, sagte Helene leise an der Tür.

»Klimt ist da?«, fragte Frau Koehler. »Dann muss ich mit ihm reden. Ich möchte, dass er Gisele porträtiert.«

Helene warf mir einen Blick zu, als wollte sie sagen: Da kann Gustav sich aber glücklich schätzen. »Er ist im Empfangszimmer«, sagte sie zu Frau Koehler. »Kommen Sie mit runter, ich bringe Ihnen einen Kaffee.«

Frau Koehler sah von Gisele zu mir und dann wieder zu Gisele, als zögerte sie, ihr geschätztes Töchterlein in meiner Obhut zu lassen. Sie hatte gewisse Dinge gehört. Doch schließlich kniff sie die Augen zusammen und sagte: »In Ordnung, aber ich bin gleich wieder da.«

Als Frau Koehler gegangen war, steckte ich grimmig weiter ab. Zum Glück musste ich grimmig dreinblicken, da mir sonst die Nadeln aus dem Mund gefallen wären. Ich griff mit der Hand in den Silberkelch, als zöge ich einen Karpfen aus einem Teich. Für einen Moment klebten mir die Nadeln an der Hand, dann fielen sie zu Boden.

»Dieses Kleid ist schrecklich, nicht wahr?«, sagte Gisele auf ihrem Podest. Ihre Stimme war überraschend weich und melodiös. Ich vermutete, dass sie sang.

»Es wird hübsch werden«, entgegnete ich.

»Sie wissen, dass es schrecklich ist«, sagte sie. »Mutter hat sich diesen rosa Satin in den Kopf gesetzt, und das passt gar nicht zu mir. Sie will enge Ärmel und eine hohe Taille, und das passt genauso wenig zu mir.« Ich hielt inne und sah zu ihr auf.

»Was hätten Sie denn gerne?«, fragte ich.

»Ich hab im Musterbuch ein Kleid gesehen, das mir gefällt«, sagte sie schüchtern. Ich ging zum Tisch hinüber und nahm das Buch zur Hand. »Zeigen Sie es mir«, forderte ich sie auf.

Der Schnitt, der ihr gefiel, war moderner, lockerer und vorteilhafter. »Das ist das richtige Kleid für Sie«, sagte ich. »Vergessen Sie das andere Kleid. Ich werde Ihrer Mutter erzählen, es wäre mir abhanden gekommen oder etwas in der Art.« Darüber musste sie lachen.

»Sie bringt uns beide um«, sagte sie. »Aber sie wird das Kleid behalten, damit sie sagen kann, sie hat es bei Ihnen machen lassen.«

»Wollen Sie sich auch einen Stoff aus den Musterbüchern aussuchen?«, fragte ich sie. »Ich hab die Ballen hinten und kann Ihnen auch ein Stück abschneiden und zeigen, wenn Sie möchten.«

Gisele wollte nicht in die Musterbücher schauen, sondern mitkommen und sich im Stofflager umsehen. Ich nahm nie Kundschaft mit dorthin, aber etwas an der Art, wie ihre Lider an den Augenwinkeln herunterhingen, ging mir ans Herz. Sie war so einfältig und hilflos wie ein Seehundjunges.

»Kommen Sie«, sagte ich. Ich gab ihr einen Morgenmantel und Pantoffeln, in die sie schlüpfen konnte.

Das Lager war vorher eine Werkstatt für Holzspielzeug gewesen. Es hatte keine Fenster, was gut für die Stoffe war. Drinnen war es dämmrig und kühl. Für einen Modeschöpfer war es ein kleines Paradies. Ballenweise Meterware, von Satin und Samt zu Brokat und Spitze, von Organza zu Chiffon und Wolle. Wir hatten die Ballen nach Farben sortiert – alle weißen Stoffe lagen zusammen und wechselten zu Creme, dann kamen die gelben, die pfirsich- und orangefarbenen, die scharlachroten und violetten, schließlich indigoblaue bis grüne. Ich hätte stundenlang die Gänge entlangschlendern können. »Wie wär's mit Dunkelblau?«, fragte ich.

Auf dem Weg zu Blau kamen wir an einem Ballen grasgrüner *peau de soie* vorbei, und ohne nachzudenken, griff ich danach und strich mit der Hand darüber.

»Die ist aber hübsch«, sagte Gisele.

»Ja, ich weiß«, antwortete ich. »Davon hab ich mir mal selbst ein Kleid gemacht. Aber dann hab ich es weggegeben.« Ich weiß nicht, wieso ich ihr das erzählte, außer vielleicht, weil sie verständnisvolle Augen hatte.

»So eine hübsche Farbe«, sagte sie höflich, ohne zu verstehen. »Sie leuchtet so schön.«

»Vielleicht machen wir Ihnen auch mal ein Kleid daraus«, sagte ich. »Für Ihre Verlobungsfeier zum Beispiel.« Ich zog sie weiter.

»Falls Mama mich je lange genug aus den Augen lässt,

damit ich einen Kavalier finden kann«, sagte sie. »Und falls es ihm egal ist, dass ich so unscheinbar bin.«

»Was halten Sie von dem hier?«, fragte ich und zog eine weichere, weniger steife Seide als die *peau de soie* heraus, in einem tiefen Meerblau.

»Hübsch«, sagte sie.

»Wir können einen Chiffonbesatz dazu machen, wenn Sie möchten, vielleicht in einem helleren Blau, oder Netz. Ich glaube, wir haben Netzstickerei, die phantastisch aussehen würde.« Ich zog den Ballen heraus und trug ihn in die Abteilung mit den Netzen. Wir fanden ein blass grünblaues mit silberner Chrysanthemenstickerei. Als ich die Stoffe auf ihrem Bestellformular vermerkt hatte, nahm ich Gisele wieder mit in die Anprobe, um an ihr ein Mustermodell in Musselin anzupassen. Das neue Kleid hatte einen Schnitt, der sehr leicht abzustecken war, und es dauerte nur ein paar Minuten. Ich war erleichtert, denn bei aller Sympathie hatte ich allmählich genug von Gisele. Sie war unscheinbar und ihre Mutter ein Drachen. Na und? Sie war neunzehn Jahre alt und würde heiraten und dicke, unansehnliche Kinder bekommen und ganz und gar unglücklich sein wie alle anderen auch. Na und? Es gab Schlimmeres im Leben.

Als wir fertig waren, wartete ich, bis Gisele sich angezogen hatte, und ging mit ihr nach unten ins Empfangszimmer. Gustav stand am Fenster und sah auf die Besucher des Casa-Piccola-Kaffeehauses hinunter, während vom weißen Sofa aus Frau Koehlers tragendes Organ an seine Ohren schallte.

»Tut mir Leid«, sagte Frau Koehler, »ich hab gar nicht gemerkt, wie die Zeit vergeht. Das ist meine Tochter, Herr Klimt. Wird sie nicht ein reizendes Porträt abgeben?«

Ich wartete gespannt auf seine Antwort, doch er war

nach all den Jahren so geübt darin, Leuten wie Frau Koehler zu schmeicheln, dass kein zögerlicher oder falscher Ton in seiner Stimme lag, als er ihr sagte, wie rubenesk Gisele sei, wie zauberhaft und schön. Gierig saugte sie seine Worte in sich auf.

»Dann ist hinsichtlich des Kleides wohl alles geklärt?«, fragte mich Frau Koehler, ein paar Grad kälter nun. Jetzt war ich an der Reihe, und es war gar nicht so leicht, angesichts Gustavs gespieltem feierlichen Ernst ein ungerührtes Gesicht zu machen.

»Ich denke, es wird Ihnen sehr gefallen«, sagte ich.

»Und was haben Sie wegen der Kamelie beschlossen?«, fragte sie. »Ich finde nämlich wirklich, dass –«

»Gisele will Sie überraschen«, sagte ich. »Aber vertrauen Sie mir, Sie werden begeistert sein.«

»Na ja, ich zahle eigentlich nicht gern für Dinge, die ich zuvor nicht gesehen habe, aber ich bin auf Anraten von Frau Moll hier, wissen Sie, ihr erster Mann war der Cousin meines Mannes in direkter Linie, und ich verlasse mich stets auf ihren Geschmack.«

»Ich muss Gisele in zwei Wochen wiedersehen«, sagte ich. »Helene kann im Büro einen Termin mit Ihnen machen.«

Gustav versprach, am folgenden Donnerstag bei ihnen in der Wohnung zu erscheinen, und irgendwie schafften wir es, sie hinauszubefördern und die Tür hinter ihnen zu schließen.

Ich setzte mich auf den Platz, den Frau Koehler eben noch beschlagnahmt hatte, und nahm ein Stück Gebäck von dem Tablett, das Helene für sie heruntergebracht hatte. Ich legte es auf einen kleinen Teller, doch nach einem Bissen merkte ich, dass ich keinen Hunger hatte, und fing an, es in kleine Stücke zu zerbröseln, statt es zu essen.

»Sieh mal einer an«, sagte Gustav. »Hermann Koehlers Tochter.« Er kippte seinen Stuhl wie ein Schulbub rücklings an die Wand.

»Hoffmann würde dich umbringen, wenn er das sähe«, sagte ich.

»Koehler ist ein Busenfreund des Kaisers«, fuhr er fort und balancierte sein Gewicht so aus, dass der Stuhl zwischen Wand und Boden in der Schwebe blieb, bevor er herunterkrachte. Ich fuhr unwillkürlich zurück.

»Sie hält mich für eine Dirne«, sagte ich und zuckte die Achseln. »Sie kommt nur auf der Suche nach Skandalgeschichten her.«

»Was soll's, wenn die Leute reden?«, erwiderte er. »Seit mindestens fünfzehn Jahren reden die Leute über mich, und es sieht nicht so aus, als sollte sich daran so bald etwas ändern.«

»Ich kann mir nicht leisten, was du dir leistest«, sagte ich. »Ich würde dafür gesteinigt werden.«

»Du bist unglaublich populär«, sagte er und ging über meinen bitteren Ton hinweg. »Ich hab in der *Wiener Zeitung* einen Artikel über dich gelesen. Und Helene sagt, in *Mode* steht auch was über dich.«

»Das vergeht«, sagte ich. Mir war nicht nach Feiern zu Mute. »Wie läuft's im Atelier?«, fragte ich. »Wie geht's Fräulein Stonborough-Wittgenstein?«

»Sie ist wundervoll«, sagte er. »Ich verstehe zwar kein Wort von dem intellektuellen Zeug, das sie redet, aber sie ist schön anzuschauen.«

»Hast du schon mit dem Gemälde angefangen oder bist du noch bei den Zeichnungen?«

»Ich glaube, ich hab heute endgültig die richtige Pose eingefangen. Sie ist interessant, das macht es leicht. Weißt du, das Schwierigste ist immer, einem Gesicht, dem es an

Persönlichkeit mangelt, Charakter zu verleihen. Bei ihr stellt sich das Problem nicht. Und ihr Kleid zu malen wird das reinste Vergnügen sein.«

»Gern geschehen«, sagte ich. »Ich dachte mir, dass es dir gefällt.«

»Ich male zu viele Porträts«, sagte er. »Ich bin bereits für den ganzen April ausgebucht. Ich freu mich schon auf den Sommer, wo mich keiner stören kann. Ich glaube, ich werde dieses Jahr das Feld mit dem Klatschmohn malen oder den Obstgarten. Wir könnten auch zur Burg raufwandern.«

»Das ist noch lange hin«, sagte ich. »Bis dahin fließt viel Wasser die Donau runter.«

»Was? Du willst mich nicht einladen?« Er grinste; die Möglichkeit war ihm nie in den Sinn gekommen.

»Wir werden sehen«, sagte ich.

Er hörte mich nicht. Ihm war eine Idee gekommen. Er griff nach einem Stift in seine Rocktasche und zog eine Schachtel heraus. Erstaunt betrachtete er sie, als hätte er ihre Existenz vollkommen vergessen.

»Ich hab was für dich«, sagte er. »Ein Geschenk.«

»Mein Geburtstag liegt Monate zurück«, sagte ich. »Und du *hast* mir was geschenkt, das Charles-Rennie-Mackintosh-Buch.«

»Es ist ein verspätetes Geschenk zur Saloneröffnung«, sagte er. Er reichte mir eine marmorierte Pappschachtel mit einer schwarzen, grob gerippten Seidenschleife. Ich sah sofort, dass sie von Hoffmann stammte; sie war in sich ein kleines Kunstwerk. Ich schüttelte sie, weil ich dachte, Gustav würde den Aufschub genießen. Es klapperte laut, als etwas von einer Seite der Schachtel zur anderen rutschte. Es war zu groß für einen Ring und zu klein für ein Buch. Es sei denn, die Größe der Schachtel wäre eine Finte gewesen. So etwas hätte Gustav durchaus ähnlich gesehen. Ich betrachtete das Kästchen lange, bis Gustav ungeduldig wurde und anfing zu pfeifen. Ich löste die Schleife.

Die Schachtel enthielt, in Seidenpapier gewickelt, einen großen Silberanhänger in der Form eines Katzengesichts an einer kurzen Kette. Quer über den Anhänger war ein Zickzackmuster aus Lapislazuli und Karneol eingelegt.

»Hoffmann hat es gemacht«, sagte er. »Gefällt es dir?«

In der Hoffnung, er sähe nicht, wie mir die Finger zitterten, fuchtelte ich an dem Verschluss herum. »Es ist wundervoll«, sagte ich. »Hast du das entworfen?«

»Natürlich. Meinst du, ich würde so etwas Hoffmann anvertrauen? Dreh dich um, ich mach es dir zu.« Ich gab ihm den Anhänger und hielt mir die Haare hoch.

»Verzeih mir«, sagte er und schwieg. Ich konnte sein Gesicht nicht sehen, aber er klang sehr ernst. Ich wartete. »Es sollte am Tag der Eröffnung fertig sein, aber die Edelsteine blieben in Antwerpen hängen oder so. Deshalb kommt es so spät.«

»Da ich keine Ahnung davon hatte, ist es für mich nicht zu spät«, sagte ich und blickte aus dem Fenster. Ich konnte die vielen Spaziergänger im Volksgarten sehen.

»Du kannst ihn auch an einer längeren Kette tragen, wenn du willst«, sagte er. »Und er gefällt dir bestimmt?«

Ich wollte mich umdrehen und ihn küssen, aber ich tat es nicht. »Natürlich gefällt er mir«, sagte ich. »Ich trinke eine Tasse Kaffee. Magst du auch eine?«

Ich ging in die Küche, damit er nicht sehen konnte, dass ich weinte.

Als der Kaffee fertig war, brachte ich alles auf einem Tablett herein und stellte es auf den Tisch. Während ich mich hinsetzte, um mir Kaffee einzuschenken, merkte ich, dass Skizzen quer über den Boden verstreut lagen.

»Ich hab mich gelangweilt, als ich hier saß und auf dich gewartet habe«, sagte er auf meinen fragenden Blick hin. »Frau Koehler hat geredet wie ein Wasserfall, es war wirklich schrecklich. Ich hatte keine Lust, sie anzusehen, sie hat so ein haariges Muttermal links am Kinn, und sie hat mir die ganze Zeit nur diese Seite zugewandt.«

»Wie unangenehm«, sagte ich. »Natürlich bin ich diejenige, die sie demnächst unbekleidet ertragen muss.« Ich nahm eine Tasse und schenkte ihm ein, mit viel Schlagobers darauf, so dass die Haube in die Untertasse überlief. So hatte er es am liebsten.

»Dann solltest du lieber hoffen, dass sie dich fallen lässt«, sagte er. »Oder dass ihr Mann, der ehrenwerte Oberst, einen finanziellen Rückschlag erleidet.« Er öffnete das Fenster und schaute zu den Gästen hinunter, die auf der Terrasse des Casa Piccola saßen. »Die bedauernswerten Geschöpfe. Die bekommen einen lausigen Kaffee.«

»Und noch schlimmere Weckerln«, sagte ich. »Kein Fitzelchen Wurst.« Ich ging ans Fenster und sah ebenfalls hinunter. Trotz des Kaffees und der Weckerln waren die Tische auf der Straße alle besetzt. Ein Mann mit einer leuchtend grünen Feder am Hut starrte in seine Tasse und rührte, während seine Begleiterin ihre Semmel zerriss und auf die Straße schaute. An einem anderen Tisch sprang ein dünner junger Mann plötzlich auf und stieß seinen gusseisernen Stuhl um. Gustav stellte sich neben mich, eine seiner Skizzen zu einer Art Kranich gefaltet in der Hand. Ich nahm sie und warf sie mit Schwung aus dem Fenster. Für einen Moment erhob sie sich mit einer Strömung in die Luft, dann fiel sie schlaff hinunter und landete auf dem Tisch des Mannes mit der grünen Feder im Hut. Der Mann griff danach, faltete sie auf und sah verwundert nach oben. Ich trat zur Seite.

»Meine kostbare Zeichnung!«, sagte Gustav in gespielter Verzweiflung. »Wie konntest du nur?«

»Du hast so viele davon«, sagte ich und zeigte auf den Teppich. »Wenn sie dir ausgehen, kannst du neue machen.«

»Du hast so wenig Respekt vor meiner Arbeit«, sagte er. »Alle anderen gehen sorgsam damit um, halten sie an den Ecken, besprühen sie mit Fixativ, rahmen sie hinter Glas, selbst das beiläufigste Gekritzel. Ich glaube, du bist wirklich die Einzige, die begreift, wie wertlos das alles ist.«

»Natürlich halte ich sie nicht für wertlos«, sagte ich und hatte plötzlich Schuldgefühle.

»Ich zieh dich doch nur auf, Dummerle«, sagte er. »Natürlich ist es mir völlig egal. Wirf sie aus dem Fenster, verbrenn sie im Kamin, wisch dir den Hintern damit ab, das ist mir völlig gleich. In den Skizzen denke ich nur laut. Sie haben keinen eigenen Wert. Wenn du den armen unschuldigen Leuten da unten ein Gemälde auf den Kopf werfen würdest, wär's was anderes, aber so …« Ich musste unwillkürlich lächeln.

»Nur zu«, sagte er. »Wirf das Nächste.« Das Blatt landete auf einem der Schirme, doch ein Student, der gesehen hatte, was dem Mann mit Hut passiert war, stand auf einem Stuhl und fing es auf. Inzwischen richteten sich viele Augenpaare zu unserem Fenster hoch, und einige Gäste winkten. Ein paar Kellner warfen uns missmutige Blicke zu. Die Zeichnungen flatterten auf die Kaffeehausgäste nieder wie Kirschblütenblätter im Frühling, doch unser Vorrat war bald erschöpft.

»Das Letzte«, sagte Gustav und reichte mir eine Zeichnung, die er in Tropfenform gefaltet hatte und die sich beim Öffnen als mein eigenes Konterfei erwies. Ich zerriss es in kleine Schnipsel und warf sie von der Fensterbank. Sie landeten auf dem Tüllhut einer Frau, die alleine am Tisch saß. Sie schüttelte den Kopf und strich sich mit dem Handschuh darüber. Sie hatte große dunkle Augen und sah mich traurig an, als wollte sie wissen, wieso die anderen so viel mehr Glück gehabt hatten als sie. Ich schloss das Fenster.

Neunzehn

Kammer am Attersee
27. März 1945

Ich habe sechs Zeichnungen von Adele, alle ziemlich ähnlich. Sie trägt ein üppiges gestreiftes Kleid. Die Falten des Rocks fallen in Kaskaden über die Seite und quellen noch über den Rand. Die Bleistiftzeichnungen verfügen nur über Grautöne, aber ich weiß, dass sie ein rosa Kleid getragen hat, ein zartes Rosé wie gerötete Haut. Auf den meisten hat sie keine Augen, und Mund und Nase sind nur in wenigen Linien so eben angedeutet, doch ihre verkrümmten Hände und ihre vollen, geschwungenen Lippen verraten sie. Auf einer allerdings hat er ihre Augen eingezeichnet, und sie starrt mir mit schockierender Ähnlichkeit entgegen. Wenn ich das Blatt ansehe, kann ich ihr Jasminparfum und die Kirschtörtchen riechen, die sie am liebsten aß. Ich schiebe es in meinem Stapel ziemlich weit nach unten. Es ist zu enervierend.

Am Abend ziehe ich, nachdem Helene schlafen gegangen ist, die Zeichnung aus der Mappe. Dann schließe ich meine Schlafzimmertür ab, auch wenn ich weiß, dass das albern ist, so als würde eine erwachsene Frau Süßigkeiten unter dem Bett verstecken. Vor wem versuche ich mich zu verstecken? Vor Gustav? Vor Adele?

Mein Zimmer ist stickig und riecht nach der eisernen

Ration Benzin, für die ich im Dorf ein kleines Vermögen bezahlt habe und das mir auf dem Nachhauseweg über die Kleider geschwappt ist. Mit den Verdunkelungsgardinen hat der Raum etwas von einer Höhle. Ich blase die Lampe aus und öffnet das Fenster. Mögen die Russen uns ruhig finden. Werden sie sowieso, egal, was wir machen. Die kühle, dunkle Nachtluft trocknet mir die Tränen auf dem Gesicht.

Ich hatte das Kleid geschneidert, das sie auf diesen Zeichnungen trug, und es gehasst, die ekelhafte rosa Farbe, die aalglatte dünne Seide, die adretten Streifen. Die Art, wie sie gelächelt hatte, als sie den Stoff aussuchte, sagte mir, dass sie ihn ebenfalls hasste. Seit ich sie das letzte Mal gesehen hatte, musste etwas geschehen sein, weshalb sie ihre Meinung vollkommen änderte. Ich hatte versucht, ihr das Modell auszureden, auf das ihre Wahl gefallen war, es stammte aus einem alten Schneiderhandbuch mit längst überholten Mustern, mit enger Taille, ausladendem Rockteil, einem Fischbeinmieder. Ich erinnerte sie daran, dass sie auf etwas unerhört Neues aus gewesen war, doch nichts konnte sie überzeugen. Sie hatte es sich machen lassen, um es Gustav heimzuzahlen, um ihm ihre Respektabilität ins Gesicht zu schleudern, ihn zu quälen, sich zu verstecken. Er zeichnete es immer und immer wieder, doch das Gesicht schien nie zum Körper zu passen, und so hatte er, als es Zeit war, zum Gemälde überzugehen, die Umrisse gezeichnet und mit etwas ausgefüllt, das sie besser kleidete.

Ich lasse die Zeichnungen auf dem Tisch am Fenster liegen, stelle die Lampe darauf, damit sie nicht weggeweht werden, und stolpere zum Kaminsims, um die Streichhölzer zu holen. Der Gedanke an das, was ich jetzt tun werde, ist nicht neu. Ich stehe eine Weile am Fenster und denke über sie nach, dann zünde ich ein Hölzchen an. Die Flamme ist das einzige Licht weit und breit. Einen Moment lang betrachte ich nur ihr blaues Lodern und atme den Schwefel ein. Das erste Zündholz lasse ich bis zu den Fingern herunterbrennen. Dann gehe ich den Stapel Blätter durch und ziehe die Zeichnung fast zuunterst hervor, diejenige mit den Augen. Die nächste Flamme halte ich an das Blatt, und es entzündet sich so schnell, dass es in einem Ascheregen aus dem Fenster geflogen ist, bevor ich recht begreife, was ich da tue. Dann stecke ich das nächste an, eine größere Zeichnung. Das schwerere Papier braucht länger, bis es Feuer fängt, die verkohlten Fetzen sind größer und glühen rot, während sie herunterfallen. Winzige Aschepartikel schweben in der Luft, bevor sie auf die Fensterbank flattern.

Es folgt eine nach der anderen, bis sie alle verschwunden, für immer verloren sind.

Er hatte zwei Porträts von Adele gemalt. Für das erste hatte sie in dem rosa Kleid Modell gesessen, doch als er es in Angriff nahm, war davon nichts mehr zu sehen. Auf dem Bild trug sie eins aus Gold, von byzantinischer Raffinesse, mit Dreiecken und Augen und Pfauenfedern geschmückt. Über diesem stilisierten Mosaik trat einem ihr Gesicht so direkt und real entgegen wie auf einer Photographie. Einige Kritiker sagten, die Modelle seien ihm egal, er interessiere sich nur für das Dickicht der Muster, in die er sie einbettete, doch das stimmte nicht. Das Porträt vermittelte, was es über Adele zu sagen gab.

Und es sagte auch eine Menge über ihn; er war in sie verliebt, als er es malte, da bin ich mir sicher.

Das zweite Porträt, das er Jahre später anfertigte, ist eine pastellfarbene Kreidezeichnung. Es fiel in eine andere Phase, mit einem anderen Stil. Und die Affäre war vorbei.

Im Hintergrund spielte er mit einem chinesischen Motiv – berittenen Kriegern. Adele stand unter einer dunklen Wolke von einem Hut, mit demselben engen Perlenhalsband, das sie auf dem ersten Bild trug, nunmehr im mittleren Alter, nicht mehr ganz das geheimnisvolle erotische Geschöpf von einst.

Manchmal denke ich daran, auch die Gemälde zu vernichten. Wenn ich sie anzünden würde, wäre die Leinwand versengt, bevor sie richtig Feuer finge. Es entstünde ein Geruch von verbranntem Haar und Benzin. Die Pigmente würden die Flammen in verschiedenen Farben leuchten lassen. Die Bilder sprühten Funken, und ich würde hinspringen müssen, um sie auszutreten. Die Gemälde würden sich gegen ihre Vernichtung wehren, prasselnd, in kleinen Explosionen. Ich würde mir die Finger verbrennen. Adeles Gesicht zerginge wie Wachs, bevor es schließlich verschwände. Als Letztes würden ihre Hände in einer beißenden Rauchwolke verdorren.

Moll hat jetzt diese Gemälde; vielleicht hat *er* sie verbrannt. Der Gedanke reißt mich aus meiner Benommenheit, und ich verzehre mich vor Schuldgefühlen. Was ist das für ein Kurator, der die ihm anvertrauten Werke zerstört? Wie konnte ich nur?

Mich hält es nicht länger bei den Spuren meiner Tat in meinem Zimmer, und so ziehe ich mich an und gehe an den See hinaus. Vielleicht stolpere ich ja und schlage mit dem Kopf irgendwo auf, dann bin ich von diesen quälenden Gedanken befreit.

Aber natürlich stolpere ich nicht. Ich bin mein Leben lang gewandert und immer noch gut zu Fuß. Ab und an kommt der Mond hinter den Wolken hervor, und ich bin in der Lage, mich zu orientieren. Als der Morgen dämmert, bin ich schon in Unterach am anderen Ufer des Sees.

Im Morgengrauen sitze ich so lange in der Kirche, bis es spät genug ist, mich bei Freunden blicken zu lassen, die wir dort haben. Sie laden mich zum Frühstück ein, trocknen meine Schuhe und rudern mich zurück über den See.

Weiblicher Akt

Es ist erst Juni, aber schon unerträglich heiß in der Wohnung in Josefstadt. Wie drei Menschen in einem solch kleinen Zimmer leben können, bleibt ein Geheimnis, selbst wenn zwei von ihnen Kinder sind. Das Zimmer befindet sich im fünften Stock ohne Feuerleiter. Im Fall eines Brandes kämen sie alle um. Das passiert nicht selten in Wien. Die Fenster sind innen sauber, doch von außen so dreckverschmiert, dass nur sehr wenig Licht durch die Scheiben dringt. Es riecht hier drinnen wie im Pissoir. Wenn Gustav sie besuchen kommt, beschwert er sich, dass dies keine menschenwürdige Behausung sei, und er hat Recht. Laut und vernehmlich fragt er sich, was für einen üblen Fraß ihre Nachbarn unter ihr wohl zubereiten, der einen derartigen Gestank verbreitet. Sie sind aus Bukarest, sagt Mizzi kurz angebunden. Er geht ans Fenster, das schon bis zum Anschlag offen steht, und drückt dagegen. Wieso komme ich eigentlich her?, stöhnt er aus dem Fenster. Mizzi schlägt ihn derb auf den Rücken, und dann werfen beide einen verstohlenen Blick auf den Buben.

Der Bub hat wache haselnussbraune Augen und eine breite Nase wie ein Sattel. Er sitzt mit verschränkten Beinen auf dem Boden, ohne sie beide zu registrieren, und ist ganz in den Kreisel versunken, den Gustav ihm mitgebracht hat. Er dreht ihn immer wieder. Das Geräusch zerrt bereits an Mizzis Nerven. Geh damit raus, sagt sie gereizt. Gehorsam und ohne sich noch einmal umzudrehen, verlässt der Junge die Wohnung. »Raus« heißt für ihn in den schmuddeligen Flur. Die Mietskaserne, in der sie leben, liegt an einer dicht bevölkerten Straße mit Gebäuden wie diesem. Es gibt nirgendwo Platz zum Spielen.

Du musst hier raus, sagt Gustav. Von welchem Geld?, will Mizzi fragen, doch sie schluckt es hinunter. Du solltest mal im August hier sein, sagt sie stattdessen. Natürlich ist Gustav im August nicht da. Er ist mit seiner wohlhabenden, erfolgreichen Geliebten im Seengebiet. Davon, dass ich hier bin, würde es auch nicht kühler, sagt Gustav und ignoriert egoistischerweise, dass sie überhaupt seinetwegen dort hausen. Wieso macht er ihr das Leben nicht leichter, wo er es sich schließlich leisten kann? Immerhin kommt er sie mindestens einmal im Monat besuchen und bringt dem Buben Geschenke mit, Orangen, Bleistifte und Ansichtskarten. Mizzi möchte ihm am liebsten sagen, den Ramsch solle er sich sparen – ob er ihr nicht lieber Geld für anständige Schuhe und kräftigen, fleischhaltigen Eintopf im Winter geben kann. Ob er nicht eine ordentliche Schule bezahlen will. Sie schreibt ihm lange Bettelbriefe, und er schreibt zurück, dass ihm ihre Briefe an die Nieren gehen und sie zuversichtlicher sein soll. Während sie liest, schreit sie vor Wut, und die Nachbarn hämmern an die Wände, damit sie Ruhe gibt.

Lass mich dich zeichnen, sagt er. Er schiebt sie sanft zu der Matratze am anderen Ende des Zimmers.

Für drei Kronen, sagt sie und tut so, als sei es ein Scherz. Das ist mehr als der Tageslohn für eine Näherin.

Zwei, sagt er.

Wie willst du mich haben, fragt sie resigniert. Sie schlüpft aus dem verschmierten Rock, aus dem Unterkleid. Sie ist knöcherner um die Brust als früher. Das letzte Baby, das in der Wiege in der Ecke liegt, hat ihr die Brüste ver-

schrumpelt; die ausgelassenen Mahlzeiten, damit der Bub genug zu essen hat, haben sie ausgezehrt.

Lass die Stiefel an, sagt er. Er legt ihr Gesicht aufs Bett. Ihr Hintern ist das Beste an ihr. Oft genug hat er gesagt, das Mädel hat einen Körper, von dem der Hintern schöner und intelligenter ist als das Gesicht bei den anderen. Er drapiert das Bettzeug so zu einem zerwühlten Haufen rings um ihre Gestalt, dass es aussieht, als hätte gerade etwas Verbotenes stattgefunden. Doch das wird es nicht. Er ist ihrer überdrüssig. Ihre Schönheit ist hin; für ihn ist sie nichts weiter als ein nörgelndes Weibsstück, das ihm damit droht, ihn vor seiner Familie bloßzustellen. Das ist das einzige Druckmittel, das ihr bleibt.

Mizzi schläft ein, während er arbeitet. Modellsitzen hat sie schon immer gelangweilt, doch die Bezahlung war zu gut, um sie auszuschlagen. In jüngeren Jahren träumte sie von den Kleidern, die sie sich kaufen würde, wenn sie erst mit Gustav verheiratet war, von dem Haus, in dem sie leben, den Leuten, die sie kennen lernen würde. Was für ein Dummchen, dieses junge Ding, das sie mal war. Es besaß die Arroganz der Jugend und Schönheit. Jetzt tun ihre Gedanken nur noch weh, und sie ertränkt sie im Branntwein, wenn sie kann.

Im Flur langweilt sich der Bub mit dem Kreisel. Er möchte in die Wohnung zurück und ein Stück von dem Kuchen essen, den Papa wie immer mitgebracht haben muss. Doch die Tür geht nicht auf. Das kennt er schon. Stattdessen tritt er den neuen Kreisel quer durch den Flur, als wäre er ein Ball. Ihm tut der Fuß davon weh, und es macht einen Höllenlärm, wie er an all den Türen vorbeiklappert. Gleich kommt Frau Koppelmann raus und verdrischt ihn mit dem Besen, so wie sie es getan hat, als er die prallen Apfelsinen immer und immer wieder gegen ihre Tür geworfen hat, bis sie platzten und überall ihren Saft verspritzten. Seine Schuhe bleiben immer noch am Boden kleben. Er schnappt sich den Kreisel und versteckt sich im Stiegenhaus.

Zwanzig

1905 gab Gustav seinen Universitätszyklus endgültig auf. Die fortgesetzte Kontroverse – die endlosen kritischen Leitartikel, die streitsüchtigen Treffen mit dem Gremium – setzte seiner Gesundheit zu und zog auch seine andere Arbeit in Mitleidenschaft. Er gab den Auftrag zurück und ließ den Ausschuss wissen, da er das Geld erstattet habe, gehörten die Gemälde ihm. Die Mitglieder sahen das anders und schickten ihm Männer ins Atelier, um die Bilder abzuholen. Gustav hielt sie sich mit einem Gewehr vom Hals, ein Vorfall, der seinem Ruf als Renegaten nur weitere Nahrung gab. Am Ende lösten sie das Problem. Gustav konnte die Gemälde behalten und irgendwann auch verkaufen.

Im selben Jahr schied er aus der Secession aus. Einige andere Mitglieder waren der Meinung, dass Carl Molls Verbindung mit der Galerie Miethke gegen die Grundsätze der Künstlervereinigung verstieß, dass kommerzielle Interessen zu sehr in den Vordergrund traten. Gustav verteidigte ihn, doch als sie darüber abstimmen ließen, waren Moll und seine Freunde unterlegen. Moll musste entweder seine Beziehungen zur Galerie Miethke abbrechen oder die Secession verlassen. Und so gingen er und seine Freunde.

Der Salon hatte einen unglaublichen Erfolg. Ich kleidete sie alle ein: Fritza Riedler, Mäda Primavesi, Elisabeth Bachofen-Echt, Berta Zuckerkandl und ihre Tochter Amalie, Johanna Staude. Ich zog sie an, und Gustav malte sie. In der Oper stießen die Leute sich an, wenn ich vorbeikam, und das nicht, weil ich eine berühmte Konkubine war. Ich arbeitete sehr hart. Ich wurde reich, nicht so wie Adele Bloch-Bauer, aber reich genug, um Gustav auszuzahlen und meine Mutter sowie meine Schwestern und meine Nichte mit zu versorgen. Ich konnte eine Köchin, dann ein Stubenmädchen und schließlich einen Chauffeur einstellen.

Jetzt, wo ich so beschäftigt war und so viel Verantwortung trug, wurde der Attersee noch mehr zu einem Refugium. In den vier Wochen, die ich dort verbrachte, konnte ich endlich einmal Verkaufsurkunden, Anproben und anspruchsvolle Kunden vergessen. Gustav stieß dort jedes Jahr zu mir, egal, woran er gerade arbeitete oder wohin ihn die letzte Reise gebracht hatte. Es war die eine Zeit im Jahr, in der wir nicht getrennt waren, nicht in verschiedenen Häusern wohnten, bis spät in die Nacht arbeiteten und verschiedene Reiseziele hatten. Wenn ich aufwachte und die Treppe hinunterkam, wusste ich, dass er schon auf der Terrasse war und auf mich wartete. Ich wusste, dass wir am Nachmittag eine Wanderung machen oder schwimmen gehen und dass wir uns den Abend mit Gesellschaftsspielen vertreiben würden. Ich wusste, dass niemand in seinem Atelier wartete, weder Modelle noch Damen der Gesellschaft oder Freundinnen. Ich hatte ihn ganz für mich allein.

Im August 1905 saßen wir beim Frühstück. Der Postbote kam und gab zwei Briefe für Gustav ab. Als ich sie ihm reichte, sah ich, dass sie aus der Tigergasse in Josefstadt kamen. Helene warf mir einen bedeutsamen Blick zu, doch ich tat so, als hätte ich nichts gesehen.

»Wer ist diese treue Briefschreiberin, Gustav?«, fragte sie ziemlich direkt.

»Ganz schön neugierig«, antwortete er und schob die Post augenzwinkernd unter seinen Teller.

»Natürlich. Was dachtest du denn?« Doch sie bekam nicht mehr aus ihm heraus, als dass sie von jemand wären, den er gut kenne.

Die Wolken Richtung Mondsee sahen bedrohlich aus, und so beschlossen Gustav und ich, nicht wie gewohnt am Nachmittag, sondern schon gleich schwimmen zu gehen. Mutter wollte mit Helene, Pauline und Helenes Tochter zum Einkaufen ins Dorf. Sie planten einen Restaurantbesuch und würden vermutlich den größten Teil des Tages weg sein.

Gustav stieß uns mit einem Ruder vom Ufer ab, und wir glitten bei mildem Nieselregen durch die Seerosenblätter. Ich ruderte uns zu einer Stelle ein paar hundert Meter vom Ufer entfernt. Gustav stellte seine Staffelei auf und versuchte, mit Tupfen und Klecksen die Nebelschwaden am Ufer einzufangen, bevor das Wetter sich wendete und uns zwang, nach Hause zurückzukehren. Ab und zu machte ich einen Schlag mit den Rudern und überlegte, wie ich herausbekommen konnte, von wem die Briefe waren, ohne wie eine Xanthippe zu klingen. Josefstadt war ein Elendsviertel, aber natürlich konnte ihm ein junger Künstler von dort geschrieben haben oder ein ehrgeiziger Journalist. Ich dachte an Minna und Herta und hasste die Gedanken, die mich vergifteten.

»Hast du eine heimliche Verehrerin?«, fragte ich endlich in einem bemüht scherzhaften Ton. Ich sprach mit seinem Rücken, da wir beide dem Ufer zugewandt saßen.

Zuerst antwortete er nicht.

»Ich habe keine Geheimnisse«, sagte er schließlich. Seine Hand bewegte sich weiter und trug das Grau eines Drosselweibchens auf. »Ich sage immer die Wahrheit, du musst mich nur geradeheraus fragen statt so hintenherum.«

»Von wem waren dann die Briefe?«

»Von Adele«, sagte er.

»Aus Josefstadt?« Ich glaubte ihm nicht.

»Sie hält sich dort eine Wohnung.«

Jetzt begriff ich, wo sie an dem Abend der Verlobungsfeier hingegangen waren. Es machte mich wütend, dass ich ihn auch noch verteidigt hatte. Jetzt wollte ich alles wissen, bevor ich die Nerven verlor und mich wieder in dieses bange, hoffnungslose Nicht-wahrhaben-Wollen flüchtete.

»Gibt es sonst noch etwas, das ich wissen sollte?«, fragte ich. »Wo wir schon gerade ehrlich miteinander sind?«

Er antwortete nicht. Ich musste ihm wohl Ja-oder-Nein-Fragen stellen, wie vor Gericht.

»Bist du heimlich verheiratet?«, fragte ich.

»Nein«, sagte er.

»Hast du Kinder?« Er nickte, und es verschlug mir den Atem. Jedes Mal, wenn ich glaubte, alles zu wissen, überraschte er mich aufs Neue.

»Wie viele?«, fragte ich.

»Ich bin mir nicht sicher«, sagte er. »Drei, von denen ich weiß.« Ich wäre am liebsten aus dem Boot gesprungen und ans Ufer geschwommen, und er malte seelenruhig weiter.

»Wer ist die Mutter?«, fragte ich als Nächstes.

»Mütter, Plural«, korrigierte er mich. »Mizzi Zimmermann und Maria Ucicky.«

»Sind das Modelle?«

»Nein«, sagte er. »Das heißt, Mizzi war es mal.«

»Prostituierte?«

»Mizzi ist inzwischen Näherin«, sagte er. »Maria ist Wäscherin.«

Ich ließ die Hand durchs Wasser gleiten, und ohne meine Ruderbewegungen kam das Boot ins Trudeln. Endlich sah sich Gustav gezwungen, mit dem Malen aufzuhören. Er packte die in den Pinnen hängenden Ruder und brachte uns, nunmehr zu mir gewandt, mit zügigen Bewegungen auf die Mitte des Sees. Vielleicht war ihm klar, dass ich daran dachte, von Bord zu gehen.

»Hör auf«, sagte ich, »ich will zurück.« Ich war auf diesen flehentlichen Gesichtsausdruck gefasst, auf Schmeichelei, auf das Kleine-Buben-Grinsen, das er so wirkungsvoll einzusetzen verstand, wenn er in Schwierigkeiten war, doch seine sanften haselnussbraunen Augen waren hart und dunkel.

»Nein«, sagte er. »Du musst das verstehen, Emilie, es ist nicht ...« Er rang nach den richtigen Worten, um mir alles zu erklären. »Es ist nicht ... Diese Dinge passieren nun mal, weißt du ... Sie sind ja nicht ... Ich mach das ja nicht ...«

Worte waren nicht seine Stärke. Sein Gestammel machte mich krank, und ich unterbrach ihn mitten im Satz.

»Die Kinder?«

»Drei Buben«, sagte er. »Zehn, sieben und drei Jahre alt.«

»Bist du immer noch mit ihnen zusammen?«

»Maria hab ich seit vielen Jahren nicht mehr gesehen.« Schweigen. »Mizzi ... ab und zu.«

Wir hatten die schwimmende Landebrücke ein gutes Stück hinter uns gelassen und waren fast an der Stelle, wo der Grund des Sees von drei zu dreißig Metern abfällt, als der leichte Nieselregen zu einem prasselnden Guss wurde. Gustav machte sich daran, die Gemälde und Malutensilien unter einer Decke zu verstauen, um den schlimmsten Regen abzuhalten. Das Gewitter war fast über uns, und der Donner klang wie schwere Lastwagen, die über eine baufällige Brücke rumpeln, auch wenn wir nicht die Blitze, sondern nur die Wolken sehen konnten, die wie Glühbirnen für Sekunden aufleuchteten. »Willst du nicht lieber rudern?«, fragte ich.

»Ich hab mich verausgabt«, sagte er. »Wir können das Gewitter von hier aus beobachten.« Ich fasste nach den Rudern, doch er zog sie weg.

»Gib sie mir«, sagte ich. »Ich möchte lieber nicht hier draußen mit dir sterben.«

Er lächelte und ließ sie aus den Händen ins Wasser gleiten, wo sie munter an der Oberfläche schaukelten. Einen Moment lang sah ich fassungslos hinterher. Ohne die Ruder würden wir so lange auf dem See treiben, bis uns jemand zu Hilfe kam. Allein wären wir machtlos.

»Himmel!« war alles, was ich sagen konnte, bevor ich mich in den See stürzte. Das Wasser war eiskalt. Für einen Moment bekam ich keine Luft. Meine Lungen schienen sich wie Weichtiere in ihr schützendes Gehäuse zurückzuziehen. Das Baumwollkleid, das ich für die Ausfahrt trug, war jetzt so schwer wie Eisen und zog mich nach unten. Ich schaffte es, mich daraus zu befreien. Jetzt trug ich nur noch mein Unterkleid und konnte mich leichter bewegen. Ich tauchte auf. Die kleinen prasselnden Regentropfen wärmten die Oberfläche, zumindest im Vergleich zu den tieferen Schichten. Ich konnte nicht stehen, und so strampelte ich im Wasser, während ich nach den Rudern Ausschau hielt. Es dauerte nicht lang, bis ich sie ein paar Meter vom Boot entfernt sichtete. Die kirschroten Streifen an den Griffen tanzten auf den Schaumkronen. Ich schwamm hinüber und packte sie. Sie waren ziemlich schwer, und ich konnte nur mühsam mit ihnen schwimmen. Ich hielt mich am Dollbord fest und warf sie nacheinander ins Boot. Ich wollte mich gerade selbst wieder hineinziehen, als mich die blanke Wut packte. Gustav saß einfach nur da und sah mir zu.

Ich kippte den Kahn so weit, dass die Leinwand, Gustavs Farbkasten, Gustav selbst und nun auch wieder die Ruder ins Wasser stürzten. Dann richtete ich ihn wieder auf.

Gustav war nirgends zu sehen, doch das war mir egal; ich entdeckte mein Kleid und warf es ins Boot, auch die Ruder fand ich wieder und schob sie hinterher.

Gustav war immer noch nicht aufgetaucht. Ich sah ein paar Farbtuben auf dem Wasser treiben und schnappte sie mir. Jetzt kroch die Angst in mir hoch. Ich hatte keine Ahnung, wie viel Zeit vergangen war, seit ich das Boot beinahe zum Kentern gebracht hatte. Zwei Minuten? Drei? Zu lange, um die Luft anzuhalten. Statt mich wieder hineinzuziehen, beschloss ich, um den Kahn herumzuschwimmen und nach ihm zu suchen. Ich rief ihn, doch alles, was ich hörte, war der Wind. Ich tauchte und tastete im Wasser umher; der Regen hatte es zu sehr aufgewühlt, als dass man weit hätte sehen können. Was war, wenn ich ihn umgebracht hatte?

Da packte mich plötzlich etwas von hinten an der Taille und zog mich unter Wasser. Als ich wieder hochkam, lachte er.

»Du hast gedacht, ich wär ertrunken«, rief Gustav ausgelassen. »Du warst außer dir.« Mit der hohlen Hand spritzte er mir Wasser ins Gesicht. Ich zitterte vor Erleichterung, doch ich wollte nicht, dass er es merkte, und hielt mich am Kahn fest. »Ich hab mir Sorgen um die Leinwand gemacht«, sagte ich. »Das Wasser wird sie ruinieren.«

»Und wennschon«, erwiderte er. »Ich hatte noch gar nicht richtig angefangen.«

Wir fischten seinen Farbkasten und seine Lieblingspinsel aus dem Wasser. Wir fanden sogar das Gemälde, auch wenn es verdorben war. Als alles sicher im Boot lag, hievten wir uns selber hinein, nahmen jeder ein Ruder und fuhren mit dem Wind mitten in die Nebelsuppe, die jetzt das ganze Ufer eingehüllt hatte. Wir sahen nicht, wohin wir steuerten, doch wir hörten das Windspiel an der Haustür und hielten darauf zu. Gustav pfiff, während er ruderte, und grinste mich immer wieder an.

Als das Ufer nur noch etwa zwanzig Meter entfernt war, ließ ich das Ruder auf dem Wasser treiben und holte Luft. Das Boot glitt in die Nische neben dem Landesteg, wie man in einen Handschuh schlüpft. Gustav vertäute es hastig, und ich reichte ihm die Sachen aus dem Boot an.

Gustav sah abenteuerlich aus. Sein Hemd war zerrissen und an der Stelle, wo er beim Sturz ins Wasser die Seite des Boots geschrammt hatte, blutverschmiert.

Ich rannte ans Ufer und warf mich zu Boden. Regen rann mir in die Augen und in den Mund. Der Himmel hatte die Farbe eines alten, schmuddeligen Unterhemds. Ich bekam nicht richtig Luft, und ich hätte weinen mögen, doch stattdessen fing ich stumm an zu lachen, bis ich mich schüttelte. Das Ganze war so lächerlich. Gustav musste denken, ich hätte einen Anfall. Er kam und setzte sich neben mich, obwohl das Ufer kalt und steinig war. Wir sahen zu, wie der Wind die Blätter von den Bäumen riss.

Er rollte sich auf mich. Ohne mich zu küssen, sah er mich nur an, zupfte mir die Blätter aus dem Haar, wrang meine Locken aus und betrachtete die Rinnsale, die mir über das durchnässte Unterkleid liefen. Der Druck seines

Körpers war warm, doch ich fing an, unkontrollierbar zu zittern.

Dann standen wir plötzlich beide gleichzeitig auf und rannten zum Haus. Vor dem Feuer befreiten wir uns von unseren nassen Sachen, immer noch kichernd wie Kinder. Nackt und mehr oder weniger trocken, rannten wir nach oben in mein Zimmer und krochen unter meine dicke Steppdecke.

Insofern sich ein Gefühl in ein anderes verwandelte, war es wie bei Ernsts Beerdigung. Diesmal war es Wut, die zu Lust geworden war. Meine Haut war warm, feucht und gerötet, meine Glieder von der Wärme wohlig matt. Ich fühlte mich ein wenig beschwipst, als ich ihm zwischen die Beine fasste. Diesmal allerdings war ich nicht mehr jungfräulich und ahnungslos. Ich war es, die ihn verführte. Ich war es, die ihm einen Aufschrei entlockte.

Er schlummerte ein, doch ich konnte nicht schlafen. Ich stützte den Kopf auf meinen Arm und betrachtete ihn.

Wenn wir beide zusammenblieben, wurde mir mit Schaudern bewusst, würde jeder Tag so sein wie heute. Ich würde meinen Verdacht wie einen Tumor mit mir herumtragen, und er würde immer weiter wachsen und mich innerlich zerfressen. Ich hätte die ganze Zeit über Angst davor, mit wem er sonst noch zusammen war und wie oft, und würde nicht aufhören, mich zu fragen, ob er sich verliebt hatte. Wäre er nicht da, würde ich irgendwann seine Briefe lesen und sein Tagebuch öffnen. Ich würde jeden Tag weinen. Nicht lange, und ich bekäme Zustände wie Alma oder ritzte mir mit einem Küchenmesser in den Arm. Ich würde so verrückt werden wie Alma und Adele zusammen, und Gustav würde mich früher oder später hassen. Vielleicht kippte ich eines Tages das Boot um, ohne danach zu schauen, ob ihm etwas zugestoßen war.

Vielleicht stiege ich auch eines Tages allein ins Boot und ruderte einfach davon. Oder ich schwömme bis in die Mitte des Sees und ertränke, und meine Leiche würde nie gefunden.

Ich dachte an das, was Berta gesagt hatte – dass ich ihn ganz für mich haben könnte, falls ich das wirklich wollte. Aber zu welchen Bedingungen? Zu welchem Preis, für ihn und für mich?

Gustav und ich konnten geistesverwandt, miteinander verschworen sein, aber zum Liebespaar taugten wir nicht. Die Tatsache, dass ich von selbst zu der Erkenntnis gekommen war, brachte keinerlei Trost.

EINUNDZWANZIG

Ein paar Wochen später kehrten Gustav und ich nach Wien zurück, doch dort hatte ich gleich neue Reisepläne – zur Herbst-Modenschau der Haute Couture in Paris. Schon seit ein paar Jahren hatte ich davon gesprochen, es aber nie gewagt, so lange vom Salon wegzubleiben. Jetzt war er bestens eingespielt. Pauline führte die Bücher, bestellte Waren und bezahlte die Rechnungen. Helene war für den Terminkalender zuständig, empfing die Kundinnen und sorgte für ihre Zufriedenheit. Meine Aufgabe waren die Entwürfe. Die Zuschneide- und Nähzimmer waren meine Domäne. Doch jede von uns konnte eine Zeit lang für die anderen einspringen, wenn es nötig war. Ich reiste mit dem beruhigenden Gefühl ab, dass der Salon bei meiner Rückkehr noch existierte. Es würde kein Kleid mit der heißen Nadel genäht werden und beim ersten Tragen auseinander fallen, es würde keine Verwechslung bei den Bestellungen oder Fehler bei den Rechnungen geben. Es war mit keiner Katastrophe zu rechnen, die meinen Ruf untergrub. Und ich musste raus.

Es war meine erste Reise nach Paris, mein erster Auslandsaufenthalt, und ich fuhr allein. Ich rechnete damit, dass mich das deprimierte, doch da irrte ich. Ich wohnte in einem kleinen Hotel im Modeviertel. Die Zimmer waren klein, die Wände ausgeschlagen mit weinrotem Seidendamast, der zu den Bettvorhängen passte. Das Restaurant im Erdgeschoss servierte eine gute *sole meunière*. Es wohnten eine Menge Damenschneider wie ich im Hotel, aus Berlin und London und Prag, und ich gewann schnell Freunde. Wir verbrachten unsere Tage mit Fahrten zu den Textilherstellern – Rodier und Lesure und Bianchini – und nahmen den Zug zu ihren Fabriken außerhalb von Paris, wo wir uns zeigen ließen, wie die Stoffe hergestellt wurden. Wir erfuhren, an welchen Neuerungen sie arbeiteten: strapazierfähigere Seide, Synthetik, maschinell Gestricktes. Ich orderte die ganze Palette. Ich ging zu den Haute-Couture-Schauen der großen Häuser wie Worth und Poiret. Anschließend ließ ich mir von jedem einen Termin geben und kaufte ihre Schnitte für die Frühjahrssaison.

So verdienten wir das meiste Geld – mit Kleidern nach Pariser Schnitten, die wir individuell auf unsere Kundinnen abstimmten. Es war allgemein bekannt, dass die Dame von Paris anders gebaut war als die Dame von Wien. Viele unserer Kundinnen waren plump. Selbst eine grazile Wienerin war kräftiger, hatte stärkere Knochen und eine wesentlich größere Oberweite als die durchschnittliche Pariserin. Die Schnitte, die ich mit nach Hause brachte, passte ich alle an. Das klingt viel leichter, als es ist. Man kann nicht einfach alles ein bisschen größer machen. Es ist wie beim Sandburgenbauen: Ändert man auch nur ein Detail, fällt das Ganze zusammen und muss umgemodelt werden. Manche haben ein Talent dafür und können es nach Gefühl, und zu denen gehörte ich. Die Popularität des Salons – nicht nur, als er neu war, sondern auch später noch ein ums andere Jahr – war der schlagende Beweis dafür.

Es tat ein bisschen weh, dass wir mit Reformkleidung keine Profite machen konnten, doch es war nun mal ein begrenzter Markt. Wir boten sie immer noch an, und einige Kundinnen kauften sie, aber nicht annähernd so wie den *dernier cri* aus Paris.

Gustav schickte mir jeden Tag eine Postkarte, zuweilen mehr als eine am Tag, doch ich antwortete nicht. Ich versuchte, ihn aus meinen Gedanken zu verbannen.

Wenn ich nicht arbeitete, besuchte ich den Louvre und schlenderte durch die Straßen in der Nähe meines Hotels. Abends dann gingen die anderen Modeleute und ich ins Restaurant und danach ins Theater oder die Oper. Ich besuchte die Straßenmärkte und fand antiken Modeschmuck und marokkanische Decken. An einem Tag mieteten wir einen Omnibus und machten einen Ausflug nach Versailles.

Gustavs Karten wurden immer schmeichelnder, verzweifelter. Wo ich nur steckte? Was ich bloß machte? Ob ich mich so sehr amüsierte oder ob es gar so anstrengend sei, dass ich nicht schreiben könne? Ob das Wetter angenehm, ob ich auch nicht krank geworden sei? Manchmal antwortete ich mit einer unerträglich knappen Karte, zum Beispiel:

»Kühl und regnerisch.« Oder: »Heute Rodins Atelier besucht«, worauf er mit ellenlangen Briefen reagierte, in denen er mich ermahnte, mich warm anzuziehen und immer den Schirm dabeizuhaben, oder mich auch nach Rodin ausfragte; Briefe, die ich nie beantwortete. Ich muss zugeben, dass ich mich an seinen offensichtlichen Qualen weidete.

Ich blieb sechs Wochen. An einem Freitag kehrte ich schließlich zurück, und Gustav nahm mir das Versprechen ab, am Samstag ins Atelier zu kommen. Ich verbrachte den Vormittag im Salon, um mich auf den neuesten Stand der Dinge zu bringen. Pauline ging die letzten Bestellungen mit mir durch, und die Näherinnen zeigten mir, woran sie gerade arbeiteten. Meine Nichte Helene schneiderte soeben ihre erste Bluse, und ich gab ihr ein paar Ratschläge für ihre Hefttechnik. Ich steckte einen Rock für Berta Zuckerkandls Tochter ab. Ich war sehr froh, wieder in meinem Atelier zu sein, in den Silberkelch zu greifen und eine Hand voll Nadeln herauszuziehen. Ich genoss das Gefühl des Filzteppichs unter den Füßen, das Rattern der Nähmaschinen, das Gerumpel der Wäschereilieferwagen unten auf der Straße. Ich zeigte Helene die Kataloge, die ich mitgebracht hatte. Wir gingen sie durch und versuchten zu raten, welche davon unsere größten Verkaufsschlager würden. Im Casa Piccola unten duftete es nach Kuchen, und Helene hatte eigens für mich Plätzchen mit Pecannüssen gebacken und heiße Schokolade gemacht. Sie hatte einen Haufen Geschichten und Tratsch aus den Wochen zu erzählen, die ich nicht da gewesen war. Ich hatte keine Lust zu gehen, doch ich hatte es ihm versprochen, und so fuhr ich mit dem Zug nach Hietzing.

Als ich am Atelier eintraf, sah ich im Gras vor dem Haus einen jungen Burschen liegen. Unter der Wolkendecke und dem kalten Wind war der Morgenfrost noch nicht getaut. Ich glaubte, der Junge sei tot, so wie er da auf dem gefrorenen Boden lag. Er hatte das Gesicht nach unten gedreht und rührte sich nicht. Er hörte mich nicht, bis ich fast über ihn stolperte. Aus der Künstlermappe neben ihm im Gras schloss ich, dass er zu den vielen Studenten zählte, die Gustav ständig bedrängten und ihn um seine Hilfe baten. Die Besseren unter ihnen verstanden es, einen Brief zu schreiben und um einen Termin zu bitten. Sie kamen geschniegelt und gebügelt und pünktlich zur verabredeten Zeit, und Gustav war immer nett zu ihnen, auch wenn die meisten hoffnungslose Fälle waren. Dieser hier kam in einer drei Nummern zu großen Hose, die an gehäkelten Hosenträgern hing. Er trug keine Manschettenknöpfe, und seine schmutzigen Ärmel breiteten sich fächerförmig um die Handgelenke aus. Er war der schlechtest gekleidete Künstler, der mir seit meiner ersten Begegnung mit Gustav je untergekommen war.

Nachdem er meine Schritte endlich gehört hatte, drehte er sich zu mir um. Ich blickte in ein unansehnliches Gesicht mit einer krummen Nase, wildem Haar und lächerlich abstehenden Ohren. Er war sehr jung.

»Er ist nicht da«, sagte er. »Ich hab vor einer halben Stunde geklingelt.«

Das war völlig untypisch für Gustav, der äußerst geregelte Gewohnheiten hatte und mittags nie aß. Ich fragte mich, ob er krank geworden war oder ob er vielleicht nur wegen des jungen Burschen nicht an die Tür ging, der mich ansah, als erwarte er, dass ich mich neben ihn auf den Rasen setzte.

»Ich hab einen Schlüssel«, sagte ich.

»Sind Sie seine Frau?«, fragte er. Ich zuckte zurück.

»Nein«, sagte ich. Er rollte sich zur Seite und stützte den Kopf in die Hand.

»Sind Sie seine Geliebte?«

»Was für eine Frage!«, entgegnete ich. Er zuckte die Achseln.

»Das ist wohl ein Ja.«

»Wie heißen Sie?«, fragte ich. Ich hielt es für besser, ihn loszuwerden. Gustav brachte es nie fertig, jemandes Gefühle zu verletzen, schon gar nicht die eines angehenden Künstlers, doch ich hatte da weniger Skrupel.

»Egon Schiele«, sagte er.

»Sind das Ihre Zeichnungen?«, fragte ich. »Was dagegen, wenn ich sie mir mal ansehe?«

»Nur zu«, sagte er. »Aber selbst, wenn sie Ihnen nicht gefallen, gehe ich nicht, bis Gustav Klimt zurückkommt.«

Ich hob die Mappe vom Rasen auf und nahm sie mit zur Eingangstreppe. Egon Schiele folgte mir und setzte sich neben mich. Ich öffnete die Mappe.

Auf den ersten Blick war zu erkennen, dass seine Arbeit hervorragend war. Ich konnte keine einzige falsche Linie in seinen Zeichnungen entdecken, ihnen ging lediglich ein Funken Vitalität oder Interesse ab, um Kunst zu sein.

»Sie sind an der Kunstakademie?«, fragte ich.

Er nickte. »Wir müssen diese lächerlichen Übungen machen. Sie wissen schon, linkes Profil, rechtes Profil, die Büste von Voltaire. Aber ziemlich weit hinten sind ein paar eigene Sachen.«

Bei diesen eigenen Sachen handelte es sich um Zeichnungen von einem kleinen Mädchen, und so etwas hatte ich noch nie gesehen. Sie war auf eine Weise nackt wie keiner von Gustavs Akten. Der junge Mann verzichtete auf sämtliche formalen Mittel, deren sich andere Künstler bedienten, um Wülste oder vorstehende Knochen abzurunden. Auf der ersten hatte sie die Arme vorne verschränkt und das Gewicht auf eine Hüfte verlagert. Auf der nächsten stemmte sie die Hände in die Hüften. Ihr Blick war nüchtern.

»Meine Schwester Gertie«, sagte er. Einige der Zeichnungen waren mit Kreide koloriert. Ich zitterte, während ich sie betrachtete. Sie waren abstoßend und hässlich. Seine Schwester wirkte krank und deformiert. Hasste er sie, um sie so zu zeichnen? Ich wünschte mir noch sehnlicher, er würde verschwinden, doch ich hatte genug Zeit mit Künstlern verbracht, um ein Genie zu erkennen, und dieser verschrobene Bursche war eines. Ich seufzte.

»Haben Sie Hunger?«

Ich ließ ihn ins Haus und machte ihm ein Schinkenbutterbrot, das er gierig verschlang. Er erzählte mir, er sei in

Tulln geboren, sein Vater sei vor zwei Jahren gestorben, seinen Onkel, der jetzt sein Vormund war, könne er nicht leiden, und er würde niemals heiraten, sondern bis an sein Lebensende mit seiner Schwester zusammenleben. Nachdem er gegessen hatte, wanderte er langsam durchs Atelier, als wäre es ein Schrein. Afrikanische Skulpturen, No-Masken, japanische Rüstungen – Gustav hatte alle möglichen Kunstgegenstände gesammelt, die er im gesamten Atelier ausstellte. Schiele sah sich alles genau an. Er berührte die halb fertige Leinwand in der Mitte des Raums, als wäre es der Fuß der Madonna.

Als Gustav nach Hause kam, erklärte er, er habe einen Heißhunger auf Würstchen mit Senf bekommen, den er unbedingt hatte stillen müssen. Statt einer romantischen Wiedervereinigung nach wochenlanger Trennung redeten wir von Bratwurst, und ich stellte ihm den Jungen vor. Gustav schien über die unerwartete Gesellschaft leicht verärgert zu sein, nahm aber dennoch die Mappe, die er ihm reichte, und setzte sich damit auf die Chaiselongue. Ich sah zu, wie Gustav die Zeichnungen sondierte, und da ich ihn gut genug kannte, sah ich die Überraschung und die Entdeckerfreude in seinem Gesicht. Der junge Mann dagegen, der ihm zum ersten Mal begegnete, zappelte nervös, während er so tat, als sähe er sich einen Bildband mit japanischen Holzschnitten an. Alle paar Sekunden jedoch schielte er zu Gustav hinüber.

Der sagte immer noch nichts, sondern hatte nur Augen für die Zeichnungen. Er war bei dem letzten Akt von Gertie angekommen und schien sich nicht davon losreißen zu wollen. Die Unbekümmertheit des Burschen war vollends dahin. Er knabberte an seinem Daumen.

»Willst du den jungen Mann nicht endlich erlösen, Gustav?«, fragte ich schließlich. »Er leidet Höllenqualen.«

»Meinen Sie, ich habe Talent?«, fragte Schiele. Gustav brauchte einen Moment, um zu antworten, denn er war weit weg, ins Gespräch mit der Zeichnung vertieft. Das Schweigen dehnte sich endlos. Dann prustete er los. »Ja!«, lachte er. »Viel zu viel davon!« Die Sorge wich aus Schieles Gesicht, und er brachte sogar ein Lächeln zu Stande. Gustav klopfte ihm auf den Rücken und stieß ihn dabei fast um. Dann redeten sie über Kunst. Gustav fragte ihn nach seinen Kursen aus, nach den Übungen, die er machte, und bei welchen Lehrern er studierte. Als Gustav begriff, wie arm der Junge war, kaufte er ihm zwei Zeichnungen ab und lud ihn für den kommenden Abend zum Essen ein.

Endlich ging er, und Gustav und ich waren allein.

»Du siehst, es ist Winter geworden, als du weg warst«, sagte er.

»Wäre es auch so«, sagte ich. Ich war in keiner sentimentalen Stimmung. Ich schlenderte herum und sah mir so wie eben Schiele die Leinwände an. Sie schienen mehr oder weniger so wie vor meiner Abreise zu sein.

»Ich arbeite an etwas Neuem«, sagte er. »Die Vorbereitungsskizzen nehmen eine Menge Zeit in Anspruch.« Er zeigte mir eine Zeichnung zweier Liebender, die sich umarmen.

Das Motiv war nicht neu; er hatte es schon im *Beethoven-Fries* für die Secessions-Ausstellung 1902 verwendet. Dort hieß es: *Diesen Kuss der ganzen Welt!* Einen ähnlichen Karton hatte er für den Mosaikfries im Palais Stoclet gemalt und *Die Erfüllung* betitelt. Doch in Öl hatte er das Motiv noch nicht ausgeführt. Er hatte es noch nie für sich gestaltet, sondern nur im Rahmen mehrerer Sujets.

»Ich denke, es kann auch für sich stehen, meinst du nicht? Es ist so schlicht und doch so symbolträchtig und emotionsgeladen.«

»Wie eine byzantinische Ikone«, sagte ich. Damals verwendete er in seinen Bildern eine Menge Blattgold und Muster. Es fügte sich alles zusammen.

Die Komposition war das Problem. Im *Beethoven-Fries* hatte es nur Akte gegeben, und die Gestalt des Mannes hatte die Frau vollkommen verdeckt und überragt. Bei dem geplanten Gemälde würde das nicht funktionieren. Wenigstens das Gesicht der Frau musste sichtbar sein. Vielleicht sollte er sie im Profil darstellen. Keine der Zeichnungen, die er bis jetzt angefertigt hatte, war wirklich gelungen. Er zeigte sie mir, und wir verwarfen sie alle. Dann zog er sein Skizzenbuch heraus, und wir beugten uns über die Seite, während er Ideen hinkritzelte. Wie Schauspieler, die eine Szene festhalten, probierten wir mögliche Posen aus.

»Susanne ist ein gutes Modell, aber sie versteht nicht, was ich versuche. Und ihre Figur ist dafür völlig ungeeignet. Ich brauche jemand anders«, sagte er.

»Was ist mit Lise?«, schlug ich vor.

»Wärst *du* bereit?«, fragte er.

Ich dachte, er mache Witze. Ich hatte nicht mehr Modell gestanden, seit er mein Porträt gemalt hatte. Und ich hatte einen Beruf und alle Hände voll zu tun.

»Wer steht für den Mann Modell?«, fragte ich. »Du?«

»Für den Mann brauche ich kein Modell«, sagte er. »Er ist nicht wichtig.«

Gustav hasste es, sich selbst zu zeichnen. In seiner dreißigjährigen beruflichen Laufbahn hatte er sich tatsächlich nur ein einziges Mal abgebildet, auf *Das Globe Theatre*, einem der Burgtheater-Gemälde. Er hatte es nur getan, weil er eine männliche Figur brauchte und sich kein Modell leisten konnte, Ernst, Georg und Franz Matsch aber schon dargestellt hatte. Er verschattete das Gesicht mit einer riesigen Renaissance-Halskrause. Von da an sorgte er dafür, dass sein Kopf und Körper nie wieder für ein Gemälde vonnöten waren. Dabei kam ihm zugute, dass er immer weniger Männer malte, je mehr er sich von der Historienmalerei entfernte.

Vielleicht schämte er sich für seine physischen Unzulänglichkeiten. Er war klein, kleiner als ich, auch wenn es keiner von uns beiden je erwähnte. Nur energisches tägliches Hanteltraining und ausgedehnte Spaziergänge verhinderten, dass er dick wurde. Er hatte den größten Teil seiner Haare verloren. Es mochte also die Eitelkeit sein, die ihn daran hinderte, sich selbst zu porträtieren, oder das Gegenteil davon. Manchmal kann man beides nicht auseinander halten. »Es interessiert mich nicht, mich selber zu malen«, sagte er nur, wenn ein Journalist ihn danach fragte. »Wieso sollte sich irgendjemand ein Bild mit mir anschauen? Ich interessiere mich für andere Menschen, besonders für Frauen.« Er hatte nichts für Interviews übrig und gab selten welche. »Wenn Sie etwas über mich wissen wollen und über das, was mir am Herzen liegt, dann sehen Sie sich meine Bilder an«, erklärte er stets.

Wir führten Egon Schiele ins Kabarett Fledermaus aus, das die Werkstätte als eine Art Clubhaus für die Wiener Avantgarde konzipiert hatte. Es hatte erst seit ein paar Wochen geöffnet, und es war normalerweise unmöglich, einen Tisch zu bekommen, Gustav allerdings verfügte über eine Dauerreservierung.

Das Kabarett war ein Meisterwerk von Josef Hoffmann. Die Wände der Bar waren mit leuchtend bunten, individuell gestalteten Keramikkacheln geschmückt; einige Gäste fanden, sie sähen aus wie das Werk eines Geisteskranken; die Wandfliesen standen in scharfem Kontrast zu den schwarzweißen Bodenfliesen. Dieselben Kritiker, die

die Wände nicht mochten, sagten, der Gesamteindruck lasse sich als die ausgefallenste Toilette der Welt beschreiben; doch es galt zu bedenken, dass es zu der Zeit in Wien immer noch eine Menge Leute gab, für die eine Inneneinrichtung nicht ohne schwere Vorhänge und Gardinen denkbar war. Der eine oder andere war schockiert, dass hier das Essen auf weißen Tischen ohne Tischtücher serviert wurde. Hoffmann liebte den Skandal und die Verruchtheit; das war gut fürs Geschäft.

Es war schwer zu sagen, was Egon Schiele dachte. Als er mit einer halben Stunde Verspätung und trotz des eisigen Windes mit nassem, frisch gewaschenem Haar zur Tür hereinkam, blieb er für einen Moment ruckartig stehen und starrte in den Raum, dann kam er, als er uns entdeckt hatte, zu uns herüber. Er redete wenig, trank dafür ein Glas Gin nach dem anderen, während die Kapelle die neuesten Lieder spielte. Es sah so aus, als wären an diesem Abend unsere sämtlichen Bekannten dort versammelt: August und Serena Lederer, Fritz Waerndorfer, Berta, Moll, Moser, Alfred Roller, Hoffmann; und Gustav sorgte dafür, dass Schiele allen als sein neuer Protegé vorgestellt wurde. Als Moll hörte, dass Gustav ihm zwei Zeichnungen abgekauft hatte, versuchte er auf der Stelle, den Jungen für die Galerie Miethke anzuwerben, ohne auch nur einen einzigen Blick auf seine Arbeit geworfen zu haben. Schiele sagte, er wolle es sich überlegen. Moll überredete ihn, am folgenden Tag mit seiner Mappe in die Galerie zu kommen. Mir fiel auf, dass Schiele nicht halb so dankbar oder eifrig war wie jemand anders in seiner Lage. Es war, als wüsste er sehr wohl, dass er alles, was er für den Erfolg brauchte, schon in sich hatte, auch wenn er ein armer Zeichenschüler war. Es war recht amüsant, mit anzusehen, wie der dicke, wohlhabende Moll in seinem teuren Anzug den dürren Burschen in der schmutzigen Jacke hofierte.

Berta taxierte den neuen Schützling und befand ihn für arrogant. Sie wettete mit Hoffmann um einen Satz Teelöffel, dass er binnen eines halben Jahres aus ihrem Gesichtskreis verschwinden würde. Moser sprach ihn darauf an, für die Wiener Werkstätte ein paar Ansichtskarten zu entwerfen, und er schien interessiert zu sein. Wir aßen Kürbiscremesuppe und gebratenen Kapaun mit Trüffeln. Als wir bei den branntweingetränkten Äpfeln mit Eis angelangt waren, fragte Gustav seinen Gast, was er von alldem halte.

»Es ist ganz und gar dekadent«, sagte Schiele. Ich war nicht sicher, ob es als Kompliment gemeint war oder nicht.

»Na ja, das ist eben Wien«, erwiderte Gustav vergnügt. »Wir sind keine Puritaner.« Er zwinkerte mir zu. »Jedenfalls die meisten von uns.«

»Lutheraner sind keine Puritaner, und das weißt du ganz genau«, erwiderte ich.

»Natürlich nicht«, sagte er. »Erinnere mich nur wieder an die Kirche deiner Kindheit, diese hübsche leere Schachtel.«

»Hoffmann hätte sie geliebt«, konterte ich. »Wenn ich's mir recht überlege, sollte er eine Kirche entwerfen.«

»Das Palais Stoclet ist eine Kirche«, erwiderte Gustav. »Jedenfalls wird es ein teurerer Spaß als irgendeine Kirche.«

»Ich weiß nicht, ob das was für mich ist«, sagte Schiele. »Vielleicht passe ich besser aufs Land, in ein kleines Häuschen, mit viel Zeit und Platz.«

»Seien Sie kein Narr«, sagte Gustav. »Alle, die Ihnen helfen können, sind hier. Ich möchte, dass Sie ein paar Arbeiten zu der Ausstellung beisteuern, die wir nächstes

Jahr veranstalten. So viele, wie Sie wollen. Rennen Sie nur nicht gleich wieder weg, jetzt, wo wir Sie gefunden haben.«

Welcher junge Mann, welcher nicht erprobte Künstler konnte Gustavs Schmeicheleien und seinem Charme widerstehen? Hinter seinem Glas wurde Schiele rot und versprach, das kommende halbe Jahr hart zu arbeiten, um für die Ausstellung einiges vorweisen zu können.

»Ich hab nachgedacht«, sagte ich. »Über Reformkleidung. Sie verkauft sich einfach nicht so gut, wie sie sollte. Wie wär's, wenn ein prominenter Künstler ein paar Kleider entwerfen würde? Meinst du nicht, sie würden dann von mehr Leuten gekauft?«

»Kommt drauf an, wer der Künstler ist«, sagte Gustav. »Unser Freund hier könnte etwas wirklich Sensationelles machen, das jede Dame in Wien kaufen möchte.«

»Ich mag keine Kleider«, erwiderte Schiele. »Ich seh sie mir nicht gerne an, und ich zeichne sie nicht gerne. Erst, wenn Sie jemanden dazu bringen, seine Kleider abzulegen, wird es interessant.«

»Ganz meine Meinung«, lachte Gustav.

»Du könntest die Muster zeichnen, und wir könnten zusammen entscheiden, welche Stoffe wir dafür verwenden. Sie könnten im Salon verarbeitet werden, und wir könnten sie an einem Mannequin vorführen. Wir könnten eine Modenschau veranstalten.«

»Du solltest sie selber vorführen«, sagte Gustav.

»Willst du ein Modell aus mir machen?«, fragte ich. »Wie wär's mit Elisabeth?« Sie war unser Hausmodell. »Sie wäre eine bessere Werbung dafür als ich.«

»Das stimmt nicht«, sagte Gustav. »Eine Modeschöpferin, die ihre Kleider selber trägt, ist immer das beste Modell.«

»Deine Kleider«, sagte ich.

»Unsere Kleider«, widersprach er.

Nach dem Essen bot die Schauspieltruppe des Hauses eine Satire auf aktuelle politische Ereignisse dar. Danach sang eine Frau, ein voller Alt mit dunklem Timbre, traurige Lieder, bis geschlossen wurde und Egon Schiele betrunken in sein Atelier zurückstolperte und die ganze Nacht aufblieb, um aus dem Gedächtnis Tableaus vom zurückliegenden Abend zu zeichnen.

Nachdem ich Gustav davon überzeugt hatte, auf dem neuen Gemälde mit dem sich umarmenden Paar sein eigenes Konterfei zu malen, versuchte er die nächsten Wochen, sich wieder herauszuwinden. Er könne das einfach nicht, sagte er.

»Du hast Spiegel«, hielt ich dagegen. »Eine Menge Künstler verwenden Spiegel. Ich könnte dich auch photographieren. Oder jemand könnte uns beide photographieren, und du malst nach dem Photo.«

»Nein«, beschied er.

»Wenn du es nicht machst, mache ich es auch nicht«, sagte ich. Er schmollte und sagte, dann würde er eben sein Lieblingsmodell Anna nehmen, hübsch, wie sie sei, und so entgegenkommend.

»Gut«, schloss ich. »Ist mir recht, wenn du doch nicht willst, dass ich es mache. *Du* hast gefragt, schon vergessen?« So ging es eine Woche hin und her, dann gab er klein bei.

»Weil du's bist, mein liebes Dummerle«, sagte er. »Mein liebes Dummerle« nannte er mich oft. »Nur für dich nehme ich die Tortur auf mich.«

Wir arbeiteten an der Planung der Pose. Da ich zu groß war, konnten wir nicht beide gleichzeitig stehen. Er ließ mich im Profil knien und dann mein Gesicht ihm zuwenden. Ich reckte das Kinn so weit hoch, wie ich konnte, und legte die Hände ans Gesicht. Ich schloss die Augen. In dieser Stellung machte er so viele Skizzen von mir wie sonst an mehreren Tagen, bis ich ungeduldig wurde und ihn an sein Versprechen erinnerte.

»Nur eine Minute«, sagte er, »nur damit wir wissen, wie es aussieht.« Ich hörte, wie er die Spiegel aufstellte, einen an die Wand hinter mir und einen auf der Staffelei. Dann fühlte ich eine Hand im Nacken und eine andere an meinem Kinn. Ich spürte Lippen an meiner Wange. »Leg deine Hand auf meine«, sagte er und schob mir das Kleid von der Schulter. Ich öffnete die Augen und warf einen verstohlenen Blick in den Spiegel. Ich fühlte mich eigentümlich abgehoben, als beobachtete ich Fremde, die sich in einem Park umwerben. Im Spiegel erkannte ich mich kaum wieder. Es war eine wohl kalkulierte Pose, ein Faksimile der Liebe. Doch Gustav dachte nicht im Mindesten an Liebe, als er das Gemälde schuf. Er dachte an Raum und Gewicht, an tausend Kompositionselemente, die ihm alle so geläufig waren, dass er nur noch zu beurteilen hatte, was richtig war und was nicht.

»Wieso wolltest du, dass ich Modell stehe?«, fragte ich ihn eines Tages.

Er zuckte die Achseln. »Weil es perfekt für dich ist.«

»Aber wieso?«, hakte ich nach. Er überlegte einen Moment.

»Ich wollte jemand Authentisches«, sagte er. »Nicht zu glatt, nicht zu geübt.«

»Danke«, sagte ich. »Du wolltest jemand Ungraziöses und Schwerfälliges, und alle deine Modelle sind zu schön und makellos dafür.«

Er knüllte eine Zeichnung zusammen und warf damit nach mir. Sie schwebte einen Moment in der Luft, bevor sie ein gutes Stück von der Stelle, an der ich kniete und gerade daran dachte, mir den steifen Hals zu massieren, zu Boden fiel.

»Mach's mir nicht so schwer«, sagte er. »Du weißt genau, was ich meine.«

Damit hatte er Recht.

Gustav arbeitete gewöhnlich sehr langsam; manche seiner Bilder brauchten fünf Jahre, bis er damit fertig war; doch dieses hier brachte er schnell zu Ende, weil er es zusammen mit einem Porträt von Adele Bloch-Bauer in der Kunstschau Wien ausstellen wollte. Sie seien ein Paar, erklärte er, wegen des Goldes, des Musters, ihrer byzantinischen Vorbilder. Ich konnte mich allerdings des Gedankens nicht erwehren, dass er an diesem Bild so zügig arbeitete, weil es ihm mehr als andere bedeutete, dass es etwas Persönliches war. Natürlich wollte er es mir nicht zeigen. Er sagte, ich müsse wie jeder andere auch bis zum Abend der Ausstellungseröffnung warten. So wartete ich ungeduldig auf den Tag, an dem ich sehen konnte, was er aus uns gemacht hatte, nicht nur aus diesen unbequemen Modellsitzungen, sondern aus all den Jahren davor.

Zweiundzwanzig

Kammer am Attersee
4. April 1945

Zum ersten Mal seit einer Woche regnet es nicht, als ich aufwache. Helene und ich beschließen, ein Picknick herzurichten und zum nahe gelegenen Schloss Kammer zu wandern. Schloss Kammer ist ein stuckverziertes Gebäude, umgeben von Bäumen und gepflegten Gartenanlagen. Gustav und ich sind immer zum Malen oder Zeichnen dorthin gegangen. Wenn wir Glück hatten und keine Touristen in der Nähe waren, konnten wir Schlossherr und Schlossherrin spielen, durch unser Anwesen schlendern und unsere Gärten inspizieren. Für Gustav waren Menschen ebenso wie die Natur eine unerschöpfliche Quelle der Faszination, nur dass sie seiner Meinung nach nicht auf dieselbe Leinwand gehörten, weshalb er, sobald sich andere Besucher einfanden, kehrtmachte und nach Hause ging. Heute wird sonst niemand da sein. Helene und ich werden die Schlossbesitzerinnen sein. Nur dass Gustav und ich an Sommertagen nicht wie wir heute mit dem Lehmboden zu kämpfen hatten.

Helene macht ein paar Käsestullen, dann ziehen wir unser derbes Schuhwerk an und brechen auf. An unseren Bäumen zeigen sich zögerlich die ersten zartgrünen Triebe. Es wirkt verschwommen, wie auf einem verwackelten Photo, als hätten sich die kahlen Bäume während der Aufnahme bewegt. Düngergeruch und ein Duft nach frischem Gras liegen in der Luft. Die Regenwürmer sind herausgekommen, und ich versuche, keinen zu zertreten.

Auf der Straße begegnen wir keiner Menschenseele, und plötzlich wird mir klar, dass Sonntag ist. Wir sind die Einzigen, die nicht zur Kirche gegangen sind, um für den Endsieg zu beten.

Der Pfad ist ein wenig rutschig, und ich bin froh, dass ich den Spazierstock aus Eiche mitgenommen habe, der im Gewächshaus lag. Hier und da ragen Äste über den schmalen Weg, und an manchen Stellen halten sich hartnäckig ein paar Schneereste. Nach wenigen Minuten drehe ich mich um und betrachte das Panorama der Berge, die den Attersee wie die Klemmbacken einer Falle umschließen. Die Wolken drücken auf die zerklüfteten Bergkuppen nieder und dringen in den weichen weißen Schnee. Wenn er in ein, zwei Monaten schmilzt, wird ein Teppich aus Zahnlilien und Enzian, aus Phlox und Frauenschuh die Wiesen überziehen.

Als wir die Allee betreten, die zum Eingang des Schlosses führt, fröstle ich ein wenig. Gustav liebte diese Stelle. Von hier aus hat er das Schloss mehrfach gemalt, und ich kann nicht wieder hier stehen, ohne seine Bilder vor Augen zu haben. Die echten Bäume sind nicht ganz so bedrohlich wie die gemalten. Lang und dürr, könnten sie einen Rückschnitt vertragen. Derzeit ist das Schloss unbewohnt. Es wurde im achtzehnten Jahrhundert für einen Prinzen erbaut, dessen Nachkommen den Krieg in Madagaskar aussitzen. Früher war das Schloss strahlend cremeweiß, auch wenn es auf Gustavs Gemälden häufig goldgelb erschien. Der verlockende Glanz, der magische Reiz ist verblasst, und es sieht traurig und gewöhnlich aus unter seiner Schmutzschicht und mit den geschlossenen Fensterläden.

Wir finden ein Plätzchen auf dem matschigen Rasen. Das Gras ist gelb verfilzt. Die ach so praktische Helene rollt die Segeltuchplane aus, die sie mitgebracht hat.

»Ich wünschte, wir hätten den Roadster noch«, sage ich. »Die Straßen sind wie leer gefegt. Wir könnten spielend Höchstgeschwindigkeit fahren, ohne je auf die Bremse treten zu müssen.«

»Und woher sollten wir das Benzin nehmen?«, fragt Helene. »Selbst wenn der Wagen nicht beschlagnahmt wäre?«

»Kleinigkeit«, sage ich, »Kleinigkeit.«

»Wir würden stecken bleiben, und es wäre niemand da, um uns anzuschieben«, sagt Helene. »Das Auto hat, was meinst du, zwei Tonnen gewogen? Wir bekämen es niemals alleine flott.«

Das ist der Unterschied zwischen Helene und mir. Sie scheint mit dem zufrieden zu sein, was der Tag mit sich bringt, während ich mir immer etwas anderes wünsche, etwas, das ich nicht haben kann und mir folglich aus dem Kopf schlagen sollte. Sie kann sich an ihren Vater nicht erinnern, doch sie sieht ihm ähnlich beziehungsweise sieht so aus wie er vielleicht, wäre es ihm vergönnt gewesen, fünfzig zu werden. Ihr Gesichtsausdruck ist intensiv, und ihr pfeffer-und-salzfarbenes Haar rutscht ihr aus dem Knoten. Ich nehme ihre Hand und fühle ihre Wärme, ihre Stärke.

Eine Weile sitzen wir schweigend da. Ein Ziegenpaar wandert über den Rasen und schnuppert auf der Suche nach jungem Gras am Boden. In Unterach, am anderen Ufer des Sees, ist der Gottesdienst zu Ende; die Glocken läuten. Von hier aus sehen die Häuser aus wie pastellfarbene Bonbons. Alles andere – der See, der Himmel, die Luft – ist in Graublau-Tönen gehalten. Wenn ich Malerin wäre, würde ich Preußischblau verwenden, mit Titanweiß und gebranntem Umber. Anders als Gustav würde ich den ganzen riesigen Himmel malen, mitsamt den fernen, eisig silbrigen wie auch den tiefen, ausladenden Wolken, die sich wie eine Decke über die Landschaft betten. Ich würde die Spiegelung des Himmels und der Wolken im Wasser malen. Und auf meinem Bild fände man auch Menschen. Auf dem See wäre ein Boot oder auch mehr als eins. Am Ufer würde ich badende Mädchen einstreuen und Familien beim Bummel im Sonntagsstaat. Der See würde nicht mit den Menschen um die Gunst des Betrachters buhlen, und die Menschen würden mit ihren ausgetretenen Schuhen und gebräunten Gesichtern nicht die kalte Perfektion des Himmels stören.

»Erinnerst du dich an das Motorboot?«, fragt Helene. »Onkel Gustl war so stolz darauf. Das erste Motorboot in ganz Österreich!«

»Ich weiß noch, wie er damit beinahe Heitzmanns Mutter überfahren hätte«, erwidere ich. »Und wie ihm vor St. Wolfgang das Benzin ausging und er das Boot verlassen und nach Hause schwimmen musste.«

»Wie habt ihr es denn zurückgeholt?«, fragt Helene, auch wenn sie die Geschichte in- und auswendig kennt.

»Ich hab ihn rübergerudert«, sage ich. »Am selben Morgen hatte er gesagt, wir sollten das Ruderboot abstoßen, es sei passé und nehme im Bootshaus nur unnötig Platz in Anspruch. Doch danach habe ich kein einziges Wort mehr davon gehört.«

Helene holt die Käsebrote heraus, dazu ein paar Äpfel und Schokoladeriegel in Silberfolie. Gott weiß, wo sie die versteckt hatte. Während wir essen, fragt sie mich nach weiteren Geschichten über Gustav aus und über ihre Mutter und Ernst, und um ihr den Gefallen zu tun, rede und rede ich, bis der Nachmittag zur Neige geht.

Der Kuss

Gustav ist allein im Atelier und steht vor seinem neuen Gemälde. Nach seinem langen Morgenspaziergang ist er außer Atem, als er voller Erwartung im Atelier eintrifft. Heute fängt er erst richtig an. Er hat den Entwurf, seine Leinwand ist vorbereitet, er hat die Figuren vorgezeichnet, er kann mit dem Malen beginnen. Aber er kann nicht. Seit über einer Stunde hat er auf die Leinwand gestarrt, ohne dem ersten Pinselstrich auch nur im Geringsten näher gekommen zu sein.

Er läuft im Atelier auf und ab, öffnet das Fenster und schließt es bald wieder. Er hebt eine der Katzen hoch und streichelt ihr den Bauch, bis sie faucht und ihn an der Wange kratzt. Er macht sich eine Kanne Kaffee und trinkt ihn vor der Leinwand, während er zu begreifen versucht, was ihm derartige Schwierigkeiten bereitet. Ein Gemälde ist wie eine Schachpartie; man muss seine Züge planen. Als er gestern Abend das Atelier verließ, glaubte er zu wissen, wie er es angehen sollte, doch irgendwann in der Nacht hatte sich bei ihm etwas geändert.

Was ist bei diesem Bild anders als sonst?, fragt er sich. Auch wenn ein allegorisches Gemälde über die Liebe anzufertigen so ungefähr das Arroganteste ist, was man tun kann. Was zum Teufel weiß ich schon von der Liebe? Damit verglichen, ist ein allegorisches Gemälde über die Medizin oder Philosophie ein bescheidenes Unterfangen.

Da sind sie nun, grau und schattenhaft, seine Bleistift-

figuren, und warten darauf, durch Ölfarbe zum Leben erweckt zu werden. Links ein Mann. Nicht er selbst. Natürlich hat er nie ernsthaft daran gedacht, aus dem Mann ein Selbstporträt zu machen. Das hat er nur gesagt, um Emilie zufrieden zu stellen, die merkwürdig irrational darauf bestanden hat. Sie müsste doch wissen, dass er niemals ein Selbstporträt malen wird, für nichts und niemanden auf der Welt, nicht einmal für sie.

Und rechts davon das Mädchen. Wer ist sie?

Sicher, es ist Emilie. Ein wenig verfremdet, ein wenig stilisiert, aber immer noch erkennbar Emilie. Sie hat Emilies Mund und Emilies Haar und Emilies Hände. Und das ist das Problem, wird ihm klar. Hat er nicht immer gesagt: Schaut meine Bilder an, um etwas über mich und das, was ich will, zu erfahren? Wenn er nun eine Figur nach Emilie Flöge in der Umarmung eines Mannes in einem Umhang malt, wie vage die männliche Gestalt auch bleibt, dann weiß natürlich jeder Bescheid. Es wird Tratsch geben und Spekulationen. Und genau wegen dieser Wirkung hatte er sie gebeten, für das Gemälde Modell zu stehen. Er will etwas tun, etwas bekunden. In der letzten Zeit, das war zu spüren, hat sie sich ihm entzogen, hat sie sich in ihre eigene Arbeit, in ihre Reise gestürzt. Er will ihr wieder näher sein, doch jetzt, vor der zu füllenden Leinwand, begreift er, dass er es nicht kann. Es kann nicht Emilie sein; jedenfalls nicht so offensichtlich.

Es dauert ein paar Stunden, ihre Umrisse zu verändern. Die Form ihres Gesichts hat sich verwandelt. Es sind die Hände einer anderen Frau. Emilie wird enttäuscht sein, denkt er. Sie hat – wie lange schon? – darauf gewartet, dass ich ein anständiges Porträt von ihr male. Er kichert ein wenig reumütig in sich hinein. Fast ihr ganzes Leben lang. Er hat nie ganz verstanden, wieso sie sein erstes Porträt von ihr nicht mochte. Was sollte dieser ganze Unsinn, von wegen, er wisse nicht, wer sie in Wirklichkeit sei? Er kennt sie besser als irgendjemand sonst, besser als Helene, besser als Pauline, besser als ihre Mutter. Er beschließt, ihr noch nichts davon zu sagen. Wenn sie fragt, wie er mit dem Gemälde vorankommt, kann er ja sagen, er hätte an den Figuren einige Änderungen vornehmen müssen. Mehr braucht sie nicht zu hören, um ihn zu verstehen. Aus genau dem Grund ist sie der einzige Mensch, bei dem er sich ganz und gar wohl fühlt: Er muss nicht viel reden, keine großen Worte machen, damit sie ihn versteht. Er versucht, den Gedanken beiseite zu schieben, was für ein Gesicht sie machen wird, wenn sie das fertige Gemälde sieht.

Sind es künstlerische Überlegungen oder persönliche Rücksichten, die ihn dazu treiben, dem Bild einen weniger spezifischen, eher universellen Charakter zu verleihen? Es ist nicht leicht, derart befangen zu sein. Es ist nicht leicht, in den eigenen Beweggründen zu wühlen. Er weiß nur so viel: dass er keinen Pinsel in der Hand halten kann, wenn er die Frau als ein Porträt von Emilie anlegt. Dann ist er wie gelähmt. Denkt er dagegen, sie ist einfach nur eine Frau, irgendeine Frau, dann kann er seine Farbe mischen, eine Grundierung aus gebranntem Umber auftragen und sich als Nächstes daranmachen, die Farbschichten weiter mit dunklerem sowie hellgelbem Ocker aufzubauen. Und es entscheidet darüber, ob er noch den Verstand verliert oder, zumindest für die Dauer der Arbeit, seinen Frieden bewahrt.

Dreiundzwanzig

Gustav fertigte fünfzig Zeichnungen zu Kleiderentwürfen an. Einige waren zu überspannt, um realisiert zu werden, andere mussten aus Gründen der Kosten oder der Haltbarkeit oder wegen anderer praktischer Überlegungen abgewandelt werden. Wir führten lange Diskussionen über die Stoffe und ihre Verzierungen, und er beschrieb genau, wie jeder aussehen, welchen Eindruck er jeweils vermitteln, wie er am Körper fallen sollte. Schließlich grenzte er seine Ideen auf zweiunddreißig Entwürfe ein. Ich übertrug seine Zeichnungen in Schnittmuster und nahm sie mit in den Salon, um sie nach meinen eigenen Maßen schneidern zu lassen. Zuerst fertigten wir Modelle aus Musselin, um sicherzustellen, dass ich seine Vorstellungen korrekt verwirklicht hatte und dass sie so passten wie geplant. Als sie zufriedenstellend drapiert und abgesteckt waren, holten wir die teuren Stoffe heraus, für die Gustav ein kleines Vermögen ausgegeben hatte. Es war ein seltsames Gefühl und auch ein wenig peinlich, so viele Kleider für mich selbst zu produzieren; ich fühlte mich wie die Kaiserin Elisabeth.

Als die Sachen fertig waren, trafen Gustav und ich uns zu einem Phototermin im Atelier. Ich hängte sie alle in den Flur, wo sie die Holzschnitte und Skulpturen verdrängten und auf eigentümliche Weise an die Requisitenkammer einer Oper erinnerten. Wir machten die Aufnahmen im Garten.

Zuerst führte ich ein gerade geschnittenes, schmales Teekleid mit einem farbenfrohen Muster und dreifachen Tellervolants an den Glockenärmeln vor.

»Dreh dich um und sieh zur Tür«, sagte Gustav. »Denk an Marzipantorte.«

»Erinner mich nicht ans Essen«, sagte ich, »ich möchte auch noch in diese Kleider passen, wenn wir mit dem Photografieren fertig sind. Sag mir lieber, wie es mit dem Bild der Umarmung vorangeht.«

»Frustrierend langsam«, antwortete er, während ich für die lange Belichtungszeit stillhielt.

»Frustrierend?«, fragte ich nach.

»Du hast die Lippen bewegt«, sagte er. »Jetzt wird es verschwommen sein.«

»Ist vielleicht eine hübsche Wirkung«, entgegnete ich.

»Du willst einfach nur weiterreden«, warf er mir vor. »Sei still, und lass mich darüber jammern, wie schwer ich mich mit dem Bild tue.« Er erklärte mir, wieso die Figuren immer noch nicht richtig seien, er aber beschlossen habe, sie dennoch so zu machen, wie sie waren. Dann erwähnte er, er habe den Hintergrund zu dick aufgetragen, so dass er ihn wieder abwischen musste, und stöhnte darüber, wie viele Arbeitsstunden er dabei verloren habe. Er sagte auch, Blattgold sei derzeit sündhaft teuer. In einem Gesellschaftskleid aus blassrosa Jersey mit weißen Chifonärmeln posierend, hörte ich ihm zu. Ich hatte gerade ein schwarzes Abendkleid mit einem schwarzweißen Schachbrettmuster an Kragen und Passe an, als er mir von einem neuen Künstler erzählte, den die Wiener Werkstätte entdeckt habe, ein junger Mann namens Oskar Kokoschka.

»Er verfügt über solide Grundkenntnisse im Zeichnen, studiert an der Kunstgewerbeschule. Nicht, dass die sich seine Arbeit genauer ansehen würden. Er ist ein junger Wilder, aber sehr viel versprechend.«

»Wilder als Schiele? Vielversprechender?«

»Schwer zu sagen«, antwortete Gustav. »Zumindest genauso verrückt, nur anders.«

»Wann machst du mich mit diesem neuesten Schützling bekannt?«

»Bald«, sagte er. »Dreh den Kopf ein bisschen nach links. Wir sollten ein Abendessen für ihn ausrichten.« Im Klartext hieß das, wir sollten bei mir zu Hause essen, mit ihm als nominellem Gastgeber. Doch daran war ich gewöhnt.

»In Ordnung«, sagte ich. »Gib mir nur ein paar Tage vorher Bescheid.« Ich ging ins Haus und schlüpfte in ein Sommerkleid mit einem Schwarz-Weiß-Muster aus Dreiecken an der Passe, die direkt aus dem *Stoclet-Fries* übernommen waren.

Die Aufnahmen erschienen in der Zeitschrift *Deutsche Kunst und Dekoration*. Ich lache auf den Photos, und auf den meisten habe ich das Haar hochgesteckt, so dass der Ausschnitt zu sehen ist. Gustav bildete mich meistens im Profil ab, was im Allgemeinen am vorteilhaftesten war. Ich trage das Halsband, das Gustav mir geschenkt hat. Gustav steht zwar außerhalb des Bildausschnitts, doch er ist auf den Photos allgegenwärtig, in den Kleidern und in meinem Lächeln. Würde man die Aufnahmen vergrößern, könnte man ihn in meiner Iris erkennen.

Der Kuss wurde in der Kunstschau Wien 1908 ausgestellt. Sämtliche ehemaligen Secessions-Mitglieder, die vor drei Jahren ausgetreten waren und seitdem nichts mehr ausgestellt hatten, nahmen daran teil. Die Stadt überließ ihnen dafür ein leeres Grundstück, auf dem eine Konzerthalle gebaut werden sollte, und Hoffmann errichtete einen Ausstellungskomplex mit Terrassen, Gärten, Innenhöfen, einer Freilichtbühne und einem Teesalon. Die Veranstaltung wurde so gelegt, dass sie mit dem sechzigjährigen Jubiläum von Kaiser Franz Josefs Thronbesteigung zusammenfiel. Die gesamte Kunst stammte aus Österreich. Gustav hatte einen ganzen Raum für sich, in dem er sechzehn Gemälde zeigte.

Ich war zu beschäftigt, um bei den Vorbereitungen zu helfen, und Gustav weigerte sich, mir den *Kuss* vor dem Eröffnungsabend zu zeigen, und so sah ich das Bild zum ersten Mal, als ich zum Empfang erschien. Es war sehr voll, und natürlich war der größte Menschenauflauf in Gustavs Raum. Alle scharten sich um sein neues Gemälde. Während ich mich unter die Leute mischte, kamen Besucher auf mich zu, um mir zu sagen, wie großartig sie es fänden, und mich zu fragen, ob es mir auch so sehr gefiele. Ja, sagte ich, es sei wundervoll, und bezog an der gegenüberliegenden Wand Stellung, um einen guten Blick zu haben, sobald sich die Menschentraube lichtete.

So stand ich da und betrachtete die Hinterköpfe der Leute, als Gustav einen großen dünnen Mann mit einem runden, eulenartigen Gesicht und hängenden Lidern herüberbrachte. Auf seiner Stirn lagen Sorgenfalten, und sein langes Gesicht bestand vor allem aus Kinn. Er war der Typ Mann, der mit zunehmendem Alter besser aussieht, doch jetzt, mit zweiundzwanzig Jahren, war er ziemlich unscheinbar.

»Emilie Flöge, Oskar Kokoschka.«

»Sehr erfreut«, sagte ich. Ich erzählte ihm, wie sehr ich die Plakate bewunderte, die er für die Ausstellung entworfen hatte, vor allem das mit dem jungen Mädchen. »Es erinnert mich an Volkskunst«, sagte ich.

»Die Idee dazu ist mir im Traum gekommen«, sagte er. »Alle meine besten Ideen kommen mir im Traum. Aber ich persönlich mag das andere ein wenig lieber.«

»Ich will doch hoffen, dass Ihnen das nicht auch im Traum erschienen ist«, sagte ich.

»Nein, das ist an Goya, *Saturn verschlingt seine Kinder*, angelehnt. Kennen Sie das Bild?«

Ich bejahte, auch wenn ich noch nie in Spanien gewesen sei, um es im Original zu sehen. Er erklärte mir, der Titel des Plakats sei *Die Tragödie des Menschen*, und natürlich sei der Tod die vorrangige Tragödie des Menschen, was ihn auf Goya gebracht habe, auch wenn die Pose seiner Figur ein wenig anders sei und er auch eine andere Maltechnik verwendet habe. Goya, sagte er, habe den Tod besser verstanden als je ein anderer Künstler. Er sprach hastig, als fürchtete er, unterbrochen zu werden, bevor er den Satz beendet hatte. Er sah oft zu Gustav hinüber, wie um sich zu vergewissern, dass er ihn verstand. Mir drängte sich der Gedanke auf, der Junge könne an Schlaflosigkeit oder Unterernährung gelitten haben, oder auch an beidem, und ich lud ihn auf der Stelle zum Essen ein. Dann nahm Gustav ihn mit, und ich blieb stehen und wartete. Erst gegen Ende des Abends bekam ich den *Kuss* zu sehen.

Ich sah sofort, dass er mich hereingelegt hatte. Gustav war nicht mehr auf dem Bild. Er hatte die Zeichnungen von sich verworfen und eine Karikatur von einem Mann gemalt. Sein Gesicht war fast völlig verschattet, und das bisschen Wangenknochen und Braue, das zu erkennen war, hatte keinerlei Ähnlichkeit mit seinen. Dasselbe galt für die dunkle Haut. Das Haar war zu voll, zu dunkel. Mit seinem Hals war etwas nicht in Ordnung, die Anatomie stimmte nicht, was nach den vielen Figuren, die er mit

Leichtigkeit gemeistert hatte, ein Rätsel war. Der Körper des Mannes war in einen Kaftan gehüllt, wie Gustav ihn beim Malen trug, doch dieses Gewand war eine Verkleidung, es versteckte alles, es stilisierte ihn zur reinen Form, zu einem Block aus Gold.

Mich hatte er ebenfalls weggemalt. Die Frau auf dem Bild hatte ein liebliches Allerweltsgesicht. Vergeblich suchte ich nach meinen Wangenknochen, meinem kräftigen Kinn, meinen dünnen, breiten Lippen. Doch sie waren verändert, geglättet, abgerundet. Mit Entsetzen stellte ich fest, dass diese Frau Adele Bloch-Bauers Hände hatte.

Sie balancierte – wer sie auch war – an einem Abgrund. Die Zehen krallten sich an die Kante; war das sexuelle Ekstase oder Verzweiflung? Ihre Füße waren von goldenen Ranken umwunden oder gefesselt. Der Mann – wer er auch war – schien besser dran zu sein. Er befand sich auf der sicheren Seite der Klippe. Irgendwo unter diesem Gewand hatte er Füße, Füße ohne Fesseln, die ihn an einen anderen Ort bringen konnten. Mit seinem abgewandten Kopf gab er seinen Gesichtsausdruck, seine Gefühle nicht preis. Von einem Moment zum anderen mochte er der Frau überdrüssig werden und sie in den Abgrund stürzen. Oder er ließ sie verzweifelt zurück, und in ihrer gequälten Verfassung sah sie keine andere Wahl, als selbst zu springen. Ihr beseligtes Gesicht verriet, dass sie von der Dunkelheit, die sie umgab, nichts wusste. Ihr Gesicht war der Mittelpunkt, das Herzstück des Gemäldes. Plötzlich überkam mich die kalte Wut gegen sie, gegen ihr argloses Gesicht und Herz, ihre Unschuld und Jugend. War ihr die Gefahr nicht bewusst, in der sie sich befand? Wie wollte sie da wieder herauskommen? Ich wollte sie ohrfeigen, sie aus ihrer Trance wecken. Doch sie lächelte immer weiter.

Natürlich war das Bild eine Ikone. Es war eine Allegorie, kein Porträt, und hatte auch nie etwas anderes sein sollen. Hasste ich es für das, was es war, oder für das, was es nicht war?

Hätte er gewusst, was ich darüber dachte, hätte es ihm das Herz gebrochen, und egal, wie oft mir meins gebrochen worden war, wollte ich ihm das ersparen. So suchte ich nach etwas, nach irgendetwas in dem Bild, von dem ich ehrlich sagen konnte, dass es mir gefiel. Ich sagte, die Wildblumen erinnerten mich an die am Attersee. Ich sagte, ich liebte ihr Kleid. Ich dachte laut darüber nach, ob man es vielleicht schneidern könnte, wie teuer so viel Goldfaden wohl wäre und wie schwer. Ich pries die Verwendung von Gold, die Textur des Hintergrunds. Gustav schien nicht zu merken, dass etwas nicht stimmte. Und als er mich nach Hause brachte, ging ich in mein Zimmer und drosch so lange auf mein Kissen ein, bis ich erschöpft war und einschlafen konnte.

Das Gemälde wurde für eine lächerlich hohe Summe an die Österreichische Galerie verkauft. Es war eine Sensation, doch Gustav begeisterte sich am meisten für Kokoschka und sein Kindermärchen, *Die träumenden Knaben*, das er ihm gewidmet hatte. In Gustavs Augen waren sie das Beste an der Ausstellung, auch wenn sich die Kritiker, wie zu erwarten war, über seine kühne, primitive Formensprache und seine leuchtenden, flächigen Farben erbosten. Gustav sagte Kokoschka, er solle seinen Erfolg an dem Gift abmessen, das sie gegen ihn verspritzten, und er könne mit dem Ergebnis der Kunstschau hoch zufrieden sein.

1911 war einmal ich zur Abwechslung Gastgeberin einer Veranstaltung. Poiret kam auf seiner Rundreise durch europäische Hauptstädte mit seinen Mannequins nach

Wien. Mit Hilfe der Wiener Werkstätte organisierte ich für ihn einen Empfang in den Gartenanlagen des Prater.

Es war Spätsommer, in der Hitze regte sich kein Lüftchen. Wir deckten die Tische mit weißem Leinen ein und schmückten jeden in der Mitte mit zarten Alpenveilchen in weißen Keramiktöpfen. Die Tische flankierten einen langen Laufsteg, auf dem die Mannequins Poirets neueste Kollektion vorführen würden. Die Gartenlaube, in der sie sich umziehen sollten, war mit weißen Baumwollvorhängen verhüllt. Auf der Einladung stand vermerkt, dass die Gäste nur Weiß tragen sollten. Es verstand sich von selbst, dass die Frauen ihm zu Ehren ihre besten weißen Poirets anzogen.

Adele trug ein goldenes Halsband mit riesigen Opalen, für das sich Kleopatra nicht hätte schämen müssen. Sie fing mich ab, um mir sämtliche Einzelheiten von Friederike Beers jüngster Affäre zu erzählen. Schiele brachte seine Freundin mit, ein schönes, übermütiges Mädchen in einem billigen Baumwollkleid. Hoffmann hatte sich mit einem Spazierstock aus Alabaster gewappnet. Er ging von Tisch zu Tisch und rückte die Tafelaufsätze zurecht. Alma kam, doch sie konnte nicht in Weiß erscheinen. Mahler war vor drei Monaten gestorben, und sie trug noch Trauer. In ihrem konservativ geschnittenen schwarzen Kreppkleid stach sie dramatisch von den anderen hellen Gestalten ab. Ich glaubte, bei der Hitze müsse sie in Ohnmacht fallen, und als ich sah, wie sie allein dasaß und sich mit einer Serviette vergeblich Luft zufächelte, tat sie mir Leid. Ich schickte Kokoschka mit einem Glas Eiswasser zu ihr, und so liegt die Schuld für das, was danach passierte, womöglich bei mir.

Nachdem ich alle begrüßt hatte, blieb ich ein wenig abseits stehen und versicherte mich, dass jeder glücklich und zufrieden wirkte und kein Detail vergessen worden war. Ich trug meine eigene Kreation, eine schlichte Form, aber mit phantasievollen Blumen- und Vogelstickereien in gebrochenem Weiß. Um den Hals hatte ich ein magentarotes Tuch der Wiener Werkstätte geschlungen. Das war geschummelt, doch ich wollte, dass mich die Leute in der Menge finden konnten.

Gustav erschien an meiner Seite. In seinem hellen Anzug wirkte er sehr gebräunt. »Und? Amüsiert sich unser Gast?«, fragte er.

»Er unterhält sich gerade mit Moll«, sagte ich. »Was meinst du?«

»Ich glaube, der ganze Verwaltungskram, der daran hängt, eine Galerie zu führen, langweilt ihn zu Tode«, sagte Gustav. »Glaubst du, Moll versucht, dem armen Kerl Geld aus der Nase zu ziehen?«

»Ich denke, wir sollten ihn erlösen, bevor es einen internationalen Vorfall gibt«, sagte ich und führte Gustav zu Poiret, um sie miteinander bekannt zu machen. Sie ergingen sich eine Weile in gegenseitigem Lob zu ihrem Werk. Dann fragte Gustav ihn, wie es ihm in Wien gefalle.

Er liebe die charmanten Menschen, sagte Poiret. Er liebe den Garten im Prater, trotz der Bienen. Er liebe es, wie die Frauen gingen, so ganz anders als die Pariserinnen, natürlicher, nicht so affektiert. Er liebe den Kirsch, den er gerade trank, und die mit Puderzucker bestäubten Fleischpasteten, die er aß.

»Ach ja, Wien!«, sagte Gustav, als sagte das alles.

»Und Ihr Tuch«, sagte Poiret zu mir. »Ich liebe Ihr Tuch.« Er zog an einem Ende, bis es sich löste, dann hielt er es in beiden Händen und betrachtete es, als wäre es ein antikes Artefakt.

»Seidenvoile«, verkündete er. »Von Bianchini. Aber ich hab noch nie diese Farbe gesehen.«

»Der Stoff wurde exklusiv für die Wiener Werkstätte eingefärbt«, erwiderte ich.

»Die Stickerei ist sehr gut ausgeführt«, sagte er. »Dürfte ich es wohl behalten?«

»Wieso nicht?«, sagte ich. »Ich habe viele davon.«

»Alle in derselben Farbe?«, fragte er. Ich erklärte ihm, dass wir es auch noch in den Varianten Anilingrün und Melonengelb führten.

»Ich glaube, ich kann so etwas in meine nächste Kollektion aufnehmen. Sie ist vom Orient inspiriert, sehr viel fließende Seide, viel Bewegung und viele dünne Lagen. Ich glaube, das hier würde sehr hübsch dazu passen.«

»Wird Emilie am Gewinn beteiligt?«, fragte Gustav. Poiret lachte. »Nein, aber ich verspreche, dass ich ihr mein allerschönstes Ensemble als Geschenk schicken werde.«

Als er gegangen war, wischte sich Gustav in gespielter Erleichterung die Stirn. »Ich hatte schon Sorge, er würde dir das letzte Hemd ausziehen, wenn er länger bliebe, und du wärst am Ende nackt.«

»Was für ein Albtraum.«

»Für jemand anders ein sehr schöner Traum.«

Unterdessen bahnte sich an einer anderen Stelle der Praterwiesen eine folgenschwere Liebesaffäre an. Alma und Kokoschka kannten sich noch nicht, da Alma sich gerade in New York aufhielt, als Kokoschka seine Arbeit in der Wiener Werkstätte aufnahm. Bei ihrer Rückkehr hatte sie Mahler bis zu seinem Tod gepflegt. Auch wenn sie bereits eine Affäre mit dem Architekten Walter Gropius hatte, war sie doch aufrichtig verzweifelt. Danach ging sie wochenlang nicht aus. Tatsächlich trat sie an diesem Tag zum ersten Mal seit der Beerdigung ihres Mannes wieder öffentlich in Erscheinung. Alma und Kokoschka waren sich nicht förmlich vorgestellt worden, doch daran dachte ich nicht, als ich ihn zu ihr schickte. In unseren Kreisen waren solche Dinge ohnehin nicht so wichtig.

Ich weiß nicht, was er zu ihr sagte; hätte ich überhaupt an so etwas gedacht, dann hätte ich wohl gedacht, er sei für sie zu ungehobelt, zu sonderbar. Auf jeden Fall war er viel zu jung. Doch als ich wieder zu ihnen hinblickte, sah ich sie lebhaft ins Gespräch vertieft. Mitten in einem ernsten Vortrag hatte er ihre Hand ergriffen, und sie erlaubte ihm, sie zu behalten.

»Wir haben nur über Kunst gesprochen«, sagte sie später. »Erst Wochen danach hat er versucht, mich zu küssen.« Doch von dem Nachmittag an, bis er in die Armee eingezogen wurde, waren sie unzertrennlich. 1914 malte er sie und nannte das Bild *Die Windsbraut*. Darauf ruhen in der Mitte zwei Liebende vor einem blauschwarzen Ozean. Der Mann ist ein dürres Gerippe, die Frau in weißes Licht getaucht. Ihre Beziehung brach wie eine dunkle, verzehrende Naturgewalt über sie herein und ließ sie beide beschädigt zurück.

Vierundzwanzig

Schon seit einiger Zeit lag Krieg in der Luft, doch ich hatte versucht, nicht daran zu denken. Ich hegte zwiespältige Gefühle. Auf der einen Seite fragte ich mich, was in Zeiten wie diesen schöne Kleider und Modephotos oder auch Gemälde nützten. Andererseits war in hässlichen Zeiten die Sehnsucht nach Schönheit umso größer. Schließlich kamen Gustav und ich zu dem Schluss, dass wir mit unserer Arbeit weitermachen sollten, auch wenn uns die Attentate in Belgrad bestürzten, die Nachricht vom Kriegsbeginn uns bedrückte und der Tod des Kaisers uns traurig stimmte. Was hätten wir auch sonst tun sollen? Ich konnte mich zur Krankenschwester ausbilden lassen oder einer Hilfsorganisation beitreten, was mich beides nicht sonderlich reizte. Gustav war, selbst wenn er es gewollt hätte, zu alt, um als Soldat zu kämpfen, und nicht gewandt genug, um in die Politik zu gehen. Er wollte auch keine Zeitungsartikel schreiben oder Reden halten. Er wollte nur malen.

Es wurde schwierig für mich, Kleider von derselben Qualität zu schneidern wie bisher, da die Häfen geschlossen wurden und man kaum noch an Waren kam, und wenn doch, dann zu einem wahnwitzig hohen Preis. Wir verzichteten wohl oder übel auf französische Stoffe, französische Schnitte, französische Modejournale. Ich versuchte, den Mangel durch noch strengere Maßstäbe bei der handwerklichen Verarbeitung auszugleichen, auch wenn die

Seide billig und fehlerhaft war. Meine Kundschaft war verständnisvoll und hielt mir die Treue.

Gewiss war das Leben in jenen Jahren nicht leicht. Es gab Rationierungen: Mehl, Fleisch, Brennstoffe. Doch mit entsprechenden Beziehungen und genügend Geld konnte man immer noch alles bekommen, und ich verfügte über beides. Die meiste Zeit tat ich so, als wäre alles beim Alten. Im Sommer fuhren Gustav und ich wie immer an den Attersee, und ihn packte eine wahre Arbeitswut, in der er schneller als je zuvor eine Leinwand nach der anderen fertig malte.

Dann, im Herbst 1917, zog sich Pauline eine Lungenentzündung zu und starb nach mehrwöchiger Krankheit. Ich glaubte, meine Schwester zu verlieren, sei das Schlimmste, das mir passieren konnte. Meine Schwester, die mir die Haarschleifen gebunden, die mir Geld geliehen und mir mein Leben lang mit ihrer zupackenden Verlässlichkeit zur Seite gestanden hatte. Monatelang war ich wie benommen, bis etwas noch viel Schlimmeres geschah.

Ich saß im Empfangszimmer und las. Selbst in Zeiten des Kummers gab es mir immer ein überaus befriedigendes Gefühl, dass der Filzteppich unter meinen Füßen dicht und weich, der Stuhl mit spindelförmiger Rückenlehne, auf dem ich saß, aus lackiertem Ebenholz, das Teetablett vor mir aus getriebenem Silber und vollkommen quadratisch war. Über Jahre hin nahm ich mir, egal, wie beschäftigt ich war, einen Moment, um meine Wände oder meine Schränke und Türscharniere zu bewundern. Solange sie noch existierten, könnte ich es halten wie bisher.

Ich blätterte in einer alten Nummer der Zeitschrift *Deutsche Kunst und Dekoration*. Mir war eingefallen, dass ich darin einmal einen Artikel über rumänische Trachten gelesen hatte, und nachdem ich mehrere Schachteln mit alten Heften durchgegangen war, hatte ich sie endlich gefunden. Der Artikel war mit mehreren Photos und noch mehr Zeichnungen illustriert. Sowie mir Ideen zu neuen Entwürfen kamen, machte ich mir Randnotizen.

Es war der 11. Januar 1918. Gerade hatte man die Brotration gekürzt, und wegen der Lebensmittelknappheit war in den kommenden Tagen mit Unruhen sowie massiven Arbeiteraufständen im Vorort Wiener Neustadt zu rechnen, doch ich sollte, als es so weit war, nicht einmal die Zeitungen lesen, geschweige denn, mich für ihren Inhalt interessieren.

Es war bitterkalt an dem Tag. Gustav hatte Reif am Bart, als er zu Fuß zum Atelier ging, und außerdem schreckliche Kopfschmerzen, aber die kann man nun mal von Kälte bekommen, besonders, wenn das Haar schütter wird und man seinen Hut vergessen hat.

Johanna Staude sollte für ihn sitzen. Er machte sich an die üblichen Vorbereitungen und hielt nur einmal inne, um sich vor dem Kaminfeuer auszustrecken. Ihm wurde offenbar einfach nicht warm. Später fand ich die Flasche Aspirin auf dem Boden und die Pillen überall verstreut. Er musste sie offen neben dem Spülstein stehen gelassen haben, und die Katzen hatten sie umgestoßen.

Er war sechsundfünfzig und keineswegs alt. Immer noch sehr kräftig. Er hatte keine Arthritis in den Händen, ruderte immer noch quer über den See, malte immer noch die ganze Nacht hindurch, jonglierte immer noch mit zahllosen Geliebten. In seinem Atelier standen sechs Leinwände in unterschiedlichen Vollendungsstadien: *Die Braut, Amalie Zuckerkandl, Bildnis einer Dame, Bildnis einer Dame in Weiß, Damenbildnis en face* und *Johanna Staude.*

Johanna hatte schwere Knochen und ein eckiges Gesicht. Gustav legte ihr eine Federboa um den Hals, um die Wirkung zu mildern. Später sagte man mir, er habe sich nicht besonders schlecht gefühlt, es sei ihm nur ein bisschen übel gewesen. Er habe es nicht einmal gegenüber Johanna erwähnt. Während er seine Farben mischte, zog Johanna die Boa über den Boden, um mit der Katze zu spielen, die sich unermüdlich anschlich und in die Luft sprang. Sie erzählte Gustav, ihr Sohn habe gerade das erste Wort gesprochen: Zucker. Gustav hatte gescherzt, das sei gar kein gutes Zeichen. Auf einen Papierfetzen zeichnete er ein Schwein mit einem Kringelschwanz, um ihr später ein paar kleine rosa Zuckerschweinchen von der Hofkonditorei Demel zu schicken.

Sie hatte helle Augen und ein warmes, volles Lachen. Ich hatte sie immer gemocht; es tat mir Leid, dass sie anwesend gewesen war. Es muss schrecklich für sie gewesen sein. Doch für Gustav war ich froh, dass sie da war und nicht irgendein flatterhaftes junges Mädchen, das vielleicht in Ohnmacht gefallen oder in Panik aus dem Atelier gerannt wäre. Ich muss ständig daran denken, selbst heute noch, was man hätte anders machen, wie man es hätte aufhalten können. Aber es passierte nun mal.

Schließlich war Gustav bereit, und Johanna drapierte wieder die Federn über ihrer Schulter und bewegte nur noch die Hände, indem sie mit den Enden der Boa spielte.

»Lass das«, sagte Gustav vorwurfsvoll. »Du senkst dabei das Kinn.« Gustav arbeitete voller Konzentration an den Glanzpunkten ihres Gesichts. Sie waren gespenstisch orange und blau. Der Hintergrund war noch völlig unbearbeitet, ein nacktes Weiß wie ein unbezogenes Bett.

Dann hatte er plötzlich einen Schwindelanfall und rang nach Atem, als sei sämtliche Luft aus dem Raum gewichen. Ein stechender Schmerz fuhr ihm durch den ganzen Körper. Das Geräusch, mit dem sein Körper zu Boden sackte, klang, als lüde man einen Sack auf einen Güterwagen.

Es ging ganz langsam. Zuerst war er noch bei Bewusstsein. Obwohl er lag, war ihm immer noch schwindelig. Es roch überall nach Farbe. Johanna kniete sich neben Gustav und berührte sein Gesicht. Ihre Hände waren kühl, ihre Stimme tief und beruhigend. Sie sagte etwas zu ihm, doch er konnte es nicht verstehen. Die Katze rieb ihren Rücken an Gustavs Waden. »Wie ein krankes Pferd versuchte er aufzustehen«, erzählte Johanna, »doch er konnte nur den Kopf ein paar Zentimeter heben.« Dann sagte er nur einen Satz.

»Die Emilie soll kommen.«

Johanna rannte aus dem Zimmer und fand unseren Freund Naumann mit dem widerspenstigen Hund. Er holte einen Arzt.

Ich saß im Empfangszimmer und las, als das Telegramm eintraf. Ich zog mir nicht einmal den Mantel über, sondern rannte sogleich die Stiege hinunter und auf die Straße. Erst als ich in der Droschke saß, wurde mir bewusst, dass ich immer noch das Exemplar von *Deutsche Kunst und Dekoration* in Händen hielt. Ich öffnete das Fenster und warf es in die Spuren, die die Räder ins Eis gruben.

Als ich im Atelier eintraf, war der Doktor bei ihm. Er hatte einen weißen Bart und ein schwarzes Arztköfferchen. Er fragte mich, ob ich Gustavs Frau sei. Ich sagte Ja. Gustav hatte einen Schlaganfall erlitten. Der Doktor sah mich mit einem bedauernden Blick an, als er mir erklärte, er könne nichts für ihn tun. Möglicherweise würde er sich aus eigener Kraft erholen; es käme vor, dass das Gehirn von selbst heile. Ich könne nichts weiter tun, als ihn mit nach Hause zu nehmen und abzuwarten.

Er lag unter einer Decke auf dem Sofa. Johanna kniete neben ihm und versuchte, ihm etwas Wasser in den Mund zu löffeln. Es lief ihm rechts den Mundwinkel hinunter und auf den Boden. Sein linkes Auge war vollständig geöffnet, das rechte wie bei einer Leiche halb geschlossen. Sein Gesicht war leblos, schlaff. Seine Finger waren versteift und gekrümmt wie bei Adele.

Ich brachte ihn in den Salon. Ich konnte nichts anderes denken, als dass ich, solange es ging, jede Minute bei ihm sein wollte. Ich legte ihn in mein eigenes Bett. Erst viel später wurde mir bewusst, wie symbolträchtig das war. Der Tag wich der Nacht, und die Nacht wurde wieder zum Tag. Der Arzt kam und führte seine Untersuchungen durch. Er ließ Medikamente zurück, die ich Gustav gab. Ich badete ihn, wechselte die verschmutzte Wäsche und wendete ihn, damit er sich nicht wund lag. Wie einem Baby löffelte ich ihm Kraftbrühe, Haferschleim und püriertes Gemüse in den Mund. Als ich zu erschöpft war, um weiterzumachen, löste Helene mich ab, und ich sank in ihr Bett. Besucher kamen mit ihren Amaryllis-Töpfen und ihrem nervösen, unbehaglichen Lächeln. Ich wünschte mir, sie kämen nicht.

Langsam erwachte Gustav aus seinem benommenen Zustand. Nach ein paar Tagen konnte er sitzen, aber immer noch nicht sprechen. Er rollte ziellos die Augen in alle Richtungen und hatte grimmig die Lippen zusammengepresst. Ich suchte nach dem Gustav, den ich gekannt hatte, konnte ihn aber nicht finden. Dennoch wusste ich, dass ich für jedes bisschen dankbar sein würde, das mir von ihm blieb, selbst diese bleiche Hülse des Mannes, der er einmal war.

Eine Woche verging, dann zwei. Ich dachte, er habe sich so weit erholt, dass ich ihm einen Zeichenblock und einen Stift in die Hand drücken konnte. Vielleicht heiterte ihn das auf. Der Arzt meinte, die geistige Stimulation könne seine Gesundung beschleunigen, also legte ich ihm die Hand fest um den Stift und warf ihm ein, wie ich hoffte, aufmunterndes Lächeln zu. Beim ersten Versuch drückte er zu fest gegen das Papier, so dass ihm der Bleistift aus der Hand und mir an die Brust sprang. Ich drückte ihn Gustav wieder in die Hand. Beim zweiten Mal versuchte er es mit weniger Druck, und der Stift rutschte ihm aus den Fingern, rollte vom Bett auf den Boden. Ich hob ihn auf und gab ihn Gustav wieder. Beim dritten Versuch gelang es ihm, ihn festzuhalten, und ich ließ ihn allein.

Als ich nach wenigen Minuten mit dem Essen zurückkehrte, arbeitete er immer noch. Ich setzte mein Tablett ab und sah ihm über die Schulter. In zwanzig Minuten hatte er einen Kreis in Erbsengröße gezeichnet. Am nächsten Tag brauchte er eine Stunde für ein zittriges Dreieck. Dann verbrachte er einen ganzen Nachmittag mit einem V, dessen Linien nicht zusammenliefen.

Am darauf folgenden Tag fand ich den zerbrochenen Bleistift unter meinem Bett.

Als Gustav begriff, dass er nicht mehr zeichnen konnte, wich das Leben aus ihm. Er aß nicht mehr. Ich flehte ihn an, ich sagte ihm, mit der Zeit wäre er wieder ganz der Alte, er würde sich erholen, er solle nicht aufgeben, aber ich weiß nicht, wie viel er hörte oder verstand. Ich sagte ihm, er solle für mich weiterleben, ich brauche ihn; doch vielleicht reichte das nicht als Grund.

Er starb am 6. Februar 1918 an Lungenentzündung.

Das letzte Wort, das er sagte, war mein Name.

Fünfundzwanzig

In den letzten Tagen hatten die Schwestern ihm den Bart abrasiert, und er sah vollkommen verändert aus. Schiele zeichnete ein Totenbildnis von ihm, doch ich brachte es damals ebenso wenig wie später über mich, es mir anzusehen. Die Zeitungen waren voll von den Friedensverhandlungen mit Russland und der Ukraine und mit Spekulationen über das nahe Ende des Krieges. Es gab nur eine äußerst knappe Meldung zu Gustavs Tod. Einige Stadtvertreter boten an, ein besonderes Begräbnis, eine Feierstunde abzuhalten, ein Monument zu seinen Ehren zu errichten. Ich sagte Nein. Nach allem, was mit den Gemälden für den Universitätsfestsaal geschehen, nachdem ihm unzählige Male eine Professur verweigert worden war, nachdem er vernichtende Pressekritiken bekommen hatte, grenzte es an Beleidigung, posthum geehrt zu werden. Schiele meinte, sein Atelier sollte unangetastet bleiben und für künftige Generationen als Museum eingerichtet werden. Die Idee gefiel mir, doch Gustav hinterließ bei seinem Tod nicht viel Geld, und seine Schwestern, die sein Leben lang auf seine Unterstützung angewiesen waren, brauchten den Erlös, den die Dinge im Atelier bringen würden.

Als Nachlassverwalterin fiel mir die Aufgabe zu, alles zu sichten. So entdeckte ich eines Tages eine Zeichnung auf seinem Arbeitstisch. Es war ein Entwurf zu *Der Kuss* und befand sich in einem Stapel mit Arbeiten, die ein Jahr vor seinem Tod entstanden waren. Ich wusste nicht, wieso er von einem längst fertigen Gemälde eine Zeichnung gemacht haben sollte, doch dann fiel mein Blick auf die Buchstaben, die er senkrecht auf den seitlichen Rand der Darstellung geschrieben hatte: EMILIE.

Wieso hatten wir nie über das Gemälde gesprochen? Jetzt war es zu spät, und mir blieb nichts weiter als diese Zeichnung und so viele unbeantwortete Fragen. Ich legte den Kopf auf den Tisch und weinte.

Als Gustav starb, war ich erst vierundvierzig, doch der beste Teil meines Lebens schien vorbei zu sein. Und ich war nicht die Einzige, die so dachte. Als Gustav starb, dann Schiele und Moser, und der Krieg mit der Auflösung des Kaiserreichs endete, hatten alle das Gefühl, dass das Licht aus unserem Leben geschwunden war. Es gab immer noch Soireen und damit einen Bedarf an schönen Roben, doch immer weniger von meinen Kundinnen kauften meine Reformkleider. Die Töchter meiner ursprünglichen Kundschaft fanden meine Drucke kurios und meine stickereiverzierten Mäntel extravagant und abscheulich. Sie fragten nach gewöhnlichen Sachen, Kleidung, die jeder machen konnte. Als ich niemanden mehr hatte, für den ich entwerfen konnte, fühlte ich mich plötzlich wieder als Schneiderin und nicht als Modeschöpferin.

Berta lud sich immer noch Gäste ein, genauso Adele, und immer noch strömten die Künstler zu ihnen, doch die Kunstwelt hatte uns überholt und war zum Bauhaus gewechselt, und wir alle waren uns dessen bewusst. Alma heiratete den Architekten Walter Gropius und zog nach Berlin. Kokoschka war nach Dresden gegangen. Mit jedem Verlust waren wir weniger, die weitermachten.

Ohne Pauline, ohne Gustav hingen Helene und ich noch mehr aneinander und stützten uns beide auf meine

Nichte Helene. Wir gingen immer noch in die Oper und ins Theater, doch wir blieben öfter daheim. Helene spielte Klavier und sang, oder wir spielten Karten. Oft luden wir Hoffmann oder Alfred Roller ein, um unseren Tisch aufzufüllen, und ich genoss ihre Gesellschaft, ihre Freundschaft; doch nicht mehr als das.

Es konnte niemand anderen geben. Einige Leute, das wusste ich, fanden das dumm, fanden, ich stilisierte mich zur Märtyrerin, doch Helene verstand es. Alma mochte ein aufreibendes, kompliziertes Liebesleben führen, mit Mahler verheiratet, zur gleichen Zeit mit Gropius und Kokoschka liiert, mit Gropius verheiratet und gleichzeitig Mutter von Franz Werfels Kindern sein, doch so ein Leben war nichts für mich.

Anfangs merkten wir kaum, wie meine Kundschaft zusammenschmolz. Eine meiner Kundinnen wanderte nach England aus, eine andere nach Amerika. 1920 starb meine Mutter im Schlaf. 1925 starb Adele, noch ziemlich jung, an Meningitis. Eine andere erlag dem Krebs. Ein paar meiner Stammkundinnen wechselten zu neuen Häusern, neuen Modeschöpfern. Ich entließ einige Näherinnen.

1936 starb meine Schwester Helene. Es war ein schrecklicher Schlag. Wir waren mehr als sechzig Jahre lang ständige Gefährten, Geschäftspartner, Freunde gewesen. Ich war nicht sicher, ob ich ohne sie überleben konnte, und manchmal habe ich immer noch meine Zweifel.

Inzwischen war die politische Situation für die Juden in Wien sehr schwierig geworden. Jeden Tag wurden neue Einschränkungen bekannt gegeben. Zuerst mussten die Professoren gehen, dann folgten die Studenten. Männer verloren ihr Geschäft. Ich hatte mich nie für Politik interessiert, sondern nur für Kunst, und obwohl ich empört war, schenkte ich, wie ich beschämt zugeben muss, der

Frage wenig Beachtung. Ich hatte keine Ahnung, wohin das alles führen sollte.

So wie die Situation sich zuspitzte, wanderten immer mehr Leute aus, die Polizei zuweilen dicht auf den Fersen: Alma ging Anfang 1938 nach Frankreich; Ferdinand Bloch-Bauer floh nach Zürich, musste aber alles zurücklassen, einschließlich der Porträts von Adele.

Als die Deutschen Wien besetzten, wurden diejenigen meiner Kunden, die noch nicht geflohen waren, deportiert. Es hieß, sie würden umgesiedelt, und ich sah zu, wie ihre Häuser, ihre Gemälde und ihr Mobiliar konfisziert wurden. Ich weinte, wenn ich sie gehen sah, glaubte aber fest daran, dass sie zurückkehren würden, sobald sich die politische Lage änderte. Jetzt bin ich mir nicht mehr sicher.

Auch der Salon war dem Untergang geweiht. Ohne Zugang zu unseren Lieferanten in Frankreich und mit schwindender Klientel war selbst für einen sentimentalen Menschen offensichtlich, dass er nicht zu retten war.

Es war November, als wir den Salon auflösten, eine unwirtliche Jahreszeit. Der Wind blies einem den Hagel wie Nadelstiche ins Gesicht, sobald man vor die Haustür trat. Bei der Heimkehr schüttelte man sich das Eis vom Mantel und hatte Schneematsch unter den Füßen. Helene war ständig dabei, die Stiege zu wischen, damit man nicht ausglitt. Die Bäume vereisten und schmolzen, tropften und erstarrten wieder zu weißen Kerzenleuchtern. Die Sommerblumen lagen in steif gefrorenen braunen Häufchen da wie gefallene Soldaten.

Wir hatten uns monatelang vorbereitet; erst eine Näherin entlassen, dann die nächste, bis nur noch Herta übrig war. Schließlich kam der Tag, an dem ich die letzte Kundin bediente und sie die letzte Bestellung aufgab. Ich hab wohl absichtlich vergessen, wer es war. Allerdings kann ich mich noch erinnern, was sie sich schneidern ließ: ein Kostüm, etwas Praktisches und Eintöniges in dunkelblauer Wolle. Es wirkte irgendwie passend.

Am allerletzten Tag, den der Salon geöffnet hatte, sah ich von meinem Fenster aus zu, wie eine Gruppe Soldaten drei alte Frauen beim Schrubben der Straße überwachte. Die Frauen trugen Wolltücher auf dem Kopf. Eine Menschentraube sah zu. Zwei der Frauen weinten, eine nicht. Sie hatte die Lippen so fest zusammengepresst wie einen Geldbeutelverschluss; sie schien keine Angst zu haben. Endlich durften die Frauen gehen. Die Menge zerstreute sich, die Frauen stolperten und rafften ihre Habseligkeiten auf, die quer über die Straße verteilt lagen.

Wir verkauften, was wir konnten. Nähmaschinen, Stoffballen und Beleuchtungskörper. Wir organisierten den Verkauf unserer Einrichtungsgegenstände, und es war beleidigend, zuzusehen, wie schofelige Geschäftsleute geringschätzig in Sachen herumwühlten, die Gustav so sorgfältig entworfen und Josef Hoffmann so sorgfältig ausgeführt hatte. Einige von ihnen wussten nicht einmal, wer Hoffmann oder Klimt waren.

Dann kamen die Männer mit ihren Lastwagen, um den Abfall wegzuschaffen: die nackten Schneiderpuppen, die nur noch als Brennmaterial zu gebrauchen waren, ramponierte Tische und Stühle.

Helene ging die Papiere durch. Es gab immer noch Rechnungen einzutreiben und zu zahlen, Steuererklärungen abzugeben, Bilanzen zu erstellen. Das würde uns noch Monate beschäftigen, auch wenn die Geschäfte längst abgeschlossen waren.

Nachdem die Leute von der Müllabfuhr mit der Ladung sperriger Gegenstände fertig waren, sondierte Herta die übrigen Stapel. Ein Haufen Sachen war wegzuwerfen, der zweite zu behalten. Der Wegwerfhaufen war dreimal so groß wie der andere. Er enthielt Tretkurbeln und Spindeln; nicht verkaufte Hüte, Tücher und Röcke; Spulen mit violettem, dunkelbraunem und türkisfarbenem Faden; Nadelpäckchen; Zierrat jeglicher Art: Pelz, Stickerei, Spitze, Bänder. Es waren winzige Onyx-Kügelchen wie Apfelkerne dabei, schillernde Ziermünzen, rosa eingefärbte Straußenfedern, kompliziert geschnitzte Holzkämme.

Dann war es vorbei. Alles war verkauft, die Papiere zu den Akten genommen, das Geld auf der Bank. Wir blieben in der hässlichen, beengten Wohnung zurück und erboten uns freiwillig, Uniformen zu nähen. Wenigstens hielt uns das beschäftigt.

Allein mit Helene, wohnte ich in einer kleinen Wohnung in einem Haus ohne Fahrstuhl in der Mariahilferstraße und versuchte, nicht an die Vergangenheit zu denken. Bis Carl Moll zu Besuch kam.

Sechsundzwanzig

Carl war gerade zum Kultusminister ernannt worden, eine sehr wichtige Position. Die Zeitungen hatten davon berichtet. Ich hatte nie damit gerechnet, ihn wiederzusehen; wir hatten uns vor Jahren aus den Augen verloren. Doch da stand er eines Tages in der Diele unserer schäbigen Wohnung.

Sie war wirklich scheußlich anzusehen: Die tristen grauen Wände bröckelten, die Böden waren uneben und die Fenster schmutzig. Da wir das gesamte Wiener-Werkstätte-Mobiliar, von dem wir uns nicht hatten trennen können, bunt zusammengewürfelt hatten, war sie geradezu peinlich voll gestopft. Tische waren unter dem Klavier verstaut und Bücher auf der Vitrine gestapelt. Statt beherzt zuzupacken und uns mit Eimer und Lappen an die Fenster zu machen oder erfinderisch zu sein und Tapisserien an die Wände zu hängen, um die Wasserflecken zu kaschieren; statt Teppiche über die Knoten in den Dielen zu legen, weinten wir eine Weile um unseren verlorenen Salon, unsere grauen Filzteppiche und Seidentapeten und verabschiedeten uns von der Vorstellung, je wieder wie früher in Schönheit zu leben.

Um die Sache noch schlimmer zu machen, hatte ich nichts weiter im Haus als einen Teelöffel voll Kaffee und ein paar verdauungsfördernde Kekse, die nur deshalb noch im Schrank waren, weil keiner von uns beiden sie mochte. Helene flüsterte mir zwischen Tür und Angel zu, sie würde Hörnchen backen, wenn ich ihn eine Weile am Reden hielt. Das war bei Moll noch nie ein Problem gewesen.

Sein ehemals blondes Haar war inzwischen fast weiß, doch er füllte den Raum noch immer mit seiner Körpergröße und seinem einnehmenden Wesen aus. Während er sprach, breitete er schwungvoll die Arme aus, als wollte er mich an sich drücken.

»Emilie«, sagte er. »Es ist zu lange her. Alte Freunde wie wir sollten nicht so viele Jahre verstreichen lassen.«

Ich fragte mich, wieso er gekommen war. In den vergangenen zwanzig Jahren hatte ich ihn nur ein paar Mal gesehen, und zwar, als ich in seine Galerie ging, um mir die Gemälde eines jungen Künstlers anzusehen, die mir gefielen.

»Wir gehen fast jeden Abend zu einem Weckerl in ein Café«, sagte ich zur Entschuldigung für den dünnen Kaffee ohne Sahne und Zucker. »Zwei alte Damen, die für niemanden sonst zu sorgen haben, werden ein bisschen nachlässig mit dem Kochen.«

»Unsinn. Deine Gastfreundschaft ist immer vorzüglich.« Er kramte einen Brief aus der Tasche. »Ich muss dir was vorlesen. Von Alma.«

Alma war mit ihrem dritten Mann, einem Dramatiker, der jetzt in Hollywood Drehbücher schrieb, aus Österreich nach Kalifornien geflohen. Carl und ich hatten sehr verschwommene Vorstellungen davon, was alles zu einem Drehbuch gehörte, aber Franz Werfel war darin offensichtlich recht erfolgreich.

»Sie fragt nach dir«, sagte er, während er die Zeilen überflog. »Da ist es, sie möchte wissen, ob du dein Geschäft noch hast und ob du und deine Kleider noch so schön seid wie damals.«

»Sie muss schreckliches Heimweh haben, wenn sie so nette Dinge über mich sagt.«

»Na hör mal«, lachte Moll freundlich. »Alma ist eine glühende Verehrerin von dir.«

»Was sagt sie über Kalifornien?«, fragte ich und überlegte, wieso sie an ihren Stiefvater schrieb. Ihre Beziehung war nie besonders eng gewesen, und jetzt schon gar nicht mehr. Dennoch hoffte ich, er würde mehr aus dem Brief vorlesen. Er blätterte die Seiten durch. »Das Licht hier ist höchst ungewöhnlich, es scheint von allen Seiten gleichzeitig zu kommen, was für ein Fest für einen Maler! Leider bin ich keiner und Franz ebenfalls nicht, aber wir denken oft an unsere Künstlerfreunde und stellen uns vor, welche Freude sie daran gefunden hätten. Wir wohnen in einem niedrigen gelben, stuckverzierten Haus, das mich ein wenig an einige der Häuschen in den Vorstädten erinnert, auch wenn keins von denen über ein Schwimmbad und ein Dutzend Orangen- und Avocadobäume verfügte.«

»Alma hat ihr Licht noch nie unter den Scheffel gestellt«, sagte ich. Es war seltsam, wie sehr ich mir wünschte, über Alma zu reden, wo ich doch früher einmal glücklich gewesen wäre, wenn sie in einen Gebirgsspalt gefallen und für immer verschwunden wäre. Doch Moll steckte den Brief wieder ein.

»Alma weiß, dass sie nie nach Österreich zurückkehren wird«, sagte er. »Sie denkt an die Zukunft. Sie war schon immer weniger romantisch als du.«

»Was führt dich her, Carl?«

»Ich wollte dich bitten, beim Aufbau des neuen Wien mitzuhelfen. Ein Wien, das die prosperierendste und schönste Großstadt Europas wird.« Ich lachte bitter, die einzige Art, wie ich heute noch zu lachen scheine.

»Ich mochte das alte Wien. Ich hatte einen Modesalon.«

»Du hast deinen Erfolg an die falschen Voraussetzungen geknüpft. Kein Wunder, dass er nicht überleben konnte. Ich bitte dich, einen neuen Anfang zu machen. Und diesmal richtig. Die Regierung ist bereit, für dich zu bürgen.«

Ich versuchte zu begreifen, was er da sagte. »Du meinst, ich soll der offizielle Couturier der Regierung sein?« Es klang absurd. »Aber wie könnten meine Kleider zu Propagandazwecken taugen?« Zum ersten Mal wirkte er irritiert.

»Dieses Wort. Propaganda. Das klingt so, als hörtest du britische Sender. Alles, worum ich dich bitte, ist, wieder zu eröffnen. Unter unserer Schirmherrschaft.«

»Und wer wären meine neuen Kunden? Alle meine alten sind tot oder im Exil.«

»Niemand ist tot, Emilie«, sagte Moll beschwichtigend. »Deine wetterwendischen Kundinnen sind zu Horst Gernbach übergelaufen, das ist alles.« Er tätschelte mir mitfühlend die Hand. »Wir werden dir helfen. Du kannst die Ehefrauen sämtlicher Regierungsmitglieder einkleiden.«

Das war ein entsetzlicher Gedanke. Ich hatte einige dieser Männer gesehen. Alles an ihnen war hässlich, von den Augen zu ihrem aufgesetzten Lächeln oder der Art, wie sie liefen. Ihre Uniformen waren trist, ihre Abzeichen nüchtern. Ich stellte mir lieber nicht vor, wie ihre Frauen aussahen. Um Carls Redefluss ein Ende zu setzen, sagte ich, ich würde es mir überlegen. Aber er war noch nicht fertig. Er wollte ein paar der Gemälde in meinem Besitz mitnehmen, damit Hitler sie sich ansehen könne. Nicht meine Gemälde, sondern »die Gemälde in meinem Besitz«. Als hätte ich sie nur in Verwahrung, während ihr wahrer Eigentümer abwesend war. Moll sammelte Gemälde für eine große Ausstellung germanischer Kunst, und der Führer war offenbar schon seit langem an Gustavs Werk interessiert.

»Der Führer ist ein großer Mäzen der schönen Künste«, sagte Moll. »Du weißt ja, dass er selbst einmal daran dachte, Künstler zu werden. Zu unserem Glück hat er einen anderen Weg eingeschlagen, aber seine künstlerische Sensibilität ist immer noch sehr ausgeprägt.«

»Gustavs Kunst ist nicht politisch«, sagte ich. »Du solltest das am besten wissen.«

»Alle Kunst ist politisch. Das solltest du am besten wissen.«

»Gustavs Kunst gehört hierher, zu mir.«

»Bist du da nicht ein klein wenig egoistisch, Emilie? Natürlich verstehe ich, wieso, ich habe vollkommenes Verständnis dafür, dass …« Er unterbrach sich, als Helene mit den Hörnchen hereinkam. Sie hatte das Mehl nicht gesiebt, und es war nur noch ein winziger Rest Marmelade im Glas, doch Moll schien diese Unzulänglichkeiten nicht zu bemerken. Er lud sich vier Hörnchen auf den Teller und kratzte so viel Marmelade aus dem Glas, wie er mit dem Kaffeelöffel konnte.

»… aber die Menschen haben es verdient, Gustavs Kunst zu sehen.«

»Was ist mit den Museen? Leih sie dir von denen.«

Er lehnte sich auf dem Sessel vor und konnte die Gier des Kurators nicht mehr verbergen. »Aber wenn man Werke aus Privatbesitz, selten gesehene Werke zeigen könnte! Das wäre doch ungleich bedeutender, ungleich interessanter!«

Obwohl Moll wusste, dass er mich nicht um Erlaubnis bitten musste, die Bilder zu holen, obwohl er wusste, dass auch mir das klar war, versuchte er dennoch, mich zu überreden. Hatten wir nicht in Kaffeehäusern gesessen und uns zusammen die Secession ausgedacht?

»Es wäre Gustavs Wunsch, dass du sie mir für die Ausstellung überlässt, Emilie«, sagte Moll. »Es ist wichtig für seinen Ruf als Künstler, dass die Gemälde in dieser Ausstellung zu sehen sind. Du willst doch nicht, dass er in Vergessenheit gerät.«

»Gustav wird nie in Vergessenheit geraten«, sagte ich. »Das lasse ich nicht zu.«

»Das liegt nicht in deiner Macht«, sagte er. »Wenn ich wollte, könnte ich seine sämtlichen Werke beschlagnahmen und vernichten lassen.«

Nun war also die Katze aus dem Sack. Schweigend saßen wir da, und er beobachtete mein Gesicht, während ich seine Worte verdaute. »Wenn mich meine Erinnerung an Gustav nicht trügt, dann war er Künstler und wollte, dass seine Werke gesehen werden. Ihm war egal, wo und wieso und weshalb.«

Moll war mächtig. Ich war ein Niemand. Bis zu diesem Moment hatte ich nicht gewusst, in was für einer prekären Situation ich mich befand. Jeder, der etwas besaß, was Hitler und seine Schergen wollten, war in Gefahr. Ich hatte mich nur nicht zu dieser Kategorie gezählt.

In dem Moment hatte ich das unwiderstehliche Bedürfnis zu lachen, und ich wünschte mir, Gustav wäre da gewesen und hätte sich mit mir über den Witz amüsiert. Zu seinen Lebzeiten war seine Kunst als hässlich und gefährlich abgelehnt worden, und jetzt sollte sie plötzlich als eine große Leistung seiner Nation gefeiert werden.

Zuerst hatte ich in der Wohnung überhaupt keine Kunst aufgehängt. Irgendwie war es mir wie eine Beleidigung erschienen. Ich hatte alles verpackt und in Schränken verstaut und einige große Gemälde in meinem Schlafzimmer an die Wände gelehnt. Doch dann hatte ich mir ein Zugeständnis gemacht und eins der Bilder gegenüber meinem Bett aufgehängt, wo ich es mir oft ansehen konnte. Es stellte ein Mohnfeld am Attersee dar und erinnerte mich an sonnige Nachmittage und ausgelassene Spaziergänge auf dem Land. Ich zeigte es Moll und beobachtete, wie er es inspizierte. Dann zog ich alles aus dem Schrank und setzte mich aufs Bett, während er jedes Stück auspackte und sich die Titel in einem ledergebundenen Büchlein notierte. Es waren noch vier weitere Gemälde von der Landschaft am Attersee dabei. Das Porträt meiner Nichte als kleines Mädchen. Die Pastellkreidezeichnung von mir als Zwölfjährige. Die Gemälde mit den Titeln *Hoffnung I* und *Hoffnung II*. Kartons für den *Stoclet-Fries*. Kartons für die Deckengemälde in der Universität.

»Ich schicke morgen jemanden vorbei, um sie abzuholen«, sagte er, als er fertig war.

»Werde ich je etwas davon wiedersehen?«, fragte ich.

»Du kannst in die Ausstellung kommen«, sagte er.

»Und danach?«

»Schauen wir mal.«

Ich besprach mich mit Helene. Wir überlegten, ob wir noch irgendjemanden in der Regierung kannten, an den wir uns um Hilfe wenden konnten, doch es war keiner mehr da.

»Was ist nur aus Moll geworden?«, wunderte sich Helene. »Als er die Galerie ins Leben rief, hat er versucht, kontroverse Kunst zu zeigen, und er hat kaum Eintritt verlangt, damit jeder sie sehen konnte.«

»Auch diese Ausstellung wird jeder sehen können«, sagte ich. »Nur dass sich die Bedeutung von ›jeder‹ geändert hat.«

Die Soldaten kamen, wie Moll versprochen hatte, und

nahmen alles mit. Wie hatte ich das nur zulassen können? Sie hatten Gewehre, aber sie hätten mich nicht erschossen. Ich ließ sie einfach machen. Eine schöne Kuratorin! Eine Woche lang starrte ich aus dem Fenster. Dann sah ich eines Tages, wie ein Militärlaster vor dem Haus hielt und Moll ausstieg.

»Er hat es sich mit der Ausstellung anders überlegt«, rief er mir von der Haustür aus entgegen, während Soldaten die Gemälde wieder in die Wohnung brachten. Sie trugen sie achtlos, stießen Gegenstände um und ließen die Bilder wie Getreidesäcke auf den Boden fallen. »Das heißt, nicht mit der Ausstellung, aber er will Klimts Werk nicht mehr zeigen.« Bei ihm klang das so, als sei Gustav ein alter Meister, ein Dürer oder David, über den man in kunsthistorischen Abhandlungen las, und nicht jemand, den er persönlich gekannt hatte.

Ich starrte ihn an. »Wir ... ehm ... haben ein paar Klimts von anderen Leuten zusammengetragen«, sagte er. »Es gab eine Menge Porträts. Natürlich wollte er wissen, wer die Leute auf den Bildern waren.«

Da verstand ich. Amalie Zuckerkandl. Margaret Stonborough-Wittgenstein. Serena Lederer, Adele Bloch-Bauer, Hermine Gallia.

»Auch wenn deine Gemälde nicht ... kontrovers waren, wollte er sie trotzdem nicht haben. Für einen Moment dachte ich, er würde mir befehlen, sie allesamt zu verbrennen.«

»Und was ist mit den anderen Gemälden?«

»Mach dir um die keine Sorgen, sorg dich lieber um dich selbst. Gegen dich wird ermittelt. Es könnte sein, dass die Geschäftsbücher aus deinem Salon beschlagnahmt werden.«

»Weswegen? Wie lautet denn die Anklage?«

»Du könntest jeden Moment verhaftet werden. Falls du schon irgendwelche Schritte in Richtung Emigration unternommen hast, würde ich sie vorantreiben.« Er meinte es gut, aber ich empfand keine Dankbarkeit.

»Wien ist meine Heimat.«

»Nicht, wenn du vermeiden willst, ins Gefängnis zu kommen.«

Die einzige Frage war, wohin wir gehen sollten. Helene wollte nach Paris, doch irgendwo im Exil zu leben, Österreich nie wiederzusehen, Gustav hier zurückzulassen, das war völlig undenkbar für mich. Dann dachte ich an den Attersee. An die ländliche, dünn besiedelte Gegend. Aber war es weit genug weg? Wir schrieben ein paar Briefe an unsere Nachbarn, und sie schrieben zurück, dass es in dem Städtchen noch ruhig war.

Und so kamen wir her. Im Schuppen ist schulterhoch Feuerholz gestapelt, und in den Schränken befinden sich dutzendweise Daunendecken. Wir haben einen Brunnen und Lebensmittelkonserven sowie einen sehr großzügigen Nachbarn. Wir könnten uns hier ewig verkriechen.

Als ich noch in Wien in meiner trüben, hässlichen Wohnung war, pflegte ich auf das Gemälde mit dem Mohnfeld zu starren und kannte bald jeden karmesinroten Farbklecks auswendig. Es erinnerte mich daran, wie glücklich ich gewesen war, als Gustav es malte. Manchmal hätte ich aus Heimweh nach ihm und nach dem Attersee fast geweint. Ironischerweise scheinen diese Zeiten jetzt, wo ich hier bin und in einer Viertelstunde genau zu der Stelle laufen kann, an der Gustav damals stand, in weitere Ferne gerückt zu sein als je zuvor. Das Feld ist nass und niedergedrückt. Es ist nicht die Jahreszeit für Mohn.

Siebenundzwanzig

Kammer am Attersee
6. April 1945

Gestern haben die Russen Baden eingenommen.

Ich habe nachts die Flugzeuge wie bösartige Insekten brummen hören. Eingewickelt in meine Daunendecke, ging ich ans Fenster. Es war eine klare Nacht, vom Mond hell erleuchtet. Zwischendurch waren sie zu sehen; sie flogen sehr tief, so tief, dass ich die kyrillischen Schriftzeichen an den Seiten erkennen konnte. Natürlich konnte ich sie nicht lesen. Ich ging in den Flur, um Helene zu wecken. Sie lag auf dem Rücken und hatte die Augen weit geöffnet.

»Gehen wir in den Kartoffelkeller«, sagte ich und zog sie am Arm. Sie sagte, wenn sie vorhätten, uns zu bombardieren, nützte uns auch kein Kartoffelkeller mehr, und falls nicht, könnten wir genauso gut unter unseren warmen Decken bleiben. Dennoch ließ sie sich von mir aus dem Bett zerren; ihre Decke schleifte wie ein Brautschleier über den Boden.

Die Flugzeuge machten einen Höllenlärm, als sie direkt über uns waren, doch sie galten nicht uns. Sie flogen Richtung Osten. Nach wenigen Minuten waren sie weg, und wir kehrten in unsere Zimmer zurück, zu dem, was von der schlaflosen Nacht noch übrig war.

Am Morgen drehten wir das Radio an, konnten aber keinen Empfang bekommen, und so lasen wir auf der Terrasse oder taten zumindest so, während wir warteten. Im Schatten war es kalt, und wir hatten uns beide in unsere Wolldecken gewickelt wie in einen Kokon.

Einer von Heitzmanns Söhnen, der jüngste, Peter heißt er, glaube ich, ein Bub von acht, neun Jahren, stets mit Stroh oder Blättern im Haar, brachte unsere Post aus der Stadt mit. Gewöhnlich blieb er ruhig auf der Treppe stehen, bis wir aufsahen, und meldete sich erst dann, doch diesmal hörten wir ihn schon rufen, bevor er zwischen den Bäumen erschien. Er rannte in seiner übermütigen Art und wedelte mit den leeren Händen in der Luft. Fast triumphierend brüllte er, dass Wien brannte.

Natürlich ist er nie dort gewesen. Er verbindet damit keine vertrauten Gesichter, keine vertrauten Gassen. Er denkt an die Flugzeuge und die Explosionen und an die Chance, einen russischen Soldaten zu sehen. Vielleicht einen, der mit dem Fallschirm aus einem abstürzenden Flugzeug springt. Zusammen mit seinen Brüdern spielt er in und um die Scheunen Krieg und versteht nicht, weshalb die Mutter sie bestraft, wenn sie ihre Söhne dabei erwischt.

Er hatte auf seinem Kurzwellenradio von den Bombardierungen gehört, auf einem Sender in der Schweiz. Ganze Viertel stünden in Flammen, doch er konnte sich nicht daran erinnern, welche, auch wenn wir die Decken beiseite warfen und ihn mit geäderten Händen am Kragen packten, um seinem Gedächtnis nachzuhelfen. Ein wenig verängstigt machte er ein paar Schritte rückwärts. Vielleicht die östlichen, sagte er, um uns zu beschwichtigen, oder die im Süden. Mit Bestimmtheit wusste er allerdings, dass die Oper ein Trümmerhaufen war. Als Helene das hörte, sackte sie rückwärts in ihren Sessel. Und die Donau. Die Donau brennt, sagte er.

Ich stellte mir einen glühenden Film Flugbenzin auf dem Wasser vor. Es war sicher schön, dieses flüssige Feuer. Ich wünschte mir, ich wäre da gewesen und hätte es sehen können.

Helene gab dem Jungen seinen gewohnten Lohn, auch wenn sie sein Stück Pfefferkuchen vergaß, den sie mit unserem letzten Zucker gebacken hatte. Als er weg war, gingen wir ins Haus und hockten uns vor unser eigenes Radio, doch der Wiener Sender war offenbar zerstört, und niemand sonst schien mehr zu wissen als wir. Wir ließen das Radio dennoch an und warteten. Es klang nicht gut für uns, die Oper war so nah bei unserer Wohnung, kaum weiter als achthundert Meter entfernt. Wir sprachen von Herta und der Wohnung, und ich dachte an die Gemälde. Ich fragte mich auch, was mit dem Kunstmuseum war – stand es völlig in Flammen? Waren die Fresken, die Gustav in jungen Jahren gemalt hatte, zu Asche verbrannt? Ich vermutete, dass Gustavs Atelier kein Schaden drohte, es war ja so weit draußen, aber was war mit der Casa Piccola, so nahe am Zentrum? Auch wenn der Salon schon lange nicht mehr existierte, war es mir unerträglich, das Gebäude zerstört zu sehen. Doch dann wurde mir klar, dass ich die Zerstörung in egal welchem Stadtteil von Wien unerträglich fand und dass meine Gefühle nicht den geringsten Unterschied machten. Die Bomben würden trotzdem fallen.

Es dauert mehrere Tage, bis ein Brief eintrifft. Es ist eine lange Geschichte, wie er es bis zu uns geschafft hat, nachdem in dem Chaos, das in der Metropole herrscht, der Zustelldienst praktisch lahm gelegt ist. Doch ich stehe da im Gemüsegarten, während mir Heitzmanns Sohn von dem Mann erzählt, der zuerst zu Fuß gegangen, dann auf einem Pferd geritten und schließlich beinahe von einem Bataillon Soldaten überfahren worden ist, das aus der entgegengesetzten Richtung kam, und ich konnte an nichts weiter denken als daran, welche Nachricht der Brief wohl enthielt.

Das Papier im Umschlag ist vom Regen gewellt, die Tinte verlaufen. Hertas Handschrift ist selbst da, wo sie am leserlichsten ist, zittrig, doch ich kann entziffern, was ich wissen muss.

Die Wohnung gibt es nicht mehr. Eine Bombe ist direkt in das Gebäude eingeschlagen, schreibt sie. Es war eine schwere Bombardierung, und die Löschtrupps kamen nicht rechtzeitig durch, um zu verhindern, dass es bis auf die Grundmauern niederbrannte. Am nächsten Morgen, als die Trümmer noch heiß waren, machte sie sich auf den Weg dorthin und verbrannte sich auf der Suche nach unseren Sachen die Hände, doch alles, was sie finden konnte, waren ein paar Scherben von einer unserer Lampen und etwas Besteck. Die Gemälde erwähnt sie nicht.

Demnach ist das Schlimmste eingetroffen. In gewisser Weise ist es fast beruhigend. Es ist überflüssig, sich weiter Sorgen zu machen; ich kann mich auf die Realität konzentrieren statt auf Eventualitäten. Ich kann mich darauf einstellen, in einer Welt ohne bestimmte Kunstwerke zu leben. Ich versuche, mir die zierliche Herta vorzustellen, wie sie vorsichtig über die rauchenden Trümmer steigt, um unsere Löffel zu retten. Ich will nicht, dass der Junge, der immer noch geduldig auf seine Münzen wartet, mich wie ein Kind schluchzen sieht. Stumm reiche ich Helene den Brief. Es ist mir nicht möglich, die Worte auszusprechen.

»Es ist ein Wunder, dass sie nicht umgekommen ist«,

sagt Helene schließlich. Ihr stockt ein bisschen die Stimme, doch sie setzt sich gerade hin und liest mir den Teil vor, der das Schicksal unserer Nachbarn beschreibt. Professor Weigel und seine Frau, die nebenan gewohnt haben, sind tot. Frau Schatz hat sich durch einen Sprung aus einem Fenster im vierten Stock gerettet und sich dabei das Becken und ein Bein gebrochen.

Die Casa Piccola ist nicht getroffen, der Universitätsfestsaal dagegen vollständig zerstört, der rückwärtige Teil des Secessionsgebäudes weggerissen. Doch die Kuppel ist noch da.

»Der große Kohlkopf!«, sagt Helene. Jetzt ist sie es, die weint. Ich greife in die Tasche und reiche dem Jungen das Erstbeste, was ich herausziehe, einen Zehnschillingschein. Er rennt schnell weg, weil er glaubt, ich müsse meinen Irrtum jeden Moment erkennen und ihn zurückrufen. Für ihn sind es nur Namen von Menschen und Gebäuden.

Der Festsaal. Wo *Medizin* und *Philosophie* und *Jurisprudenz* hängen sollten.

»Was schreibt sie noch?«, frage ich Helene.

»Vor zwei Wochen war Carl Moll in der Wohnung und hat sämtliche Gemälde mitgenommen, um sie in ein unterirdisches Depot zu schaffen.«

Wir gehen zum Haus zurück und sitzen auf der Veranda, wo wir über den See blicken können, ohne zu reden. An der westlichen Hausecke baut oben in den Dachrinnen ein Spatzenpaar sein Nest. Es fliegt furchtlos zwischen Birken und Haus hin und her und schenkt uns nicht die geringste Beachtung.

Ich wende mich um und blicke Richtung Wien. Natürlich sieht man von hier aus nur Berge und atmosphärischen Dunst. Für April ist es ein unangemessen warmer

Tag. Es riecht nach Heu, und die Vorstellung, dass kaum mehr als hundert Kilometer weiter ein Krieg tobt, erscheint absurd. Auf der Straße laufen Schafe.

Vielleicht stimmt das, was Herta schreibt, ja gar nicht. Vielleicht hat sie das alles nur vom Hörensagen. Hat die Polizei nicht große Gebiete der Stadt abgeriegelt und eine strikte Ausgangssperre verhängt? Vielleicht ist das mit dem Festsaal und der Oper ja nur ein Gerücht.

Ich ziehe den Brief aus der Tasche und lese ihn noch einmal, aber sie schreibt nicht, wie ich gehofft habe, sie habe gehört, die Oper sei zerstört. Sie schreibt auch nicht, jemand habe ihr erzählt, der Festsaal sei ein einziger Trümmerhaufen.

Wäre ich da gewesen, hätte ich ihn beschützen können, denke ich, auch wenn ich weiß, wie absurd das ist. Es war feige, die Stadt im letzten Moment, im prekärsten Augenblick unmittelbar vor dem Angriff zu verlassen, und ich bin kein Feigling. Ich würde riskieren, erschossen oder ausgebombt zu werden oder zu verhungern.

Ich könnte zurückkehren. Ich könnte das kleine Boot den ganzen Weg zurückrudern und in einem Kanal festmachen. Ich könnte auf einem Armeelaster mitfahren, der einen Haufen Bauernjungen in Kriegsgefangenenlager bringt.

Aber ich bin doch ein Feigling. Ich bin nicht bereit für die Bestandsaufnahme, für die Auflistung der verlorenen und der erhaltenen Gebäude, der verbrannten und der verschonten Gemälde. In meiner Vorstellung ist Wien noch heil. Wenn ich stärker bin, kann ich zurück und den Verlusten ins Auge blicken. Wenn der Krieg zu Ende ist, gehe ich zurück.

Bis dahin brauche ich Ruhe.

Ich träume: Ich male Gustavs Porträt. Meine Leinwand ist lebensgroß und sperrig. Sie lässt das Zimmer klein erscheinen. Plötzlich verliere ich das Gleichgewicht, stürze in die Leinwand und reiße sie nieder.

Ich habe ihn mit rotem Graphitstift gezeichnet, mitten auf der Leinwand, von vorne, wie das Strichmännchen eines Kindes. Es könnte das Werk eines Geisteskranken sein. Nur die Augen sind gut gelungen; sie gehören zu einer anderen Zeichnung, die Kreuzschraffur haucht ihm irgendwie Leben ein. Der Blick geht nach unten links, ins Bild hinein, statt in die Welt hinaus. Neben Gustav habe ich eine Karikatur von ihm als Ziege gezeichnet, in der sein Kopf auf einem runden Körper aus zwei Säcken ruht. Im Hintergrund sehe ich lauter unanständige Wörter in kalligraphischer Schrift.

Ich entsinne mich nicht, diese Wörter selbst geschrieben zu haben, doch da sind sie und springen mir ins Auge. Das kann nur Gustav gewesen sein, denke ich. Ich muss das übermalen. Und so mache ich mich daran, alles mit kräftigen, breiten Pinselstrichen schwarz und gelb abzudecken. Die ganze Zeit weiß ich, dass das naiv ist, dass Künstler ihre Leinwände Schicht um Schicht aufbauen, indem sie mit verdünnten Farben beginnen und sich zu den lebendigen Tönen vorarbeiten, bis zu den Weiß- und Silbertupfen. Man überzieht nicht einfach eine leere Leinwand mit leuchtender Farbe. Ich werde das Bild ruinieren. Ich werde wohl von vorn anfangen müssen. Dennoch ist der Drang, zu übertünchen, was darunter ist, zu stark.

Gustavs Gestalt ist verzerrt, seine Hände sind zu groß, seine Stirn nimmt zwei Drittel des Kopfes ein und ist übertrieben zerfurcht. Sein ganzes Gesicht verschwimmt wie eine Wasserfläche. Er trägt ein Sakko zur Hose, das über und über mit Pfauen bedeckt ist, und seine Füße sind mit dem blonden Haar einer Frau gefesselt. Im Hintergrund sind Sterne und Flecken und Mohn und Samureikrieger und unerklärlicherweise das Gesicht der Jungfrau Maria aus einem Gemälde von Dante Gabriel Rossetti. Und ich habe noch eine Frau eingezeichnet, winzig klein und in dem Karnevalsmuster des Bildes kaum zu sehen. Natürlich bin ich das selbst. Diese hektisch getriebene Arbeit ist äußerst ermüdend, und als die Leinwand gesättigt und von dem Untergrund nichts mehr zu sehen ist, bin ich sehr erleichtert.

Da dreht der Mann auf dem Porträt auf einmal den Kopf zu mir um und sieht mich an. »Lass mich raus«, sagt er. Das überrascht mich nicht. Ich zertrenne das Haar, das seine Füße zusammenbindet, und schneide ihn mit einem Palettenmesser aus dem Hintergrund; er tritt ins Zimmer, triefend vor Farbe. Er setzt sich auf die Sofalehne und durchnässt sie mit der Farbe, die nun auch auf die Tische und Stühle sickert und dann wie karmesin- und purpurrote Weinranken die Wände hochkriecht. Bald kann ich in all den grellen Tönen nichts mehr sehen außer meinen eigenen Händen, aber ich kann immer noch Gustavs Stimme hören.

»Emilie«, sagt er.

Nachwort

Wer historische Erzählprosa schreibt, geht naturgemäß einen Kompromiss ein. Die wortwörtliche Wahrheit über das Leben der Figuren ermöglicht im Unterschied zur künstlerischen Wahrheit keinen gelungenen Handlungsaufbau eines Romans. Statt die Fakten so zu ändern, dass sie in eine dramatische Erzählfolge passen, oder aber meine Erzählung so drastisch zu ändern, dass sie den Fakten entspricht, habe ich dieses Dilemma in *Der gemalte Kuss* zu lösen versucht, indem ich das Augenmerk auf Aspekte eines Lebenslaufs richte, der in der Geschichtsschreibung ausgespart oder mit dem Tod der Protagonistin und ihrer Zeitgenossen in Vergessenheit geraten sind. Wie Emilie Flöge Gustav Klimt kennen lernte, worüber sie sprachen, während sie mit dem Boot auf dem Attersee ruderten, was sie über ihn dachte und für ihn empfand, was er über sie dachte und wie er für sie empfand – dies sind Dinge, die uns die Geschichtsschreibung notgedrungen vorenthält, doch die Frustration darüber, diese Dinge nicht wissen zu können, bietet auch die reizvolle Möglichkeit, sie sich vorzustellen.

Bei dem Bemühen, mich so eng wie möglich an die Fakten über Emilie Flöges Leben zu halten, habe ich mich auf Susanna Partschs *Klimt, Leben und Werk* (München 1993), auf Wolfgang Georg Fischers *Gustav Klimt und Emilie Flöge* (Wien 1987), Angelica Bäumers *Gustav Klimt – Frauen* (Salzburg 1985) und *Klimt* von Frank

Whitford (London 1990) gestützt. Da Emilie Flöge keine berühmte Künstlerin oder politische Gestalt war, finden sich in historischen Dokumenten nicht mehr als Hinweise auf ihren Salon sowie unterschiedliche Einschätzungen ihrer Beziehung zu Klimt.

Gelegentlich bin ich absichtlich von der wörtlichen Wahrheit abgewichen. Aus Gründen der Straffung habe ich Personen und Ereignisse ausgelassen (so hatte Emilie zum Beispiel einen Bruder, der in der Erzählung nicht erscheint), und im Interesse der dramatischen Wirkung Daten geändert. Im Roman ist Emilie zwölf, als Klimt die Pastellkreidezeichnung von ihr anfertigt, doch in Wahrheit war sie bei der Arbeit, auf die sich die Episode bezieht, siebzehn, und es gibt keine Hinweise darauf, dass er auch ihre Schwestern zeichnete. Klimts Studie zu dem schwangeren Modell Herta für das Gemälde *Hoffnung I* ist auf den Zeitraum von ein bis zwei Jahre vor der Fertigstellung des Werks im Jahr 1902 zu datieren, doch ich verlege sie ins Jahr 1890. Die Figur der Gerta, die kurz zu Anfang des Romans auftaucht, steht für eine beliebige Zahl von Frauen, die in jenen Jahren in Klimts Atelier ein und aus gehen, doch all die anderen Frauen in den kursiv gesetzten Passagen hat es wirklich gegeben, ebenso die Lebensumstände, in denen ich sie geschildert habe.

Es erscheinen eine ganze Reihe historischer Figuren im Roman – Carl Moll, Adele Bloch-Bauer, Alma Schindler. Ich kann nicht für mich in Anspruch nehmen, ihre Persönlichkeiten korrekt erfasst zu haben. Carl Moll wurde tatsächlich unter den Nazis Kultusminister, doch die Episode, in der er sich Emilies Kunstschätze aneignet, ist gänzlich erfunden. Die Darstellung von Alma und Adele ist notwendigerweise von der Perspektive einer parteiischen Erzählerin und im Interesse einer guten Geschichte eingefärbt. Alma hat in ihren Memoiren bekundet, Klimt habe ihr das Herz gebrochen. Adele hat keine solchen Aufzeichnungen hinterlassen, und so entspringt das, was ich über ihre Beziehung schreibe, reiner Spekulation. Historische Romane dienen nicht dem Ziel, die Vergangenheit möglichst genau wiederzugeben – ein unmögliches Unterfangen –, sondern sich vorzustellen, wie sie sich abgespielt haben könnte.

Danksagung

Jeder der folgenden Personen hat in außerordentlichem Maße zur Entstehung dieses Buches beigetragen: Catherine Drayton, Greer Hendricks, Rosemary Ahern, Suzanne O'Neill, Michael Albin, Pierce und Alexis Selwood, Jim und Anne Hickey und, natürlich, mein Mann, Jonathan Selwood.

Esther Freud

DAS HAUS AM MEER

Roman

Lily, eine junge Studentin, ist dem großen Architekten Klaus Lehmann auf der Spur. Seine Lebensgeschichte führt sie nach Steerborough, ein Dorf an der lichtüberfluteten Küste Suffolks. Dort sind es die leidenschaftlichen Liebesbriefe, die Lehmann über Jahrzehnte an seine Frau Elsa schrieb, die sie gefangen nehmen und immer weiter in das Schicksal der beiden zurückführen.

Allmählich setzt sich ein Mosaik von Passion und Verrat, von preisgegebener und wieder gefundener Nähe zusammen, und Lily sieht sich unausweichlich mit ihren eigenen Sehnsüchten konfrontiert. Die komplizierten Telefonate mit Nick, ihrem Geliebten im fernen London, lassen sie dieses unerfüllte Verlangen nur noch deutlicher spüren …

»Eine leichte, schön geschriebene und in den Zeiten verwobene Geschichte über Liebe und Zweifel.« *Buchkultur*

»Freud … eine Meisterin im Erkunden von Seelenzuständen.« *Emma*

BLOOMSBURY BERLIN

Juan Miñana

AM STRAND VON PEKING

Roman

Die junge Spanierin Sofía studiert in Boston Jura. Ihre Gasteltern haben eine Galerie, und Sofía möchte eines Tages ebenfalls erfolgreiche Kunsthändlerin sein. Ein erster Schritt dahin wäre die Vermittlung des Gemäldes eines katalanischen Impressionisten. Das Bild gehört Matías, dem ehemaligen Lebensgefährten von Sofías Mutter. Sofía reist nach Spanien, um mit Matías, der mehr schlecht als recht von Gelegenheitsjobs lebt, die Verkaufsmodalitäten zu klären. Nicht gerechnet hat Sofía mit der Verführungskraft ihrer Erinnerungen und dem Charme von Matías und ihrer Heimatstadt Barcelona …

»Una perfecta historia de amor.« *Revista de Libros*

BLOOMSBURY BERLIN

Kamila Shamsie

VERBRANNTE VERSE

Roman

Vor 14 Jahren ging Aasmaanis Mutter aus dem Haus und kehrte nicht zurück – Samina, die strahlende Schönheit, Samina, die politische Aktivistin, Samina, die Unnahbare.

Vor 15 Jahren hat man Saminas Lebensgefährten, einen brillanten Künstler und gefürchteten Untergrundkämpfer, ermordet aufgefunden.

Aasmaani findet während ihrer Arbeit bei einem Fernsehsender in Karatschi einen möglichen Beweis dafür, dass ihre Mutter noch am Leben ist. Dabei begegnet sie Ed, dem Sohn der ehemals besten Freundin ihrer Mutter, der Aasmaanis große Verletzung allmählich begreift.

Ein faszinierender Roman von Pakistans derzeit bedeutendster Autorin.

»Hier werden Politik und kulturelle Gegensätze ebenso beschrieben wie die dunklen Tiefen der Seele und des Herzens.« *Independent on Sunday*

BLOOMSBURY BERLIN